DROEMER

*Aus der Forsberg-Reihe ist von Ben Tomasson im Droemer Taschenbuch bereits erschienen:*
Forsberg und das verschwundene Mädchen

*Über den Autor:*
Ben Tomasson, geboren 1969 in Bremerhaven, ist Germanist, Pädagoge und promovierter Diplom-Psychologe. Seine Leidenschaft gehört den Geschichten, die das Leben schreibt, den vielschichtigen Innenwelten der Menschen und dem rauen Land zwischen Nord- und Ostsee. Tomasson lebt und arbeitet in Kiel, ganz in der Nähe der Fähre, auf der man am Morgen nach einer entspannten Nacht auf See inmitten der einzigartigen Göteborger Schärenlandschaft aufwacht.

# BEN TOMASSON

# FORSBERG UND DER TOTE VON ASPERÖ

EIN SCHWEDEN-KRIMI

DROEMER

**Besuchen Sie uns im Internet:**
**www.droemer.de**

Aus Verantwortung für die Umwelt hat sich die Verlagsgruppe
Droemer Knaur zu einer nachhaltigen Buchproduktion verpflichtet.
Der bewusste Umgang mit unseren Ressourcen, der Schutz unseres Klimas
und der Natur gehören zu unseren obersten Unternehmenszielen.
Gemeinsam mit unseren Partnern und Lieferanten setzen wir uns
für eine klimaneutrale Buchproduktion ein, die den Erwerb von
Klimazertifikaten zur Kompensation des $CO_2$-Ausstoßes einschließt.
Weitere Informationen finden Sie unter: www.klimaneutralerverlag.de

FSC www.fsc.org
MIX
Papier aus verantwortungsvollen Quellen
FSC® C014496

Originalausgabe Juli 2022
Droemer Taschenbuch

Ein Imprint der Verlagsgruppe
Droemer Knaur GmbH & Co. KG, München

Redaktion: Silvia Kuttny-Walser
Covergestaltung: ZERO Werbeagentur, München
Coverabbildung: Collage unter Verwendung von plainpicture/BY / plainpicture,
Andrej Maculskij, Vince Reilly und SNicky / shutterstock
Satz: Adobe InDesign im Verlag
Druck und Bindung: GGP Media GmbH, Pößneck
ISBN 978-3-426-30750-2

2 4 5 3 1

*Der Sarg war viel zu klein. Nie im Leben passte Edvin dort hinein. Und doch stand sein Foto auf dem kleinen Tisch daneben in der Kapelle. Es war das Bild, das sie gemacht hatten, als sie am ersten warmen Frühlingstag des Jahres alle zusammen mit dem Boot draußen gewesen waren. Der Himmel war so unglaublich blau, genau wie Edvins Augen, und das Meer glitzerte verlockend.*

*Edvin hatte ihn ausgelacht, weil er unbedingt schwimmen wollte, obwohl ihre Eltern ihm abrieten, weil es noch zu kalt war. Er wusste es noch genau. Diese ausgelassene Heiterkeit in Edvins Blick – das war der Moment, in dem er Hemd und Hose abgestreift hatte und hineingesprungen war.*

*Das Wasser war wirklich viel zu kalt gewesen. Es hatte ihn wie ein Schock getroffen, aber er hatte sich nichts anmerken lassen. Um sich keine Blöße zu geben, war er zweimal komplett um das Boot herumgeschwommen und hatte Edvin und seinen Eltern fröhlich zugewinkt. Danach hatte er vier Wochen lang mit einer Lungenentzündung im Bett gelegen. Ganz schwach hatte er sich gefühlt, als er endlich wieder aufstehen durfte, seine Muskeln wabbelig wie Lakritzschnüre, die in seinen Gliedmaßen schlackerten. Er war wütend auf Edvin gewesen, weil er nur seinetwegen so lange geschwommen war.*

*Und jetzt war sein Bruder tot.*

*Er konnte es immer noch nicht glauben. Konnte sich einfach nicht vorstellen, dass Edvin in dieser winzigen weißen Holzkiste lag, die über und über mit Blumen geschmückt war. Er fühlte auch nichts. Sein Inneres war wie erstarrt, als befände er sich immer noch im eiskalten Wasser wie an dem Tag, als das Bild entstanden war. Der letzte, an dem sie alle glücklich gewesen waren.*

*Seine Mutter öffnete ihre Handtasche und reichte ihm ein Papiertaschentuch. Er nahm es automatisch, merkte erst jetzt, dass sein Gesicht nass von Tränen war. Sein Vater, der an seiner anderen Seite saß, legte ihm tröstend die Hand auf die Schulter. Sie fühlte sich an wie ein Bleigewicht.*

*Der Pfarrer sprach darüber, was für ein wundervoller Junge Edvin gewesen sei. Immer gut gelaunt und fröhlich, mit diesem ansteckenden Lachen. Von der dunklen Seite sagte er nichts.*

*Er hörte nicht mehr zu, starrte nur immer weiter den Sarg und das Foto an. Das Brot, das er am Morgen hinuntergewürgt hatte, lag ihm wie ein Stein im Magen, der immer größer wurde. Sein Kopf fühlte sich dumpf an, angefüllt mit einer wattigen Leere.*

*Er bekam gar nicht mit, dass der Pfarrer seine Predigt beendet hatte. Erst als sein Vater ihn sanft von der Bank hochzog, wurde ihm klar, dass er nach vorn gehen und Abschied von Edvin nehmen musste.*

*Wieder blickte er auf den Sarg, dann auf das Foto.*

*Geliebter, gehasster Bruder.*

*Es tut mir so leid.*

*Er drehte sich abrupt um, trat zurück in die Reihe. Mechanisch folgten er und seine Eltern dem Pfarrer und den Sargträgern hinaus aus der Kapelle zu dem frisch ausgehobenen Grab. Mit gesenktem Kopf trottete er hinter ihnen her und registrierte nicht die Schönheit der Anlage, nicht das frische Grün, das in der Sonne leuchtete, nicht die hübschen Blumen, die den Friedhof zierten. Er sah nur die grauen Pflastersteine zu seinen Füßen, und in seinem Kopf hämmerte unablässig derselbe Gedanke.*

*Es ist alles meine Schuld.*

# 1

Er hatte schon ein ungutes Gefühl gehabt, als sie sich am Hamburger Flughafen in die Schlange am Check-in-Schalter eingereiht hatten. Jessica hatte dichtgehalten und ihnen bis zum Abflug nicht verraten, wohin die Reise gehen sollte. Und dann war es ausgerechnet Landvetter gewesen. Dabei hatte er auf keinen Fall nach Schweden gewollt, schon gar nicht nach Göteborg.

Während des Flugs hatte er versucht, sie auszuquetschen, doch Jessica hatte nur geheimnisvoll gelächelt. Julius hätte sie am liebsten geschüttelt. Er hasste Überraschungen. Und diese hier versprach eine zu werden, die ihm überhaupt nicht gefiel.

Er hoffte, dass sie wenigstens in der Stadt blieben, doch Jessica dirigierte sie zum Bus nach Saltholmen, gleich nachdem sie ihr Gepäck in Empfang genommen hatten. Julius tauschte einen kurzen Blick mit Kai und sah, dass der sich ebenso unbehaglich fühlte wie er.

»Jetzt sag schon«, drängte er. »Wohin fahren wir?«

»Wart's ab«, erwiderte Jessica. Sie warf ihre glänzenden goldbraunen Haare zurück, kletterte ihnen voran in den Bus und setzte sich mit Daniela in die erste Reihe. Julius blieb nichts anderes übrig, als sich mit Kai auf die Plätze daneben zu schieben.

Er starrte aus dem Fenster, während der Bus nach Göteborg hineinfuhr, vorbei an der Oper und dem Stenpiren, dem Nahverkehrshafen im Zentrum, dann an den Anlegern der großen Fähren. Hinter ihnen ragte der »Lippenstift« auf, dieses hässliche rot-weiße Gebäude, das zum unattraktiven Wahrzeichen der Stadt geworden war.

Nachdem sie Göteborg im Westen wieder verlassen hatten,

ging die Fahrt an der Küste entlang, vorbei an grauen Felsen und lichten Birkenwäldern, bis sie schließlich den Fähranleger Saltholmens Brygga erreichten.

Jessica stieg als Erste aus und strebte auf die Fähre zu. *Brännö Husvik* stand auf dem Schild über der Brücke.

Julius musste schlucken. Er drehte sich zu Kai um und sah, dass seinem Freund alle Farbe aus dem Gesicht gewichen war. Julius schloss kurz die Augen und versuchte, sich zu beruhigen. Asperö war nur einer der möglichen Ausstiege. Es konnte gut sein, dass sie einfach daran vorbeifuhren. Trotzdem hätte er am liebsten auf dem Absatz kehrtgemacht. Aber dann hätte er seiner Frau erklären müssen, weshalb er nicht dorthin wollte. Und das war vollkommen unmöglich.

Also betrat er die Personenfähre und folgte Jessica auf das offene Oberdeck mit den Sitzbänken. Wieder ließ sie sich neben Kais Frau Daniela nieder, so als wollte sie vermeiden, dass er sie in eine Diskussion verwickelte.

In seinem Innern breitete sich ein unerträgliches Kribbeln aus. Asperö war ein Stück Vergangenheit. Niemals wieder hatte er diese Insel betreten wollen. Natürlich konnte er nicht vergessen, was damals geschehen war, aber er konnte es zumindest verdrängen. Nur mit Mühe schaffte er es, auf seinem Platz sitzen zu bleiben. Er wollte sich bewegen, je schneller, desto besser. Mit dem Quad durch die Wüste bei Abu Dhabi oder mit dem Jetski an der kalifornischen Küste entlang. Wenn er wenigstens ein schnelles Boot mieten könnte. Doch auf diesen winzigen Inseln würde er kaum etwas Passendes finden.

Während seine Gedanken um Flucht kreisten, steuerte die Fähre Asperö Östra an. Jessica stand auf und lief beschwingt die Stufen zum Hauptdeck hinunter. Julius trottete hinter ihr her und fühlte sich wie ein Ochse auf dem Weg zur Schlachtbank. Jessica wollte tatsächlich nach Asperö. Kaum hatte man die

Klappe der Fähre hinuntergelassen, lief seine Frau auch schon an Land und winkte ein Taxi heran.

Sie drängten sich zu dritt auf die Rückbank. Julius merkte, wie er sich völlig verspannte. Kai und seine Frau Daniela waren beide nicht besonders schlank, und Julius quetschte sich an die Tür. Dabei hasste er körperliche Beengtheit mehr als alles andere.

Die Fahrt dauerte nur knapp fünf Minuten. Dann hielt das Taxi vor einem großen Gebäude im Schwedenstil, rot gestrichen, mit weißen Fensterrahmen und Umrandungen.

Julius starrte bestürzt zwischen den Vordersitzen durch die Windschutzscheibe. Nicht wegen des Hauses, sondern wegen der beiden Personen, die davor warteten.

Das hatte ihm gerade noch gefehlt.

Im selben Moment, als sie Julius' Miene sah, wusste sie, dass es ein Fehler gewesen war, herzukommen. Obwohl er sich Mühe gab, seine Emotionen zu verbergen, stand ihm der Schock ins Gesicht geschrieben.

Sie hatte ja auch gar nicht gewollt. Nicht nachdem sie den Wettstreit gegen Julius und Kai so schmählich verloren hatte. Dabei war sie die aussichtsreichste Kandidatin gewesen. Sie war jünger, hatte die besseren Zeugnisse, einen guten Draht zu den Klienten. Doch als es wirklich darauf ankam, waren ihr plötzlich am laufenden Band dumme Missgeschicke unterlaufen. Verpasste Termine, nicht eingehaltene Fristen, verlegte Notizen. Erst als es längst zu spät war, ging ihr auf, dass es nicht ihre eigene Schusseligkeit war, derentwegen ihr Julius und Kai den Jackpot vor der Nase weggeschnappt hatten. Die beiden hatten an der Sache gedreht. Und sie hatte es nicht bemerkt.

Seit Pia das klar geworden war, fühlte sie sich vollkommen leer. Monatelang hatte sie ihre gesamte Energie in das Projekt

Aufstieg gesteckt. Sie hatte weit über ihre Grenzen gelebt. Zu wenig geschlafen, sich zu wenig bewegt, die falschen Dinge gegessen. Sie hatte etliche Kilos abgenommen, und ihr eigentlich hübsches Gesicht wirkte ausgemergelt.

Burn-out, hatte die Therapeutin festgestellt, an die Pia sich schließlich gewandt hatte, und ihr eine Auszeit verordnet. Das war der Grund, weshalb Jessica ihr vorgeschlagen hatte, sie in den Urlaub zu begleiten. Pia hatte sich gesträubt. Ausgerechnet mit den beiden Männern verreisen, die die Schuld an ihrer Misere trugen? Doch Jessica hatte nicht lockergelassen. Es sei die perfekte Gelegenheit, die beiden zur Rede zu stellen. Jessica war empört darüber, was Julius und Kai sich geleistet hatten. *Sie* wollte mit den beiden ein Hühnchen rupfen, nicht Pia, der fehlte dazu die Kraft. Doch ausgerechnet ihre Therapeutin hatte Jessicas Plan unterstützt. Die Konfrontation würde ihr helfen, das Erlebte zu bewältigen und ihre Energie zurückzugewinnen, hatte sie gemeint. Was für ein Blödsinn!

Immerhin, Jessicas Augen leuchteten, als sie aus dem Taxi sprang, und sie schloss Pia stürmisch in die Arme.

»Wie schön, dass du da bist.«

Pia entspannte sich ein wenig. Vielleicht würde ihr die Nähe ihrer besten Freundin tatsächlich guttun.

Julius kam auf sie zu und reichte ihr die Hand. Er lächelte sogar. Dann verfinsterte sich sein Blick jedoch wieder. Er schaute den Mann an, der mit derselben Fähre wie Pia auf der Insel angekommen und die ganze Zeit hinter ihr hergelaufen war, bis sie schließlich das Haus erreichten und feststellten, dass sie dasselbe Ziel hatten. Erst da war ihr eingefallen, dass Jessica gesagt hatte, sie hätte noch jemanden eingeladen: Julius' alten Freund Steffen.

Sie hoffte nur, dass Jessica keine romantischen Ideen hegte. Dieser Steffen sah zwar nicht schlecht aus mit seinen braunen

Locken, den dunklen Augen und dem Dreitagebart, aber er hatte etwas Rohes an sich. Wild, ungezügelt, abenteuerlustig wirkte er. Die Sorte Mann, bei der so manche Frau ins Träumen kam. Pia gehörte nicht dazu. Sie mochte Männer, die weicher waren. Sensibel, fürsorglich, verständnisvoll. Leider hatte sie bisher noch keinen gefunden, der ihren Wünschen entsprach.

»Steffen.« Julius reichte dem Abenteurer die Hand. Seine Stimme war so kalt, als hätte er mit Eiswürfeln gegurgelt, und Pia ging auf, dass seine versteinerte Miene nicht ihr gegolten hatte, sondern dem Mann neben ihr.

Wusste Julius überhaupt, dass sie begriffen hatte, was Kai und er ihr angetan hatten? Oder dachte er immer noch, dass sie die Schuld bei sich selbst suchte? Immerhin hatte sie es über Monate getan, zu gutgläubig und blind, um sich vorstellen zu können, dass ihre beiden Kollegen, die so freundlich und charmant waren, zu solchen Mitteln greifen würden, um sie zu überflügeln.

*Mobbing* hatte es ihre Therapeutin genannt.

Pia hatte sich mit dem Begriff schwergetan. Bedeutete das nicht, dass man ein Opfertyp war? Ein Mensch, dessen soziales Unvermögen dazu führte, dass er zum Spielball seiner Kollegen wurde? Ihre Therapeutin hatte sich den Mund fusselig geredet, um sie zu der Einsicht zu bewegen, dass Mobbing jedem passieren konnte. Egal, ob man in Ordnung war oder nicht. Manchmal reichte es, etwas zu besitzen, das jemand anders haben wollte. Oder schlichte Konkurrenz, so wie in ihrem Fall. Pia hatte dazu genickt, doch tief im Innern war sie nach wie vor davon überzeugt, dass es etwas mit ihr zu tun hatte. Mit der Person, die sie war.

»Julius.« Steffen nahm Julius' Hand und drückte sie. Zu fest für dessen Geschmack, wenn Pia das Zucken in Julius' Mundwinkeln richtig deutete. Als Steffen ihn wieder losließ, schüttelte er verstohlen die Finger aus.

Steffen wandte sich an Kai, der kaum weniger entsetzt wirkte als Julius.

»Kai.« Steffen ergriff auch dessen Hand. »Schön, euch wiederzusehen.«

»Ja.« Kai rang sich ein mühsames Lächeln ab. »Ich wusste gar nicht, dass du wieder draußen bist.«

Bei Pia läuteten die Alarmglocken. Jessica hatte gesagt, Steffen sei ein Freund, der eine schwere Zeit hinter sich habe. Von einem Gefängnisaufenthalt war nicht die Rede gewesen. Aber wie sonst sollte man Kais Worte interpretieren?

»Seit zwei Monaten«, erklärte Steffen und drehte sich zu Daniela um. Sie schien ihn nicht zu kennen, zumindest war ihre Miene eher fragend als ablehnend.

»Du musst Daniela sein, Kais Frau.«

»Richtig.« Sie schüttelte ihm die Hand.

»Ich bin Steffen, ein alter Freund von Julius und Jessica. Sie hat gesagt, du bist Krankenschwester?«

»Stimmt.«

»Dann kann uns ja nichts passieren«, witzelte er. In Pias Ohren klang es fast wie eine Drohung. Hatte Steffen etwa noch eine Rechnung mit Julius und Kai offen?

Vielleicht wäre es das Beste, sofort die Heimreise anzutreten, doch Jessica ließ ihr keine Chance. Sie lächelte strahlend und zog einen Schlüssel aus ihrer Handtasche.

»Also. Willkommen auf Asperö. Wir werden uns hier zwei wunderbare Wochen machen«, sagte sie und öffnete die Haustür.

Pia kannte Jessica seit vielen Jahren, doch sie hätte nicht sagen können, ob ihre Freundin das ernsthaft glaubte. Falls ja, war sie wahrscheinlich die Einzige.

# 2

Die Luft war so klar, wie sie es zu Hause in Hamburg nie erlebte. Am Morgen war die Sonne hinter zarten Dunstschleiern aufgegangen, doch im Laufe des Vormittags hatten sich die Wolken verzogen. Für Ende September war es außergewöhnlich schön.

Jetzt stand die Sonne fast im Zenit, und die Temperatur schien mit jeder Minute zu steigen. Daniela wischte sich mit dem Handrücken den Schweiß von der Stirn. Sie hoffte, dass es im Laufe des Nachmittags abkühlen würde.

Behutsam pflückte sie einen der Pilze, die zwischen Moos und Flechten auf dem steinigen Waldboden wuchsen, und legte ihn zu den anderen in ihrem Korb. Die Bäume um sie herum warfen wohltuende Schatten. Es ging kaum ein Lüftchen, doch hier in dem kleinen Wald konnte man es aushalten.

Es war das erste Mal, dass sie auf den Schären war, und sie musste zugeben, dass die Landschaft einmalig war. Buckelige Felseninseln in einem blau schimmernden Meer, so ruhig und friedlich, dass man glaubte, alle Ängste und Sorgen vergessen zu können. Vielleicht hätte es sogar funktioniert, wenn sie mit Kai alleine hergekommen wäre. Doch die Konstellation, in der sie sich hier zusammengefunden hatten, sorgte dafür, dass sich nichts von der wohltuenden Atmosphäre in ihrem Innern ausbreiten konnte.

Daniela fühlte sich nicht frei, sondern eingesperrt. Weil sie hier nicht einfach wegkonnte, und weil die Insel so klein war. Es gab ja nicht einmal Ferienunterkünfte.

Jessica hatte natürlich trotzdem eine gefunden. Ein Freund und Kollege ihres Vaters, ein Anwalt für internationales Wirtschaftsrecht mit eigener Kanzlei, siedelte gerade von Göteborg nach Stockholm über. Sein Haus auf Asperö war bereits von persönlichen Gegenständen entleert, aber die Möbel waren noch dort. Er hatte Jessicas Vater angeboten, es über den Sommer als Ferienhaus zu nutzen, ehe im Herbst die Möbelpacker kamen. Für die Tochter seines alten Freundes machte er einen guten Preis.

Das Haus lag einsam in der Mitte der Insel, umgeben von einem dichten Ring aus dunkelgrünen Bäumen. Es verfügte über drei Schlafzimmer, ein großzügiges Wohnzimmer, eine komfortabel eingerichtete Küche, zwei Bäder und eine große Terrasse. Für ihre Reisegruppe fehlte eigentlich ein Zimmer, aber Steffen hatte sich sofort bereit erklärt, im Wohnzimmer auf dem Sofa zu schlafen.

Es war die perfekte Kulisse für einen Traumurlaub, doch Daniela wäre trotzdem lieber zu Hause geblieben. Oder anderswo hingefahren. Je weiter von Julius entfernt, desto besser. Aber Kai war natürlich Feuer und Flamme gewesen, als Jessica den Vorschlag gemacht hatte, gemeinsam zu verreisen.

Die beiden Männer waren so gut wie unzertrennlich. Seit sie sich am ersten Tag ihres Jurastudiums kennengelernt hatten, unternahmen sie einfach alles zusammen. Besuchten jede Vorlesung und jedes Kolloquium gemeinsam, büffelten zu zweit für die Prüfungen. Fingen nach dem Abschluss in derselben Kanzlei in Hamburg an.

Daniela verstand bis heute nicht, warum Julius nicht bei Jessicas Vater eingestiegen war. Wirtschaftsanwälte verdienten überdurchschnittlich gut, und sein Schwiegervater hätte Julius sicher den roten Teppich ausgerollt. Aber Julius hatte sich entschieden, Strafverteidiger zu werden, genau wie Kai. Wahrscheinlich wollte er beweisen, dass er es auch aus eigener Kraft zu etwas brachte.

Mittlerweile hatten sie es beide geschafft. Seit dem letzten Monat waren Julius und Kai Teilhaber in der Hamburger Kanzlei. Ein Ereignis, das es zu feiern galt, fand Jessica, und hatte deshalb diese Reise organisiert. Sie hatte ihnen das genaue Ziel nicht verraten, nur dass es Schweden sein sollte, wahrscheinlich, weil Julius' und Kais gemeinsamer Urlaub nach dem Examen sie dorthin geführt hatte. Auch dass sie nicht zu viert, sondern zu sechst sein würden, hatten sie erst erfahren, als sie bereits vor Ort waren.

Dass Jessica ihrer besten Freundin Pia vorgeschlagen hatte, die beiden Ehepaare zu begleiten, konnte Daniela gerade noch verstehen, auch wenn sie an Pias Stelle sicherlich abgelehnt hätte. Immerhin hatte sich Julius' und Kais junge Kollegin ebenfalls Hoffnungen auf eine Teilhaberschaft gemacht, war aber von den beiden Männern ausgestochen worden.

Was sie dagegen überhaupt nicht begriff, war, weshalb Jessica auch Steffen eingeladen hatte. Einen Mann, der bis vor Kurzem im Gefängnis gesessen hatte, und, wie sie inzwischen erfahren hatte, ein ehemaliger Klient von Julius und Kai war. Angeblich ging es Jessica darum, ihm den Wiedereinstieg in ein normales Leben zu erleichtern, weil Steffen ein alter Freund von Julius war. Doch Jessica hatte eigentlich keine ausgeprägte soziale Ader. Es musste noch irgendetwas anderes dahinterstecken.

Daniela holte tief Luft. Letztlich war es auch egal. Jessicas Plan war ohnehin nicht aufgegangen. Die ausgelassene Stimmung, die auf der Fahrt zum Hamburger Flughafen geherrscht hatte, war verflogen, als sich herausstellte, dass die Reise nach Göteborg ging, und die Atmosphäre war geradezu eisig geworden, als sie bei ihrer Unterkunft auf Asperö auf die beiden Überraschungsgäste stießen, die mit der Fähre von Kiel gekommen waren.

Daniela konnte sich keinen Reim darauf machen, und sie hatte auch aus Kai nichts herausbekommen, aber das Ende vom Lied war, dass sie nichts gemeinsam unternahmen, sondern jeder seiner eigenen Wege ging.

Ihr war das ganz recht. So war sie zumindest nicht die ganze Zeit mit Julius konfrontiert. Und sie hatte etwas gefunden, das ihr Freude machte. In dem Gehölz, das das Haus umgab, wuchsen zahlreiche Pilze. Weil sie für ihr Leben gern kochte, hatte sie vor einigen Jahren einen Volkshochschulkurs besucht und gelernt, welche giftig und welche essbar waren. Sie hatte auch eine ganze Reihe toller Rezepte gelernt.

Mittlerweile war der kleine Korb, mit dem sie sich nach dem zweiten Frühstück auf den Weg gemacht hatte, gut gefüllt. Wenn sie im Supermarkt im Ort ein paar Zutaten kaufte, könnte sie am Abend ein wunderbares Geschnetzeltes mit Röstkartoffeln und Pilzen zubereiten. Vielleicht würde das die Stimmung verbessern.

Ganz kurz durchzuckte sie der Gedanke, dass sie auch ein paar giftige Exemplare einsammeln und sie Julius unters Essen mischen könnte. Sie tat es natürlich nicht, aber die Vorstellung, wie er sich auf den Tisch übergab und unter Krämpfen zuckend vom Stuhl stürzte, hob ihre Laune beträchtlich.

Mit mehr Optimismus als noch vor ein paar Stunden machte sie sich auf den Weg zurück zum Haus. Sie sang sogar vor sich hin, einen alten ABBA-Song von dem Album, das ihre Eltern rauf- und runtergehört hatten, als sie mit dem Wohnwagen nach Dänemark gefahren waren. Acht oder neun musste sie da gewesen sein. Sie hatte die Musik gemocht, auch wenn sie schon damals nicht mehr up to date gewesen war. Aber die Lieder waren so beschwingt, und sie erinnerten Daniela an die glücklichen Tage. Ehe es zwischen ihren Eltern ständig Zank und Streit gegeben hatte.

Als sie aus dem Wald hinaustrat, fiel ihr auf, dass die Haustür offen stand. Sie klapperte im Wind, und in der Luft hing ein seltsamer Geruch, irgendwie metallisch. Aus dem Augenwinkel bemerkte sie einen Schatten, ein Huschen am Waldrand, doch als sie den Kopf drehte, war nichts zu sehen. War dort ein Mann gewesen, eine schlanke, dunkel gekleidete Gestalt? Oder hatte ihre Fantasie ihr einen Streich gespielt?

Wahrscheinlich war es nur ein Ast gewesen, der sich im Wind bewegte. Trotzdem hatte sie das bedrückende Gefühl, dass irgendetwas nicht stimmte. Sie packte den Henkel ihres Korbs fester und beschleunigte ihre Schritte. Was immer es war, sie würde der Sache auf den Grund gehen.

Er wusste nicht, wie lange er schon auf den Schwimmer starrte, der träge auf den Wellen dümpelte. Vor zweihundert Jahren hatte man hier auf Asperö vom Fischfang gelebt, doch dann war der Hering ausgeblieben, und die Menschen hatten sich neu orientieren müssen. Statt selbst die Früchte des Meeres einzubringen, hatten sie sich auf den Handel verlegt.

*Aber mit was?*, fragte sich Kai. In den Stunden, die er seit dem frühen Morgen hier saß, hatte noch nicht einmal der winzigste Fisch angebissen. Aber die großen Kutter machten wohl weiter draußen auf der Nordsee immer noch ihren Fang. Ihm selbst dagegen blieb der Erfolg verwehrt.

Es kam ihm wie ein Sinnbild seines Lebens vor.

Dabei hatte doch alles so hoffnungsvoll begonnen. Damals, als er Julius begegnet war, gleich auf der ersten Party des Einstiegssemesters. In der Schule hatte er keine richtigen Freunde gehabt, nur eine Clique, mit der er sich regelmäßig traf. Doch die Jungs waren ihm immer fremder geworden. Alle hatten nach der zehnten Klasse mit der Schule aufgehört, verdienten Geld, redeten über Fußball, Markenklamotten und Frauen. Themen, bei denen er nicht mithalten konnte. Er war nicht sportlich, hatte kein Geld für teure Labels, und die Frauen interessierten sich nicht für ihn. Immer mehr hatte er sich als Außenseiter gefühlt. Bis Julius ihm vor Augen geführt hatte, dass er etwas aus seinem Leben machen konnte.

Es war verdammt harte Arbeit gewesen. Er war kein Überflieger wie Julius, aber er hatte es geschafft. Die ganze Büffelei hatte sich ausgezahlt. Julius hatte es fertiggebracht, dass sie ihr Referendariat gemeinsam in der Hamburger Kanzlei absolvieren konnten, und anschließend hatte man sie beide übernommen.

Julius war sein großes Vorbild gewesen. Viel zu spät hatte er kapiert, dass sein Freund ihn nur manipulierte. Aber da war schon alles aus dem Ruder gelaufen. Und Julius hatte seine Schwäche gnadenlos ausgenutzt.

Fast hätte Kai gelacht. Nach außen hin schien sein Leben perfekt. Eine glänzende Fassade, von anderen mit Anerkennung, manchmal auch mit Neid betrachtet. Doch dahinter befand sich ein Abgrund.

Es war diese Reise damals nach Schweden gewesen, der Trip nach dem Studium, der größte Fehler seines Lebens. Danach waren weitere gefolgt, als wäre dieser erste der Dominostein gewesen, der eine ganze Reihe anderer zum Umfallen gebracht hatte. Seitdem hatte Julius ihn in der Hand. Mit einem einzigen Fingerschnipsen könnte er alles, was Kai sich in den letzten dreizehn Jahren aufgebaut hatte, zum Einsturz bringen. Der Gedanke daran quälte ihn jede Nacht.

Er hätte auf Daniela hören sollen. Sie hatte Julius nie gemocht. Doch er hatte diese Tour unbedingt machen wollen. Das erste und wahrscheinlich letzte halbwegs große Abenteuer seines Lebens. Gerade weil sie beide plötzlich keine Singles mehr waren. Ein halbes Jahr vor Ende des Studiums hatte Julius Jessica kennengelernt. Kai war zuerst eifersüchtig gewesen und dann wütend auf sich selbst, weil es einfach zu albern war. Um sich zu beweisen, dass er auch ohne Julius Spaß haben konnte, war er in einen Klettergarten gegangen. Obwohl man dort bestens gesichert war, hatte er es geschafft, sich den Fuß zu brechen.

Im Krankenhaus hatte ihn Schwester Daniela umsorgt, und er hatte sich in sie verliebt. Julius hatte sich den Mund fusselig geredet, um ihn von diesem Unsinn, wie er es nannte, zu kurieren. Was er denn mit diesem naiven blonden Pummelchen wolle? Einer Frau völlig unter seinem Niveau? Diese angebliche Verliebtheit könne doch nur eine Folge der Narkosemittel sein, die ihm das Hirn vernebelten.

Kai hatte seinen bissigen Spott ignoriert. Ein Jahr später hatte er Daniela geheiratet, zwei Monate nachdem sich Julius und Jessica das Jawort gegeben hatten.

Natürlich konnte Daniela nicht mit Jessica mithalten. Jessica war attraktiv, stammte aus gutem Haus und hatte ihr Examen als Steuerberaterin mit Bestnoten abgeschlossen. Daniela kam aus einfachen Verhältnissen wie er selbst. Sie war nicht schlagfertig, ironisch und witzig wie Julius und Jessica. Aber sie war herzlich und treu. Und sie liebte ihn. In schwachen Momenten fragte er sich, ob für ihn dasselbe galt, oder ob er Daniela nur aus Trotz geheiratet hatte, um vor Julius nicht als Versager dazustehen. Doch diesen Gedanken verdrängte er jedes Mal schnell. Auf manche Fragen suchte man besser keine Antwort.

Der Schwimmer begann plötzlich auf der Wasseroberfläche zu tanzen. Kai hob eilig die Angel und drehte an der Kurbel. Die Leine wickelte sich auf, und gleich darauf kam der Haken zum Vorschein. Er war leer.

Kai seufzte enttäuscht.

Als sie auf der Insel angekommen waren und die beiden anderen getroffen hatten, war ihm klar geworden, dass er etwas unternehmen musste. Auch wenn es ihm wehtat. Er wollte seinen besten Freund nicht verlieren. Obwohl er ihn längst durchschaut hatte, war er immer noch einer der wichtigsten Menschen in seinem Leben. Aber ihm blieb keine andere Wahl.

Er schaute auf die Uhr und stellte fest, dass es bereits früher Nachmittag war. Zeit, zum Haus zurückzukehren und nachzusehen, ob sein Plan aufgegangen war.

Sorgfältig wie immer packte er seine Sachen zusammen. Er rollte die Angelschnur auf, entfernte den Haken und verstaute ihn in einem separaten Etui. Anschließend steckte er die Angel in ihre Hülle und zog den Reißverschluss zu. Als alles erledigt war, nahm er die Ruder des kleinen Bootes auf und fuhr zurück zur Insel. An einer flachen Stelle zog er es auf die Felsen und marschierte zwischen den Bäumen hindurch zum Haus.

Seine Frau stand vor der Eingangstür, als hätte sie der Blitz getroffen. Ihr Gesicht war weiß wie eine Wand. Hinter ihr auf der Schwelle lag etwas, ein umgekippter Weidenkorb. Ringsherum waren zahllose Pilze verstreut. Einige sahen aus, als hätte sie sie zertreten.

Erst als er näher kam, bemerkte er, dass die gesamte Vorderseite ihres Kleids mit etwas Rotem verschmiert war. Es zog sich in dunklen Streifen an den Ärmeln entlang, und auch an ihren Händen klebte die zähe Flüssigkeit. Kai wusste sofort, was es war, auch wenn sein Verstand sich weigerte, es zu akzeptieren.

Blut. Alles war voller Blut.

Sie keuchte, als sie zum dritten Mal den Weg um die Insel herumlief. Immer noch hielt sie ein hohes Tempo, als ob sie davonrennen wollte, dabei führte der Weg unweigerlich immer wieder zurück zum Haus. Jessica wischte sich den Schweiß ab, der ihr vom Haaransatz in die Augen rann. Der Rücken ihres Laufshirts war komplett durchnässt, genau wie die Achselhöhlen. Es war heiß; die Sonne stand hoch am klaren blauen Himmel. Das Licht funkelte auf dem Wasser des Kattegat, das überall zwischen den Bäumen hervorblitzte.

Es war noch viel schöner, als sie es sich erhofft hatte. Trotzdem war ihr alles andere als fröhlich zumute.

War es falsch gewesen, die Sache derart zu forcieren? Hätte sie sich und den anderen mehr Zeit geben sollen? Aber das Warten lag ihr nicht. Sie glaubte nicht daran, dass sich Dinge von selbst klärten. Wenn man etwas erreichen wollte, musste man daran arbeiten. Genau das hatte sie getan.

Sie näherte sich dem dichten Ring aus Bäumen, der das Haus umgab, und ihre Schritte wurden langsamer. Plötzlich war sie sich gar nicht mehr sicher, dass sie die Konfrontation durchstehen würde. Aber nachdem sie die Sache nun einmal ins Rollen gebracht hatte, musste sie sie auch durchziehen. Es durfte nur niemand merken, dass ihr fast schlecht vor Angst war.

Als sie zwischen den Bäumen hervortrat, entdeckte sie Kai und Daniela. Sie standen vor dem Haus wie verlorene Kinder, die sich im Wald verlaufen hatten. Daniela schien zu zittern und fuhr sich immer wieder mit beiden Händen übers Gesicht. Kai war vollkommen erstarrt. Er machte keine Anstalten, sich ihr zuzuwenden und sie zu trösten.

Jessica beschleunigte ihre Schritte wieder. Kai und Daniela wandten ihr die Köpfe zu, und sie erkannte die Panik in ihren Blicken.

»Jessica.«

Kais Stimme klang dumpf. Sie schaute erst ihn, dann Daniela an. Jetzt, aus der Nähe, sah sie, dass ihr Gesicht nass von Tränen war und ihr Kleid und ihre Hände mit irgendetwas Rotem verschmiert waren. Hatte sie nicht eigentlich Pilze sammeln wollen? Aber vielleicht hatte sie sich ja stattdessen für Himbeeren oder Brombeeren entschieden. War sie dabei ins Dornengestrüpp gestürzt und hatte sich verletzt? Angesichts der großen

Menge roter Flüssigkeit erschien ihr diese Erklärung allerdings nicht sehr plausibel. Doch was war es dann?

»Was ist denn los?«

Die beiden antworteten nicht. Daniela gestikulierte nur hilflos in Richtung des Schwedenhauses. Jessica setzte sich in Bewegung.

Kai war mit zwei Schritten bei ihr und griff grob nach ihrem Arm.

»Nein. Geh da nicht rein.«

Jessica riss sich unwillig los. Sie ließ sich nichts vorschreiben, schon gar nicht von einem Waschlappen wie Kai. Energisch strebte sie zur Haustür. Kai folgte ihr nicht. Er blieb mit hängenden Armen neben seiner Frau stehen, genauso passiv und durchsetzungsschwach, wie sie ihn kannte.

Ein unangenehmer Geruch schlug ihr entgegen. Eine Mischung aus rohem Fleisch und noch etwas anderem, irgendwie Metallischem. In ihrem Hinterkopf schrillte eine Alarmglocke. Die beiden mussten etwas wirklich Übles angestellt haben.

Vom Hauseingang aus konnte sie durch den Flur und die offen stehende Tür in die Küche sehen.

Jessica blieb wie angewurzelt stehen. Ein schriller Schrei gellte ihr in den Ohren. Erst mit Verspätung begriff sie, dass sie selbst es war, die geschrien hatte.

Wie von einer unsichtbaren Hand geschoben, bewegte sie sich durch den Flur zur Küche. Sie blinzelte, als könnte sie so das grässliche Bild vertreiben, das sich ihr bot, doch egal, wie oft sie die Lider senkte und wieder hob, es änderte sich nichts.

Julius lag rücklings auf dem Boden. Mund und Augen standen offen, die blonden Haare waren wie ein Fächer um seinen Kopf ausgebreitet. Das weiße Hemd war zerrissen und mit Blut getränkt. Neben ihm auf dem Boden lag ein Messer mit blutverschmierter Klinge.

Jessica wandte sich abrupt ab und stürzte ins Bad. Eine eiserne Hand würgte sie und presste ihren Magen zusammen. Sie schaffte es gerade noch, den Toilettendeckel hochzuklappen.

Das hatte sie nicht gewollt.

# 3

Frederik Forsberg stellte seinen Elektroroller vor der weißen Villa ab und ging die Stufen zum Eingang hinauf. Wie immer genoss er die Stille dieses Ortes, der abgeschieden in einem hellen Birkenhain in der Nähe von Lilleby lag. Er öffnete die Eingangstür und lief durch die Halle und den langen, in hellen Pastelltönen – Gelb, Rosa, Orange – gestrichenen Flur zu Emmas Zimmer. Er freute sich darauf, das Mädchen zu sehen, auch wenn es ihn schmerzte, dass Emma in dieser Einrichtung leben musste. Andererseits könnte er sie vermutlich gar nicht treffen, wenn sie bei ihrer Mutter und deren Mann wohnte.

Er hatte Arvid Ekström seit dem letzten Sommer nicht gesehen, doch ihre letzte Begegnung in der Göteborger Oper stand ihm immer noch wie ein grelles Zerrbild vor Augen. Ekström hatte ihm deutlich zu verstehen gegeben, dass es ihm nicht gut bekäme, wenn er sich weiter in seine Angelegenheiten einmischte.

Auch Lea hatte er seitdem nur wenige Male getroffen. Nachdem Ekström herausgefunden hatte, dass sie sich kannten, war es noch gefährlicher geworden. Immerhin glaubte er nicht länger, dass seine Frau Informationen über seine Geschäfte an die Polizei weitergegeben hatte, vor allem wohl deshalb, weil sie schlicht nichts wusste. Aber er ahnte, dass es zwischen ihnen eine Anziehung gab, auch wenn ihm sicher nicht klar war, wie gut sie sich kannten. Andernfalls hätte er Lea wahrscheinlich eingesperrt.

Viele Gelegenheiten, allein das Haus zu verlassen, gewährte er ihr trotzdem nicht mehr. Im Gegensatz zu früher begleitete er sie fast immer, wenn sie ins Theater oder zu irgendwelchen Wohltätigkeitsveranstaltungen ging. Lea informierte ihn darüber mit dem geheimen Handy, das Frederik ihr besorgt hatte.

Seine Gedanken kreisten ständig um sie. Er liebte diese Frau, doch solange sie bei ihrem Mann blieb, konnte er nichts tun. Natürlich verstand er, dass sie Angst hatte. Ekström war skrupellos und gewaltbereit. Frederik hatte drei Jahre lang vergeblich versucht, den Spediteur wegen seiner illegalen Waffengeschäfte hinter Gitter zu bringen. Er vermutete auch, dass Ekström für den Anschlag verantwortlich war, den man im letzten Sommer auf sein Boot verübt hatte. Aber er konnte es nicht beweisen.

Lea war eine wunderschöne Frau, doch ihr Körper wurde fast immer von blauen Flecken verunstaltet. Frederik wusste, dass ihr Mann sie schlug. Deshalb, aber auch wegen Emma, wünschte er sich, sie würde ihn endlich verlassen. Doch Lea fürchtete sich viel zu sehr davor, dass er ihr die Tochter wegnehmen könnte.

Frederik schob die Gedanken beiseite. Er wollte Emma nicht mit seiner düsteren Stimmung belasten. Das Mädchen war hochsensibel und reagierte extrem auf Irritationen. Bei Emma musste alles seine Ordnung haben. Das war der zentrale Bestandteil ihrer Persönlichkeit.

Sacht klopfte er an und drückte leise die Klinke. Emma mochte keine lauten Geräusche. Er öffnete die Tür und trat ins Zimmer. Dann blieb er überrascht stehen.

Er hatte erwartet, Emma beim Sortieren ihrer Legosteine vorzufinden. Sie spielte nicht mit ihnen, sondern ordnete sie nach Größe und Farbe. Ihr Zimmer war stets so aufgeräumt, wie es sich die Eltern anderer Kinder nur wünschen konnten, doch jetzt sah es aus, als hätte eine Bombe eingeschlagen.

Die Legosteine waren über den ganzen Raum verstreut. Die Boxen, in denen Emma sie gewöhnlich verwahrte, lagen überall auf dem Boden herum, statt wie sonst in Reih und Glied zu stehen. Der Kleiderschrank war offen. Etliche Kleidungsstücke hingen schief auf den Bügeln, andere waren leer. Als hätte jemand in aller Eile ein paar Sachen herausgerissen. Jemand, der keinen Wert auf Ordnung legte.

Erst jetzt entdeckte Frederik Emmas Lieblingsspielzeug, ein gelbes Plastikauto mit großen, beweglichen Rädern samt passendem Anhänger. Es lag auf der Seite, in der Ecke neben dem Schrank. Das rechte Vorderrad war abgebrochen.

Der Anblick versetzte ihm einen Stich. Niemals hätte Emma das getan. Er spürte, wie seine Handflächen feucht wurden und sich seine Atmung beschleunigte. Was, um alles in der Welt, war hier geschehen?

»Herr Forsberg?«

Frederik zuckte erschrocken zusammen. Er hatte nicht bemerkt, dass jemand den Raum betreten hatte. Es war eine der Betreuerinnen. Sie hatte die Tür wohl ebenso behutsam geöffnet, wie er selbst es zu tun pflegte.

Er musste schlucken, weil sein Mund so ausgetrocknet war.

»Wo ist Emma?«

Die junge Frau schaute ihn traurig an.

»Ihre Eltern haben sie abgeholt. Ihr … Vater meint, es sei besser, wenn Emma bei ihnen zu Hause aufwächst.«

Frederik blinzelte. Die Auskunft traf ihn wie ein Schlag in die Magengrube.

»Sie bringen sie nicht zurück?«

Die Pflegerin zupfte an ihrem Pullover. Er war hellgelb und harmonierte gut mit ihren blonden Haaren, die ihr in einem langen Zopf über den Rücken fielen. Sie hatte ein offenes Gesicht, und ihre Mundwinkel wiesen ganz leicht nach oben. Ihr Lächeln war sicher ansteckend, doch im Augenblick war alles Fröhliche in ihrem Blick erstickt.

»Ich fürchte, nein. Ihr … Vater war sehr ungeduldig. Emma wollte erst ihre Legosteine in die Boxen sortieren, aber er hat sie einfach weggetreten. Er hat auch ihren Laster kaputt gemacht.« Ihre Augen glänzten feucht. »Emma war ganz steif, ihr Gesicht vollkommen starr. Sie kann sich ja nicht wehren. Ihr … Vater hat sie einfach hochgenommen und weggetragen.«

Was sie sagte, traf ihn mitten ins Herz. Trotzdem war ihm natürlich schon beim ersten Mal die kleine Pause nicht entgangen, die sie bei der Erwähnung von Emmas Vater einlegte.

Er sprach sie nicht darauf an, sondern hob nur leicht die Augenbrauen. Das reichte schon.

Die junge Frau errötete.

»Entschuldigen Sie. Es geht mich ja nichts an. Aber ich habe Sie gesehen. Sie und Frau Ekström, meine ich. Draußen im Hof. Da war so viel …«, sie stockte, wusste wohl nicht, wie direkt sie ihm gegenüber werden durfte, »Vertrautheit zwischen Ihnen«, entschied sie sich schließlich für die Variante, die nicht geradewegs in ein Fettnäpfchen führte. »Ich dachte, vielleicht sind ja Sie …?« Wieder führte sie den Satz nicht zu Ende. »Weil Sie immer kommen und so liebevoll mit Emma umgehen. Ihre Besuche tun ihr gut. Sie ist immer viel ausgeglichener, wenn Sie bei ihr waren.«

»Danke.« Frederik freute sich über ihre Worte, weil sie ihm zeigten, dass er zumindest bei Emma etwas richtig machte. Er beschloss, ihre Offenheit mit gleicher Münze zurückzuzahlen.

»Ich weiß es selbst nicht«, sagte er ehrlich. »Aber ich wäre es gern.«

Er sah, wie es hinter der Stirn der Pflegerin arbeitete.

»Sie könnten … Ich meine, wenn Sie einfach ein paar Haare aus ihrer Bürste mitnehmen? Dann könnten Sie einen Test machen lassen. Sie sind doch bei der Polizei?«

»Ja.« Frederik erinnerte sich, dass er seinen Beruf angegeben hatte, als er sich in die Liste der Besuchsberechtigten hatte eintragen lassen. Hier im Haus gab es genügend Kinder, deren Symptome die Folge häuslicher Gewalt waren. Zumindest bei denjenigen, die das Glück hatten, dass ihren Peinigern vonseiten der Behörden der Kontakt untersagt war, wollte man sicherstellen, dass diese sich nicht heimlich Zutritt verschafften. In Emmas Fall nützte es nichts. Lea hatte die Misshandlungen nie zur Anzeige gebracht, die sie selbst erlitten hatte. Emma war von Ekström zwar nicht geschlagen worden, doch sie hatte sicher mitbekommen, wie er ihre Mutter behandelte. Frederik war davon überzeugt, dass dieses Trauma einen Anteil an ihren Entwicklungsschwierigkeiten hatte.

Natürlich hatte er selbst schon darüber nachgedacht, heimlich einen DNA-Test machen zu lassen. Er hatte Zugriff auf alle kriminaltechnischen Verfahren der Göteborger Polizeibehörde. Es wäre kein Problem, einen Kollegen um eine Analyse zu bitten. Die Wahrheit aber war, dass er sich vor dem Ergebnis fürchtete.

Was, wenn Emma tatsächlich nicht seine Tochter war?

Er hatte sich so daran gewöhnt, sich als ihr Vater zu fühlen, dass es ihn schwer träfe, wenn er es nicht wäre. Obwohl das natürlich albern war. Er könnte sich ebenso um sie kümmern wie bisher. So oder so war sie schließlich Leas Tochter, und Frederik liebte sie beide.

Die junge Pflegerin konnte ihm seine Gedanken offenbar vom Gesicht ablesen.

»Ich verstehe. Aber wir hier … Wir würden uns freuen, wenn Emma bei Ihnen und Frau Ekström leben könnte.«

Was exakt sein größter Wunsch war, zugleich aber auch vollkommen unmöglich. Dazu müsste er erst Ekström hinter Gitter bringen, und davon war er weit entfernt.

Er fragte sich, was er jetzt unternehmen könnte. Solange Arvid Ekström vor dem Gesetz Emmas Vater war, hatte er jedes Recht, Emma aus dem Heim zu holen, in das man sie freiwillig gegeben hatte. Frederik konnte überhaupt nichts dagegen tun. Dabei konnte er sich ausmalen, was geschehen würde, wenn Emma dauerhaft in Ekströms Haus lebte. Arvid hätte sicher keine Freude an diesem Kind. Er würde sie schlecht behandeln und weiter traumatisieren. Und die Chancen, dass Emma jemals aus ihrem Schneckenhaus herauskam, dramatisch verschlechtern.

Mitten in seine Überlegungen hinein klingelte sein Smartphone. Frederik zog es aus der Tasche und schaute auf das Display.

»Verzeihung. Das muss ich annehmen, ich bin im Dienst.« Der Anrufer war Birger Holm, der Chef des Göteborger Polizeipräsidiums. Frederik wandte sich halb von der Pflegerin ab, und diese trat rücksichtsvoll ein paar Schritte beiseite.

»Hallo, Frederik«, sagte Birger. »Entschuldige, wenn ich dich bei deinem spontanen Besuch bei Emma störe. Aber wir haben einen Toten auf Asperö.«

Frederik presste die Lippen zusammen. Ungünstiger hätte der Anruf nicht kommen können. Andererseits: Vielleicht war es gut, wenn er eine Aufgabe hatte. Weil er sonst vielleicht etwas sehr Dummes tat.

Im Grunde hatte er ja schon vorher geahnt, dass irgendetwas nicht so war, wie es sein sollte. Warum sonst hatte er an einem Dienstag ganz gegen seine Gewohnheit am frühen Nachmittag das Büro verlassen, um zu Emma zu fahren? Normalerweise besuchte er sie am Wochenende, immer zur selben Zeit, weil sie keine Überraschungen mochte. Wie bei allen Asperger-Autisten waren Routine, Verlässlichkeit und Vorhersehbarkeit entscheidende Faktoren in ihrem Leben. Und trotzdem hatte er plötzlich den unbezwingbaren Wunsch verspürt, sie zu sehen. Birger hatte nichts dagegen gehabt, dass er eine ausgedehnte Mittagspause einlegte. Es war ohnehin nicht viel zu tun gewesen.

»Sie ist gar nicht da«, berichtete er. »Ihre Eltern haben sie abgeholt.«

Birger, der mit der Situation vertraut war, seufzte leise.

»Das tut mir leid für dich.«

»Danke.« Frederik fühlte sich nicht in der Lage, mehr zu sagen. Birger verstand ihn auch so.

»Ich habe die Kollegen schon informiert. Kriminaltechnik und Rechtsmedizin sind unterwegs. Und Anna Jordt ist auf dem Weg nach Asperö. Ich hoffe, das ist dir recht?«

Frederik dachte an das zusammengewürfelte Team, mit dem er seit einem guten Jahr arbeitete. *Kämpfte,* wäre wahrscheinlich die treffendere Bezeichnung. Noch nie hatte er eine solche Anhäufung von Befindlichkeiten und Rivalitäten in einer Arbeitsgruppe erlebt.

»Ja. Von all den schwierigen Fällen geht es mit Anna immer noch am leichtesten.«

»Du brauchst nur etwas zu sagen«, erinnerte ihn Birger. »Ich kann jederzeit jemanden aus der Gruppe ausmustern und neue Leute anfordern.«

»Nein.« Frederik war entschlossen, es mit diesen Kollegen zu schaffen. Ein Team wie jenes, das er vor vier Jahren verloren hatte, als seine gesamte Mannschaft bei einem Einsatz ums Leben gekommen war, würde er ohnehin nie wieder finden. Das war der Grund, weshalb er Arvid Ekström unbedingt hinter Gittern sehen wollte. Es waren seine Waffen gewesen, die sich in dem geheimen Lager befunden hatten, das sie ausheben wollten. Niemand hatte geahnt, dass es Kriegswaffen waren, gegen die die normalen Schutzwesten der Polizei nichts ausrichten konnten. Frederik hatte Glück gehabt, er war als Einziger verschont geblieben, weil er zum Zeitpunkt des Angriffs beim Wagen gewesen war und Verstärkung angefordert hatte. Mit den Schuldgefühlen, die er deshalb hatte, plagte er sich bis heute.

»Wir bekommen das hin«, sagte er zu seinem Vorgesetzten.

»Okay.« Birger machte eine kleine Pause. »Du solltest mal wieder zu uns zum Essen kommen«, schlug er dann vor. »Meine Frau würde sich freuen.«

Frederik nickte. »Das tue ich«, erwiderte er. »Aber erst kümmere ich mich um den Toten.«

Asperö war eine der kleineren südlichen Göteborger Schären. Die gesamte Insel stand unter Naturschutz. Im Norden wohnten etwa vierhundert Menschen. Der Süden war weitestgehend unbesiedelt. Es war eine wilde Landschaft; graue, glatt geschliffene Felsformationen, die weit aus dem Meer herausragten. Eine üppige, sattgrüne Vegetation, Büsche, Laub- und Nadelgehölze und Lebensbäume. Unzählige Vogelarten lebten hier. Es gab Badestellen, einen kleinen See und eine Vielzahl von Bootsstegen, außerdem zwei Fähranleger. Vom Göteborger Hafen Saltholmen aus war man in einer knappen Viertelstunde hier.

Autos und Motorräder waren auf der Insel verboten, nur ein paar Taxis verkehrten. Die Touristen, die den etwa fünf Kilometer langen Wanderweg rings um die Insel nutzten, kamen am Morgen und fuhren am Abend zurück zu ihren Unterkünften auf einer der anderen Schären oder auf dem Festland. Auf Asperö gab es keine Ferienhäuser.

Frederik winkte dem Kapitän der Fähre und lenkte seinen Elektroroller mit Beiwagen auf das kleine Vordeck. Die Radfahrer und Fußgänger machten ihm höflich Platz. Einige beäugten sein Gefährt misstrauisch, doch niemand sagte etwas. In Schweden war man zurückhaltend. Frederik unterdrückte den Impuls, sich trotzdem zu erklären. Er war niemandem Rechenschaft schuldig.

Während der kurzen Überfahrt studierte er die Informationen, die ihm Hedda auf sein Smartphone geschickte hatte. Bisher war es ihm nicht gelungen, sie aus ihrem Schneckenhaus zu locken, aber sie erledigte ihre Arbeit gründlich und gewissenhaft. Nach wie vor beschäftigte ihn die Frage, weshalb sie immer so traurig aussah. Birger hätte es vermutlich gewusst, doch er wollte ihn nicht fragen. Er hoffte, dass Hedda es ihm eines Tages selbst sagte.

Das Haus, in dem man den Toten gefunden hatte, gehörte Stig Stensted, einem Göteborger Anwalt für internationales Wirtschaftsrecht. Er selbst war allerdings nicht vor Ort, sondern verbrachte den Sommer mit Frau und Kindern in San Francisco, ehe er im Herbst in eine Wohnung mit angegliederter Kanzlei im Stockholmer Luxusviertel Östermalm übersiedeln würde. Das Haus auf Asperö hatte er an die Tochter eines befreundeten Kollegen vermietet. Jessica Reichenbach, die Frau des Toten. Außerdem hielten sich noch vier weitere Personen dort auf. Alle hatten ihren Wohnsitz in Hamburg.

Frederik versuchte, sich die Namen einzuprägen. Zugleich wappnete er sich. Der Tote war Anwalt, genau wie einer der beiden anderen Männer und eine der Frauen. Er hoffte, dass sie nicht zu der Sorte gehörten, die schon aus Prinzip die Arbeit der Polizei infrage stellten. In den letzten Jahren hatte er nicht die besten Erfahrungen mit dieser Berufsgruppe gemacht. Wenn er an die geschniegelten Advokaten dachte, die ohne jeden Skrupel einen Freispruch für den Schwerverbrecher Arvid Ekström erwirkt hatten, kam ihm die Galle hoch.

Der dritte Mann in der Reisegruppe hatte acht Jahre in einer Strafanstalt gesessen, nach dem, was Hedda herausgefunden hatte, wegen bewaffneten Raubs. Er hatte sie gebeten, sich mit der Hamburger Staatsanwaltschaft in Verbindung zu setzen, um weitere Informationen zu erhalten. Er selbst wollte sich zunächst den Toten ansehen und mit der Reisegruppe sprechen. Dass sie alle aus Deutschland kamen, machte die Sache zusätzlich kompliziert. Frederik hoffte, dass sie einigermaßen Englisch sprachen, sonst wäre er der Einzige, der sich mit ihnen unterhalten könnte, und er müsste alles für seine Kollegen übersetzen. Soweit er wusste, beherrschte niemand aus seinem Team die deutsche Sprache.

Kurz ließ er das Mobiltelefon sinken und dachte an seine Großeltern in Kiel, bei denen er nach dem Tod seiner Mutter aufgewachsen war. Ihnen verdankte er die Liebe zu ihrer Heimat. Trotzdem war er nach der Schule in das Land seines Vaters zurückgekehrt. Den Kontakt zum Vater, den er damals abgebrochen hatte, hatte er allerdings bis heute nicht wieder aufgenommen. Lange Zeit hatte er geglaubt, der Vater sei schuld am Tod seiner Mutter. Mittlerweile wusste er es besser. Aber es war schwer, über seinen Schatten zu springen.

Die Fähre steuerte Asperö Östra an, und Frederik steckte sein Handy in die Umhängetasche und verstaute sie im Beiwagen. Er entdeckte Anna an der Anlegestelle, wie stets von Kopf bis Fuß in schwarzes Leder gekleidet, die Hände in den Hosentaschen vergraben. Ungeduldig trat sie von einem Fuß auf den anderen und strich immer wieder ihre halblangen roten Haare zurück. Sie konnte es wohl kaum erwarten, an den Tatort zu kommen.

Frederik steuerte den Roller von der Fähre und reichte Anna den zweiten Helm.

»Wartest du schon lange?«, erkundigte er sich.

»Eine halbe Stunde.«

»Tut mir leid. Ich konnte nicht schneller kommen. Du hast ja gesehen, dass ich nicht im Büro war.«

»Verlängerte Mittagspause, nicht wahr? Eine Frau?«, fragte sie bissig.

Er dachte an Emma, und sein Herz zog sich schmerzhaft zusammen.

»Ja. Eine, die ich sehr liebe.« Ihm war klar, dass er damit falsche Assoziationen provozierte, aber es war ihm egal. Außer Birger wusste niemand von Emma, und es ging auch niemanden etwas an.

Anna wirkte ein wenig bestürzt, vielleicht auch enttäuscht. Sie fragte nicht weiter, sondern stülpte sich den Helm über den Kopf und kletterte hinter ihm auf den Sozius. Im Beiwagen mitzufahren lehnte sie kategorisch ab.

Frederik lenkte den Roller über den Anlegeplatz mit dem Kiosk zum Gålebergsvägen, der ein paar Hundert Meter zwischen Felshügeln und Bäumen hindurchführte, ehe die ersten Wohnhäuser auftauchten. An der Kreuzung bog er nach links in den Körevägen, genau wie Hedda es ihm beschrieben hatte. Sie passierten ein halbes Dutzend weiß und rot gestrichener Häuser, dann ging es wieder zwischen Felsen und Bäumen entlang, bis nach einem weiteren halben Kilometer der Zufahrtsweg zum Haus auftauchte. Hätte nicht ein uniformierter Polizist an der Stelle gestanden, Frederik wäre vermutlich an dem schmalen Durchlass vorbeigefahren, der sich zwischen den Bäumen auftat.

Der Beamte hob grüßend die Hand an den Mützenschirm. Frederik erwiderte die Geste und rollte mit gedrosseltem Tempo durch das kleine Waldstück die letzten Meter zum Haus.

Es war groß, im typisch schwedischen *Falunröd* gestrichen, mit weißen Fensterrahmen und Umrandungen. Genau wie sein eigenes Haus in Forsbäck, nur dass dieses hier weitaus größer war und so gepflegt, wie es sich Frederik für seines erträumte, aber trotz umfangreicher Renovierungsarbeiten noch immer nicht geschafft hatte. Ihm fehlte einfach die Zeit.

Neben dem Haus gab es zwei kleinere Gebäude, Geräteschuppen, vielleicht auch ein Bootshaus, obwohl es praktischer wäre, ein Boot näher am Ufer zu lagern. Doch vielleicht war dies der Platz für den Winter. Die Türen waren geschlossen und mit Vorhängeschlössern gesichert. Am linken der beiden Gebäude lehnte ein rotes Mountainbike, das vermutlich nicht dem Hausbesitzer gehörte. Es sah teuer aus; Stig Stensted hätte es sicher eingeschlossen.

Vor dem Haus hatte sich eine Reihe von Menschen versammelt, blau uniformierte Polizisten und Sanitäter in grünen Uniformen mit gelben Schulterklappen, dazu fünf Personen, die man schon an ihrer Kleidung als Touristen identifizieren konnte. Kein Schwede würde eine schlabberige Outdoor-Hose mit einem Dutzend Taschen, einen neonfarbenen Jogginganzug oder ein bunt gemustertes Hawaiihemd und gestreifte Bermudashorts anziehen. Die Gruppe stand neben dem gelben Krankenwagen mit dem umlaufenden, gelb-blau gewürfelten Streifen. Es war eines der kleineren Modelle mit Elektroantrieb.

Spurensicherung und Rechtsmedizin waren demzufolge noch nicht eingetroffen, würden aber sicher bald kommen. Frederik stellte den Roller ab und winkte einen Polizisten heran.

Knapp stellte er sich und Anna vor. »Wie ist die Lage?«

»Eine leblose Person in der Küche. Die Kollegen vom Rettungsdienst«, der Polizist zeigte auf die Sanitäter, »konnten nur noch den Tod feststellen. Der Mann wurde offensichtlich erstochen. Wir haben siebzehn Einstiche im Oberkörper gezählt. Das Messer lag neben dem Leichnam.« Er zog ein Smartphone aus der Tasche und zeigte Frederik und Anna ein paar Bilder. »Sein Name ist Julius Reichenbach.«

Frederik hörte, wie Anna neben ihm schluckte, und auch er selbst musste einmal tief durchatmen. Der Täter hatte ein Blutbad angerichtet. Der Körper des Mannes war an einigen Stellen regelrecht zerfetzt. Er lag in einer riesigen Blutlache, die mittlerweile getrocknet zu sein schien. Frederik entdeckte mehrere Hand- und Schuhabdrücke in der roten Fläche.

»Die Frau dort hat ihn gefunden.« Der Polizist deutete zum Krankenwagen. In der geöffneten Hintertür saß eine Mittdreißigerin, eine goldene Rettungsdecke um die Schultern, eine Blutdruckmanschette am Oberarm. Nun nahm Frederik auch das Blut auf ihrem Kleid wahr. Es war komplett damit verschmiert.

»Hat sich neben ihn gekniet und versucht, ihn zu reanimieren. Sie ist Krankenschwester«, erläuterte der Polizist. »Es war aber schon zu spät. Das Blut muss aus ihm rausgesprudelt sein wie aus einem Brunnen, als sie es mit Herzdruckmassage und Mund-zu-Mund-Beatmung versucht hat.« Er drehte sein Handy wieder zu sich und wischte ein paarmal über das Display. »Sie heißt Daniela Schwaiger.«

Frederik betrachtete die Frau. Mittelgroß, blond und deutlich übergewichtig. Sie wirkte scheu und hilflos, aber das mochte auch daran liegen, dass sie so erschüttert war. Selbst wenn sie mit Krankheit und Tod von Berufs wegen vertraut war, war es sicher ein Schock, einen derart übel zugerichteten Toten zu finden. Umso mehr, da es sich um einen Freund handelte.

»Die Frau daneben in dem gelben Jogginganzug ist Jessica Reichenbach, die Ehefrau des Toten, von Beruf Steuerberaterin.«

Groß, schlank, brünett, registrierte Frederik. Die Sportbekleidung war für seinen Geschmack zu grell, vermutlich aber teuer. Ihr Gesicht war eine starre Maske. Ablesen konnte er daran nichts.

»Der in den Angelsachen ist Kai Schwaiger«, erläuterte der Beamte weiter und hob den Kopf leicht in Richtung des Mannes mit der beigefarbenen Outdoor-Hose und passender Weste, die ebenso viele Taschen aufwies. Wie seine Frau war er kräftig gebaut. Er hatte dunkle Haare und einen üppigen Vollbart. In seiner Freizeitkleidung wirkte er ein wenig unbeholfen, doch im Talar vor Gericht war er sicher eine eindrucksvolle Erscheinung.

»Die beiden anderen sind Steffen Brandt« – der Mann im Hawaiihemd – »und Pia Frenzen.«

Frederik betrachtete die beiden. Brandt war ein muskulöser und nicht unattraktiver, aber etwas düsterer Charakter, nicht untypisch für jemanden, der acht Jahre hinter Gittern gesessen hatte. Braune Locken, ausrasierter Nacken, Dreitagebart und die obligatorischen Tätowierungen an Armen und Beinen und vermutlich auch an anderen Körperteilen.

Pia Frenzen war eine hübsche junge Frau mit langen dunklen Haaren. Sie trug ein graues Geschäftskostüm und hochhackige Pumps, die für das steinige Gelände komplett ungeeignet waren, so als sei sie noch gar nicht richtig angekommen.

Natürlich war es Brandt, der sich aus der Gruppe löste und auf sie zukam.

»Hey. Are you … police? I mean … crime … unit?« Damit schien sein englischer Wortschatz im Wesentlichen erschöpft.

»Frederik Forsberg und Anna Jordt von der Reichspolizei Göteborg«, sagte Frederik auf Deutsch.

Steffen Brandt wirkte erleichtert, allerdings nur für ein paar Sekunden. Im nächsten Moment wanderte sein Blick misstrauisch zu den Polizisten und Sanitätern, die bei seiner Gruppe standen.

»Sprechen alle Schweden deutsch?«

Frederik fragte sich, was die Kollegen wohl hätten aufschnappen können, wenn es so wäre.

»Nein.«

Tatsächlich war das eines der Probleme, die das Land aktuell beschäftigten. Früher hatte fast jeder Zweite in der Schule

Deutsch gelernt. Heute war es nur noch ein Bruchteil. Wirtschaftsexperten sahen darin einen Faktor, der den Austausch Schwedens mit seinem größten Handelspartner Deutschland behinderte, weil man in Schweden nicht nur die Sprache, sondern infolgedessen auch die deutsche Geschäftskultur zunehmend weniger verstand.

Sein Gegenüber wartete offenbar darauf, dass er noch etwas hinzufügte, doch Frederik tat ihm den Gefallen nicht. Brandt war der Typ, der sich Macht verschaffte, indem er seine Gesprächspartner zu Erklärungen und Rechtfertigungen nötigte.

»Okay. Wie geht es jetzt weiter?«, fragte Brandt defensiv.

Frederik schaute sich rasch um. Das Haus konnte vorerst nicht betreten werden. Zunächst mussten Spurensicherung und Rechtsmedizin ihre Arbeit verrichten. Anschließend musste es gereinigt werden, ehe es wieder bewohnbar war. Das Fehlen von Ferienunterkünften auf Asperö stellte sie vor ein Problem. Man könnte die Leute in einem Hotel in Göteborg unterbringen, doch Frederik hätte sie lieber gemeinsam vor Ort. Anna präsentierte ihm eine Lösung.

»Ich habe herumtelefoniert«, berichtete sie und hielt ihr Smartphone hoch. »Der Betreiber des örtlichen Supermarkts wohnt mit seiner Familie in einem großen Haus an der Südspitze der Insel. Sie haben ein paar Zimmer, die sie uns provisorisch zur Verfügung stellen können, als Unterkunft und für die Vernehmungen.« Ihre Augenbrauen wanderten ein Stück nach oben. »Ich musste gar nichts erklären«, fügte sie hinzu. »Der Mann wusste schon Bescheid. Der Supermarkt ist offenbar auch der Treffpunkt der Bewohner. So eine Art Inselcafé.«

Der Ort, an dem man die Waren des täglichen Bedarfs bekam und sich mit den Nachbarn traf. Und ein Umschlagplatz für Informationen. Nicht untypisch für die Schären und die kleinen Küstenorte, wusste Frederik.

»Er kommt mit seinem Lieferwagen vorbei und holt die Angehörigen ab. Andere Fahrzeuge gibt es ja auf der Insel nicht.« Sie schaute auf das Display ihres Smartphones. »Sein Name ist Kennet Olsson.«

Steffen Brandt, der von ihrer auf Schwedisch geführten Unterhaltung nichts verstand, blickte ungeduldig zwischen ihnen hin und her.

»Was ist los?«

»Wir sorgen für Ihre Unterbringung«, erwiderte Frederik ruhig. Er spürte Brandts unterschwellige Aggression und wollte sie nicht unnötig anheizen. »Hier können Sie nicht bleiben.« Er wandte sich wieder an Anna. »Ich will einen Blick auf die Leiche werfen, wenn die Kollegen von der Spurensicherung kommen. Danach fahre ich zu den Olssons und unterhalte mich mit Reichenbachs Mitreisenden. Du kümmerst dich um die Kriminaltechnik und die Rechtsmedizin. Wenn irgendwas Interessantes herauskommt, schick es mir aufs Handy.«

Annas Gesicht verfinsterte sich erwartungsgemäß. Sie argwöhnte ständig, dass man sie ausbooten wollte.

»Wäre es nicht besser, wir machen die Befragungen gemeinsam?«

»Das wird nicht gehen. Ich will mit den Leuten deutsch reden.« Sein Englisch war zwar nicht schlecht und hätte vermutlich ausgereicht, um Informationen auszutauschen, doch bei der ersten Vernehmung ging es um mehr. Jede winzige Nuance, jeder Zwischenton konnte wichtig sein. Und der entging einem in einer Fremdsprache allzu leicht.

Anna wusste das, deshalb widersprach sie nicht. Dass es ihr trotzdem nicht gefiel, sah er daran, dass sie die Lippen zusammenpresste.

»Okay.«

Frederik ging zu der Gruppe neben dem Rettungswagen.

Anna und Steffen Brandt folgten ihm. Er stellte sich und Anna vor und wandte sich dann an Jessica Reichenbach.

»Ich möchte Ihnen mein Beileid aussprechen«, sagte er. »Sicher war es ein furchtbarer Schock für Sie. Ich kann verstehen, wenn Sie sich im Augenblick nicht in der Lage fühlen, mit uns zu sprechen. Aber es wäre gut, wenn wir so schnell wie möglich ein paar Informationen bekämen. Desto größer ist die Chance, dass wir denjenigen finden, der Ihrem Mann das angetan hat.«

Jessica Reichenbach stand stocksteif. Ihre braunen Augen blickten hart.

»Fragen Sie.«

»Wir möchten Sie gerne zunächst von hier wegbringen.« Er schaute die anderen vier Mitglieder der Reisegruppe an. »Sie alle. Vor morgen werden Sie das Haus nicht wieder betreten können. Wir haben Ihnen eine vorübergehende Unterkunft besorgt. Man wird Sie gleich abholen.«

Er erntete von allen Seiten ein mechanisches Nicken. Nur Steffen Brandt pumpte sich auf.

»Was ist mit unseren Sachen? Zahnbürste? Wäsche zum Wechseln?«

»Ich fürchte, Sie müssen sich für die Nacht mit dem begnügen, was Sie am Leib tragen.«

»Ach ja? Macht man das in Schweden so?«

»Das wäre in Deutschland nicht anders.«

Brandt schnaubte verächtlich und verschränkte die Arme vor der Brust. Kai Schwaiger ging dazwischen.

»Jetzt tu doch nicht so, als wärst du verwöhnt.«

Frederik nahm an, dass er auf Brandts Gefängnisaufenthalt anspielte. Es war eine interessante Konstellation. Was brachte eine Gruppe von Rechtsanwälten dazu, gemeinsam mit einem verurteilten Straftäter in den Urlaub zu reisen? Hatten die Anwälte Brandt verteidigt? Oder gab es eine persönliche Verbindung? Er wollte Brandt nicht vorverurteilen, doch er war der Einzige in der Gruppe, dessen Vita ein Gewaltverbrechen aufwies.

Brandt funkelte Kai Schwaiger wütend an.

»Was soll das werden? Willst du mich vorsorglich schon mal in Verdacht bringen?«

Kai hob müde einen Mundwinkel.

»Denkst du im Ernst, die Beamten hier wüssten es noch nicht?«

Steffen Brandt blinzelte. Dann zog er sich ein paar Schritte zurück und murmelte irgendetwas, das Frederik nicht verstand.

Daniela Schwaiger erwachte aus ihrer Starre. Sie stand auf, streifte Rettungsdecke und Blutdruckmanschette ab und ging zu ihrem Mann.

»Du meinst doch nicht, dass es einer von uns war?«

Kai starrte auf ihr besudeltes Kleid.

»Was soll ich denn sonst glauben? Hier ist doch weit und breit niemand.«

»Aber da war jemand.« Daniela hob ihre blutverkrustete Hand und deutete zitternd zum Waldrand. »Dort. Als ich mit den Pilzen zurückgekommen bin. Die Tür stand offen, und ich habe einen schwarzen Schatten gesehen. Er ist irgendwo da im Gebüsch untergetaucht.«

Frederik schaute zur Haustür und registrierte, dass dort ein umgekippter Korb lag. Ringsum verstreut etliche Pilze, einige davon zertreten.

Er nahm sein Notizbuch aus der Umhängetasche.

»Können Sie die Person beschreiben?«, erkundigte er sich.

Daniela drehte sich zu ihm um, und er blickte in hellblaue, rot geränderte Augen.

»Nein. Ich habe den Mann ja gar nicht richtig gesehen. *Wenn* es ein Mann war. Da war nur eine Bewegung. Ein Schemen. Ich dachte erst, ich hätte mich vielleicht getäuscht. Aber als ich dann ins Haus kam …« Sie brach ab. Kai tätschelte ihr unbeholfen den Arm. Pia Frenzen trat dazu.

»Meinen Sie, es war ein Raubüberfall?«

Frederik hob die Hände. »Dazu können wir noch nichts sagen. Wir müssen die Ergebnisse der Spurensicherung abwarten.«

Seiner Meinung nach kam allerdings ein Zufallstäter nicht infrage. Wenn jemand siebzehnmal zustach, ließ das auf heftige Emotionen schließen. Wut, Hass, Eifersucht, Neid – irgendetwas, das eine enge persönliche Beziehung voraussetzte.

»Julius war ja kein einfacher Mensch«, bemerkte Pia leise. Frederik hätte nicht zu sagen gewusst, ob die Worte überhaupt für ihn bestimmt waren. Er neigte den Kopf zu ihr.

»Wie meinen Sie das?«

»Nun ja.« Pia war es offensichtlich unangenehm, dass sich plötzlich die gesamte Aufmerksamkeit auf sie richtete. »Er war … ein Snob. Hat die Leute immer so von oben herab behandelt. Wenn ich nur an unsere Sekretärin denke …«

Kai runzelte die Stirn. »Und jetzt meinst du, Frau Meyerdierks hat sich in den Flieger gesetzt, die Fähre nach Asperö genommen und Julius erstochen, weil er manchmal *nicht nett* zu ihr war?«

»Nein. Natürlich nicht.« Pia ballte die Fäuste. Frederik hatte den Eindruck, dass die Interaktion eingespielt war. Pia versuchte sich zu behaupten, Kai machte sie klein, indem er ihre Äußerungen ins Lächerliche zog.

»Wir werden das alles in Ruhe besprechen«, sagte er, um die drohende Auseinandersetzung zu unterbinden. Er wollte, dass sich die Anwesenden auf die letzten Stunden konzentrierten, nicht auf die Konflikte, die sie von zu Hause mitgebracht hatten. Auch wenn das eine möglicherweise viel mit dem anderen zu tun hatte.

Er deutete auf das Mountainbike.

»Das Fahrrad dort. Gehört das einem von Ihnen?«

Jessica hob die Hand, eine Geste, die sie offensichtlich große Anstrengung kostete.

»Das hat Julius sich heute Morgen von einem Göteborger Verleih bringen lassen«, erklärte sie mit rauer Stimme. »Er wollte sich ein bisschen bewegen. Er hasst es, untätig herumzusitzen. Ich meine … er hat es gehasst.« Jessicas Mundwinkel bebten. Ihre Freunde schauten betreten zu Boden.

Die Ankunft des Supermarktinhabers erlöste sie fürs Erste.

Kennet Olsson, ein großer blonder Mann mit breiten Schultern, stieg aus seinem Elektromobil. Er kam auf die Gruppe zu und steuerte zielsicher Frederik an. Auch er hatte wohl keine Mühe, Touristen und Einheimische an ihrer Kleidung zu unterscheiden. Im Gegensatz zu der betont lässigen Freizeitgarderobe der Urlaubsgäste entsprach Frederiks in Grautönen gehaltene Kombination aus Stoffhose, Hemd und Sakko dem schwedischen Understatement.

»Herr Forsberg?«

»Ja.«

Frederik schüttelte Olsson die Hand. Der sah sich weiter um und wandte sich an Pia Frenzen in ihrem grauen Geschäftskostüm.

»Dann sind Sie Frau Jordt? Wir haben telefoniert?«

Pia gestikulierte hilflos, weil sie ihn nicht verstand. Anna trat heran.

»Nein. Das bin ich.«

»Ah.« Kennet Olsson musterte sie interessiert. Frederik hätte nicht zu sagen gewusst, ob ihm Annas Biker-Look gefiel, seine Miene blieb absolut neutral. »Freut mich.« Er reichte auch ihr die Hand. Dann deutete er auf seinen Lieferwagen. »Ich fürchte, wir müssen mehrmals fahren.« Er lächelte seine unfreiwilligen

Gäste an und fuhr auf Englisch fort: »Hallo. Mein Name ist Kennet Olsson. Sie werden für ein, zwei Tage bei mir wohnen. Mir gehört der kleine Supermarkt im Ort. Ich habe mir erlaubt, ein paar Dinge für Sie mitzubringen. Zahnbürsten, Zahnpasta, Seife und so weiter. Zu essen bekommen Sie selbstverständlich bei uns. Sie können auch Ihre Sachen waschen. Soweit wir etwas Passendes im Haus haben, dürfen Sie sich auch gerne Kleidung von uns ausleihen. Geschäfte haben wir hier auf Asperö leider nicht.«

»Siehst du?« Daniela Schwaiger schaute zu Steffen Brandt. »Die Schweden sind gastfreundliche Menschen.«

»Ja, super.« Brandt stopfte die Hände in die Taschen seiner Bermudashorts. »Etwas Besseres hätte uns gar nicht passieren können.«

Danielas Augen weiteten sich. Ihr Blick huschte zum Haus, fiel dann auf ihre blutverschmierten Hände. Sie begann wieder zu zittern, und ihre Augen füllten sich erneut mit Tränen. Ihr Mann legte ihr die Hände auf die Schultern und starrte Brandt über ihren Kopf hinweg wütend an.

»Danke, Steffen. Sehr einfühlsam«, grollte er und wandte sich an Jessica. »Ich wüsste wirklich gern, was dich auf die Idee gebracht hat, ausgerechnet ihn mitzunehmen.«

Jessica erwiderte kühl seinen Blick. Sie hatte sich offenbar ein wenig gefangen. »Steffen ist ein Freund. Genau wie du.«

Kai gab einen verächtlichen Laut von sich, doch seine Frau strich ihm versöhnlich über den Arm.

»Lass doch.«

Kennet Olsson hielt einladend die Beifahrertür seines Lieferwagens auf.

»Kommen Sie. Wenn wir ein wenig zusammenrücken, passen wir hier zu dritt hinein.«

»Ich kann auf der Ladefläche mitfahren«, erklärte Steffen

Brandt, und Kai schloss sich ihm an. Eigentlich war er nicht der Typ dafür, doch er wollte wohl nicht hinter Steffen zurückstehen. Oder er beabsichtigte, unterwegs ein Hühnchen mit ihm zu rupfen.

»Wir können Frau Schwaiger mit dem Rettungswagen bringen«, bot einer der Sanitäter an.

»Gut. Dann kommen wir mit einer Fuhre hin«, freute sich Olsson.

Frederik und Anna sahen zu, wie Daniela in den Rettungswagen stieg und Steffen und Kai auf die Ladefläche des Lieferwagens kletterten. Jessica und Pia setzten sich zu Kennet Olsson nach vorn, dann verließen die beiden Fahrzeuge den Vorplatz.

Anna atmete hörbar aus.

»Da ist Feuer drin«, fasste sie den ersten Eindruck von der kleinen Gruppe zusammen. Ein schwaches Grinsen legte sich auf ihre Lippen. »So gesehen bin ich ganz froh, wenn du dich zunächst allein mit ihnen herumschlägst.«

Frederik sah den beiden Wagen hinterher, bis sie aus dem Waldstück auf die Straße bogen und aus seinem Blickfeld verschwanden. Was Anna so lapidar formuliert hatte, traf die Sache im Kern.

Die Gruppe war alles andere als entspannt. Es gab offensichtlich eine ganze Reihe unterschwelliger Konflikte. Die Ermittlungen würden vermutlich einiges zutage fördern, das die Beteiligten lieber im Verborgenen gelassen hätten. Er bezweifelte, dass das Beziehungsgefüge danach noch intakt wäre. Doch das war es nach dem Mord ja ohnehin nicht mehr.

# 4

*Der Turm war fast so hoch wie er selbst. Behutsam hatte er die Bauklötze übereinandergeschichtet, immer zwei längs, zwei quer. Während er den letzten zur Hand nahm, schielte er zu seiner Mutter hinüber.*

*Sie saß in dem bequemen Liegestuhl auf der Terrasse und wiegte den schlafenden Edvin auf ihrem Schoß. Ihr Blick ruhte auf seinem Gesicht mit dem offen stehenden Mund. Sacht strich sie mit dem Finger über den dunklen Flaum auf seinem Kopf.*

*Früher hatte sie* ihn *so angesehen. Doch seit Edvin auf der Welt war, war es damit vorbei. Sie schien ihn einfach nicht mehr wahrzunehmen.*

*Er hatte schon alles Mögliche ausprobiert. Egal, ob er besonders brav war oder brüllte und quengelte, ihr Blick streifte ihn immer nur kurz. Wenn er störrisch war, zog sie vorwurfsvoll die Augenbrauen zusammen. Aber ihre Aufmerksamkeit und ihre weichen, warmen Hände blieben bei Edvin.*

*Wenn er wollte, dass sie ihn beachtete, musste er etwas Besonderes leisten. So einen großartigen Turm zum Beispiel würde Edvin niemals zustande bringen.*

*Sorgsam legte er den letzten Klotz obenauf und wandte sich ihr zu.*

*»Mama«, sagte er leise. »Guck mal.«*

*Sie schaute auf. Im selben Moment geriet sein Bauwerk ins Wanken und fiel mit lautem Krachen in sich zusammen. Edvin öffnete die Augen und begann zu schreien.*

*Seine Mutter erhob sich, streichelte Edvin beruhigend über den Kopf, gab leise gurrende Laute von sich.*

*»Schsch. Ist ja gut. Ich bin bei dir.« Sie ging an seinem Trüm-*

*merhaufen vorbei zur Terrassentür. Bevor sie ins Haus trat, drehte sie sich noch einmal um.*

*»Nimm ein bisschen mehr Rücksicht, ja? Du bist doch schon ein großer Junge.« Sie blickte auf die verstreut liegenden bunten Bauklötze. »Und räum das weg, bevor noch jemand darüber stolpert.«*

*Summend trat sie ins Haus und schaukelte Edvin auf ihren Armen. Er jammerte immer noch, aber je länger sie für ihn sang, desto leiser wurde sein Wimmern, bis er schließlich wieder einschlief.*

*Nicht zum ersten Mal wünschte er sich, Edvin wäre nie geboren worden. Vorher war doch alles gut gewesen. Seine Eltern hatten sich um ihn gekümmert, und er hatte sie heiß und innig geliebt. Jetzt schien davon nichts mehr übrig zu sein.*

*Es wäre das Beste, wenn Edvin einfach wieder verschwand. Er wollte diesen Bruder nicht.*

*War er deshalb ein böser Junge?*

Patrik Olsson keuchte, als er die Treppe zum Haus hinaufstieg. Den ganzen Weg entlang der Westseite der Insel war er gerannt. Die letzten Meter hatte er gehen müssen, weil seine Knie nachzugeben drohten. Sein Herz hämmerte, und das Blut pumpte hart durch die Adern.

Mit beiden Händen stützte er sich gegen den Türrahmen und atmete tief durch. Er streifte die Schuhe ab, indem er mit dem einen Fuß auf die Hacke des anderen trat. Dann schlug er die Turnschuhe mit den Sohlen gegeneinander, um die Steinchen aus dem Profil zu lösen, und ging ins Haus.

Im Flur kam ihm seine Mutter entgegen. Sie schleppte eine der Matratzen, die zum Wohnmobil gehörten.

»Ah, Patrik. Gut, dass du kommst. Du kannst mir helfen.«

Patrik stellte die Laufschuhe in das Regal im Flur und schlüpfte in seine Pantoffeln. Langsam beruhigte sich sein Puls wieder. Seine Mutter streckte ihm die Matratze entgegen.

»Bring die nach oben. Und hol auch die anderen. Ich ziehe die Bettwäsche auf. Wir bekommen Besuch.«

»Aha?«

Patrik nahm die Matratze, rührte sich aber nicht von der Stelle. Sie hatten nie Gäste. Keine, die über Nacht blieben. Gelegentlich kamen die Nachbarn zum Grillen vorbei, und Patrik brachte manchmal ein paar Kommilitonen mit. Aber die Nachbarn gingen anschließend nach Hause, und seine Studienfreunde fuhren mit der letzten Fähre zurück nach Göteborg. Die Wege waren zu kurz, als dass es sich gelohnt hätte, für jemanden ein Nachtlager herzurichten. Sie mochten auch keine Fremden im Haus.

»Ein paar Urlauber. Sie hatten sich bei Stig eingemietet. Und jetzt ist einer von ihnen tot. Sie müssen das Haus räumen, damit die Polizei ihre Arbeit machen kann.«

Patrik schluckte. Etwas Saures stieg in seiner Speiseröhre hoch, und sein Kopf fühlte sich plötzlich ganz heiß an.

»Ein Toter?«

Auf dem Weg hierher hatte er den Rettungswagen der Insel vor Stigs Haus gesehen und die Personen, die darum herumgestanden hatten.

»Die Leute sagen, man hat ihn brutal erstochen. Im Laden, du weißt schon.«

Patrik nickte. Der Supermarkt seines Vaters stellte Informationen schneller bereit als jedes Onlineportal.

»Warum kommen sie ausgerechnet zu uns?«

Seine Mutter hob die Hände und ließ sie wieder fallen.

»Du kennst doch deinen Vater. Und wir haben ja Platz, seit …«

Sie sprach nicht weiter. Ihr Blick verdunkelte sich, und er sah das feuchte Glitzern in ihren Augen. Rasch stellte er die Matratze beiseite und nahm sie in die Arme.

Sie lehnte den Kopf an seine Schulter. Früher hatte er dasselbe bei ihr getan und sich geborgen gefühlt, wenn sie sanft über seinen Scheitel strich. Jetzt war er einen Kopf größer als sie. Die Rollen hatten sich umgekehrt.

»Ich vermisse sie auch«, sagte er, und das Ziehen in seiner Magengrube verstärkte sich. Er hatte sich so daran gewöhnt, dass sie da waren. Als er ein Kind war, hatten sie sich kaum um die Familie gekümmert. Hatten ihr Leben in Stockholm geführt und ihnen nur an Feiertagen einen Besuch abgestattet. Seine Großmutter hatte mit Argusaugen sämtliche Kanten auf Schränken und Regalen nach Staub abgesucht, und sein Großvater hatte mit kühler Stimme unerbetene Ratschläge gegeben, wie sich die Zukunft des Jungen am besten gestalten ließe. Deswegen hatten sie auch lange gestritten, ob sie die Eltern seiner Mutter tatsächlich bei sich aufnehmen sollten, nachdem sein Großvater einen Schlaganfall erlitten hatte.

Aber das Haus war groß genug, es hatte einstmals zwei Familien beherbergt, und letztlich hatte man ja eine moralische Verpflichtung.

Keiner hatte damit gerechnet, dass es so einfach werden würde. Die Großeltern waren weicher geworden und nahmen das Geschenk, das ihre Tochter und ihr Schwiegersohn ihnen machten, mit großer Dankbarkeit entgegen. Patrik hatte unzählige Partien Schach mit seinem Großvater gespielt, und seine Mutter und seine Großmutter hatten im Akkord Kreuzworträtsel gelöst. Es war beinahe so schön gewesen wie damals in seiner Kindheit, als er sich keinen besseren Ort auf der Welt hätte vorstellen können als sein Elternhaus. Und dann war sein Großvater von einem Tag auf den anderen gestorben. Ein zweiter Schlaganfall, mitten in der Nacht. Seine Großmutter hatte den

Verlust des geliebten Mannes nicht verwunden. Sie hatte sich zurückgezogen und war vor ihren Augen dahingewelkt, bis sie eines Morgens einfach nicht mehr aufgewacht war, nur fünf Monate nach seinem Tod.

Das war jetzt ein knappes Jahr her.

Seine Mutter löste sich von ihm und wischte sich die Tränen aus den Augen.

»Dein Vater meint, wir sollten wieder nach vorn blicken. So wie wir es immer tun.«

Patrik nickte. Er versuchte, sich nur auf den Inhalt der Aussage zu konzentrieren, doch es gelang ihm nicht. Er hörte die Bitterkeit in ihrer Stimme und sah den stummen Vorwurf in ihren Augen. Sofort waren die Schuldgefühle wieder da.

Der Weg war so kurz, dass sie ihn auch hätten laufen können. Vorausgesetzt, ihre Beine hätten sie getragen. Jessica war sich nicht sicher. Sie spürte nichts. Ihr ganzer Körper schien taub zu sein, und ihr Kopf war wie hohl.

Bilder und Gedanken stürmten ungeordnet auf sie ein. Julius, der blutüberströmt in der Küche lag. Ihre Freunde, die mit ernsten Mienen um den Krankenwagen herumstanden. Waren sie wirklich betroffen? Oder war der eine oder andere sogar froh? War sie selbst es?

Julius war ein schwieriger Charakter gewesen. Ein Mensch mit einem einnehmenden Wesen, dem man sich kaum entziehen konnte. Und zugleich ein rücksichtsloser Egoist, der seine Mitmenschen funktionalisierte. Alles und jeder hatte sich seinen Bedürfnissen unterzuordnen. Und trotzdem kam man einfach nicht von ihm los. Julius war ein Despot, den man nur besiegen konnte, indem man ihn tötete.

Hatte sie das gewollt?

Natürlich nicht, doch seit sie auf der Insel waren, hatte sie die

Dinge nicht mehr unter Kontrolle. Alles hatte sich verselbstständigt. Die Lage war eskaliert, und dann hatten sie den Rubikon überschritten. Den *point of no return,* hätte Julius wahrscheinlich gesagt. Er hatte keinen Sinn für ihre klassische Bildung und mochte es lieber drastisch und modern. Nun, drastisch zumindest war sein Tod.

Jessica presste die Handballen gegen die Stirn, um das Gedankenkarussell zu stoppen. Was war das für ein Unsinn, der ihr da durch den Kopf ging? Es konnte nur am Schock liegen. Sie hatte Julius doch geliebt. Oder etwa nicht?

Der kleine Lieferwagen hielt vor einem großen Haus, geräumiger noch als die Unterkunft, die ihnen Stig Stensted zur Verfügung gestellt hatte, aber bei Weitem nicht so gepflegt. Die rote Fassade hätte einen neuen Anstrich vertragen, und die weißen Fensterrahmen mussten dringend abgeschliffen werden. Die Beete vor dem Haus waren verwildert, die Büsche und Hecken lange nicht geschnitten worden. Alles wirkte ein wenig vernachlässigt, als hätten die Bewohner seit einiger Zeit einfach nicht die Kraft aufgebracht, sich angemessen um Haus und Garten zu kümmern.

Kennet Olsson ahnte wohl, was ihr durch den Kopf ging, und lächelte traurig.

»Wir haben es im letzten Jahr nicht geschafft, etwas zu machen«, erklärte er. »Seit dem Tod meiner Schwiegereltern.«

»Oh.« Jessica schämte sich plötzlich. »Das tut mir leid.«

Kennet erwiderte ihren Blick. »Mir tut es leid. Dass Sie Ihren Mann verloren haben. Das war sicher ein schwerer Schlag.«

»Ja.« Jessica wurde mit einem Mal ganz flau. Hastig drückte sie die Wagentür auf und stolperte nach draußen. Kai und Steffen waren bereits von der Ladefläche geklettert und fingen sie auf. Kai führte sie zur Haustür. Steffen reichte Pia die Hand, die Schwierigkeiten hatte, mit ihren hohen Absätzen auf dem Trittbrett des Lieferwagens einen sicheren Halt zu finden. Jessica bemerkte es aus dem Augenwinkel und musste trotz ihrer zunehmenden Übelkeit lächeln.

Hinter ihnen bog der gelbe Rettungswagen auf den Vorplatz, und die beiden Sanitäter halfen Daniela heraus und begleiteten sie zur Tür. Kennet, Steffen und Pia, die endlich auch ausgestiegen war, folgten ihnen.

In der Haustür warteten eine schlicht gekleidete Frau und ein hochgewachsener junger Mann, der seinem Vater wie aus dem Gesicht geschnitten war. Beide begrüßten ihre Gäste höflich, jedoch ohne Enthusiasmus. Kennet Olsson hatte offenbar eine einsame Entscheidung getroffen, ohne sich mit seiner Familie abzusprechen. Aber Jessica war das egal.

»Wo ist die Toilette?«, stieß sie hervor und drängte sich an Mutter und Sohn vorbei.

Der Sohn öffnete rasch eine Tür auf der rechten Seite. »Hier.«

Jessica stürzte in das kleine Gästebad und hob den Toilettendeckel hoch. Sie hörte noch, wie der Sohn die Tür rücksichtsvoll hinter ihr ins Schloss drückte. Dann brach alles über ihr zusammen.

Es war einfach unsagbar dumm, dass sie immer noch mit den hohen Absätzen herumlief. Dabei hatte sie schon gestern auf dem Weg zu ihrer Unterkunft festgestellt, dass das Schuhwerk für die steinigen Straßen auf Asperö nicht geeignet war. Aber die Pumps passten einfach am besten zu dem Kostüm, das sie heute Morgen für den Spaziergang durch den Ort gewählt hatte. Sie brauchte das Gefühl von Sicherheit, das die formelle Kleidung ihr gab. Das Geschäftskostüm war ihr Schutzschild. Andernfalls würde sie sich noch verletzlicher fühlen, als es ohnehin schon der Fall war.

Peinlich berührt balancierte sie an Steffens Arm über die glatten Steine. Am liebsten hätte sie sich losgerissen, doch dann wäre sie vermutlich ausgerutscht.

Immerhin reichte sie dank der hohen Schuhe dem Mann, der in der Tür stand, bis zur Nase. Kluge, blaugraue Augen, ein markantes, glatt rasiertes Kinn und gut geschnittene weißblonde Haare. Er trug Jeans und ein gebügeltes dunkelblaues Poloshirt. An den Füßen hatte er giftgrüne Plastikclogs, die ihn irgendwie lässig aussehen ließen. Als er sie anlächelte, machte ihr Herz einen Satz.

Er streckte die Hand aus, und Pia löste sich von Steffen und ergriff sie. Sie war fest, warm und ein wenig rau. Ein Kribbeln durchfuhr ihren Körper. Sie hätte sie gern noch ein wenig länger festgehalten, doch der Mann entzog sie ihr und begrüßte Daniela, Kai und Steffen.

»Kommen Sie doch herein«, sagte er. Wie die meisten Schweden sprach er ein gutes Englisch.

»Ich bin Patrik«, stellte er sich vor. »Und das ist meine Mutter Sofia.«

Patrik. Pia ließ sich den Namen auf der Zunge zergehen.

»Wir haben Ihnen die Zimmer im zweiten Stock zurechtgemacht«, erklärte er. »Sie haben die ganze Etage für sich. Aber vielleicht gehen wir erst einmal ins Wohnzimmer. Ich nehme an, die Polizei will mit Ihnen sprechen?«

»Der Kommissar wird gleich hier sein«, berichtete Kennet, der ihnen gefolgt war. »Mögen Sie vielleicht einen Kaffee? Tee? Oder lieber etwas Härteres?«

»Einen Schnaps«, sagte Kai.

Sie betraten ein Zimmer, das genau so aussah, wie sich Pia einen typisch schwedischen Wohnraum vorgestellt hatte. Ein dunkelblaues IKEA-Sofa, zwei sandfarbene Schwingsessel. Helle Billy-Regale mit Glastüren, in denen sich jede Menge Bücher reihten, ein niedriger Couchtisch, ein Fernsehwagen mit einem großen Flachbildschirm. Auf den Fensterbänken standen Zimmerpflanzen, an denen verwelkte Blüten hingen.

»Ich hole noch ein paar Stühle aus der Küche«, verkündete Kennet. Sofia folgte ihm, wahrscheinlich um den Kaffee aufzusetzen. Auch Patrik verschwand. Steffen schnappte sich einen der beiden Sessel, Kai und Daniela nahmen auf dem Sofa Platz. Pia wartete, bis Kennet mit den Stühlen kam. Sie wählte den schlichtesten aus und setzte sich auf die Kante.

Patrik kehrte mit Gläsern und einer Flasche zurück. »Finnischer Wodka. Besser als jeder russische«, sagte er und goss einen Fingerbreit für Kai in ein Glas. Anschließend hielt er die Flasche hoch. »Noch jemand?«

Steffen hob die Hand und bekam ebenfalls einen Drink. Daniela schüttelte den Kopf.

»Und du?« Patrik schaute Pia an. Sein Blick schickte ihr eine Gänsehaut über den Rücken.

»Lieber Kaffee«, bat sie.

Patrik schraubte die Flasche zu. Jessica erschien in der Tür, das Gesicht blass, die Stirn von kaltem Schweiß bedeckt. Sie lief mit unsicheren Schritten zum zweiten Sessel und ließ sich hineinfallen. Patrik hob mit fragender Miene die Wodkaflasche, doch Jessica wehrte ab.

Sofia brachte Kaffee und einen Teller mit Zimtschnecken, Kennet zwei weitere Stühle. Ihre Gastgeber setzten sich zu ihnen an den Tisch. Eine Weile herrschte Geschäftigkeit, während Sofia den Kaffee verteilte und Milch und Zucker herumreichte. Dann hatte jeder eine Tasse in der Hand.

»Tja. Was soll man jetzt sagen?«, ergriff Kennet das Wort. »Die Umstände sind ja alles andere als schön. Trotzdem: herzlich willkommen in unserem Haus.«

»Danke.« Jessica rang sich ein Lächeln ab, die anderen nickten. Danach wusste niemand mehr etwas zu sagen. Sie nippten an ihrem Kaffee, und ihre Augen wanderten durch den Raum, sorgsam darauf bedacht, nicht den Blick eines anderen zu kreuzen.

Pia fühlte sich unbehaglich. Sie hoffte, dass der Polizist bald erschien. Auch wenn ihr vor dem, was jetzt auf sie zukam, graute. Doch es war allemal besser, als stumm hier zusammenzuhocken, während permanent die widersprüchlichsten Gefühle in ihr aufwallten.

Sie merkte, dass jemand sie ansah, und wandte den Kopf. Patrik schenkte ihr ein kleines, aufmunterndes Lächeln, und Pia erwiderte es schüchtern.

Nun ja, dachte sie und spürte, wie eine zarte Hoffnung in ihr erwachte. Vielleicht war es doch nicht so schlecht, hier zu sitzen.

Frederik stieg in den weißen Schutzanzug, den ihm ein Kollege von der Spurensicherung reichte. Die Kriminaltechniker waren eingetroffen, kurz nachdem Kennet Olsson und der Rettungswagen das Grundstück verlassen hatten. Auch Torvald Hedlund war mittlerweile vor Ort. Gemeinsam mit dem Rechtsmediziner betrat Frederik das Haus, nachdem die Spurensicherer den Leichnam und den Fundort abgesucht und aus allen Winkeln fotografiert hatten.

Der Anblick des Toten war grauenhaft, obwohl die Handyfotos des uniformierten Kollegen Frederik darauf vorbereitet hatten. Julius Reichenbachs zerfetzte Brust bestärkte ihn in seiner Annahme, dass die Tat von heftigen Emotionen begleitet worden war. Auch Torvald dachte in diese Richtung.

»Da hat jemand richtig gewütet«, sagte er und kniete sich vorsichtig neben den Leichnam. Der Rechtsmediziner war Anfang sechzig, ein ernster Mann mit gütigen Augen.

Frederik sah zu, wie er seine Untersuchungen vornahm.

»Männlicher Weißer, Ende dreißig, Anfang vierzig. Guter Allgemeinzustand, normalgewichtig, gut ausgebildete Muskulatur. Achtzehn Einstiche in Brust und Oberbauch«, diktierte Torvald in sein Smartphone. Anscheinend hatten sich die uniformierten Kollegen verzählt, als sie auf siebzehn gekommen waren. »Vermutlich Perforation von Herzbeutel und Lunge. Todesursache wahrscheinlich inneres Verbluten oder Herzstillstand infolge des Schocks. Körpertemperatur bei dreiunddreißig Komma vier Grad, Todeszeitpunkt folglich vor ungefähr zwei bis vier Stunden. Abwehrverletzungen an Unterarmen und Händen.« Er tippte auf das Mikrofonsymbol, um die Aufzeichnung zu stoppen, und drehte sich zu Frederik um. »Sieht so aus, als hätte er versucht, dem Angreifer Einhalt zu gebieten, aber der hat einfach weiter auf ihn eingestochen.«

»Sagt uns das etwas über den Täter?«

»Erwachsen und kräftig. Einen schwachen Gegner hätte er vermutlich entwaffnen können.«

»Männlich?«

»Wahrscheinlich. Die meisten Messerattacken werden von Männern verübt, wie du weißt.«

Frederik nickte. Frauen, die töteten, bevorzugten für gewöhnlich subtilere Strategien. Gift, Tabletten oder Kissen, mit denen die Opfer erstickt wurden. Aber es gab Ausnahmen.

»Sonstige Besonderheiten?«

Torvald besah sich den Toten noch einmal gründlich.

»Im Augenblick nicht. Wir müssen abwarten, was die Obduktion ergibt.«

Frederik schaute auf die Uhr. Es war kurz vor halb vier. Der Notruf bei der Polizei war gegen dreizehn Uhr dreißig erfolgt. Gefunden hatte Daniela Schwaiger den Leichnam ein paar Minuten zuvor, wie viele genau, konnte sie nicht sagen. Ihr Mann hatte sie im Schockzustand vor dem Haus angetroffen. Sie selbst war nicht in der Lage gewesen, die Polizei zu informieren. Nach Torvalds Einschätzung war Julius Reichenbach zu diesem Zeitpunkt noch nicht lange tot gewesen. Möglicherweise war der Unbekannte, den Daniela Schwaiger gesehen zu haben glaubte, tatsächlich der Täter. Sein Gefühl sagte Frederik allerdings, dass sie es mit einer Beziehungstat zu tun hatten.

Er wandte sich vom Anblick des Toten ab und nahm die Küche in Augenschein. Sie war komfortabel eingerichtet, mit einer Kochinsel mit frei stehendem Herd, eingerahmt von einer Arbeitsplatte, die zugleich als Esstisch fungierte. Darum herum standen sechs Barhocker mit niedrigen Lehnen. An der Längsseite des Raums gab es geschlossene Hängeschränke, eine beachtliche Anzahl chromglänzender Küchengeräte, einen professionell wirkenden Kaffeeautomaten und einen großen Kühlschrank mit spiegelnder Edelstahlfront.

Über der Arbeitsplatte hing eine Reihe von Schneebesen, Pfannenwendern und Kochlöffeln, daneben ein Regal mit einer Auswahl an Gewürzen. Rechts auf der Platte stand ein Messerblock. Einer der Schlitze war leer. Die restlichen Messer hatten rötlich glänzende Holzgriffe, genau wie jenes, das neben dem Toten auf dem Boden lag.

Noch ein Indiz dafür, dass der Täter aus den Reihen der Mitreisenden kam. Ein Fremder hätte sein Tatwerkzeug wohl mitgebracht, statt darauf zu vertrauen, dass er im Haus etwas Passendes fand. Es sei denn, es handelte sich um einen Einbrecher, der nicht damit gerechnet hatte, irgendwen anzutreffen, und sich die erstbeste Waffe gegriffen hatte. Aber würde jemand in ein Haus einbrechen, aus dem, abgesehen vom Kücheninventar, erkennbar alle wertvollen persönlichen Gegenstände entfernt worden waren, weil die Besitzer umzogen? Noch dazu auf den Schären, auf denen ohnehin nur selten Verbrechen verübt wurden? Für einen hochwertigen Mixer und eine Espressomaschine würde kaum jemand töten. Und ein Einbrecher, der von einem unerwarteten Gast im Haus überrascht wurde, würde wohl kaum mit solcher Brutalität und wie von Sinnen zustechen.

Trotzdem war das nur die Theorie. Die Wirklichkeit sah manchmal gänzlich anders aus, als man es erwartete. Als Ermittler durfte er keine Möglichkeit außer Acht lassen, auch wenn sie ihm noch so abwegig erschien. Vielleicht war gerade an diesem Tag ein Psychopath auf die Schäre gekommen, den plötzlich die Mordlust überfallen hatte.

Zumindest konnte er festhalten, dass sich in der Küche keine weiteren Hinweise auf eine Auseinandersetzung fanden. Die Barhocker standen ordentlich um die Kücheninsel herum, die Geräte befanden sich an ihren Plätzen, und an der Einrichtung gab es keine Spuren, die auf einen der Messerattacke vorausgehenden Kampf hindeuteten. Reichenbach und sein Mörder hatten sich offensichtlich nicht erst gestritten oder geprügelt. Der Angriff mit dem Messer war sofort und unmittelbar erfolgt. Reichenbach hatte versucht, sich zu wehren, aber keinen Erfolg gehabt. Der Täter hatte ihn niedergestochen und verbluten lassen und war dann geflohen.

Frederik ließ ein letztes Mal den Blick durch den Raum schweifen und bedankte sich bei Torvald.

»Ich lasse dich allein. Wenn noch irgendetwas ist, kannst du es mit Anna besprechen. Sie bleibt während der Spurensicherung vor Ort. Ich fahre zum Haus von Kennet Olsson. Er betreibt den örtlichen Supermarkt und hat den Rest der Reisegruppe bei sich aufgenommen.«

Torvald nickte ihm freundlich zu, ehe er sich weiter seiner Arbeit widmete. »Ich melde mich, wenn ich das Obduktionsergebnis habe.«

Frederik trat aus dem Haus und streifte den weißen Kunststoffanzug ab. Dann griff er nach seinem Mobiltelefon und rief

Birger an. Ehe er mit Reichenbachs Mitreisenden sprach, gab es einiges zu organisieren.

Er überlegte, wem er welchen Auftrag geben sollte.

Zunächst musste er möglichst viel über die Reisegruppe erfahren. Herkunft, Lebensumstände, finanzielle Situation. Das war eine Aufgabe, die er gut Viveka übertragen konnte. Die Tochter des westschwedischen Polizeichefs Carl-Axel Nyström war ehrgeizig und wollte nach oben, notfalls auch durch rücksichtslosen Einsatz ihrer Ellbogen. Sie würde die Sache gründlich und gewissenhaft erledigen.

Außerdem brauchte er alle Informationen über die Straftat, die Steffen Brandt verübt hatte. Er hatte bereits Hedda darauf angesetzt. Sie war im Laufe des letzten Jahres eine Art Mädchen für alles geworden, weil sie nicht gern nach draußen ging, sich in dem großen Büro, von dem alle anderen Räume abgingen, aber wohl zu fühlen schien. Sie konnte auch gut organisieren. Was ihr im Weg stand, waren ihre Unsicherheit und die Traurigkeit, die sie ständig begleitete und offensichtlich blockierte. Aber er wusste, dass er sich auf sie verlassen konnte.

Des Weiteren galt es, nach Zeugen zu suchen. Von der Tat selbst hatte vermutlich niemand etwas mitbekommen, aber die anderen Mitglieder der Reisegruppe könnten von jemandem gesehen worden sein. Wenn man wüsste, was sie zum Zeitpunkt des Mordes getan hatten, könnte man den einen oder anderen möglicherweise als Täter ausschließen. Auch nach dem Unbekannten, den Daniela Schwaiger gesehen haben wollte, musste gefahndet werden. Aufgaben, die Anna übernehmen konnte, wenn die Spurensicherung abgeschlossen war. Wie Viveka war sie ehrgeizig und tat alles, um sich zu rehabilitieren, nachdem sie sich bei ihrer alten Dienststelle beinahe ins endgültige berufliche Abseits katapultiert hätte. Frederik würde Birger bitten, ihr für die Befragungen ein paar uniformierte Kollegen zur Seite zu stellen.

Irgendjemand musste auch der Obduktion beiwohnen. Das konnte Göran übernehmen. Er war der älteste seiner Kollegen, schwerfällig, dick und von einem irritierenden Mangel an Mitgefühl gekennzeichnet. Warum, wusste Frederik nicht, vermutete aber, dass er in Wirklichkeit durchaus sensibel war und sich seine Arbeit so lange so sehr zu Herzen genommen hatte, bis er es nicht mehr aushielt und ins vorgebliche Desinteresse geflohen war. Vielleicht war es aber auch nur Frederiks Versuch, in jedem einen guten Kern zu entdecken, und Göran war tatsächlich einfach ein gleichgültiger Mensch. So oder so, bei der Leichenöffnung konnte Görans Dickfelligkeit nur von Vorteil sein.

Blieben noch die digitalen Informationen – Handyverbindungen, mobile Daten, soziale Netzwerke – und das Sorgenkind der Gruppe, Khalid Rashid. Der Syrer war ursprünglich bei der Einwanderungsbehörde eingesetzt gewesen, um die Verständigung mit den Flüchtlingen zu erleichtern, hatte sich mit seinem aufbrausenden Naturell aber keine Freunde gemacht. Nachdem er einen Kollegen bei einer Vernehmung tätlich angegriffen hatte, war er versetzt worden. Er ignorierte Frederiks Bemühungen, ihn zu integrieren, und inszenierte sich selbst als widerborstigen Außenseiter. Frederik war trotzdem zuversichtlich, dass er ihn irgendwann knacken würde.

Birger meldete sich, als Frederik die Verbindung gerade beenden wollte.

»Frederik.« Sein Chef klang ein wenig gehetzt. »Wie ist die Lage?«

Frederik berichtete, was sie auf Asperö vorgefunden und bisher unternommen hatten.

»Du glaubst nicht an den großen Unbekannten?«, erkundigte sich Birger, als er fertig war.

Frederik erklärte, weshalb er von einer Beziehungstat ausging.

»Und der Schattenmann? Meinst du, sie hat ihn sich ausgedacht?«

Das war ein Punkt, der Frederik ebenfalls beschäftigte. Warum sollte die Zeugin lügen?

»Ich muss erst mal mit den Leuten reden und mir ein Bild machen. Vorher ist alles nur graue Theorie.« Er listete auf, was in der Zwischenzeit im Polizeirevier in Göteborg zu erledigen war und wem er welche Aufgaben zugedacht hatte.

»Ich kümmere mich darum«, versprach Birger. Frederik merkte, dass er noch mehr sagen wollte, aber nicht so recht wusste, wie er es formulieren sollte. »Kann ich sonst irgendetwas für dich tun?«, fragte er schließlich.

*Fahr zu Ekström und bring Emma und Lea in Sicherheit,* dachte Frederik. Aber dazu fehlte ihnen jede Handhabe.

»Nein. Alles okay«, sagte er. Auch wenn Birger ein Freund war, er wollte ihn nicht in seinen persönlichen Abgrund blicken lassen. Vor allem, weil er dann ebenfalls nicht länger die Augen verschließen könnte. Wovon ihm Mats Lundgren, der Psychologe, den er im letzten Sommer kennengelernt hatte, dringend abriet. Aber jetzt war nicht der richtige Zeitpunkt, sich seinen Dämonen zu stellen.

»Ich melde mich, wenn wir etwas Neues haben.«

»Klar.« Wie die meisten Schweden war Birger zu höflich, um weiterzubohren. Das war ein Grund, warum Frederik sich hier wohler fühlte als in Deutschland. Die Menschen respektierten Grenzen und trampelten nicht ständig darüber hinweg.

Sie verabschiedeten sich, und Frederik verstaute das Telefon in seiner Umhängetasche. Von Anna war nichts zu sehen, wahrscheinlich lief sie gerade mit ein paar Kollegen durch den Wald und versuchte, die Wege zu rekonstruieren, die Daniela Schwaiger und der Schattenmann genommen hatten. Da sie wusste, was zu tun war, wollte er nicht auf sie warten.

Er setzte den Helm auf und startete den Roller. Dann nahm er den Körevägen zurück nach Norden, durchquerte den südlichen Teil der Siedlung von Asperö und fuhr den Korshamnsvägen an der Westküste der Insel entlang nach Süden. Dort, am Ende der Straße, fünfzig Meter neben einer kleinen Felsenbucht, lag das Haus von Kennet Olsson.

# 5

Der Wald gab nichts preis. Der Untergrund war zu felsig, die Gewächse waren zu zäh, als dass man aus niedergedrückten Sträuchern oder Gräsern hätte schließen können, wo jemand entlanggelaufen war und ob es sich um eine oder zwei Personen handelte. Sie fanden auch keine Gegenstände, die irgendjemand verloren hatte, und keinen Müll. Nicht nur die Bewohner, auch die Touristen, die nach Asperö kamen, nahmen den Naturschutz ernst.

Anna glaubte nicht an den Unbekannten, den Daniela Schwaiger angeblich gesehen hatte. Sie vermutete, dass sich die Frau die Sache eingebildet hatte oder einfach nur vorschob, um ihre Freunde zu schützen. Dabei deutete doch alles darauf hin, dass es sich um etwas Persönliches handelte. Sie hatte in ihrem Berufsleben schon einige Tote gesehen, aber noch keinen, der so bestialisch erstochen worden war.

Ihr Smartphone vibrierte, und sie zog es aus der Tasche ihrer Lederhose. Es war eine Nachricht von Birger, dem Chef des Göteborger Polizeireviers. Er teilte ihr mit, dass sie nach Abschluss der Spurensicherung die Befragung der Schärenbewohner übernehmen sollte.

Anna presste die Lippen zusammen. Auch wenn die Anweisung von Birger kam, steckte sicherlich Frederik dahinter. Er hielt sie systematisch von der Reisegruppe fern. Wollte er nicht mehr mit ihr zusammenarbeiten?

Sie hatte einen Fehler gemacht, und sie war dafür bestraft worden. Man hatte sie versetzt und degradiert. Die hoffnungsvolle Karriere, die sie in Malmö begonnen hatte, war abrupt beendet worden. Sie war so naiv gewesen, sich auf ihren damaligen Chef einzulassen. Einen Mann, der Schmiergelder angenommen und dann versucht hatte, die Sache einem Kollegen anzuhängen, als alles aufzufliegen drohte. Sie hatte ihm dabei geholfen, hatte Beweise manipuliert, weil sie ihm geglaubt hatte, dass nicht er, sondern der Kollege der Täter war und man ihn überführen müsse, ehe Schlimmeres geschah. Dumm und naiv war sie gewesen. Aber sie hatte daraus gelernt. Seit sie in Göteborg war, leistete sie gute Arbeit.

Sah Frederik das nicht? Oder war er am Ende Vivekas Intrigen aufgesessen, die nichts unversucht ließ, um sich an Anna vorbeizudrängen? Dabei wusste er doch genau, warum man die Tochter des westschwedischen Polizeichefs in Stockholm ausgemustert hatte. Sie hatte eine Kollegin gemobbt, hatte Informationen unterschlagen, sie auf falsche Fährten gesetzt und damit den Erfolg der Ermittlungen gefährdet. Im Gegensatz zu Anna hatte sie jedoch überhaupt nichts daraus gelernt, sondern machte genauso weiter. Anscheinend mit Erfolg.

Aber Anna würde sich von Viveka nicht ausbooten lassen. Anweisung hin oder her, sobald die Kollegen von der Spurensicherung hier fertig waren, würde sie zum Haus von Kennet Olsson fahren, um bei der Vernehmung der Verdächtigen dabei zu sein. Die Befragung der Inselbewohner konnten die uniformierten Kollegen auch allein durchführen. Es war ohnehin mehr als unwahrscheinlich, dass dabei etwas herauskam.

Birger Holm musterte der Reihe nach die Beamten, die sich im großen Besprechungsraum versammelt hatten. Es war ihm ein Rätsel, wie Frederik es schaffte, mit diesem Team zu arbeiten. Dabei war er selbst nicht zuletzt aufgrund seines Geschicks im Umgang mit Untergebenen zum Göteborger Polizeichef avanciert. Aber mit diesen Kollegen hatte er seine liebe Mühe.

Es war eine Notlösung gewesen, als Frederik nach den dreijährigen internationalen Ermittlungen gegen den Waffenschieberring um Arvid Ekström und dem unbefriedigenden Gerichtsurteil früher als geplant an seinen alten Dienstort Göteborg zurückgekehrt war. Birger hatte eine neue Ermittlungsgruppe aus dem Boden stampfen müssen, nachdem Frederiks gesamtes früheres Team bei einem Einsatz ums Leben gekommen war. Was er auf die Schnelle aufgetan hatte, waren Kollegen, die bei ihren vorherigen Dienststellen ausgemustert worden waren. Weil sie sich Fehltritte geleistet hatten, psychisch angeschlagen waren oder einfach die Leistung verweigerten.

Birger versuchte, sich sein Unbehagen nicht anmerken zu lassen, während er die Aufgaben verteilte, so wie Frederik es vorgeschlagen hatte.

Viveka, die Tochter des westschwedischen Polizeichefs Carl-Axel Nyström, nahm ihren Auftrag natürlich eifrig entgegen. Sie wollte hoch hinaus, leider aber, wie Birger wusste, häufig mit den falschen Mitteln. Es fiel ihm schwer, darüber hinwegzusehen. Sie war ihm auch zu smart, mit dem schicken und sichtlich teuren hellen Kostüm, den langen blonden Haaren, die ihr weit über den Rücken fielen, und den weiß lackierten Fingernägeln. Zu viel Fassade, und Birger ahnte, dass ihm das, was sich dahinter verbarg, nicht gefallen würde.

Er wandte sich an Hedda, die bereits wusste, was sie zu tun hatte. Das erste Telefonat mit der Hamburger Staatsanwaltschaft hatte sie schon geführt, aber noch keine Informationen erhalten, weil der zuständige Staatsanwalt gerade bei Gericht war. Sie wartete auf seinen Rückruf. Das war in Ordnung, Birger wünschte nur, sie würde sich dabei nicht so verunsichert gebärden und ihn nicht so Hilfe suchend ansehen. Er musste den Blick abwenden; die Traurigkeit in ihren Augen war so erdrückend, dass es ihm schier den Atem verschlug.

Göran dagegen schien vollkommen frei von Emotionen zu sein. Er nahm seine Aufgabe mit einem Brummen entgegen, das nicht unbedingt auf eine prompte Erledigung schließen ließ. Auch die Haltung, wie er da mit seinem massigen Körper in dem Bürostuhl mehr hing als saß, verhieß nicht gerade große Motivation. Immerhin machte er sich eine Notiz auf seinem Block, sodass man wohl früher oder später damit rechnen durfte, dass er etwas unternahm.

Das waren drei Kollegen, die nicht leicht zu führen waren, doch verglichen mit dem vierten waren sie fügsam wie Schafe.

Khalid Rashid saß nicht am Tisch, sondern lehnte an der Wand. Das war immer so, wusste Birger von Frederik. Khalid war groß und sehr schlank. Schwarzes Haar, schwarzer Bart, undurchdringliche dunkle Augen. Seine gesamte Haltung war in Menschengestalt gegossene Abwehr: die Füße gekreuzt, die Arme vor der Brust verschränkt. Er war ein syrischer Flüchtling, der davon überzeugt war, dass man ihn nicht haben wollte. Nicht in diesem Land und nicht in diesem Job. Birger hatte schon einige Anläufe unternommen, seine Schale zu durchdringen, allerdings ohne Erfolg. Im Gegensatz zu Frederik glaubte er auch nicht, dass sich daran etwas ändern ließe.

Er war froh, als er den letzten seiner Aufträge losgeworden war, und wollte das kurze Treffen schon beenden, doch Khalid stieß sich von der Wand ab und ballte die Fäuste.

»Soll das immer so weitergehen? Frederik fährt mit Anna an die Tatorte, und wir machen die Sklavenarbeit?«

Birger strich sich über seinen kurzen Vollbart. Wie die meisten Schweden verabscheute er lautstark geführte Auseinandersetzungen. Man ging sachlich und freundlich miteinander um. Konflikte löste man in einem vernünftigen Gespräch, nicht im Streit. Wenn man zu rhetorischen Waffen griff, waren es kühle Überheblichkeit oder Ironie. Aber Khalid war kein Schwede. Er war aufbrausend und heißblütig. Birger versuchte es trotzdem mit sanfter Stimme.

»Wenn du damit nicht einverstanden bist, besprich es mit Frederik. Die Aufgabenverteilung ist seine Sache. Er ist der Leiter der Ermittlungsgruppe. Ich gebe nur weiter, was er mir aufgetragen hat.«

»Aber du bist der Chef«, beschwerte sich Khalid. »Wenn du siehst, dass er uns ungerecht behandelt, kannst du eingreifen.«

»Ich denke, Frederik hat gute Gründe für seine Entscheidungen«, erwiderte Birger ruhig.

Khalid kam um den Besprechungstisch herum auf ihn zu.

»Sag es doch einfach. Er will nicht mit einem Ausländer zusammenarbeiten. Keiner hier will das.«

Birger war sich durchaus bewusst, dass die Flüchtlingskrise eine ungute Stimmung in Schweden ausgelöst hatte. Gerade in den Städten war es immer wieder zu Ausschreitungen gekommen. Man hatte Zuwanderer zusammengeschlagen, Flüchtlingsunterkünfte waren in Flammen aufgegangen. Die Gewalt hatte in erschreckender Weise zugenommen, auf eine Art, die er in diesem Land gar nicht für möglich gehalten hätte. Das Fremde machte vielen Menschen Angst. Sie fühlten sich bedroht, sei es, weil sie um ihre Arbeitsplätze bangten oder weil ihre festgefügten Wertvorstellungen infrage gestellt wurden. Aber er wusste auch, dass das weder für Frederik noch für ihn selbst galt.

»Das ist nicht wahr.« Birger sah Khalid in die Augen. »Aber

du machst es deinen Kollegen nicht leicht. Du erwartest, dass man dich ablehnt, und dann verhältst du dich so, dass genau das passiert.«

Khalid schnaubte. Er machte einen drohenden Schritt auf Birger zu, das Gesicht wutverzerrt, und ballte die Fäuste. In die drei anderen, die den Disput bisher reglos verfolgt hatten, kam Bewegung.

Viveka schlug die Hände vor den Mund. Hedda richtete sich entsetzt auf und hauchte: »Khalid!« Göran sprang mit einer Behändigkeit vom Stuhl, die man ihm mit seinem plumpen Körper gar nicht zugetraut hätte, und stürzte auf Khalid zu.

Birger selbst tat nichts. Er sah Khalid nur freundlich an.

»Es ist deine Entscheidung. Aber wenn du dich nicht unter Kontrolle hast, muss ich dich suspendieren.«

Er hatte gehofft, Khalid damit zur Vernunft zu bringen, doch offenbar war er auf dieser Ebene nicht mehr zugänglich. In seinen dunklen Augen loderte ein Feuer, das Birger Angst machte. Er wäre liebend gern zurückgewichen, wusste aber, dass es ein Fehler wäre. Den Respekt, den er dadurch verlor, würde er niemals zurückgewinnen.

Khalid holte aus, doch ehe er zuschlagen konnte, hatte Göran ihn erreicht und schlang seine Arme um Khalids Oberkörper.

»Mach dich nicht unglücklich, Mann«, keuchte er.

Khalid versuchte, sich zu befreien, aber Göran hielt ihn so fest umklammert, dass er sich nicht rühren konnte. Langsam beruhigte sich seine Atmung, und die Wut in seinen Augen wich einer dunklen Scham. Er presste die Lippen zusammen und senkte den Blick.

»Kann ich dich loslassen?«, erkundigte sich Göran, und Khalid nickte.

Kaum hatte Göran ihn freigegeben, trat er ein paar Schritte beiseite. Dann hob er den Kopf und sah Birger an. Ausdruckslos. Ein Kämpfer, der wusste, dass er verloren hatte. Ein Sünder, der auf sein Urteil wartete.

Birgers Smartphone vibrierte. Er zog es aus der Tasche und schaute auf das Display. Dann nahm er das Gespräch an.

»Frederik, hallo.« Er merkte, dass sein Herz immer noch raste, aber seiner Stimme hörte man nichts davon an. »Ich sitze gerade mit deinem Team zusammen. Die Aufgaben sind verteilt. Sie machen sich jetzt an die Arbeit.«

Frederik berichtete, dass er beim Haus der Olssons eingetroffen war, und bat darum, alle Informationen so schnell wie möglich zu erhalten, damit er sie in die Vernehmungen einfließen lassen konnte.

»Klar«, versicherte Birger. »Du kannst dich darauf verlassen.«

Frederik mit seinem untrüglichen Gespür für das Ungesagte merkte natürlich trotzdem etwas.

»Ist alles in Ordnung? Gibt es ein Problem im Team?«

Birger schaute Khalid an, der mit starrer Miene auf das Herabsausen des Fallbeils wartete.

»Nein«, sagte er. »Das läuft. Wir haben alles geklärt.« Er verabschiedete sich knapp und steckte das Telefon zurück in die Tasche. Anschließend hielt er Khalid die Hand hin.

»Ich hoffe, ich muss Frederik nicht sagen, dass ich mich getäuscht habe?«

Khalid zögerte. Dann griff er zu. Seine Finger waren schweißnass.

Immerhin, dachte Birger. Also war er zumindest nicht der Einzige, dem die Situation Angst eingejagt hatte.

Frederik steckte das Handy zurück in die Umhängetasche. Auch wenn Birger das Gegenteil behauptet hatte – er hatte gespürt, dass die Besprechung nicht glattgelaufen war. Khalid, nahm er an. Der junge Kollege hatte noch einiges zu lernen. Vor allem, dass es nicht in erster Linie seine Herkunft oder Hautfarbe waren, die ihm im Weg standen, sondern dass das Problem in seiner Persönlichkeit lag. Aber damit würde Frederik sich beschäftigen, wenn er zurück in Göteborg war. Jetzt musste er sich auf die Reisegesellschaft konzentrieren.

Er betrat den Hausflur der Olssons, streifte die Schuhe ab und nahm sich ein Paar Pantoffeln, die im Regal bereitstanden. Dann ging er ins Wohnzimmer.

Die Familie und ihre Gäste saßen stumm um den Couchtisch herum, eine Szene, die wie zu Eis erstarrt war. Frederik registrierte die Kaffeetassen und Schnapsgläser und den Teller mit Zimtschnecken, den niemand angerührt hatte.

Kennet Olsson erhob sich erleichtert.

»Wir lassen Sie allein«, verkündete er und ging in den Flur. Seine Frau und sein Sohn folgten ihm.

Frederik nahm auf Kennets Stuhl Platz und musterte die kleine Gruppe.

Allen stand die Fassungslosigkeit ins Gesicht geschrieben. Daniela Schwaiger starrte auf ihre Kaffeetasse, die sie fest umklammert hielt. Jessica Reichenbach war so bleich, als wollte sie jeden Moment in Ohnmacht fallen. Pia Frenzen saß aufrecht und stocksteif auf ihrem Stuhl. Kai Schwaiger hing schlaff in seinem Sessel. Steffen Brandt war der Einzige, der sich einen Anschein von Coolness zu geben versuchte. Er hatte die Beine übereinandergeschlagen, die Arme auf den Sessellehnen ausgebreitet, und sah Frederik herausfordernd an.

Frederik stellte sich noch einmal vor, sprach den Anwesenden sein Beileid aus und erläuterte, was seine Kollegen zurzeit im Haus der Stensteds taten.

»Ich weiß, dass es schwer für Sie ist. Sie stehen alle unter Schock, weil etwas Unbegreifliches geschehen ist. Aber Sie wollen sicher auch, dass wir denjenigen, der das getan hat, so schnell wie möglich finden. Dazu brauchen wir Ihre Hilfe. Wir müssen wissen, was für ein Mensch Julius Reichenbach war. Ob es jemanden gibt, der einen Grund haben könnte, ihm zu schaden.« Er sah Jessica an. »Hatte Ihr Mann Feinde?«

Jessica erwiderte seinen Blick, aber ihre Augen waren leer. Sie sah ihn nicht an, sondern durch ihn hindurch. Kai straffte sich und ergriff an ihrer Stelle das Wort.

»Wir sind Anwälte«, erläuterte er mit sonorer Stimme. »Strafrecht. Wir haben ständig mit Klienten zu tun, für die Gewalt ein probates Mittel ist. Nicht alle sind zufrieden mit dem, was wir vor Gericht für sie erreichen können. Es gibt einige, die uns Rache geschworen haben.«

»Haben Sie Namen für mich?« Frederik nahm sein Notizbuch aus der Umhängetasche und schlug es auf.

Kai zog ein teures Smartphone aus einer der zahlreichen Taschen seiner Cargohose.

»Wenn Sie mir Ihre Mobilfunknummer geben, bitte ich unsere Sekretärin, Ihnen eine Liste zu schicken.«

»So viele?« Frederik hob die Augenbrauen.

Kais Miene verfinsterte sich.

»Wir leisten gute Arbeit. Aber unsere Kundschaft ist nicht besonders einsichtig. Es gibt etliche, die Wunder erwarten. Und die können wir nicht vollbringen.«

Frederik musste sofort an Arvid Ekström denken. Der Spediteur hatte mehr als genug auf dem Kerbholz, zeigte aber nicht die geringsten Anzeichen von Schuldbewusstsein oder Reue. Hätte das Verfahren anders als mit einem Freispruch für ihn geendet, er hätte seinen Anwälten sicher ebenfalls das Leben zur Hölle gemacht.

»Gut.« Er diktierte Kai die Nummer. »Lassen Sie mir die Liste zukommen. Wir werden sämtliche Personen überprüfen.«

Er schaute wieder zu Jessica, die geistesabwesend an ihren Fingern zupfte.

»Hat man Ihnen ein Beruhigungsmittel gegeben?«

Die Frau des Toten wandte ihm wie in Zeitlupe den Kopf zu.

»Nein«, sagte sie rau. »Ich wollte nicht.«

Daniela griff nach der Wodkaflasche und füllte ein Schnapsglas, das sie Jessica in die Hand drückte.

»Dann trink wenigstens das.«

Jessica betrachtete das Glas unschlüssig. Schließlich nahm sie es und kippte den Inhalt hinunter. Frederik hatte den Eindruck, dass sie gleich ein wenig Farbe bekam.

»Verzeihen Sie, wenn ich in Ihr Privatleben eindringe, aber ich muss Sie das fragen: Wie war Ihre Ehe?«

Jessica hob das Kinn. »Gut.«

Klar, kühl und knapp. Das mochte Jessicas Art sein, doch Frederik hatte das Gefühl, dass sich mehr dahinter verbarg.

»Wie lange sind Sie verheiratet gewesen?«

»Zwölf Jahre.«

»Wo haben Sie sich kennengelernt?«

»Auf einer Studentenparty.«

»Es war kurz vor unserem Examen«, ergänzte Kai. »Wir hatten wochenlang nur gebüffelt und wollten endlich mal wieder raus. Julius hat Jessica auf der Tanzfläche gesehen und war wie verhext. Eigentlich war er nicht so der emotionale Typ. Er hat zwar zuvor ein paar Freundinnen gehabt, aber da ging es nur um Spaß. Mit Jessica war es von Anfang an todernst.«

Frederik machte sich eine kurze Notiz und schaute dann zwischen Kai und Daniela hin und her. »Und Sie?«

»Wir haben uns ein paar Monate später kennengelernt. Ich hatte mir beim Klettern den Fuß gebrochen. Daniela war eine der Schwestern, die sich im Krankenhaus um mich gekümmert haben.«

Frederik notierte sich auch das, während er versuchte, die Stimmung zwischen den beiden zu erfassen. Kais Worte hatten nüchtern geklungen. Frederik hatte kein Mitschwingen von Zärtlichkeit oder Wärme gespürt. Nicht so, als sei es die große Liebe gewesen.

Warum hatte er Daniela dann geheiratet? Die Ehe mit einer Krankenschwester war für einen aufstrebenden Anwalt nicht unbedingt standesgemäß. Hatte Kai an der eigenen Attraktivität gezweifelt und war froh gewesen, überhaupt jemanden zu finden? Oder war es darum gegangen, mit seinem Freund Julius gleichzuziehen?

Auf Danielas Seite dagegen schien es eine Menge Gefühle zu geben. Wenn er ihre Miene richtig deutete, waren sie allerdings ambivalent. Er wollte gerne mehr darüber erfahren, doch im Augenblick interessierte ihn vor allem die Beziehung der beiden Männer.

»Sie und Herr Reichenbach sind schon lange befreundet gewesen?«

»Wir haben uns gleich zu Beginn des ersten Semesters kennengelernt«, berichtete Kai, und dieses Mal hörte Frederik die Wärme heraus, die er beim Gespräch über die Ehefrau vermisst hatte. »Wir haben von Anfang an alles gemeinsam gemacht und uns bis zum Examen durchgeschlagen. Danach haben wir in derselben Kanzlei angefangen. Seit einem Monat sind wir beide Teilhaber.« Er richtete sich auf, und seine Mundwinkel hoben sich. Er war ganz offensichtlich stolz auf das Erreichte.

Aus dem Augenwinkel bemerkte Frederik, dass sich zugleich etwas in Pias Gesicht veränderte. Die Wangenknochen traten deutlicher hervor, und ihre Kiefer mahlten. Frederik erinnerte sich, dass alle drei in derselben Kanzlei arbeiteten. Offenbar gab es dort Konflikte.

»Sie sind auch Anwältin, richtig?«, wandte er sich an die junge Frau.

Pia riss erschrocken die Augen auf.

»Ja«, presste sie hervor und warf einen raschen Blick zu Jessica, als ahne sie bereits das Unheil, das auf sie zukam.

»Du!« Jessica streckte den Arm aus und richtete den Finger auf Pia. »Du hast das getan.«

»Welchen Grund hätten Sie dafür gehabt?«, erkundigte sich Frederik.

Jessica stand aus ihrem Sessel auf und verschränkte die Arme vor der Brust, als fröre sie.

»Sie hat mit Julius und Kai um die Teilhaberschaft konkurriert. Die Kanzlei wollte zwei neue Partner. Pia hat den Kürzeren gezogen.«

Pia blinzelte heftig.

»Weil dein Mann und Kai mich gemobbt haben, das weißt du ganz genau. Du warst wütend darüber. Deswegen hast du mich eingeladen, hierher mitzukommen. Damit wir die Sache aus der Welt schaffen.«

»Aber nicht, indem du Julius umbringst.«

Pia starrte sie fassungslos an. »Das meinst du doch nicht ernst?«

»Was soll ich denn sonst denken?« Jessicas Augen irrten durch den Raum. »Dass es der große Unbekannte war, den Daniela angeblich gesehen hat?«

Die Krankenschwester zog ein beleidigtes Gesicht. »Glaubst du mir nicht? Da war wirklich jemand.«

Jessica musterte sie. Ein wenig von oben herab, wie Frederik fand. Die Männer mochten dicke Freunde gewesen sein, doch für die Ehefrauen galt das offenbar nicht.

»Welchen Grund sollte ein Fremder haben, Julius so bestialisch zu ermorden?«

Daniela zuckte hilflos mit den Schultern. Pia zeigte auf Steffen Brandt.

»Was ist denn mit ihm?«

Steffen schnaubte verächtlich.

»War ja klar. Der Ex-Knacki muss es gewesen sein.« Er beugte sich zu Pia vor. »Dann sag mir doch mal, was mein Motiv war.«

Sie wischte einen unsichtbaren Fussel von ihrem Kostüm. »Keine Ahnung. Vielleicht warst du ja mit deinem Urteil nicht zufrieden.«

»Und wenn schon.« Steffen machte eine wegwerfende Handbewegung. »Ich habe meine Zeit abgesessen. War weiß Gott kein Zuckerschlecken, das kann ich dir sagen.« Er grinste flüchtig. »Wirst du ja vielleicht selbst bald merken. Jedenfalls: Ich bin sicher nicht so blöd, dafür zu sorgen, dass ich gleich wieder einfahre.«

Pia presste die Lippen zusammen. Frederik sah, wie es hinter ihrer Stirn arbeitete, doch ihr fiel wohl keine Erwiderung ein.

»Wir gehen davon aus, dass der Angriff auf Julius Reichenbach zwischen zwölf und dreizehn Uhr dreißig erfolgte«, sagte er. »Verraten Sie mir, was Sie in diesem Zeitraum getan haben?«

Pia brauchte einen Moment, um ihren Blick von Steffen zu lösen. »Ich war im Ort, bin spazieren gegangen.«

Frederik schaute weiter zu Jessica. »Und Sie?«

»Ich war joggen, dreimal den Weg um die Insel herum.«

Fredrik machte sich Notizen und sah die anderen der Reihe nach an. Daniela Schwaiger hatte in dem kleinen Wald neben dem Haus Pilze gesammelt, Kai Schwaiger hatte geangelt. Frederik wandte sich an Steffen Brandt.

»Was haben Sie getan?«

Steffen behielt seine coole Attitüde bei.

»Nichts. Ich habe irgendwo auf einem Felsen gesessen und

aufs Meer geschaut. Ist eine schöne Abwechslung, wenn man jahrelang den Himmel nur durch Gitterstäbe gesehen hat.«

Frederik entdeckte keinen Hinweis darauf, dass er log. Er hörte keine verdächtige Anspannung in seiner Stimme und sah nichts in seiner Körperhaltung, das auf unterdrückte Angst oder Schuldgefühle schließen ließ. Aber das musste nichts bedeuten. Wer jahrelang im Gefängnis gesessen hatte, lernte, sich zu kontrollieren. Vielleicht war Steffen Brandt unschuldig, vielleicht war er auch nur abgebrüht. Anhand von dem, was er bisher wusste, konnte Frederik das nicht entscheiden.

Er klappte sein Notizbuch zu und erhob sich. Fürs Erste hatte er nur an der Oberfläche gekratzt. Wenn er weiter in die Tiefe vordringen wollte, brauchte er mehr Informationen.

Anna trat ungeduldig von einem Fuß auf den anderen. Die Kollegen von der Spurensicherung würden noch Stunden brauchen, bis sie mit dem gesamten Haus durch waren – Zeit, in der sie selbst zur Untätigkeit verdammt war. Die Beamten vom Festland waren in der Zwischenzeit eingetroffen. Anna hatte sie instruiert und losgeschickt, die Bewohner von Asperö zu befragen. Vielleicht hatte ja irgendjemand den einen oder anderen der Deutschen aus der Reisegruppe zur Tatzeit gesehen. Damit könnten sie zumindest diese Person oder Personen als Verdächtige ausschließen.

Hedda hatte wie immer vorbildliche Arbeit geleistet und sich vom Hamburger Ordnungsamt die digitalen Passbilder der sechs schicken lassen. Jeder der beteiligten Polizisten hatte diese Fotos jetzt auf seinem Handy und konnte sie den Inselbewohnern zeigen.

Anna zog ihr Smartphone aus der Tasche. Sie studierte die Aufnahmen gründlich, fand aber dann, dass ihr das nicht weiterhalf. Was nützte es schon, zu wissen, dass Jessica Reichenbach eine höchst attraktive, aber etwas kühl wirkende Frau war, oder dass Steffen Brandt einen Abenteurerlook pflegte? Frederik mochte daraus auf die Dinge schließen können, die in den Köpfen der Personen vorgingen, doch diese Gabe besaß sie nicht. Ihr Metier waren das Ordnen von Fakten und die Lösung technischer Probleme.

Sie steckte das Handy zurück und nahm stattdessen einen Kaugummi aus der Packung, auf dem sie verbissen herumkaute. Sie wollte etwas tun. Dass sie hier herumstand und wartete, würde weder sie selbst noch die Ermittlungen voranbringen.

Ihr Blick fiel auf das rote Mountainbike, das am Schuppen lehnte. Damit wäre sie in ein paar Minuten beim Haus der Olssons. Selbst wenn sie von der auf Deutsch geführten Befragung kein Wort verstand, könnte sie zumindest die Reaktionen der Leute beobachten. Das war allemal besser, als sich hier die Beine in den Bauch zu stehen.

Entschlossen nahm sie das Rad und schwang sich auf den Sattel. Sie fuhr durch das kleine Waldstück zur Straße und dann in Richtung Norden zu den Häusern. Dort entdeckte sie zwei der uniformierten Kollegen, die vor einer geöffneten Tür standen und mit der Bewohnerin, einer alten Frau mit langen grauen Haaren, sprachen. Anna winkte ihnen zu und beschleunigte dann wieder ihr Tempo.

Hinter dem Ort war der Weg menschenleer. Die Saison war bereits vorbei. Das warme Wetter, über das sie sich seit einigen Tagen freuen durften, war für die Jahreszeit ungewöhnlich. Normalerweise wurde es Ende September in den Nächten oft schon klirrend kalt, und auch am Tag konnte man nur noch selten ohne Jacke draußen unterwegs sein. Zurzeit hielt sich allerdings ein stabiles Hoch über Westschweden, weswegen ihr in der Lederkluft immer noch zu warm war. Ablegen mochte sie ihre Rüstung aber auch nicht.

Sie trat fest in die Pedale und genoss den Fahrtwind, der ihr um die Nase wehte. Das Mountainbike kam mit dem steinigen Untergrund gut zurecht, links flogen Bäume, Sträucher und graue Felsen vorbei, rechts das fast unwirklich blaue Meer. Am Ende der Straße tauchte ein großes, im typischen *Falunröd* gestrichenes Haus auf. Es ging ein wenig bergab, und Anna beschleunigte noch einmal, ehe sie kurz vor dem Ziel die Bremsen betätigte.

Sie merkte sofort, dass etwas nicht stimmte. Die Hebel am Lenker ließen sich viel zu leicht ziehen, sie spürte keinerlei Widerstand. Statt langsamer zu werden, rollte das Fahrrad immer schneller auf die zerklüfteten Felsen und das Wasser zu.

In Annas Kopf begannen die Gedanken zu rasen. Sollte sie sich scharf in die Kurve legen und hinter dem Haus einen Weg bergauf suchen, damit das Tempo abnahm, oder lieber abspringen, ehe sie mitsamt dem Rad auf die Felsen knallte? Hektisch ließ sie den Blick schweifen, doch obwohl alles im Bruchteil einer Sekunde geschah, dauerte es zu lange.

Das Vorderrad prallte gegen eine vorstehende Wurzel, und Anna wurde aus dem Sattel katapultiert. Sie sah die grauen Steine auf sich zukommen und riss die Arme hoch, um ihr Gesicht zu schützen. Im nächsten Moment schlug sie schon auf, und alles wurde schwarz.

# 6

*Dumm. Sein kleiner Bruder war einfach nur dumm. Er lag in seinem Kinderwagen, der auf der Terrasse im Schatten stand, und schaute mit weit aufgerissenen Augen in den Himmel, ohne etwas davon zu sehen, was um ihn herum geschah. Sein kleiner Mund kräuselte sich, aber das Lächeln schien niemandem im Besonderen zu gelten.*

*Er hielt ihm die Rassel hin. Edvin ruderte mit den kurzen, dicken Armen, und seine Finger bewegten sich, kamen jedoch nicht einmal in die Nähe des Spielzeugs.*

*Ungeduldig drückte er die Rassel gegen Edvins Handfläche. Edvin patschte darauf, doch seine Finger schlossen sich nicht um die bunt bemalte Holzkugel. Warum griff er nicht zu?*

*Er drückte noch etwas fester, und als immer noch keine Reaktion kam, begann er Edvin mit der Rassel zu stupsen.*

*Edvin wehrte sich mit Armen und Beinen, fand aber sein Ziel nicht.*

*Er schwenkte das Spielzeug unmittelbar vor Edvins Augen.*

*»Jetzt schau doch mal hin. Hier ist sie.«*

*Edvins Blick blieb stumpf. Er strampelte nur immer weiter.*

*Ärgerlich bohrte er ihm die Rassel in den Bauch.*

*Der kleine Mund verzog sich. Edvin fing an zu weinen.*

*Verdammt! Rasch schaute er sich um, ob Mutter oder Vater in der Nähe waren. Wenn sie entdeckten, dass er Edvin ärgerte, würden sie ihm gehörig den Kopf waschen.*

*»Sei still!«, zischte er. Mit beiden Händen umfasste er den Griff des Kinderwagens und rollte ihn schaukelnd vor und zurück, doch sein Bruder beruhigte sich nicht. Sein Weinen nahm den Ton einer Heulboje an, und dann begann er zu schreien.*

*»Edvin!« Er beugte sich in den Wagen und schüttelte seinen Bruder. Die Eltern hatten versprochen, am nächsten Wochenende einen Ausflug in den Vergnügungspark mit ihnen zu unternehmen. Er wollte so gern mit der Kinderachterbahn fahren. Im letzten Jahr war er noch zu klein gewesen, doch jetzt war er groß genug. Aber Edvin würde ihm das alles vermasseln, wenn er nicht aufhörte zu schreien.*

*Er presste ihm die Hand auf den Mund. Das Geschrei wurde leiser, dafür lief jetzt Edvins Kopf knallrot an.*

*Im nächsten Moment schnappten Edvins Kiefer zu, und die kleinen Milchzähne bohrten sich schmerzhaft in seine Handfläche.*

*»Au!« Er riss die Hand zurück und starrte den Bruder aufgebracht an, der jetzt wie am Spieß brüllte. Wütend hob er die Rassel, um sie ihm über den Kopf zu ziehen, damit er endlich ruhig war.*

*Der Schmerz kam wie aus heiterem Himmel. Eine Hand umklammerte seinen Arm so fest wie eine Schraubzwinge. Die Rassel wurde ihm aus den Fingern gewunden. Dann drehte sein Vater ihn zu sich herum.*

*»Geh auf dein Zimmer«, sagte er leise.*

*Er senkte den Kopf und trollte sich. Sein Herz hämmerte, und sein Handgelenk tat ihm weh vom harten Griff des Vaters. Was ihn aber am meisten schmerzte, war der Blick, den ihm sein Vater zugeworfen hatte. Nicht vorwurfsvoll oder wütend, wie er es erwartet hatte, sondern nur unendlich traurig.*

*Er schämte sich entsetzlich. Es war ja kein Wunder, wenn seine Eltern Edvin lieber hatten als ihn. Er hatte es gar nicht besser verdient. Genauso wenig wie die Achterbahnfahrt im Vergnügungspark.*

Der Polizist hatte ein Vakuum hinterlassen. Sämtliche Energie schien aus dem Raum abgezogen zu sein. Sie begriffen wohl erst jetzt wirklich, was geschehen war.

Julius war tot.

Steffen bemerkte, dass sämtliche Augen auf ihn gerichtet waren. Er versuchte, in den Mienen der anderen zu lesen, doch es gelang ihm nicht.

Jessica war immer noch bleich, und ihre braunen Augen glänzten nass. Machte sie sich Vorwürfe? Glaubte sie, dass er etwas mit der Sache zu tun hatte?

Bei den anderen war er sich genauso unsicher. Misstrauten sie ihm, oder war es nur ihre eigene Fassungslosigkeit, die sich auf ihren Gesichtern spiegelte?

Im Gefängnis hatte er gelernt, Blicke zu deuten. Das war wichtig, wenn man dort überleben wollte. Man musste herausfinden, welche Allianzen und Feindschaften es gab. Denjenigen, die das Sagen hatten, den nötigen Respekt erweisen, sich aber auch nicht zu duckmäuserisch gebärden. Es gab Situationen, in denen man besser den Kopf senkte, und andere, in denen es nötig war, sich zu wehren. Wer die Regeln nicht beherrschte, fand sich schnell mit einer blutigen Nase oder ein paar gebrochenen Rippen in der Gemeinschaftsdusche wieder.

Hier draußen allerdings nützte ihm dieses Wissen nichts. Der Code war ein anderer. Es ging nicht darum, eine Rangordnung festzulegen und seinen Platz zu verteidigen. Beziehungen außerhalb des Gefängnisses waren weitaus komplexer. Er hatte verlernt, sie zu durchschauen, fühlte sich wie ein Blinder, der versuchte, auf einem Drahtseil zu balancieren.

Anmerken ließ er sich davon nichts. Das zumindest war im Leben draußen nicht anders als hinter Gittern: Wer Schwäche zeigte, befand sich schnell in der unterlegenen Position.

Es hatte ihn gewundert, dass ihn der Polizist nicht auf seine Vorstrafe angesprochen hatte. Wusste er noch nichts davon? Oder war es eine Strategie?

Dieser Forsberg war vollkommen anders als die Ermittler,

mit denen er in Deutschland zu tun gehabt hatte. Statt die Reisegruppe mit Fragen zu bedrängen, hatte er sie beobachtet, als könne er auf diese Weise in ihre Köpfe blicken. Steffen hatte das beunruhigende Gefühl gehabt, dass der Kommissar das tatsächlich konnte.

Vor diesem Mann musste er sich in Acht nehmen. Forsberg war ein stiller Typ, aber klüger und aufmerksamer als alle Polizisten, die er bisher kennengelernt hatte. Auf keinen Fall durfte dieser Kommissar herausfinden, was er getan hatte.

Er schaute wieder zu Jessica. Ahnte sie etwas? Er suchte ihren Blick, doch sie wandte den Kopf ab.

Sie kannten sich schon lange. Seit er damals die Terrasse und einige Möbel für Julius' und Jessicas neues Haus gebaut hatte. Bevor er mit seiner Schreinerei in Schieflage geraten war, weil er nach dem Tod der Eltern seine Geschwister auszahlen musste und die Stapel unbezahlter Rechnungen immer höher wurden. Julius und Kai hatten gerade ihr Referendariat angetreten. Jessica hatte sich mit ihrer Steuerberatungskanzlei selbstständig gemacht und arbeitete von zu Hause aus. Alles war darauf eingerichtet, eine Familie zu gründen. Doch die Kinder waren ausgeblieben.

Steffen hatte sich auf Anhieb gut mit Jessica verstanden. Sie hatte ihm häufig bei der Arbeit zugesehen und sich alles genau erklären lassen. Wenn er abends fertig war, hatten sie zusammen ein Bier getrunken und sich über Gott und die Welt unterhalten. Sie waren auf einer Wellenlänge, und Steffen war seinem alten Schulfreund Julius dankbar gewesen, dass er ihm den Job vermittelt hatte. Eine Frau wie Jessica traf man nicht alle Tage.

Julius war meistens erst spät nach Hause gekommen. Die Tage in der Hamburger Kanzlei waren lang. Gelegentlich hatte er auch seinen Freund Kai im Schlepptau gehabt. Steffen war dann immer rasch gegangen.

Bei Jessica war er entspannt, in ihrer Gesellschaft fühlte er sich wohl. Neben den beiden geschniegelten Junganwälten in ihren teuren Anzügen dagegen kam er sich minderwertig vor. Er schämte sich plötzlich wegen seiner staubigen Arbeitskleidung, der schwieligen Hände und weil er sich nicht so gewählt ausdrücken konnte.

Er konnte auch mit Kai nichts anfangen. Ein langweiliger Typ, der sich vor der Welt versteckte. Mit weichen, gepflegten Händen, die nicht richtig zupacken konnten. Mit Julius verband ihn immerhin die gemeinsame Schulzeit, doch das war lange her. Und schon damals war er eigentlich nicht Julius' Freund, sondern nur sein Handlanger gewesen.

Steffen merkte, wie er wütend wurde. Es war doch immer dasselbe. Er machte sich die Finger schmutzig und bekam die Quittung dafür, dabei hatten die anderen genauso viel Dreck am Stecken.

»Was glotzt du so?«, herrschte er Daniela an. Ausgerechnet, obwohl sie ihm als Einzige ohne Vorbehalte gegenübergetreten war, sogar dann noch, als Julius und Kai sie über seine Vorgeschichte aufgeklärt hatten. Aber der Ausdruck ihrer Augen machte ihm einfach am meisten zu schaffen. Dabei konnte er ihn nicht einmal beschreiben. Er hatte das Gefühl, in ein Fass ohne Boden zu blicken.

Daniela wandte eilig den Kopf ab.

»Entschuldige«, murmelte sie.

Jessica sah ihn an. Die Erstarrung schien plötzlich zu bröckeln.

»Hack nicht auf Daniela herum«, sagte sie scharf. »Sie kann überhaupt nichts dafür.«

Kai, der diese Rolle eigentlich hätte übernehmen müssen, griff nach seinem Schnapsglas und füllte es neu.

»Wir sollten jetzt alle die Ruhe bewahren.« Er kippte den Wodka hinunter. »Natürlich sind wir fassungslos. Aber wir dürfen uns davon nicht überschwemmen lassen. Vor allem sollten wir nicht anfangen, uns gegenseitig zu beschuldigen.«

Pia blinzelte. »Aber wir denken doch alle, dass es einer von uns getan hat.«

Sie nahm sich eine Zimtschnecke und begann, sie in Stücke zu reißen, die sie dann auf ihrem Teller verteilte. In den Mund steckte sie keines davon.

Sie drehte sich demonstrativ zu Steffen. »Ich persönlich glaube, dass du es warst.«

»So?« Steffen funkelte sie wütend an. Am liebsten hätte er sie geohrfeigt. »Und warum?«

Pia setzte eine Miene auf, als würde sie vor Gericht zum Plädoyer vortreten.

»Das ergibt sich aus der Vorgeschichte. Bewaffneter Raub, das war es doch? Das lässt auf ein mangelhaft ausgeprägtes Unrechtsbewusstsein schließen, außerdem auf ein überdurchschnittliches Maß an Aggressionen. Ich nehme an, du warst mit deiner Verteidigung unzufrieden? Julius war dein alter Schulfreund. Du dachtest, er boxt dich da raus. Stattdessen bist du für Jahre hinter schwedische Gardinen gewandert.« Kurz musste sie kichern über die Doppeldeutigkeit des Begriffs – hier, in einem Haus mit schwedischen Gardinen im eigentlichen Wortsinn –, dann war die Abneigung in ihrem Blick wieder da. »Du warst sauer auf Julius. Und jetzt hast du es ihm heimgezahlt.«

Steffen federte aus dem Sessel hoch. »Halt die Klappe, du blöde Kuh.«

»Steffen!« Dieses Mal war Jessicas Stimme noch kälter. »Setz dich wieder hin. Und lass Pia in Ruhe.«

Steffen merkte, wie es in ihm brodelte. Die Sache hier lief aus dem Ruder. Wo gerade noch ein Vakuum gewesen war, schien die Luft im Raum plötzlich zu kochen. Es war, als kämen die

Wände auf ihn zu, und er fühlte sich so eingeengt, dass ihm das Atmen schwerfiel.

Fast wünschte er sich, der Kommissar würde zurückkehren.

Besser nicht, dachte er im nächsten Moment. Der Mann war viel zu gefährlich. Und Steffen wollte auf keinen Fall zurück ins Gefängnis.

Abrupt wandte er sich von seinen Freunden ab.

»Ich gehe eine rauchen«, murmelte er und strebte zur Zimmertür.

Er musste hier raus.

Die Tür fiel mit einem Knall hinter Steffen ins Schloss. Jessica starrte auf das weiße Holz, das zu vibrieren schien. Was hatte sie nur getan?

Sie hatte beabsichtigt, eine Entscheidung herbeizuführen.

Ringsum brannten die Lunten, und sie hatte auf die Explosion gehofft, die endlich die Luft reinigen sollte. Nun waren die Würfel gefallen, schneller und endgültiger, als sie es geplant hatte. Der Gedanke an Julius' blutüberströmten Körper in der Küche drehte ihr den Magen um.

So hatte es doch nicht enden sollen!

Sie war nur so unglaublich wütend auf ihn gewesen, wegen dem, was Kai und er Pia angetan hatten. Ihre beste Freundin war nur noch ein Schatten ihrer selbst. Irgendetwas in ihr war zerbrochen. Dabei war sie immer so selbstbewusst und optimistisch gewesen. Jessica hatte sie geschätzt, weil sie so vieles gemeinsam hatten: die Zielstrebigkeit, den Ehrgeiz, das unermüdliche Engagement. Pia ging in ihrer Arbeit auf, und Jessica hätte es ihr so sehr gegönnt, dass man sie zur Teilhaberin machte. Sie hätte es verdient gehabt.

Jessica hatte nicht begriffen, was in den letzten Jahren mit Julius geschehen war. Wann war er so kaltherzig und abgebrüht geworden? Natürlich hatte er schon immer nach oben gewollt. Aber früher war da eine Leichtigkeit gewesen, etwas Spielerisches, das ihr gefallen hatte. Julius war ein großer Junge auf der Suche nach Höhenflügen. Er liebte den Rausch der Geschwindigkeit und des Erfolgs. Doch in letzter Zeit war er verbissen geworden.

War das überhaupt noch der Mann, mit dem sie zusammen sein wollte? Diese Frage hatte sie sich immer häufiger gestellt. Zumal er ihren größten Wunsch niemals würde erfüllen können. Sie hatte geglaubt, sie hätte sich damit abgefunden, doch in letzter Zeit war die Sehnsucht wieder erwacht und ständig größer geworden. Sie hatte über einen Neuanfang nachgedacht.

Jetzt hatte sie keine Wahl mehr. Das Leben, das sie gekannt hatte, existierte nicht mehr. Sie hatte das Schiff direkt auf den Eisberg zumanövriert, und es war zerschellt. Nun ging es nur noch darum, sich irgendwie an Land zu retten.

Sie nahm ihre Tasse und trank den Kaffee, der längst kalt geworden war.

Ob die anderen ihr ansahen, welche Gedanken durch ihren Kopf jagten? Sie schaute sich rasch um, doch niemand blickte in ihre Richtung. Jeder schien tief in seine eigenen Überlegungen versunken.

Pia zupfte an ihrem Kostüm. Daniela rieb sich mit einem Taschentuch die Finger. Obwohl sie sich bereits mehrfach die Hände gewaschen hatte, schien sie noch das Blut zu spüren, das daran geklebt hatte. Julius' Blut.

Kai schaute an seiner Frau vorbei aus dem Fenster. Nicht einmal jetzt schaffte er es, sich ihr zuzuwenden. Dabei hätte ihr eine tröstende Umarmung sicher gutgetan. Aber Kai war wahrscheinlich derjenige von ihnen, der am meisten verloren hatte. Er hatte Julius bewundert, fast schon verehrt. Er war sein bester Freund gewesen, sein großes Vorbild. So etwas wie ein Blutsbruder. Die Gefühle, die die beiden Männer für ihre Frauen hatten, schienen daneben immer irgendwie zu verblassen.

Er merkte wohl, dass sie ihn anstarrte, und wandte ihr den Kopf zu.

»Du hättest ihn nicht einladen dürfen«, wiederholte er, was er schon vor dem Haus der Stensteds zu ihr gesagt hatte. »Von Typen wie Steffen hält man sich besser fern.«

Jessica merkte, wie ihr flau wurde. »Du glaubst doch nicht wirklich, dass er Julius umgebracht hat?«

Kai hob in einer vagen Geste die Hand, so wie er es wohl auch vor Gericht tat, wenn er die Anschuldigungen der Staatsanwaltschaft auf subtile Weise infrage stellen wollte. »Es ist zum Glück nicht meine Aufgabe, das herauszufinden.«

»Dann solltest du dich vielleicht auch mit Verdächtigungen zurückhalten.«

Kai legte den Kopf schief und musterte sie interessiert. »Liegt dir etwas an ihm?«

In ihrem Magen geriet etwas in Aufruhr. »Was willst du mir unterstellen? Steffen ist ein Freund, genau wie du.«

»Ein Freund, der acht Jahre wegen bewaffneten Raubs im Gefängnis gesessen hat.«

»Ihr habt ihn doch verteidigt.«

»Weil das unser Job ist. Wir haben ja auch nicht auf unschuldig plädiert. Die Sache war in keiner Weise strittig. Es gab eindeutige Beweise, dass er es war.«

»Und du meinst nicht, dass er aus seinen Fehlern gelernt hat?«

Kai hob müde einen Mundwinkel. Jessica spürte, wie Ärger in ihr hochkroch, und sie ließ zu, dass er sich Bahn brach. Das lenkte sie zumindest von allem anderen ab.

»Steffen ist kein typischer Krimineller, das solltest du wissen«, fuhr sie Kai an. »Er war in einer verzweifelten Situation. Der Betrieb, den er von seinen Eltern übernommen hatte, stand vor der Insolvenz, nur ein halbes Jahr nach ihrem Tod. Steffen war verzweifelt. Er wollte das Geschäft retten.«

Kai versteifte sich. »Diese Fakten sind mir durchaus bekannt. Wir haben bei unserer Verteidigung darauf hingewiesen.«

»Trotzdem hat er acht Jahre bekommen.«

»Weil er das Versteck der Beute verschwiegen hat.«

»Das hat er nicht.« Jessica redete sich immer weiter in Rage. Ihre Wangen brannten, und ihr Puls raste, aber es war ihr egal. »Er hat der Polizei gesagt, wo sie das Geld findet.«

»Aber dort war es nicht.«

»Richtig.« Jessica kniff die Augen zusammen.

Kai blitzte sie an. »Willst du mir irgendwas unterstellen?«

Jessica zog die Schultern hoch. »Welche Schlussfolgerung sollte ich denn deiner Meinung nach ziehen?«

»Dass Steffen gelogen hat.« Kai breitete die Hände aus, als sei das offensichtlich.

Natürlich konnte sie nicht ausschließen, dass er recht hatte. Aber Steffen hatte ihr gegenüber beteuert, dass er die Wahrheit gesagt hatte, und sie hatte ihm geglaubt. Sie schaute Kai herausfordernd an. »Vielleicht hat ja auch irgendjemand die Beute an sich genommen.«

»Und dieser Jemand – das war ich?«

Kai war immer noch die Ruhe selbst, und das regte sie am meisten auf. Warum merkte man ihm nie etwas an? Er musste doch erschüttert sein über Julius' Tod, und ihre Anschuldigungen mussten irgendetwas in ihm auslösen. Doch zu sehen war davon nichts.

»Ich finde den Gedanken nicht so abwegig«, fauchte sie.

»Jessica!«

Danielas schrille Stimme durchbrach den Tunnel, der sich zwischen ihr und Kai aufgebaut hatte. Sie hatte tatsächlich vergessen, dass sie nicht allein im Raum waren.

»Weißt du eigentlich, was du Kai da unterstellst?« Daniela schaute sie vorwurfsvoll an.

Jessica hob die Hände. »Entschuldige. Ich wollte das nicht sagen. Ich bin nur so durcheinander. Das alles hier … Das ist einfach zu viel für mich.«

Danielas Miene wurde sofort wieder weich. Sie war eine gute Seele. Intellektuell war sie ihr nicht gewachsen, aber sie hatte ein Herz aus Gold. Immer stellte sie ihre eigenen Bedürfnisse hintan, wenn es galt, anderen zu helfen. Sie war nicht nachtragend und schien alles verzeihen zu können. Jessica war davon oft beeindruckt. Manchmal allerdings verachtete sie die Freundin auch dafür.

»Sicher. Das verstehen wir alle.« Daniela nickte. »Julius war schließlich dein Mann. Es muss grausam für dich sein, ihn auf diese Weise zu verlieren.«

Jessicas Wut war plötzlich wie weggeblasen. Was blieb, war das Bild vor ihrem geistigen Auge: Julius, bleich und leblos, mit zerfetzter Brust in der riesigen roten Lache, die sein eigenes Blut gebildet hatte.

Ihr wurde wieder schlecht. Sie versuchte, die Übelkeit zurückzudrängen, doch es gelang ihr nicht. Schnell stand sie auf und eilte in den Flur, wo sich die Gästetoilette befand. Durch die offene Küchentür sah sie die Familie Olsson, die irgendwelche Essensvorbereitungen traf. Sie begriffen sofort, was los war, und setzten mitfühlende Mienen auf.

Jessica stürzte ins Bad und klappte den Toilettendeckel hoch. Ergeben beugte sie sich über die Schüssel.

Würde das jetzt immer so weitergehen?

Der Anruf ging ins Leere. Frederik runzelte die Stirn. Warum nahm Anna das Gespräch nicht an? Er wollte von ihr erfahren, ob die Spurensicherung im Haus der Stensteds etwas ergeben hatte. War Anna mit den Göteborger Beamten im Ort unterwegs und befragte die Anwohner? Sein Auftrag war eigentlich klar gewesen. Sie sollte beim Haus bleiben, bis die Kriminaltechniker abgerückt waren. Aber vielleicht hatte Birger seine Anweisung anders weitergegeben.

Frederik setzte den Helm auf und startete den Roller. Dann würde er sich eben selbst ein Bild machen. Er fuhr an der kleinen Bucht vorbei und bog anschließend in den Korshamnsvägen. Aus dem Augenwinkel meinte er, etwas Rotes aufblitzen zu sehen, doch als er den Kopf wandte, war nichts zu entdecken. Er hatte sich wohl getäuscht.

Vor dem Haus der Stensteds packten die Kriminaltechniker gerade ihre Sachen zusammen. Der Leiter des Teams kam auf ihn zu.

»Er muss den Täter selbst ins Haus gelassen haben«, berichtete er. »Weder an der Vordertür noch am Hintereingang finden sich Einbruchsspuren. Es könnte natürlich auch sein, dass die Türen nicht abgeschlossen waren. Der Angriff ist in der Küche erfolgt. Tatwaffe ist das Messer, das neben dem Toten lag. Es gehört zu dem Set im Messerblock. Wir haben jede Menge Fingerabdrücke und Fasern gefunden, aber ob sie vom Täter stammen, lässt sich aufgrund der Spurenlage nicht entscheiden. Auf jeden Fall brauchen wir die Abdrücke von allen Mitgliedern der Reisegruppe zum Vergleich.«

Frederik beschrieb ihm den Weg zum Haus der Olssons, wo er die Deutschen finden würde.

»Das Smartphone des Toten haben wir sichergestellt«, erklärte der Kriminaltechniker. »Wir schicken es zusammen mit den anderen Spuren ans SKL.«

»Gut.« Die Kollegen im Staatlichen Kriminallabor in Linköping würden die Funde untersuchen. Frederik nahm sich vor, Birger zu bitten, dort ein wenig Druck zu machen. Er wusste, dass die Mitarbeiter permanent überlastet waren, aber er brauchte dringend etwas, mit dem er arbeiten konnte.

Er bedankte sich bei dem Spurensicherer und fuhr weiter in den Ort. Die kleine Ansiedlung auf Asperö strahlte die gleiche Ruhe aus wie die meisten Schärenorte. An sonnigen Tagen wie diesem wirkten sie paradiesisch, doch wenn der Winter mit Schnee, Eis und Stürmen kam, war das Leben hier hart. Die Schärenbewohner hatten sich damit arrangiert, sie waren geduldig und genügsam. Eigenschaften, die ohnehin der pragmatischen schwedischen Mentalität entsprachen.

Frederik entdeckte die Beamten, die von Haus zu Haus gingen, und stoppte bei ihnen. Nachdem er sich vorgestellt hatte, erkundigte er sich, ob sie bereits etwas herausgefunden hatten. Es waren nicht viele, die sie hatten fragen können; die meisten Inselbewohner waren bei ihren Arbeitsstätten auf dem Festland. Diejenigen, die zu Hause blieben, meist Frauen mit kleinen Kindern, hatten anderes zu tun, als aus dem Fenster zu sehen. Aber es gab auch ein paar Ältere, die nicht mehr berufstätig waren und ein wenig Muße hatten. Zwei von ihnen hatten Pia Frenzen gesehen, die müßig durch den Ort geschlendert war. In beiden Fällen hatte man sie kurz nach Mittag beobachtet. Danach war keiner der deutschen Urlaubsgäste mehr gesichtet worden.

Frederik bedankte sich und fuhr weiter zum Hafen. Er hatte Glück, die kleine Personenfähre nach Lilla Varholmen legte gerade an. Frederik wollte schon auf das Vordeck fahren, überlegte es sich dann aber anders und signalisierte dem Kapitän, ohne ihn abzulegen.

Irgendetwas stimmte nicht. Anna war weder am Haus der Stensteds noch bei den uniformierten Kollegen im Ort gewesen. Frederik zog noch einmal sein Smartphone aus der Tasche und versuchte, sie zu erreichen. Vergeblich. Er rief bei Birger an, doch auch der hatte nichts von Anna gehört. Immerhin versprach er, sich sofort mit dem SKL in Verbindung zu setzen und um eine rasche Bearbeitung der Spuren vom Tatort auf Asperö zu bitten.

Frederik steckte das Handy zurück in seine Umhängetasche und dachte nach. Anna war eine engagierte Kollegin. Sie wollte die Fehler, die sie in Malmö gemacht hatte, um jeden Preis ausbügeln. Die Mitarbeit in seinem Team war ihre Bewährungsprobe, das wusste sie. Sie würde sich nicht einfach unentschuldigt von der Arbeit entfernen. Und dass sie nicht an ihr Mobiltelefon ging, war ebenfalls mehr als ungewöhnlich. Sie gehörte zu den Leuten, die mit ihrem Gerät beinahe verwachsen waren.

Er versuchte sich vorzustellen, was sie getan hatte, nachdem er zum Haus der Olssons gefahren war. Sie hatte darauf gebrannt, mit ihm gemeinsam die Reisegruppe zu vernehmen, obwohl ihr klar sein musste, dass sie vom Inhalt der Gespräche nichts verstehen würde. Ihre Deutschkenntnisse beschränkten sich auf ein paar Brocken, die allenfalls ausreichten, um sich in Deutschland einen Kaffee oder ein Bier zu bestellen oder nach dem Weg zur Toilette zu fragen. Es ging wohl mehr darum, dass sie nicht ausgeschlossen werden wollte.

Hatte sie es also nicht ausgehalten, untätig vor dem Haus der Stensteds herumzustehen und darauf zu warten, dass die Kriminaltechniker ihre Arbeit beendeten? Womöglich hatte sie entschieden, dass man die Ergebnisse ebenso gut telefonisch erfragen konnte, und sich entgegen seiner Anweisung auf den Weg zu den Olssons gemacht.

Aber wenn dem so war, warum war er ihr dann nicht begegnet?

Noch während er sich die Frage stellte, fielen die Puzzleteile in seinem Kopf an ihren Platz.

Im Gebüsch bei der kleinen Felsenbucht hatte etwas Rotes aufgeblitzt. Dasselbe Rot wie bei dem Fahrrad, das am Schuppen der Stensteds gelehnt hatte. Frederik kniff die Augen zusammen und versuchte, sich das Bild vor Augen zu rufen. War das Rad noch an seinem Platz gewesen, als er mit den Spurentechnikern gesprochen hatte? Ganz sicher war er sich nicht. Aber er hätte fast gewettet, dass es nicht mehr dort gestanden hatte.

Ein Gefühl der Dringlichkeit befiel ihn plötzlich. Er wendete den Roller und raste mit überhöhter Geschwindigkeit den Weg zurück, den er gekommen war.

Sie brauchte gar nichts zu sagen. Kennet sah auch so, dass sie wütend auf ihn war. Die Bewegungen, mit denen sie das Fleisch für das Abendessen zerteilte, waren eckig, ihre Schultern steif. Sie starrte verbissen auf ihre Finger, die mechanisch ihr Werk verrichteten. Kennet trat zu ihr und legte ihr eine Hand auf die Schulter.

»Sofia.«

Seine Frau ließ die Arme sinken. Langsam wandte sie sich zu ihm um. Ihre Augen waren voller Tränen.

»Warum hast du sie hierhergebracht?«, fragte sie. »Wie sollen wir uns um diese Fremden kümmern? Haben wir nicht genug mit uns selbst zu tun?«

Kennet strich ihr über die nassen Wangen.

»Es war ein Gebot der Höflichkeit«, sagte er. »Irgendjemand musste es doch tun. Wir haben den Platz. Und«, er zögerte, wollte ihr nicht unnötig wehtun, »ich dachte, es könnte uns helfen.«

»Wie sollte es das?«

Kennet ergriff ihre Hand und streichelte sie. Er ertrug es einfach nicht mehr. Sie konnten sich doch nicht für alle Ewigkeit vergraben und dem Verlorenen nachtrauern. Das hatten sie schon viel zu lange getan. Irgendwann musste man akzeptieren, was geschehen war, und wieder nach vorn blicken.

»Manchmal hilft es, sich um Menschen zu kümmern, denen das Gleiche widerfahren ist.«

Sofia schüttelte müde den Kopf.

»Es reißt nur die alten Wunden wieder auf, das weißt du genau.«

Kennet drückte ihre Hand fester. Er wollte sie so gern aus ihrem Schmerz herausholen. Früher waren sie glücklich gewesen. Sofia war das schönste und beliebteste Mädchen in der Klasse gewesen. Alle hatten sich darum gerissen, mit ihr befreundet zu sein. Kennet war es wie ein Wunder erschienen, dass sie sich ausgerechnet für ihn entschieden hatte. Ihre kleine Familie war von Anfang an der Mittelpunkt seines Lebens. Mehr als alles andere wollte er, dass es ihnen gut ging.

Sie musste einfach begreifen, dass man nicht stehen bleiben und sich nicht in Dinge verbeißen durfte, die nicht mehr zu ändern waren.

»Vielleicht muss man die Wunden aufreißen, damit der Eiter abfließt und sie heilen können.«

Sofias Blick war leer. »Du weißt, dass sie das nicht tun.«

Kennet blickte Hilfe suchend zu Patrik, der auf der Küchenbank saß und noch kein Wort gesagt hatte. Er beobachtete seine Eltern nur stumm. Seine Miene war undurchdringlich. Kennet hatte keine Ahnung, was in seinem Kopf vorging.

So war es schon immer gewesen. Sie hatten ihn zu oft vernachlässigt, und er hatte angefangen, die Dinge mit sich selbst abzumachen. Dabei hatten sie alles getan, um die Fehler, die sie begangen hatten, wiedergutzumachen. Aber es war wohl schon zu spät gewesen.

»Findest du auch, dass es falsch war, sie herzuholen?«, erkundigte er sich.

Patrik war mittlerweile fünfundzwanzig, ein großer, gutaussehender junger Mann. Er studierte Jura in Göteborg und hatte dort Freunde. Kennet fragte sich plötzlich, ob es richtig war, dass er immer noch zu Hause wohnte. Fühlte er sich dazu verpflichtet, weil er glaubte, seine Eltern nicht allein lassen zu können? Oder versuchte er, die alte Schuld abzutragen? Aber er musste doch wissen, dass sie ihm nichts vorwarfen. Er konnte nichts für das, was geschehen war.

Patrik hob die Hände und ließ sie wieder fallen.

»Du hattest ja wohl keine Wahl«, sagte er.

Täuschte er sich, oder klang Patriks Stimme verbittert? Es war ihm immer schwergefallen, herauszufinden, was Patrik bewegte.

»Nun sind sie jedenfalls hier«, erklärte er munterer, als ihm zumute war. »Wir werden schon damit fertig, meint ihr nicht? Bisher haben wir doch noch alles geschafft.«

Weder Sofia noch Patrik erwiderten etwas. Beide sahen ihn nur stumm an, und Kennet wurde mulmig zumute. Vielleicht hatten sie ja recht. Er hatte ihnen das Unheil ins Haus geholt. Was, wenn es ihnen tatsächlich nicht guttat, sondern mit einem Schlag die Tür zu den Erinnerungen aufriss, die sie so sorgsam verschlossen hatten?

Das Wasser in der kleinen Bucht schimmerte im Sonnenlicht. Das Grün der dichten Büsche leuchtete. Frederik stoppte den Roller und ließ den Blick schweifen. Dann entdeckte er es. Halb verborgen hinter einem abgebrochenen Stamm blitzte etwas Rotes hervor.

Er setzte den Helm ab und bahnte sich eilig einen Weg durch das Gestrüpp. Jetzt, aus der Nähe, bemerkte er abgeknickte Zweige und niedergedrücktes Gras. Hinter dem Stamm fand er das rote Fahrrad, das er beim Haus der Stensteds gesehen hatte. Ein paar Meter weiter lag eine reglose Gestalt, ein gekrümmtes Bündel Mensch mit roten Haaren, eingehüllt in schwarzes Leder.

»Anna!«

Frederik fiel neben seiner Kollegin auf die Knie. Sie rührte sich nicht. Ihr Gesicht war wachsweiß. Frederik legte zwei Finger an ihre Halsschlagader und atmete auf, als er einen schwachen Puls spürte.

Er rollte sie auf die Seite, zog sein Jackett aus und legte es unter ihren Kopf. Vorsichtig hob er ein Augenlid an. Ihre Pupille blieb starr. Frederik strich ihr die Haare aus dem Gesicht und sah, dass die Haut aufgeplatzt war. Sie musste mit der Stirn auf den Steinen aufgeschlagen sein. Ihre Lippen waren blutverkrustet, die Nase stand ein wenig schief. Ihre rechte Hand knickte in einem seltsamen Winkel vom Unterarm ab, die Handflächen waren aufgeschürft.

Frederik spürte, wie sein Herz hämmerte. Das Blut rauschte so laut in seinen Ohren, dass er die Schreie der Möwen, die über ihnen kreisten, kaum hörte. Eine Welle der Panik rollte auf ihn zu, und seine Hände begannen zu zittern. Er schloss für eine Sekunde die Augen und atmete tief durch, um die Angst zurückzudrängen. Das Wichtigste war jetzt, Ruhe zu bewahren.

Er überzeugte sich davon, dass Anna stabil lag und Mund und Nase frei waren, damit sie nicht erstickte. Mit dem Daumen strich er über ihre Wange.

»Ich hole Hilfe«, flüsterte er. Vielleicht registrierte sie trotz ihrer Bewusstlosigkeit, dass sie nicht allein war.

Mit der freien Hand zog er sein Smartphone aus der Umhängetasche und informierte die Rettungsleitstelle. Sie brauchten so schnell wie möglich einen Notarzt. Ein Hubschrauber würde hier nicht landen können, also war es wohl das Beste, wenn die Sanitäter mit dem Ambulanzschiff kamen, das einen Elektrokrankenwagen an Bord hatte.

Noch einmal streichelte er rasch über Annas Gesicht. Dann rannte er mit großen Schritten zum Haus der Olssons, hämmerte gegen die Tür und stieß sie auf. Er machte sich nicht die Mühe, die Schuhe auszuziehen, sondern stürzte direkt in die Küche.

Sofia, die am Herd stand, wirbelte herum, und auch Kennet und Patrik, die am Tisch saßen, machten erschrockene Gesichter. Nur am Rande registrierte Frederik die seltsam erstarrte Stimmung in dem gemütlich mit hellem Holz und bunt gemusterten Gardinen eingerichteten Raum. Im Augenblick hatte er andere Sorgen.

»Ich brauche Wasser und eine Decke«, keuchte er. »Meine Kollegin ist mit dem Rad gestürzt und mit dem Kopf auf den Felsen aufgeschlagen.«

Sofia schlug erschrocken eine Hand vor den Mund und machte einen entsetzten Laut. Patrik sprang hektisch von der Küchenbank. Er riss eine Schranktür auf, nahm wahllos ein Glas heraus und füllte es unter dem Hahn mit Wasser. Dann drehte er sich zu Frederik um, hielt ihm das Glas am ausgestreckten Arm entgegen und starrte darauf, als wisse er nicht recht, was er nun damit anfangen sollte.

Kennet war der Einzige, der einen klaren Kopf behielt. Er nahm seinem Sohn das Glas ab und stellte es auf die Spüle. Kurz legte er seiner Frau die Hand auf die Schulter.

»Hol das Verbandszeug. Und bring eine Decke mit«, sagte er. »Und du«, er wandte sich an Patrik, »gehst nach oben und suchst nach Omas Fläschchen mit dem Riechsalz.«

Die beiden setzten sich in Bewegung, offenkundig froh, einen Auftrag zu haben, auch wenn Patrik der Part, den er übernehmen sollte, sichtliches Unbehagen bereitete. Kennet öffnete die Tür unter der Spüle und holte zwei Halbliterflaschen stilles Wasser aus dem Schrank.

Sofia kehrte mit einem großen Erste-Hilfe-Koffer und einer rot-braun gemusterten Wolldecke zurück. Auf den Stufen war ein Poltern zu hören, dann erschien auch Patrik mit einer kleinen grünen Flasche in der Hand. Kennet nahm Sofia den Koffer ab.

»Du trägst die Decke«, wies er seinen Sohn an und wandte sich wieder an seine Frau. »Koch ein bisschen Suppe«, trug er ihr auf. »Für den Fall, dass man sie hier versorgen kann.«

Sofia nickte. Kennet strebte zur Tür. »Kommen Sie.«

Frederik wollte ihm schon folgen, als ihm plötzlich etwas einfiel. Warum hatte er nicht gleich daran gedacht?

»Einen Moment noch.«

Er stieß die Tür zum Wohnzimmer auf, wo die kleine Reisegruppe sich noch immer aufhielt. Steffen Brandt war verschwunden. Jessica Reichenbach lag auf dem Sofa. Daniela Schwaiger hockte neben ihr und wischte ihr mit einem Tuch den Schweiß von der Stirn. Frederik registrierte beiläufig, dass Jessicas Gesicht eine leicht grünliche Färbung angenommen hatte.

»Frau Schwaiger?«, wandte er sich an Daniela. »Sie sind doch Krankenschwester.«

»Ja.« Daniela richtete sich auf und schaute ihn fragend an.

»Würden Sie uns bitte begleiten? Meine Kollegin hatte einen Unfall.«

»Natürlich.«

Daniela erhob sich rasch. Ihre Haltung veränderte sich im Bruchteil einer Sekunde. Eben war sie noch in sich zusammengesunken gewesen, jetzt stand sie kerzengerade und strahlte etwas Resolutes aus. Schneller als Frederik, Kennet und Patrik war sie an der Tür und strebte ins Freie.

»Wo?«

Frederik zeigte zum Meer, und sie liefen gemeinsam zu der kleinen Bucht. Daniela ging neben Anna in die Hocke. Wie zuvor Frederik, prüfte sie ihre Augen und fühlte nach dem Puls.

Aus dem Koffer nahm sie eine Flasche mit Desinfektionsmittel, sprühte ein wenig davon auf ein Stück Mull und tupfte ihr vorsichtig die aufgeplatzte Stirn ab. Anschließend öffnete sie eine der Wasserflaschen und benetzte ihre Lippen. Patrik breitete die Decke über ihr aus.

Daniela betastete vorsichtig Annas Gesicht und Gliedmaßen. Dann stand sie auf.

»Die Nase und das rechte Handgelenk sind gebrochen«, erklärte sie. »Der Pulsschlag ist schwach, aber regelmäßig. Wie lange ist sie schon bewusstlos?«

Frederik hob die Hände.

»Ich weiß es nicht. Aber ich fürchte, sie liegt schon eine Weile hier. Ich habe etwas Rotes im Gebüsch bemerkt, als ich vor einer halben Stunde weggefahren bin, habe aber nicht begriffen, worum es sich handelt.«

Ein nagendes Schuldgefühl befiel ihn. Warum war er nicht aufmerksamer gewesen? Wenn er sofort nachgesehen hätte, wären Annas Chancen jetzt weitaus besser.

Natürlich war ihm klar, dass er schlichtweg nicht hatte ahnen können, was geschehen war. Doch wenn Anna starb oder bleibende Schäden davontrug, würde ihm diese Erkenntnis wenig nützen. Er würde sich für alle Zeit Vorwürfe machen.

Patrik streckte Daniela fragend das Fläschchen mit dem Riechsalz entgegen. Sie runzelte die Stirn, nahm es aber entgegen.

»Ich bezweifle, dass das etwas nützt. Aber wir können es ja versuchen.« Sie ließ sich wieder neben der Verletzten nieder und hielt ihr das kleine Gefäß unter die Nase. Frederik nahm den Geruch nach Kräutern und Alkohol wahr. Annas Lider flatterten ein wenig, doch sie blieb in der Dunkelheit. Daniela schraubte die Flasche zu und gab sie Patrik zurück, nachdem sie sich mit einem leisen Stöhnen wieder aufgerichtet hatte.

»Wahrscheinlich ist es von Vorteil, wenn sie im Dämmerzustand bleibt«, sagte sie in dem beruhigend sachlichen Tonfall, der so typisch für Pflegekräfte war. »Die Bewusstlosigkeit ist auch ein Schutz.« Sie sah sich um, die Lippen nachdenklich gekräuselt. »Wir könnten sie zum Haus tragen, aber es ist wohl besser, wenn wir sie nicht bewegen. Sie könnte innere Verletzungen haben.«

Frederik schaute auf Annas bleiches Gesicht. Die Schramme auf ihrer Stirn leuchtete grellrot. Sie sah nicht besonders schlimm aus, doch wer wusste schon, welcher Schaden darunter entstanden war? Womöglich war ihr Schädel gebrochen und das Gehirn in Mitleidenschaft gezogen worden. Er hoffte, dass der Notarzt und die Rettungskräfte bald eintrafen, aber ihm war klar, dass es so rasch nicht ging. Selbst mit dem eigenen Boot würde der Arzt eine Weile brauchen. Wertvolle Minuten, die vielleicht über Leben und Tod entschieden. Er kniete sich neben Anna und streichelte sanft ihre Wange. Mehr konnte er im Augenblick nicht tun.

Pia hatte Danielas Platz eingenommen. Sie tupfte Jessica die Stirn ab und murmelte irgendetwas, das Kai nicht verstand. Daniela war mit dem Kommissar verschwunden, und Steffen war noch nicht zurückgekehrt. Er rauchte wahrscheinlich gleich die ganze Schachtel leer.

Kai fühlte sich wie in einer Blase. Als ob er den Kontakt zur Außenwelt verloren hätte. Irgendjemand müsste sie durchstoßen, doch niemand tat es.

In seinem Kopf verknäulten sich die Gedanken. Es war einfach zu viel, was auf ihn einstürzte.

Ohne Julius an seiner Seite fühlte er sich unvollständig. Der Schmerz über Julius' gewaltsamen Tod bohrte in seinen Eingeweiden. Der Verlust lag wie ein Schatten auf seiner Seele. Gleichzeitig war da allerdings noch ein anderes Gefühl, das hartnäckig an die Oberfläche drängte, obwohl Kai sich verzweifelt dagegen wehrte.

Erleichterung.

Die Scham darüber brannte in ihm, doch zugleich frohlockte etwas in seinem Herzen.

Er war wieder frei.

Nun würde niemand mehr erfahren, was er getan hatte. Sein einziger Mitwisser war tot.

Wo kein Zeuge war, war auch kein Kläger.

*Und wo kein Kläger, da kein Richter.*

Diese Redewendung hatten sie im Jurastudium oft genug gehört.

Er brauchte sich nicht mehr zu fürchten. Musste keine Dinge mehr tun, die er nicht tun wollte. Sein Leben gehörte endlich wieder ihm.

Darüber hinaus hatte Julius seine gerechte Strafe bekommen. Schließlich hatte er ihn in fürchterliche Schwierigkeiten gebracht. Das Problem bestand nach wie vor, doch nun gab es einen Sündenbock. Er konnte alle Verantwortung auf Julius abwälzen. Sein Freund konnte sich ja nicht mehr wehren.

Beinahe hätte Kai gekichert, riss sich aber im letzten Moment zusammen. Jessica und Pia waren scharfsichtige und kluge Frauen. Die Art Frauen, die ihm Angst machte und mit der er noch nie gut hatte umgehen können. Auf keinen Fall durften sie misstrauisch werden. Sonst würde er sofort wieder in Schwierigkeiten stecken, nachdem er gerade erst den Kopf aus der Schlinge gezogen hatte.

Mit Daniela war es einfacher. Sie ließ sich von ihm führen, und bei ihr fühlte er sich stärker, weil er wusste, dass er ihr in den entscheidenden Belangen überlegen war. Seine kleine Krankenschwester. Julius hatte immer über sie hergezogen, über ihre mangelnde Disziplin beim Essen, ihre naiven Kommentare zu den Geschehnissen der Weltgeschichte, ihre fehlende Schlagfertigkeit, wenn bei gemeinsamen Treffen um die Wette gefrotzelt wurde. Kai hatte seine Ansichten inhaliert und sie sich im Laufe der Jahre zu eigen gemacht. Er hatte auch gelernt, wie man eine Frau wie Daniela so manipulierte, dass sie widerspruchslos gehorchte.

Aber damit war jetzt Schluss. Julius würde kein Gift mehr streuen. Kai brauchte sich vor ihm nicht länger zu beweisen, und er war ihm auch nichts mehr schuldig. Er könnte anfangen, die guten Seiten an seiner Frau zu schätzen und zu genießen, ihre Fürsorglichkeit, ihre Wärme, und die Liebe, die sie ihm erstaunlicherweise immer noch entgegenbrachte. Er könnte endlich leben.

Ja, er würde Julius vermissen. Aber längst nicht so sehr, wie er immer gedacht hatte.

# 7

*Er musste draußen warten, aber eigentlich war er ganz froh darüber. Drinnen im Wartezimmer war es stickig. Der kleine Raum war voller Kinder, die weinten oder schrien, und Erwachsenen, die erschöpft und ängstlich aussahen. Es war eine merkwürdige Atmosphäre. Dabei war das hier doch ein Krankenhaus. Ein Ort, an dem einem geholfen wurde.*

*Im letzten Jahr waren seine Eltern mit ihm hier gewesen, als er mit dem Fahrrad gestürzt war und sich das Knie aufgeschlagen hatte. Es hatte fürchterlich geblutet, und wehgetan hatte es auch. Aber er hatte nicht gejammert. Weil er nicht so ein Schwächling wie Edvin war.*

*Seine Eltern hatten sich ganz liebevoll um ihn gekümmert, endlich einmal. Eine Nachbarin hatte auf Edvin aufgepasst, während seine Eltern mit ihm zum Arzt fuhren. Mit fünf Stichen war die Wunde am Knie genäht worden. Anschließend waren seine Eltern mit ihm zum Eisessen gegangen, und er hatte den großen Becher mit den vielen Nüssen und dem riesigen Berg Sahne bekommen.*

*Hinterher war ihm schlecht, aber er war trotzdem glücklich. Es war der schönste Tag, seit Edvin auf der Welt war. Endlich war er wieder wichtig.*

*In den Monaten danach hatte er alles ausprobiert. Auf jeden morschen Baum war er geklettert und im Kindergarten oben auf dem Gerüst balanciert. Wenn er nur irgendwo hinunterfiel, würden seine Eltern wieder für ihn da sein. Aber es war nichts passiert. Er war nur immer geschickter geworden.*

*Immerhin hatte er sich dadurch die Bewunderung seiner Spielkameraden erworben, und die Betreuerinnen hatten ein Auge auf ihn. Er fühlte sich nicht mehr ganz so verloren. Aber er wünschte sich immer noch, er könnte die Aufmerksamkeit seiner Eltern wieder gewinnen.*

*Natürlich hätte er absichtlich einen Unfall herbeiführen können. Doch dazu konnte er sich nicht überwinden.*

*Vielleicht konnten die Ärzte Edvin ja helfen. Wenn er endlich laufen und sprechen lernte und sich wie ein normaler Junge benahm, hätten die Eltern vielleicht auch wieder Zeit für ihn übrig. Sie wussten ja, dass sie ihn vernachlässigten.*

*»Du musst das verstehen«, sagte sein Vater oft. »Edvin braucht uns. Du bist doch schon groß.«*

*Er nickte dann immer, weil er seinen Vater nicht enttäuschen wollte. Aber die Wahrheit war, dass er seine Eltern auch brauchte.*

*Vor dem Eingang des Krankenhauses hielt ein Polizeiwagen. Zwei uniformierte Beamte stiegen aus und zogen einen Mann von der Rückbank, der um sich schlug und unverständliche Worte brabbelte. Er hatte ein breites Gesicht, das irgendwie schwammig aussah, und über seinen Augen lag ein trüber Schleier, genau wie bei Edvin.*

*Die Polizisten brachten den Mann nach drinnen und kamen ein paar Minuten später ohne ihn wieder heraus.*

*»Na?«, sagte der eine und strich ihm über die Haare. »Gefällt dir unser Auto?«*

*Er nickte. Wie alle Jungen fand er Polizeiwagen außerordentlich spannend.*

*»Willst du dich mal reinsetzen?«*

*»Ja, gerne.« Er wurde ganz aufgeregt.*

*Der Polizist öffnete die Tür, und er nahm hinter dem Steuer Platz. Der Beamte startete den Motor und ließ die Sirene aufheulen.*

*»Nicht schlecht, was?«, sagte er.*

*»Das ist toll.« Er konnte zwar kaum über das Armaturenbrett blicken, aber es war trotzdem ein fantastisches Gefühl, in diesem Wagen zu sitzen. »Wenn ich groß bin, gehe ich auch zur Polizei.«*

*Der Beamte lachte. »Mach das.« Er bedeutete ihm, dass er leider wieder aussteigen musste. Schnell kletterte er vom Sitz. Er schaute zwischen dem Polizisten und dem Krankenhaus hin und her. Sein Herz hämmerte.*

*»Darf ich Sie was fragen?«*

*»Ja, klar.«*

*»Der Mann, den Sie da gerade reingebracht haben. Was war mit dem?«*

*Die beiden Polizisten tauschten über das Wagendach hinweg einen raschen Blick.*

*»Der hat randaliert. War betrunken. Wir haben ihn von der Straße geholt, bevor er Schaden anrichten kann.«*

*Der Beamte klopfte ihm auf die Schulter.*

*»Wir müssen jetzt weiter. Aber wir haben in ein paar Wochen*

*einen Tag der offenen Tür im Revier. Komm doch einfach mit deinen Eltern vorbei. Dann kannst du dir alles ganz genau anschauen.«*

*»Ja. Das mache ich.«*

*Er sah zu, wie die beiden Polizisten einstiegen und davonfuhren. Ungeduldig blickte er zum Krankenhauseingang. Er musste seinen Eltern unbedingt davon erzählen. Von dem Polizeiwagen und dem Tag der offenen Tür. Ob er sie überreden könnte, mit ihm dorthin zu gehen? Vielleicht, wenn die Ärzte Edvin helfen konnten und er nicht mehr ihre ganze Aufmerksamkeit brauchte.*

*Die Tür öffnete sich, und seine Eltern traten heraus. Sein Vater hatte Edvin auf dem Arm. Sie winkten ihm, zu ihnen zu kommen.*

*Er rannte los und begann zu sprudeln, noch bevor er sie erreicht hatte, von seinem Erlebnis mit den Polizisten und seinem Wunsch, demnächst dorthin zu gehen. Erst dann registrierte er die Mienen seiner Eltern. Sie hatten ganz graue Gesichter, und ihre Mundwinkel hingen herab.*

*»Was ist denn mit Edvin?«, fragte er. »Wird er wieder gesund?«*

*»Nein.« Die Kiefer seines Vaters mahlten. »Edvin ist behindert. Er wird nie ein normales Leben führen.«*

*Es war wie eine kalte Dusche. Ihm war sofort klar, was das bedeutete.*

*Edvin würde für alle Zeit im Mittelpunkt stehen. Und er selbst irgendwo am Rand.*

Das Warten zerrte an seinen Nerven. Wie lange würde es noch dauern, bis die Ambulanz für Anna endlich kam? Er hockte mit Kennet, Patrik und Daniela neben ihr und hielt ihre Hand. Versuchte, Wärme und Hoffnung zu ihr hinüberfließen zu lassen, doch seine Energie schien stattdessen auf andere Weise zu versickern. Sein Herz war bleischwer.

Er musste an Torun denken, seine frühere Partnerin. Sie war in seinen Armen gestorben, nachdem Kugeln aus Arvid Ekströms Waffen sie durchsiebt hatten, und er hatte nichts tun können. Würde er jetzt das Gleiche noch einmal erleben? Bisher hatte er trotz aller Niederlagen immer wieder zu sich zurückgefunden, aber er wusste nicht, ob er es noch einmal könnte. Vielleicht war seine Kraft irgendwann aufgebraucht, und er würde daran kaputtgehen.

Im nächsten Moment schalt er sich für sein Selbstmitleid. Nicht er lag schwer verletzt am Boden, sondern Anna. Er atmete tief durch und drückte ihre Hand mit mehr Entschlossenheit als zuvor.

Zugleich ging ihm ein anderer Gedanke durch den Kopf. Weshalb war Anna überhaupt gestürzt? Es war ein warmer und trockener Tag. Die Felsen waren nicht nass und rutschig, und er entdeckte auch keine Hindernisse auf dem Weg, die ein gutes Mountainbike nicht bewältigen könnte. Er entschied, die Kollegen von der Spurensicherung zu bitten, das Rad zu untersuchen. Später, wenn Anna auf dem Weg ins Krankenhaus war. Jetzt wollte er sich ganz auf sie konzentrieren.

In einiger Entfernung war das leise Surren eines Elektromotors zu hören, und einen Augenblick später erschien der gelbe Rettungswagen zwischen den Bäumen.

Kennet Olsson seufzte erleichtert auf.

»Sie kommen!«

Vom Küchenfenster aus konnte sie sehen, wie die Sanitäter in den grünen Uniformen mit den gelben Schulterklappen aus dem Elektromobil sprangen und zu den dichten Büschen neben der Bucht eilten. Dann waren sie aus ihrem Blickfeld verschwunden.

Sofia starrte trotzdem weiter durch die Scheibe. Hörte es

denn nie auf? Diese Insel schien Unheil über jeden zu bringen, der sich in ihrem Haus aufhielt oder sich ihm auch nur näherte. So viel Leid und Schmerz, und immer wieder der Tod. Hatten sie noch nicht genug davon gehabt?

Vielleicht war es eine göttliche Strafe. Wenn sie nur begriffen hätte, wofür. Was hatte sie verbrochen? Sie hatte alles getan, um ihrem Sohn eine gute und fürsorgliche Mutter zu sein und ihn zu beschützen. Es war nicht ihre Schuld, dass es am Ende nicht gereicht hatte. Gegen das Schicksal war man machtlos.

Vielleicht hätten sie sich beugen und Asperö verlassen sollen, doch das hätte Kennet endgültig das Herz gebrochen. Dieses Haus war sein Elternhaus. Er war hier aufgewachsen, hatte mit seiner ganzen großen Familie hier gelebt, ehe die Eltern und Großeltern gestorben waren und die Geschwister sich in alle Winde verstreut hatten. Er liebte die Insel und seinen kleinen Supermarkt. Das war sein Halt. Das alles aufzugeben, hätte ihn vollkommen entwurzelt. Sie stellte sich eine Nussschale vor, die auf dem Atlantik trieb, irgendwo zwischen den Kontinenten, schlingernd auf den Wellenkämmen und immer wieder in die Täler stürzend. So wäre es für Kennet gewesen, und irgendwann wäre er untergegangen.

Sie selbst hatte einen anderen Weg gefunden, mit ihrem Schmerz zu leben.

Die Sanitäter tauchten wieder aus dem Gebüsch auf. Sie schoben eine Rolltrage, auf der eine reglose Gestalt lag, eine Frau mit einer schwarzen Lederjacke und roten Haaren. Ihr Gesicht war mit einer Sauerstoffmaske bedeckt, und von ihrem linken Arm führte ein dünner Schlauch zu einer durchsichtigen Plastikflasche, die der Sanitäter hochhielt, der neben ihr ging. Vorsichtig bugsierten sie die Trage über die glatten Steine zum Rettungsfahrzeug und schoben sie hinein. Gleich darauf surrte der Elektromotor, und der gelbe Wagen rollte in Richtung Hafen davon, wo vermutlich das Ambulanzschiff am Fähranleger wartete.

Kennet, Patrik, der Kommissar und die fremde Frau blieben in der Bucht zurück und sahen ihm nach. Der Kommissar nahm sein Handy aus der Umhängetasche und telefonierte.

Sofia blickte zum Himmel und faltete die Hände.

Die Kriminaltechniker holten das Fahrrad aus dem Gebüsch und legten es auf die Steine neben der Straße. Frederik sah zu, wie sie es untersuchten. Er merkte, wie er vor Ungeduld die Zähne zusammenbiss, und zwang sich, die Kiefer zu entspannen. Er brannte darauf, sich auf den Weg nach Göteborg zu machen, aber das hier war wichtig. Bevor er zu Anna fuhr, musste er wissen, was passiert war.

Die Sanitäter brachten sie ins Sahlgrenska-Krankenhaus. Sie hatten nicht viel gesagt, doch Frederik hatte gehört, wie sie etwas von einer möglichen Hirnblutung und einer Notoperation gemurmelt hatten. Er hatte eine ziemlich genaue Vorstellung davon, was das bedeutete.

Das menschliche Gehirn befand sich in einer geschlossenen Knochenhöhle und schwamm dort in einer Flüssigkeit, die es vor Erschütterungen und Stößen schützte. Wenn sich in diesem Hohlraum ein Bluterguss bildete, konnte das Blut nicht abfließen. Der Druck im Schädel erhöhte sich, das Gehirn wurde zusammengepresst. Nervenzellen wurden beschädigt oder starben ab. Je länger die Enge anhielt, desto mehr Gehirnmasse wurde unwiederbringlich zerstört. Das konnte zu Funktionsausfällen führen, zum Verlust ganzer Bereiche – und im schlimmsten Fall zum Tod.

Um das Gehirn zu entlasten, musste der Schädel geöffnet werden, damit das Blut abfließen konnte. Eine Operation, die heutzutage Routine war. Trotzdem barg jeder Eingriff Risiken, umso mehr, wenn er am Kopf stattfand. Frederik fürchtete sich vor dem, was geschehen könnte. Er wollte bei Anna sein, auch wenn er nichts tun konnte.

Einer der Kriminaltechniker richtete sich auf.

»Das Rad wurde manipuliert«, erklärte er und deutete auf den Seilzug, der die Bremsen mit den Hebeln am Lenker verband. »Jemand hat die Drähte mit einer Zange bearbeitet. Perfiderweise hat er sie nicht komplett durchtrennt, sondern nur ausgedünnt. Die Bremsen haben vermutlich noch eine Weile funktioniert, ohne dass der Fahrer etwas bemerkt hat. Aber irgendwann sind die Drähte gerissen.«

Genau in dem Moment, als Anna mit hohem Tempo auf das Haus der Olssons zugefahren war. Sie war gestürzt, weil die Bremsen versagt hatten.

Frederik verspürte heiße Wut. Irgendjemand hatte Annas Unfall absichtlich herbeigeführt. Dann übernahm der rationale Teil seines Gehirns wieder die Führung. Der Anschlag hatte nicht Anna gegolten. Niemand hatte voraussehen können, dass sie das Rad benutzen würde. Es war erst am Morgen von der Verleihfirma auf die Insel gebracht worden. Weil es sich um ein hochwertiges Fahrrad handelte, ging Frederik davon aus, dass der Verleiher es sorgfältig wartete. Die Manipulation war also erst kurz vor dem Unfall auf der Insel vorgenommen worden. Da Julius das Fahrrad gemietet hatte und damit gefahren war, war vermutlich er das geplante Opfer gewesen.

Frederik versuchte, sich das Szenario vorzustellen.

Hatte derjenige, der den Bremszug beschädigt hatte, Julius erstochen, als dieser wohlbehalten von seiner Fahrradtour zurückgekehrt war, weil sein ursprünglicher Plan nicht aufgegangen war? Oder gab es zwei Täter, die dasselbe Ziel verfolgt hatten?

Fragen, die es zu klären galt, doch zuerst wollte er sich um Anna kümmern.

Er bedankte sich bei den Kollegen, die das Fahrrad in Folie verpackten, um es in die Kriminaltechnik mitzunehmen und dort mögliche Spuren zu sichern. Vielleicht hatte der Täter bei der Manipulation Fingerabdrücke oder Fasern hinterlassen.

Aus dem Augenwinkel bemerkte er, dass Kennet, Patrik und Daniela nicht ins Haus zurückgekehrt waren, sondern ganz in der Nähe standen und neugierig zu ihnen herübersahen. Frederik wandte sich an die Krankenschwester.

»Haben Sie mitbekommen, wie das Fahrrad angeliefert wurde?«, erkundigte er sich.

»Ja.« Daniela schaute zwischen ihm und den Kriminaltechnikern hin und her. Sie hatte offenbar nicht begriffen, was sich abgespielt hatte. »Das war heute am frühen Morgen. Julius wollte sich unbedingt Bewegung verschaffen. Bei ihm musste immer alles schnell sein. Ein Boot oder ein Motorrad wäre ihm sicher lieber gewesen, aber das Rad war anscheinend das Beste, was er bekommen konnte.«

»Hat er es benutzt?«

Daniela nickte. Ihr Blick wanderte nach oben, wohl weil sie versuchte, sich möglichst genau zu erinnern.

»Er ist heute Morgen als Erster aus dem Haus. Wir saßen noch beim Frühstück. Es war eine komische Stimmung. Julius und Kai waren total genervt. Irgendetwas passte ihnen nicht an Asperö.« Ihre Miene wurde weicher. »Dabei ist es so schön hier.«

Frederik neigte fragend den Kopf.

»Was gefiel ihnen denn nicht?«

»Keine Ahnung. Ich glaube, sie wollten gar nicht hierher.« Daniela lachte unfroh. »Das war eine von Jessicas typischen Ideen. Sie hat den Urlaub organisiert, aber nicht verraten, wo wir hinfahren. Sie hat nur gesagt, wir sollen uns auf wechselhaftes Wetter einstellen. Es könnte kalt werden, aber auch noch sehr warm.« Sie holte tief Luft, und ihr üppiger Busen hob sich unter dem Kleid. »Sie hat uns auch nicht informiert, dass sie außerdem Pia und Steffen eingeladen hatte. Wir waren reichlich überrascht, als wir hier ankamen und die beiden vor dem Haus standen.«

Frederik war irritiert.

»Sie sind nicht gemeinsam angereist?«

»Nein. Wir – Julius, Jessica, Kai und ich – sind von Hamburg aus geflogen. Pia und Steffen sind mit der Fähre aus Kiel gekommen. Pia hat Flugangst, und Steffen fühlt sich in engen geschlossenen Räumen nicht wohl. Wegen seines Gefängnisaufenthalts, nehme ich an.« Daniela senkte den Blick, anscheinend war ihr die ganze Sache peinlich.

Frederik stutzte. »Sind Pia und Steffen ein Paar?«

Daniela lachte auf.

»Nein. Sie kannten sich vorher gar nicht. Jessica hat ihnen auch nicht gesagt, dass sie mit derselben Fähre reisen. Sie haben sich erst hier am Haus getroffen.«

Frederik runzelte die Stirn. Das war ein ausgesprochen merkwürdiges Arrangement. Was mochte Jessica Reichenbachs Motivation gewesen sein? Er fragte Daniela, doch er erhielt nur eine ausweichende Geste als Antwort.

»Ich weiß es nicht. Mir hat sie ja auch nichts gesagt. Nur dass es an der Zeit sei, ein paar Dinge zu klären. Aber um was es da ging? Das müssen Sie Jessica schon selbst fragen.«

Frederik schaute in ihre hellblauen Augen. Ihr Gesichtsausdruck wirkte unschuldig und ein wenig hilflos, doch Frederik war sich sicher, dass sie mehr wusste, als sie zugab. Er würde zu gegebener Zeit nachbohren, genauso wie er Jessica Reichenbach befragen würde. Doch vorher wollte er mehr Hintergrundinformationen haben.

»Sie haben also zusammen gefrühstückt, und Julius ist mit

dem Fahrrad weggefahren, während alle anderen noch im Haus waren?«

»Ja. So war es.«

Frederik nahm sein Notizbuch aus der Umhängetasche.

»Zu welcher Uhrzeit ist er gegangen?«

»Kurz nach neun?«

Das klang mehr nach einer Frage als nach einer Aussage.

»Sicher?«

»Nein.« Daniela rieb über das Glas ihrer Armbanduhr. »Es kann auch ein bisschen früher oder später gewesen sein. Aber es war ungefähr gegen neun.«

Sie hob die Hände, um anzudeuten, dass sie es nicht präziser sagen konnte.

»Was haben die anderen getan?«

»Wir haben aufgegessen und die Küche aufgeräumt. Kai hat Zeitung gelesen, die *Frankfurter Rundschau* von gestern. Die hatte er sich noch in Hamburg auf dem Flughafen gekauft.«

Details, die nichts zur Sache taten, doch so war es oft. Zeugen, die genau sein wollten, berichteten wahllos relevante ebenso wie unwichtige Dinge. Leider traf dasselbe auch auf Personen zu, die etwas verheimlichen wollten. Was von beidem bei Daniela der Fall war, vermochte er nicht zu entscheiden.

»Und anschließend?«

»Das haben wir Ihnen doch schon gesagt.« Daniela kniff die Augen zusammen und sah ihn an wie einen Patienten, der sich den medizinischen Anweisungen seines Arztes partout nicht fügen will. »Kai war angeln, ich habe Pilze gesammelt. Jessica war joggen, Pia ist im Ort spazieren gegangen. Und Steffen hat irgendwo am Meer auf einem Felsen gesessen und Löcher in die Luft gestarrt. Darin hat er ja schließlich Übung.«

Frederik registrierte überrascht den bissigen Unterton. Diese Seite hatte er an Daniela bisher nicht bemerkt. Doch wahrscheinlich war es einfach die Kehrseite ihrer Nachgiebigkeit. Selbst einer erfahrenen Krankenschwester riss vermutlich irgendwann der Geduldsfaden.

»Haben Sie Julius danach noch einmal getroffen?«, fragte er ruhig, ohne auf ihre Bemerkung einzugehen.

»Nein.« Daniela schien immer noch empört darüber, dass er sie so eindringlich befragte. »Er muss zurückgekommen sein, während ich in dem kleinen Waldstück nach Pilzen gesucht habe. Ich habe ihn seit dem Morgen nicht mehr gesehen.«

Ihr Gesichtsausdruck veränderte sich plötzlich. Frederik sah, wie das Entsetzen mit einem Schlag zurückkehrte. »Erst als ich ihn da in der Küche gefunden habe.«

Frederik legte ihr kurz die Hand auf die Schulter, ehe er sich an Kennet und Patrik wandte, die ein Stück abseits standen. Sie wirkten neugierig, hatten aber offenbar nichts von dem Gespräch begriffen. Frederik nahm an, dass sie beide nur wenig Deutsch verstanden, wie die meisten Schweden heutzutage.

»Es ist eine große Hilfe für uns, dass Sie die Gruppe bei sich aufnehmen«, sagte er zu Kennet. »Ich fahre jetzt zu meiner Kollegin ins Krankenhaus. Heute Abend werde ich es nicht mehr schaffen, aber morgen komme ich so früh wie möglich zurück.«

Kennet wehrte großzügig ab.

»Wir alle tun, was nötig ist«, entgegnete er schlicht. »Nehmen Sie sich die Zeit, die Sie brauchen.«

Frederik nickte ihm und seinem Sohn zum Abschied zu. Wie so oft war er dankbar für die schwedische Sachlichkeit und die pragmatische Lebenseinstellung. Das machte vieles leichter.

Eilig lief er zu seinem Roller und startete den Motor.

Daniela lief hinter den beiden Olssons zurück zum Haus. Sie fühlte sich wie eine Schlafwandlerin. Den ganzen Tag über hatten sich die Ereignisse überschlagen, und ihre Gefühle kamen einfach nicht hinterher. Sie wunderte sich, dass ihre Füße sie überhaupt noch trugen. Spüren konnte sie sie nicht. Sie waren so taub wie ihre Beine und ihr Inneres, gehorchten aber mechanisch, wie ferngesteuert.

Schon wieder hatte sie das Bedürfnis, sich die Hände zu waschen. Sie ging in das kleine Gästebad und drehte den Hahn über dem Waschbecken auf. Seifte sich gründlich die Finger ein und schrubbte sie mit der Bürste, bis ihre Hände rot waren und brannten. Dann hielt sie sie unter das heiße Wasser und schaute zu, wie der Schaum strudelnd im Abfluss verschwand.

Ihre Hände sahen sauber aus, fühlten sich aber immer noch klebrig an. Als wäre Julius' Blut tief in die Haut eingedrungen und hätte sich in den feinen Rillen festgesetzt. Der Abdruck seines leblosen Körpers hatte sich eingegraben, genau wie das Bild seines starren Gesichts auf ihrer Netzhaut. In ihrem Beruf hatte sie schon viele Tote gesehen, doch kein Anblick war so entsetzlich gewesen wie dieser.

Der Hass, den sie all die Jahre verspürt hatte, war mit einem Schlag verschwunden, ihre Wut in sich zusammengefallen. Geblieben war eine Leere, die sie von innen heraus zu zerfressen schien.

So oft hatte sie sich gewünscht, dass Julius aus ihrem Leben verschwand, doch die Endgültigkeit seines Todes erfüllte sie mit Grauen.

Sie betrachtete ihre geröteten Hände. Dann drehte sie den Wasserhahn wieder auf.

Die Überfahrt mit der kleinen Personenfähre nach Lilla Varholmen kam ihm endlos vor, obwohl sie in Wirklichkeit nicht einmal eine Viertelstunde dauerte. Frederik lief ungeduldig auf dem offenen Deck hin und her. Wenn er schon nichts tun konnte, musste er sich wenigstens bewegen. Er hielt es nicht aus, einfach nur herumzusitzen. Auch für die herrliche Landschaft hatte er keinen Blick, obwohl sich die südlichen Göteborger Schären von ihrer besten Seite präsentierten. Das Wasser glitzerte verführerisch in der tief stehenden Sonne, und das warme Licht verwandelte die steinigen Inseln mit dem leuchtenden Grün und den roten und weißen Holzhäusern in ein Postkartenidyll. Frederik war das egal. Es hätte auch stürmen und regnen können. Er wollte nur so schnell wie möglich zu Anna.

Natürlich hätte er auf dem Ambulanzschiff mitfahren können, aber er brauchte seinen Roller, um später rasch wieder nach Asperö zurückzukehren, und hatte keine kostbare Zeit für das Verladen des Fahrzeugs aufwenden wollen. Für Anna zählte jede Sekunde. Außerdem hatte er auch nicht fahren wollen, ehe die Spurensicherung das Fahrrad untersucht hatte.

Als der Hafen auf dem Festland in Sicht kam, eilte er die Stufen zum Unterdeck hinunter und lief durch den geschlossenen Fahrgastraum aufs Vordeck, wo er seinen Roller abgestellt hatte. Auch dieses Mal beäugten einige Passagiere das Gefährt mit gerunzelter Stirn, doch Frederik scherte sich nicht darum.

Nachdem die Fähre angelegt und die Klappe geöffnet hatte, rollte er als Erster von Bord. Er drehte den Motor auf, und der E-Roller glitt lautlos über die Straße von Lilla Varholmen nach Göteborg, die sich wie fast alle Fahrwege in Schweden in einem hervorragenden Zustand befand.

Die Strecke zwischen grauen Felsen, hellen Birken und Meer führte an seinem Geburtsort Långedrag vorbei, und wie jedes Mal, wenn er hier vorbeikam, schossen ihm unwillkommene Gedanken durch den Kopf. Hier hatte er die ersten zwölf Jahre seines Lebens verbracht. Glückliche Jahre, soweit es ihn betraf, mit einem Vater, der sich liebevoll um ihn gekümmert hatte. Aber es hatte auch Schattenseiten gegeben. Seine Mutter, die schwermütig war und nie wirklich anwesend zu sein schien. Sie weinte oft und verbrachte ganze Tage mit abgewandtem Gesicht auf dem Sofa im Wohnzimmer. Bis sie schließlich zum Sterben ins Wasser ging.

Er fuhr am Gelände von *Forsbergs Bootsfabrik* vorbei, Sivards Betrieb. Im letzten Sommer war Frederiks Boot nach einer Explosion in Flammen aufgegangen, und bisher hatte er sich kein neues angeschafft. Das lag an dem Vorsatz, den er gefasst hatte: Er wollte das neue Boot bei seinem Vater in Auftrag geben.

Die Idee stammte von Mats. Frederik hatte den Psychologen vor gut einem Jahr kennengelernt, als sie nach einem entflohenen Insassen aus der Skogome-Anstalt gefahndet hatten. Mats arbeitete in der Einrichtung, in der ausschließlich verurteilte Sexualstraftäter einsaßen.

Frederik hatte seinen Rat gesucht, erst im Rahmen der Ermittlungen, dann privat. Mittlerweile war aus den Treffen eine feste Einrichtung geworden. Mats und er sahen sich regelmäßig. Es war nicht direkt eine Therapie, eher ein Gespräch unter Freunden, aber Mats war viel zu sehr Psychologe, um nicht immer wieder in Frederiks offenen Wunden zu bohren. Er fand, es sei an der Zeit, dass Frederik mit der Vergangenheit aufräumte und sich der Konfrontation mit seinem Vater stellte. Deshalb der Vorschlag mit dem Boot.

Eigentlich fand Frederik ihn gut, aber bisher hatte er sich noch nicht dazu überwinden können.

Auch jetzt war er froh, als er Långedrag hinter sich ließ und weiter in Richtung Stadt fuhr. Er hatte kein Problem damit, sein eigenes Verhalten zu reflektieren; fand das auch wichtig, um sich weiterzuentwickeln, aber es gab Ereignisse in der Vergangenheit, zu denen er die Türen fest verschlossen hatte. Sie zu öffnen, fiel ihm schwer.

Zehn Minuten später kam er an den Anlegeplätzen der großen Fähren vorbei, die ebenfalls Erinnerungen heraufbeschworen, dieses Mal jedoch angenehme. Von hier startete die Fähre nach Kiel. Mit ihr war man innerhalb von vierzehn Stunden in der schleswig-holsteinischen Landeshauptstadt. Dort lebten seine Großeltern, die ihm Vater und Mutter so gut ersetzt hatten, wie man es sich nur vorstellen konnte. Ohne sie wäre er nicht der Mensch geworden, der er heute war. Der Gedanke an die beiden erfüllte ihn jedes Mal mit einem Gefühl großer Dankbarkeit und Wärme, und er nahm sich vor, sie bald wieder einmal zu besuchen. Sobald dieser Fall gelöst war und er herausgefunden hatte, wer die Schuld an Annas Unfall trug.

Im Augenblick war der Liegeplatz leer, die Fähre befand sich vom späten Nachmittag bis zum frühen Morgen auf ihrer Fahrt durch das Kattegat. Frederik dachte noch ein paar Sekunden an seine Großeltern, dann konzentrierte er sich wieder auf den Verkehr.

Mit Göteborg war er seit seiner Rückkehr nach Schweden vor über zwanzig Jahren vertraut; trotzdem verfranste er sich auf dem Weg zum Sahlgrenska im Gewirr der Einbahnstraßen. Fluchend wendete er und fuhr ein Stück zurück, ehe er wieder die richtige Richtung einschlagen konnte.

Dann lief er endlich durch den langen Flur der Notaufnahme zum OP-Bereich. Vor den großen Milchglastüren hielt er inne und atmete tief durch. Wenn er vollkommen aufgelöst hier stand, würde ihm sicher niemand Auskunft geben.

Nachdem er sich ein wenig beruhigt hatte, drückte er auf den Klingelknopf. Durch das milchige Glas konnte er sehen, wie sich jemand näherte. Eine Schwester öffnete die Tür und sah ihn freundlich an.

»Ja, bitte?«

Frederik stellte sich vor und erläuterte, dass seine Kollegin mit einer Kopfverletzung eingeliefert worden war.

»Können Sie mir schon etwas sagen?«

Die Schwester blickte mitfühlend.

»Frau Jordt ist gerade im OP. Eigentlich darf ich Ihnen das nicht mitteilen, weil Sie kein Angehöriger sind, aber … Frau Jordt hatte eine Hirnblutung. Wir mussten den Schädel öffnen.«

Frederik nickte düster. Genau das hatte er befürchtet.

»Wird sie es schaffen?«

»Das lässt sich im Augenblick noch nicht beurteilen. Aber wir tun unser Bestes. Setzen Sie sich doch solange in die Cafeteria. Ich gebe dem Chefarzt Bescheid. Er wird Sie weiter informieren, sobald die Operation beendet ist.«

»Danke.« Frederik hob kurz die Hand, um zu signalisieren, dass er ihrem Rat folgen würde. Die Schwester schenkte ihm noch ein aufmunterndes Lächeln und schloss die Tür.

Frederik blieb noch kurz davor stehen und starrte auf das geriffelte Glas, obwohl er dahinter nichts erkennen konnte. Er fühlte sich fiebrig; die Angst um Anna brachte seine Nerven zum Vibrieren.

Schließlich wandte er sich ab.

Mit schweren Schritten lief er den Gang zurück und folgte den Hinweisschildern zur Cafeteria. Ein starker Kaffee würde vielleicht helfen.

# 8

*Asphyxie. Frühkindliche Hirnschädigung. Das waren die Begriffe für das, was Edvin fehlte. Es bedeutete, dass sein Gehirn bei der Geburt nicht ausreichend mit Sauerstoff versorgt und dadurch etwas in seinem Kopf zerstört worden war. Deshalb waren seine Bewegungen so schlaff und unkoordiniert und sein Gesichtsausdruck so dümmlich. Vieles von dem, was man ihm sagte, verstand er einfach nicht. Seit einiger Zeit hatte er manchmal Anfälle, bei denen seine Muskeln zuckten. Er war geistig zurückgeblieben und konnte sich nur schlecht artikulieren. Darüber hinaus war er oft krank, konnte nicht gut atmen, hörte und sah schlecht.*

*Seine Eltern taten alles Menschenmögliche. Sie fuhren regelmäßig mit ihm zum Arzt, brachten ihn zur Physiotherapie, zur Ergotherapie und zur Logopädie und übten zu Hause geduldig mit ihm.*

*Seit einiger Zeit verlangten sie, dass er auf ihn aufpasste. Edvin war inzwischen vier. Er konnte jetzt laufen und erkundete das Haus, den Garten und die Umgebung. Am liebsten war er auf dem kleinen Spielplatz, an dem ihre Eltern sie manchmal absetzten, und schaukelte.*

*Die anderen Kinder hatten ihn natürlich sofort entdeckt. Erst hatten sie Abstand gehalten und ihn skeptisch gemustert. Dann hatten sie herausgefunden, dass sie ihn necken konnten, ohne dass er sich wehrte. Edvin ließ sich von allen herumschubsen.*

*Zuerst hatte er es genossen. Es befriedigte ihn, wenn sie Edvin piesackten, so wie er selbst es gern getan hätte, sich seit dem Vorfall mit der Rassel damals aber nicht mehr traute. Doch mit der Zeit ließ sein Frust nach, und er wurde wütend. Die anderen Kinder hatten kein Recht, seinen Bruder zu verprügeln.*

*Heute war es besonders schlimm. Drei ältere Jugendliche waren auf den Spielplatz gekommen. Sie saßen auf der Bank, tranken Dosenbier und rauchten. Sie beobachteten Edvin, zeigten mit dem Finger auf ihn und rissen Witze. Schließlich stand einer auf und stellte Edvin ein Bein. Er fiel mit dem Gesicht in den Sand, stand aber gleich wieder auf. Mit seinen typischen ungelenken Bewegungen klopfte er den Schmutz von seiner Hose und lächelte den Jugendlichen an. Obwohl ihm das Leben so übel mitspielte, war Edvin fast immer gut gelaunt und fröhlich.*

*Dem Jugendlichen gefiel das allerdings nicht. Er wollte, dass*

*Edvin heulte. Also winkte er seine Kumpel heran, und gemeinsam traktierten sie Edvin mit Stöcken.*

*Er wusste, dass er keine Chance gegen die drei hatte, aber er konnte nicht tatenlos zusehen, also ging er auf sie zu.*

*»Lasst ihn in Ruhe«, sagte er so energisch, wie er es fertigbrachte.*

*Die drei musterten ihn abschätzig.*

*»Guckt euch den halben Meter an. Der scheißt doch selbst noch in die Windeln, oder was meint ihr?«, spottete der Anführer. Die beiden anderen grölten.*

*»Sag mal: Wie alt bist du?«*

*»Acht.«*

*»Wow.« Der Jugendliche grinste. »Da habe ich aber Angst.«*

*»Na los. Verschwinde«, forderte ihn einer der beiden anderen auf. »Was scherst du dich um den Spast?«*

*»Edvin ist mein Bruder.«*

*Die drei wechselten ein paar schnelle Blicke und grinsten. Dann zerrten sie Edvin zur Sandkiste. Sie hielten ihn fest, und der Anführer stopfte ihm Sand in den Mund.*

*Er rannte ihnen nach und sprang dem Jugendlichen auf den Rücken. Fasste ihm mit beiden Händen ins Gesicht und drückte mit den Fingern auf seine Augäpfel. Der Jugendliche heulte auf und versuchte ihn abzuschütteln, aber er klammerte sich noch fester an ihn und drückte immer weiter zu. Es tat gut, dem anderen Schmerzen zuzufügen.*

*Dann griffen starke Hände nach ihm, packten ihn an den Armen und zerrten ihn von seinem Widersacher herunter. Der taumelte ein paar Schritte beiseite.*

*»Du bist ja genauso bescheuert wie dein Bruder«, keuchte der Angegriffene. Seine beiden Freunde gaben ihn frei, und alle drei machten sich eilig davon.*

*Er schaute zu Edvin. Sein Bruder saß auf dem Boden, streifte sich mit den Fingern den Sand von der Zunge und lächelte selig.*

*Ein gänzlich unbekanntes Gefühl durchströmte seine Brust. Es war warm und befriedigend.*

*Er hatte die drei Jugendlichen besiegt und Edvin gerettet. Wie die Ritter in den Filmen, die er manchmal sehen durfte. Er war jetzt Edvins Beschützer.*

Das Feuerzeug flammte auf und entzündete das dünne Filterpapier, in das er den Tabak gerollt hatte. Er nahm ein paar tiefe Züge. Die Zigarette brannte jedes Mal einen halben Zentimeter herunter. Nach kaum zwei Minuten schnippte er die Kippe in die gusseiserne Schale des großen Grills, der hinter dem Haus der Olssons im Garten stand.

Steffen hatte den Job des Grillmeisters übernommen, damit er nicht mit den anderen am Tisch sitzen musste. Er hatte schon wieder das Gefühl, dass ihn jeder anstarrte. Auch wenn Jessica einen Moment lang Pia verdächtigt hatte – mittlerweile schienen sich alle einig zu sein, dass er Julius umgebracht hatte, auch wenn natürlich niemand etwas sagte.

Aber es spielte keine Rolle, was sie glaubten. Wichtig war nur, dass die Polizei nichts fand, das ihn wieder hinter Gitter brachte. Dorthin wollte er auf keinen Fall zurück.

Die acht Jahre im Knast waren die härtesten seines Lebens gewesen. Er musste an Rico denken, ein muskelbepacktes Schwergewicht. Allein aufgrund seiner körperlichen Präsenz hatte er eine Vormachtstellung. Steffen war selbst alles andere als feige oder schwach, doch gegen Rico hätte er keine Chance gehabt.

Die Hierarchie in der Anstalt hatte er schnell begriffen. Es gab Gruppen, die sich erbittert bekriegten, und ein paar ganz arme Schweine, die nirgendwo dazugehörten. Sie waren die Fußabtreter für alle. Nur in der Gruppe war man sicher.

Also hatte Steffen gleich am zweiten Tag einen Kerl vermöbelt, der Rico beim Anstehen in der Schlange fürs Mittagessen den Vortritt verweigert hatte. Nach ein paar weiteren solcher Aktionen hatte man ihm eine Audienz bei Rico gewährt. Er war in die Gruppe aufgenommen worden und im Laufe der Jahre aufgestiegen. Zum Schluss war er Ricos rechte Hand gewesen.

Er hatte in dieser Zeit eine Menge gelernt. In Zukunft würde er sich nicht mehr unterbuttern lassen. Er würde sich nehmen, was er haben wollte. Und er würde sich nicht noch einmal von einem Schnösel wie Julius Reichenbach über den Tisch ziehen lassen.

Julius war schuld daran, dass er die acht Jahre aufgebrummt bekommen hatte. Am Ende hatte sein alter Schuldfreund alles gehabt und er selbst nichts weiter als eine Zelle mit vergittertem Blick auf ein winziges Stück Himmel. Dabei liebte er die Freiheit so sehr.

Aber nun hatte Julius seine verdiente Strafe bekommen. So wie die Dinge gelaufen waren, war es noch viel besser, als er es geplant hatte. Die Polizei durfte nur keine Beweise gegen ihn finden.

Aber er hatte ja nicht umsonst acht Jahre zusammen mit Schwerkriminellen eingesessen. Er wusste, wie man Spuren verwischte.

Mit der Grillzange nahm er die Steaks, eines nach dem anderen, und wendete sie. Der Duft stieg ihm in die Nase, und sein Magen knurrte. Kein Wunder, seit dem Frühstück hatten sie nichts mehr zu sich genommen. Die Zimtschnecken, die man ihnen am Nachmittag angeboten hatte, hatte ja niemand angerührt, bis auf die eine, die Pia zerrupft, aber nicht gegessen hatte.

Kennet trat zu ihm und warf einen Blick auf das Grillgut.

»Looks good«, sagte er. Steffen nickte ihm zu. Kennet war ein großer, gemütlicher Mann. Er strahlte eine Freundlichkeit aus, die Steffen lange nicht mehr erlebt hatte.

Schade, dass sein Englisch so unglaublich schlecht war. Mit einem Mann wie Kennet hätte er vielleicht befreundet sein können. Eine echte Freundschaft unter Männern. Anders als mit Julius, der ihn immer nur ausgenutzt hatte. Wie oft hatte er den Kopf für ihn hingehalten? Gegenleistungen hatte es nicht gegeben, aber trotzdem hatte Julius es immer wieder geschafft, ihn dorthin zu kriegen, wo er ihn haben wollte. Er konnte schon damals so überzeugend argumentieren, dass einem irgendwann nur noch der Schädel brummte.

Aber damit war jetzt Schluss. Steffen hatte das Gefühl, dass der Kettenpanzer, der jahrelang um seine Brust gelegen hatte, endlich aufgesprungen war. Nun stand seinen Plänen nichts mehr im Weg.

Er deutete auf die Terrasse, deren Bretter an einigen Stellen aufgequollen und morsch waren.

»You need … new«, sagte er zu Kennet.

Der hob nur kurz die Hände.

»I know. But …« Es folgte eine längere Erklärung, von der Steffen kein Wort verstand. Aber es ging wohl darum, dass Kennet zwei linke Hände hatte und das Geld fehlte. Steffen zeigte auf sich.

»I can do. I am …« Was um alles in der Welt hieß Tischler auf Englisch? »That is … my job.«

»Really?« Kennet strahlte ihn an. Er wandte sich zu den anderen.

»Könnte einer von Ihnen so nett sein und für mich übersetzen?«

Kai erhob sich schwerfällig und kam zu ihnen. Beim Anblick der brutzelnden Steaks verzog er das Gesicht. Er schien noch keinen Appetit zu haben. Aber Jessica, Daniela und er hatten ja auch Julius' blutüberströmten Leichnam gesehen. Da war gebratenes Fleisch im Moment vielleicht nicht das Richtige.

»Worum geht es denn?«

Kennet gestikulierte und erklärte Kai irgendetwas in flottem Englisch. Kai antwortete, nicht ganz so flüssig und mit einem Akzent, der für Steffen hart klang, auch wenn er nichts davon verstand. Er wurde langsam ungeduldig, weil die beiden sich angeregt unterhielten und niemand für ihn übersetzte.

»He. Was redet ihr denn da?«

Kai sagte es ihm, und Steffen verspürte ein Glücksgefühl, wie er es schon lange nicht mehr erlebt hatte.

Er hatte wieder einen Job.

Über den Mord und die Angst um Anna hatte er den Gedanken an Emma vollkommen verdrängt, doch als er jetzt durch die vertrauten Straßen zum Polizeirevier fuhr, holte ihn die Erinnerung umso heftiger ein. Arvid hatte Emma aus dem Heim mitgenommen, damit sie bei Lea und ihm zu Hause lebte.

Was mochte ihn auf die Idee gebracht haben? Arvid Ekström war ein kaltschnäuziger, krimineller Geschäftsmann, kein treusorgender Familienvater, der sich liebevoll um seine behinderte Tochter kümmerte. Frederik konnte sich nur vorstellen, dass er den Druck auf Lea erhöhen wollte. Wenn sie mit Emmas Betreuung beschäftigt war, konnte sie sich nicht mit anderen Menschen treffen. Sie wäre noch enger ans Haus gebunden, ohne dass Arvid sie strenger überwachen musste. Außerdem wäre da die Angst. Sie müsste ständig befürchten, dass ihm die Hand ausrutschte, weil Emma etwas tat, das ihm nicht gefiel. Ihr bliebe dann nichts anderes übrig, als sich schützend vor die Tochter zu stellen und selbst die Schläge zu kassieren. Ekström würde es genießen, sie vor den Augen des Kindes zu demütigen. Und Emmas Seele würde noch größeren Schaden nehmen. Die Chancen, dass sie irgendwann den Weg in ein normales Leben fand, würden sich dramatisch verschlechtern.

Am liebsten wäre Frederik zu Ekströms Villa gefahren und hätte Emma dort herausgeholt. Aber ihm fehlte jegliche Handhabe. Solange er nicht nachweisen konnte, dass Emma seine Tochter war, hatte er keine Befugnisse. Bis dahin war Arvid Ekström vor dem Gesetz ihr Vater, er selbst dagegen nur ein Bekannter ihrer Mutter. Wenn er dennoch etwas gegen ihn unternehmen wollte, musste er darlegen, dass Ekström seiner Tochter Schaden zufügte. Doch Ekström war bei allem, was er tat, schlau genug, keine verdächtigen Spuren zu hinterlassen. Deswegen war er im letzten Sommer auch als freier Mann aus dem Gerichtssaal marschiert, obwohl die internationale Ermittlungsgruppe, der Frederik angehört hatte, drei Jahre lang Beweise dafür gesucht hatte, dass er der Kopf einer Organisation war, die illegal russische Waffen über Schweden in den Nahen Osten verschiffte.

Es gab nur einen Ausweg aus der Situation. Lea musste sich endlich entschließen, Arvid zu verlassen. Doch das würde sie nicht tun. Dazu fürchtete sie ihn viel zu sehr.

Frederik schob die Sorge um Emma und Lea mit Gewalt beiseite. Es nützte nichts, sich damit zu beschäftigen, weil er einfach nichts ändern konnte. Und gerade jetzt musste er sich dringend auf den Mordfall auf Asperö konzentrieren.

Vom Sahlgrenska aus hatte er Birger angerufen und ihn gebeten, alles für eine späte Teambesprechung vorzubereiten. Eigentlich hätten seine Kollegen längst Feierabend gehabt; es war schon fast halb zehn.

Von den Fenstern des Sahlgrenska aus hatte er den Sonnenuntergang gesehen. Die tief stehende Sonne hatte die Straßen und Häuser in das warme, goldene Licht getaucht, das er so liebte. Tagsüber strahlte Göteborg mit seinem Gemisch aus überdimensionierten alten Prunkbauten und fantasielosen modernen Gebäuden, den angestaubten Fassaden und den betagten beige-blauen Straßenbahnen noch immer etwas Gestriges aus. »DDR-Charme«, hatte sein deutscher Großvater es einmal genannt, und Frederik musste ihm zustimmen. Doch am Abend war Göteborg für ihn eine der schönsten Städte, die er kannte.

Mittlerweile war es dunkel, die Laternen waren angegangen, doch auf den Straßen war immer noch viel Betrieb. Weil es ein lauer Spätsommerabend war, ungewöhnlich mild für Ende September, waren die Außenbereiche vor dem Theater und den vielen Restaurants und Lokalen in der Innenstadt gut besucht. Es war schwer, überhaupt einen Platz zu finden. Frederik wünschte, er könnte jetzt einfach dort sitzen. Auch seine Kollegen hätten das schöne Wetter sicher gern genutzt. Vermutlich war es einer der letzten warmen Tage des Jahres, und nur zu bald würden Frost und Kälte kommen. Doch das spielte im Augenblick keine Rolle.

Frederik musste erfahren, was seine Kollegen herausgefunden hatten. Mit etwas Glück würde das die Ermittlungen voranbringen. Außerdem musste er sich überlegen, wen er an Annas Stelle zu den Außeneinsätzen mitnehmen wollte. Es war schwierig; keine der Möglichkeiten behagte ihm. Aber er hatte sich geschworen, es mit diesem Team zu schaffen. Er würde auf gut Glück jemanden auswählen, und dann würde sich ja zeigen, wie die Sache ausging.

Als er die Treppe im Präsidium nach oben lief, spürte er, wie müde er war. Die Ereignisse des Tages hatten ihn emotional ausgelaugt. Doch dies war nicht der richtige Moment, sich auszuruhen. Die ersten Stunden und Tage nach einem Mord waren die wichtigsten bei einer Ermittlung. Es galt, sie so effektiv wie möglich zu nutzen.

Die anderen hatten sich bereits im Besprechungsraum versammelt. Irgendjemand, wahrscheinlich Hedda, hatte Kaffee gekocht und Kekse auf den Tisch gestellt. Frederik schenkte sich eine Tasse ein. Birger war in seinem Büro geblieben. Er hatte Frederik, der am Telefon unerbittlich nachgebohrt hatte, schließlich doch von seinem Zusammenstoß mit Khalid erzählt. Nun wollte er lieber nichts tun, was die Stimmung weiter eskalieren ließ.

»Setzt euch.«

Frederik nahm an der Stirnseite des Tisches Platz und wartete, bis die anderen seiner Aufforderung gefolgt waren. Alle bis auf Khalid natürlich, der wie immer mit verschränkten Armen und gekreuzten Beinen an der Wand lehnte. Frederik ignorierte es, genau wie sonst auch. In diesem Fall hielt er es mit dem Behaviorismus: Unerwünschtes Verhalten ließ sich am besten durch Nichtbeachtung beseitigen. Mats hatte ihm in dieser Frage zugestimmt, allerdings war die erhoffte Wirkung bei Khalid auch nach mehr als einem Jahr noch nicht eingetreten. Manche Symptome waren ausgesprochen hartnäckig.

»Ich habe leider schlechte Nachrichten«, begann er und berichtete von Annas Unfall. Nach drei Stunden in der Cafeteria war der Chefarzt schließlich zu ihm gekommen. Es war gelungen, den Druck in Annas Gehirn zu reduzieren. Anschließend hatte man sie ins künstliche Koma versetzt. Jetzt musste man abwarten, ob die Maßnahmen Erfolg gehabt hatten oder bleibende Schäden entstanden waren. Immerhin war Anna derzeit stabil. Wenn keine Verschlechterung eintrat, würde sie aller Voraussicht nach überleben.

Seine Kollegen reagierten so erschrocken und schockiert, wie er es erwartet hatte. Hedda weinte. Auch Göran versteckte sich hinter einem Taschentuch und schnäuzte sich geräuschvoll. Khalid rührte sich nicht, doch Frederik sah, wie er seine Lippen fester zusammenpresste. Viveka bekundete wortreich ihr Mitgefühl. Frederik nahm es ihr ab, registrierte aber auch das Blitzen in ihren Augen, das ihm zeigte, dass ihre Empfindungen widersprüchlich waren.

Anna und sie hatten von Anfang an erbittert konkurriert. Viveka wollte nach oben, und Anna stand ihr dabei im Weg. Frederik wusste, dass Viveka es ihr verübelte, dass er sie als seine feste Begleitung bei Außeneinsätzen ausgewählt hatte. Sie selbst wollte unbedingt an den Tatorten dabei sein und beweisen, was in ihr steckte.

Frederik zweifelte nicht daran, dass sie gut war. Aber er mochte ihre Einstellung nicht. Er hatte nichts dagegen, dass man ihr nach dem Vorfall an ihrer früheren Dienststelle eine zweite Chance gewährte, aber es fiel ihm schwer, über ihre Vorgeschichte hinwegzusehen. Zumal sie sich auch in seinem Team nicht sonderlich kollegial verhielt.

Er gab den anderen eine Minute, um den Schock zu überwinden. Dann räusperte er sich.

»Lasst uns zusammentragen, was wir haben.«

Er begann selbst und berichtete von seinen Eindrücken am Tatort und bei der Befragung der Angehörigen.

»In der Gruppe herrscht eine seltsame Stimmung. Da scheinen einige Konflikte zu schwelen. Reichenbachs Freund und Kollege Kai Schwaiger vermutet den Täter unter den Klienten der Kanzlei, die Frau des Opfers dagegen hat schwere Anschuldigungen gegen ihre Freundin Pia Frenzen erhoben. Offenbar ist Pia von Julius und Kai gemobbt werden.« Er warf einen kurzen Blick zu Viveka, doch sie reagierte nicht auf das Reizwort. »Sie hat mit Julius und Kai um eine Teilhaberschaft in der Kanzlei gewetteifert, dabei aber den Kürzeren gezogen. Pia wiederum beschuldigt Steffen Brandt.« Er schaute zu Hedda. Ihr hatte er die Recherche zu Brandts Vorstrafe übertragen.

Hedda blätterte nervös in den Unterlagen, die vor ihr auf dem Tisch lagen.

»Ich habe mit der Staatsanwaltschaft in Hamburg telefoniert. Brandt hat einen Geldtransporter überfallen. Er hat einen der Wachleute niedergeschlagen und den anderen angeschossen. Beide mussten mit schweren Verletzungen ins Krankenhaus, haben aber überlebt. Der mit der Schusswunde sitzt allerdings seitdem im Rollstuhl.« Sie fummelte an den Papieren, die davon Eselsohren bekamen. »Der Staatsanwalt hat noch mehr gesagt, aber ich habe es nicht richtig verstanden. Mein Englisch ist nicht so gut. Ich weiß nur, dass es irgendwie um die Beute ging.« Sie senkte den Blick und schaute auf ihre Hände.

Frederik fragte sich nicht zum ersten Mal, weshalb sie ein so gering ausgeprägtes Selbstbewusstsein hatte. Sie wirkte, als sei sie den Tränen nahe. Dabei hatte sie ihr Bestes gegeben.

»Kein Problem. Ich rufe dort an und frage nach«, beruhigte er sie. »Es ist ohnehin einfacher. Ich kann mit dem Mann deutsch sprechen.«

Hedda lächelte dankbar, schien aber trotzdem von der Sorge getrieben, dass sie nicht gut genug war. Irgendwann würde er sich näher mit ihrem Problem beschäftigen müssen. Auf die Dauer konnte er ihre geduckte Haltung nicht mit ansehen.

»Wir haben außerdem die Aussage von Daniela Schwaiger, die kurz vor dem Auffinden der Leiche eine unbekannte Person in der Nähe des Hauses gesehen haben will«, fuhr er fort.

Göran lachte unfroh.

»Natürlich. Der große Unbekannte.«

»Es könnte eine Behauptung sein, um die Gruppe zu schützen«, stimmte Frederik zu. »Aber wir dürfen auch die Möglichkeit nicht außer Acht lassen, dass sie tatsächlich jemanden gesehen hat. Den Täter«, präzisierte er.

Göran zuckte mit den Schultern. »Klar.«

Frederik dachte an die Szene im Wohnzimmer der Olssons zurück.

»Da war etwas, das mich irritiert hat«, erklärte er. »Natürlich waren alle erschüttert, so wie man es in einer solchen Situation erwartet. Aber dahinter habe ich noch etwas anderes wahrgenommen.« Er versuchte, sich über die Empfindung klar zu werden, die sich während des Gesprächs bei ihm eingestellt hatte.

»Erlösung«, sagte er schließlich. »Das war es, was ich gespürt habe. Alle waren entsetzt über die Brutalität der Tat. Aber zugleich schien Reichenbachs Tod so etwas wie eine Befreiung für sie darzustellen.«

Nicht nur Khalid, auch Viveka schaute ihn skeptisch an. Beide fanden wohl, dass er seinem Bauchgefühl zu viel Bedeutung beimaß. Aber er hatte zu oft damit richtiggelegen, um es nicht zu tun. Er hatte ein gutes Gespür für das Ungesagte, das wusste er.

Göran wirkte ein wenig hilflos. Wenn Frederiks Einschätzung stimmte, dass seine dicke Fettschicht dazu diente, sich vor Gefühlen zu schützen, war Frederiks Ansatz kein geeigneter Zugang für ihn.

Hedda dagegen schaute interessiert.

»Was glaubst du, weshalb das so ist?«, fragte sie.

Frederik hob die Hände. Er hatte keine Ahnung. Aber er hoffte, dass ihre Recherchen Aufschluss darüber geben würden.

Auffordernd blickte er zu Viveka.

»Kannst du für uns zusammenfassen, was du über die sechs herausgefunden hast?«

»Sicher.« Viveka zückte ihr Tablet. »Ich fange mit Julius Reichenbach an. Achtunddreißig Jahre alt, von Beruf Anwalt in einer Hamburger Kanzlei. Seit knapp dreizehn Jahren verheiratet mit Jessica Reichenbach, geborene Nolting, siebenunddreißig Jahre. Beide stammen aus wohlhabenden Verhältnissen, Jessicas Vater betreibt eine Kanzlei für internationales Wirtschaftsrecht in Hamburg, die Familie Reichenbach eine exklusive Kaffeerösterei. Trotzdem befindet sich Reichenbachs Konto in den Miesen. Obwohl beide gut verdienen – Jessica ist selbstständige Steuerberaterin –, leben sie offenbar deutlich über ihre Verhältnisse.«

Frederik notierte sich die Eckdaten. Was Viveka berichtete, passte zu dem Eindruck, den er gewonnen hatte. Der Tote und seine Frau waren teuer gekleidet, und Jessica hatte die typische Attitüde einer Angehörigen der Oberschicht, wenn auch in einer moderaten Ausprägung.

»Dann wären da die Schwaigers«, fuhr Viveka fort. »Kai und Daniela, er achtunddreißig, sie sechsunddreißig. Kai ist Anwalt in derselben Kanzlei wie Julius, Daniela arbeitet als Krankenschwester in der Urologie des UKE. Das ist das …«

»Universitätsklinikum Hamburg-Eppendorf«, sagte Frederik, dem die Institution von seinen Einsätzen in Deutschland vertraut war. Mit dem Leiter der dort angesiedelten Rechtsmedizin hatte er einige interessante und hilfreiche Gespräche geführt.

»Ja. Genau.« Viveka wirkte ein wenig verstimmt, weil ihr das deutsche Wortungetüm nicht so rasch über die Lippen gegangen war.

»Die beiden stammen aus einfachen Verhältnissen«, fuhr sie mit kühler Stimme fort. »Kais Vater ist Versicherungsvertreter, seine Mutter hat einen Job in einem Nagelstudio. Danielas Vater arbeitet als Hausmeister, ihre Mutter ist wie sie Krankenschwester. Ebenfalls im UKE, aber auf der Kinderstation.« Ein feines Lächeln stahl sich in ihre Mundwinkel.

»Eines haben sie allerdings mit den Reichenbachs gemeinsam«, erklärte sie und legte eine kleine Pause ein, um die Spannung zu erhöhen.

Frederik konnte solche Effekthascherei nicht leiden, ließ sie aber unkommentiert.

»Auch bei den Schwaigers ist das Konto im Minus«, verriet

Viveka, offensichtlich enttäuscht über die ausbleibenden Reaktionen. »Und das, obwohl sie gerade mit der Bank über den Kauf einer Eigentumswohnung an der Außenalster verhandeln.«

Frederik hob die Augenbrauen. Das war allerdings interessant. Für eine so exklusive Wohnlage musste man einen entsprechenden Preis zahlen. Wo sollte das Geld herkommen, wenn das Konto leer war?

»Wie bist du an diese Informationen gelangt?«, erkundigte er sich. Derartige Dinge fielen unter das Bankgeheimnis. »Und weißt du auch etwas darüber, wie es in den letzten Jahren mit den Vermögensverhältnissen aussah?«

»Leider nicht.« Viveka schnitt eine Grimasse. »Die Angestellte, mit der ich gesprochen habe, war ziemlich beeindruckt, jemanden von der schwedischen Reichspolizei am Telefon zu haben. Das klingt ja wichtig. Deshalb hat sie zunächst ganz offen geplaudert. Bis ihr dann irgendwann aufgegangen ist, dass sie mir diese Auskünfte nicht einfach so geben darf. Sie hat ja nicht einmal nachgeprüft, ob ich tatsächlich von der Polizei bin. Das war ihr dann wohl peinlich, und sie wurde total zugeknöpft. Hat nur noch gesagt, für weitere Informationen müsse ich einen Gerichtsbeschluss vorlegen.«

Ihre Miene wurde jetzt schuldbewusst.

»Das ist ja nicht so einfach bei einer internationalen Ermittlung …«, begann sie, sprach dann aber nicht weiter.

»Ja?« Frederik ahnte bereits, was kommen würde, wollte es aber aus ihrem Mund hören.

»Ich habe mit meinem Vater gesprochen«, berichtete Viveka erwartungsgemäß, studierte dabei aber angelegentlich ihre weiß lackierten Fingernägel. »Er hat mir versprochen, auf dem kurzen Dienstweg die Staatsanwaltschaft zu kontaktieren. Er hat da einen alten Freund, der auch einen guten Draht zu den deutschen Behörden hat. Damit sollten wir einen entsprechenden Beschluss aus Deutschland bekommen.«

Frederik wusste nicht so recht, wie er auf ihre Eigeninitiative reagieren sollte. Grundsätzlich missfiel es ihm, sich nicht an den Dienstweg zu halten. Allerdings wusste er auch, wie langwierig sich die internationale Zusammenarbeit gestalten konnte. Möglicherweise müssten sie wochenlang warten, bis ein deutscher Richter die Bank aufforderte, die entsprechenden Informationen herauszugeben. In diesem Fall war es vielleicht ein Vorteil, die Tochter eines Polizeichefs im Team zu haben.

Er entschied sich schließlich für ein knappes »Gut«. Das Kind war ohnehin in den Brunnen gefallen. Nun konnte man die Situation auch ausnutzen.

»Hast du sonst noch etwas für uns?«

Viveka atmete auf, offensichtlich erleichtert, dass sie keinen Rüffel bekommen hatte.

»Pia Frenzen. Fünfunddreißig Jahre alt. Ledig. Ihre Eltern arbeiten beide bei *Hamburg Wasser*. Jurastudium, Anstellung in derselben Kanzlei wie Julius und Kai. Aber das weißt du ja bereits.« Sie wischte über das Display ihres Tablets. »Keiner der fünf ist bisher strafrechtlich in Erscheinung getreten. Der Einzige, der Dreck am Stecken hat, ist Brandt. Achtunddreißig, Realschulabschluss, Schreinerlehre. Die Eltern besaßen eine Schreinerei, die er nach deren Tod übernommen hat. Vor acht Jahren stand der Betrieb kurz vor der Insolvenz. Brandt musste die beiden Geschwister auszahlen, das war wohl zu viel. In diese Zeit fällt auch der Raubüberfall. Nach seiner Verurteilung hat die Schreinerei einen neuen Besitzer bekommen. Der Verkaufserlös ging an Brandts Geschwister. Brandt ist von Julius Reichenbach und Kai Schwaiger verteidigt worden, aber Reichenbach und er kannten sich schon vorher. Sie sind einige Jahre zusammen zur Schule gegangen.«

Frederik ging die Informationen im Geiste noch einmal durch.

»Weder die Reichenbachs noch die Schwaigers haben Kinder?«, erkundigte er sich.

Viveka stutzte. Die Wischbewegungen auf dem Tablet wurden hektisch.

»Nein«, sagte sie dann erstaunt. »Obwohl beide Paare seit dreizehn Jahren verheiratet sind.«

»Die wollen nicht.«

Frederik blickte erstaunt in die Richtung, aus der die Bemerkung gekommen war. Dass Khalid unaufgefordert etwas sagte, passierte so gut wie nie.

»Das ist doch bei euch so«, fügte der Syrer hinzu. »Die Karriere ist wichtiger als Kinder.«

Grundsätzlich wollte Frederik dem nicht zustimmen, doch hier mochte Khalid richtigliegen.

»Vielleicht können sie auch nicht.«

Diesmal war es Hedda, die sich bemerkbar machte. Ihre Stimme klang seltsam belegt, fast erstickt. Kinder schienen ein Thema zu sein, bei dem sie dünnhäutig war. Vielleicht hatte sie selbst einen unerfüllten Kinderwunsch.

Frederik notierte sich die Ideen.

»Wir werden das herausfinden.« Er wandte sich an Khalid. »Wie sieht es mit den mobilen Daten aus? Handyverbindungen, E-Mail-Verkehr, soziale Netzwerke? Gibt es da irgendwelche Auffälligkeiten?«

»Nein.« Khalid verlagerte sein Gewicht von einem Fuß auf den anderen.

Frederik runzelte die Stirn. »Ist das alles?«

»Du hast nach Auffälligkeiten gefragt. Natürlich gibt es Aktivitäten. Sie haben alle miteinander telefoniert, Mails geschrieben, sich auf WhatsApp unterhalten. Kai und Daniela sind auch bei Facebook.« Khalid verzog spöttisch die Lippen. »Sie zeigen da Bilder von den Gerichten, die sie kochen, und Kai macht Fotos von den Fischen, die er geangelt hat.« Das Gesicht des Syrers nahm einen angewiderten Ausdruck an. »Es gibt auch ein Video, wie man einen Fisch tötet und ausnimmt. Aber, wie gesagt: nichts, das in Bezug auf den Mord irgendwie auffällig wäre.«

»Okay.« Frederik wandte sich an Göran. »Du warst in der Rechtsmedizin?«

Göran hievte sich in seinem Stuhl ein Stück nach oben.

»Ja. Die Obduktion findet morgen früh statt, wenn die Assistenten wieder da sind, aber Torvald hat sich den Leichnam noch einmal angesehen, bevor er Feierabend gemacht hat. Er bestätigt seine Einschätzung vom Tatort: achtzehn Messerstiche, davon einige in Herz und Lunge. Reichenbach ist vermutlich innerlich verblutet. Der Todeszeitpunkt liegt mit ziemlicher Sicherheit zwischen zwölf und vierzehn Uhr. Es gibt schwere Abwehrverletzungen an Händen und Unterarmen. Torvald meint, der Täter muss ein außergewöhnlich hohes Maß an Aggression aufgebracht haben, um ihn so zuzurichten.«

Frederik schauderte unwillkürlich, als er sich das Bild des Toten wieder vor Augen führte. Görans Gesicht dagegen blieb absolut gleichmütig. Er musste im Laufe der Jahre abgestumpft sein. Keine gute Voraussetzung für seinen Job. Auch wenn man als Polizist die Dinge nicht zu nah an sich heranlassen durfte, war es wichtig, mitfühlen zu können. Andernfalls konnte man sich nicht in die Psyche eines Täters hineinversetzen. Auch in Görans Fall musste er wohl noch herausfinden, was ihn blockierte.

»Wir suchen also einen Mörder, der von heftigen Emotionen getrieben wird«, fasste er zusammen. »Vermutlich handelt es sich um jemanden aus dem Kreis der Freunde, mit denen Reichenbach nach Asperö gekommen ist, aber wir dürfen auch einen Täter von außen nicht ausschließen. Immerhin glaubt Daniela Schwaiger, jemanden gesehen zu haben.«

Er dachte einen Moment nach.

»Wir werden die Gruppe mit unseren Erkenntnissen konfrontieren. Und natürlich versuchen, weitere zu gewinnen. Ich fahre morgen früh nach Asperö. Zusammen mit ...« Er musterte die Mitglieder seines Teams der Reihe nach.

Göran rutschte in seinem Stuhl weiter nach unten, Hedda zog die Schultern hoch – deutliche Zeichen, dass die beiden nicht ausgewählt werden wollten. Viveka dagegen reckte sich und sah ihn hoffnungsvoll an.

Frederik überlegte kurz. Viveka wäre sicher eine gute Unterstützung. Sie war intelligent, aufmerksam und ehrgeizig. Aber er entschied sich trotzdem anders.

»Khalid«, sagte er.

Er schaffte es tatsächlich, den Syrer, der sich in seiner bockigen Haltung halb von ihm abgewandt hatte, zu verblüffen. Für eine Sekunde fiel die gleichgültige Maske, und Frederik sah etwas in seinen Augen aufblitzen. Dann hatte Khalid sich wieder im Griff.

»Okay.« Er lehnte sich an die Wand und schob die Hände in die Hosentaschen. »Wie du willst.«

Es klang nicht nach überschäumender Begeisterung. Aber das hatte Frederik auch nicht erwartet.

Kennet schenkte noch einmal Schnaps nach und blickte zum wiederholten Mal auf die Uhr. Nach dem Essen, das kaum jemand angerührt hatte, hatte er Holz in einer Feuerschale aufgeschichtet und angezündet. Das hatten sie früher oft gemacht, und Patrik hatte es geliebt. Heute allerdings starrte er nur stumm in die Flammen. Genauso wie Sofia und die Deutschen, die im Halbkreis um das Feuer herumsaßen.

Kennet seufzte leise. Seine Frau hatte recht gehabt. Er hätte ihnen das Unheil nicht ins Haus holen dürfen. Das Leid der Deutschen war zu frisch, die Ereignisse waren viel zu dramatisch. Statt sich gemeinsam aus dem Sumpf zu retten, würde man sich nur gegenseitig immer weiter hineinziehen.

Er spürte ihren stummen Vorwurf und wusste, sie würde sich in der Nacht erneut an Gott wenden statt an ihn. Dabei wünschte er sich so sehr, sie wieder in die Arme nehmen zu dürfen. Sie waren Eheleute und sollten sich gegenseitig Halt geben. Aber was er zu bieten hatte, reichte ganz offensichtlich nicht.

Früher waren sie nicht oft in der Kirche gewesen, aber seit der Tod in ihrem Haus Einzug gehalten hatte, ging Sofia jeden Sonntag dorthin. Am Anfang hatte er sie begleitet, doch ihm gab die Sache nichts. Das lange Stillsitzen und die salbungsvollen Worte machten ihn nervös. Er wollte nicht auf ein Jenseits hoffen, in dem vielleicht irgendwann alles wieder in Ordnung käme. Sein Leben war im Hier und Jetzt.

Vor einem halben Jahr hatte er deshalb in seinem Supermarkt ein sonntägliches Brunch-Angebot eingerichtet. Jetzt frühstückten nicht nur die Touristen bei ihm, die zu einer ausgedehnten Wanderung auf die Insel kamen, sondern auch viele Einheimische, die mit der Kirche so wenig anfangen konnten wie er und es genossen, ein wenig Abwechslung zu haben.

Sofia ging jetzt allein zum Gottesdienst. Manchmal begleitete Patrik sie, aber meistens blieb er zu Hause, um zu lernen. Er tat ihm leid, der Junge war viel zu ernst und vernünftig für sein Alter. Natürlich war Kennet froh, dass er nicht jede Nacht mit seinen Kommilitonen in Göteborg um die Häuser zog und sich bis zur Besinnungslosigkeit betrank. Aber ein bisschen mehr Spaß hätte er ihm schon gegönnt.

Auf heimtückische Weise hatte das Schicksal sie alle drei in die Isolation getrieben. Dabei waren sie doch früher einmal eine glückliche Familie gewesen. Jedenfalls bis …

Kennet biss die Zähne zusammen. Er spürte, wie die Erinnerung aus dem Verborgenen heraufdrängte. Das tat sie mittlerweile nicht mehr so oft, aber wenn es doch passierte, war der Schmerz immer noch genauso roh und frisch wie damals. Es gelang ihm einfach nicht, sich damit abzufinden.

Abrupt stand er auf. Das lag nur daran, dass sie das Böse wieder an sich herangelassen hatten. Er griff nach der Schnapsflasche und hielt sie hoch.

»Noch eine Runde?«, fragte er. Heute Abend wollte er sich nur noch betäuben.

Den Männern in der Gruppe ging es nicht anders, und auch Jessica hob ihm ihr leeres Glas entgegen.

Er hoffte, dass sich die Runde bald auflöste. Ein Gespräch kam einfach nicht in Gang. Die Zeit floss zäh dahin, und das dumpfe Schweigen zerrte an den Nerven. Er hätte wirklich besser nachdenken sollen, ehe er der Gruppe so freimütig sein Zuhause als Unterkunft anbot.

Kennet leerte sein Glas in einem Zug und spürte das vertraute Brennen in der Speiseröhre. Der Alkohol war sein Freund. Er half ihm, die dunklen Stunden zu überstehen.

Jessica legte genau wie Kennet den Kopf in den Nacken und kippte den Schnaps hinunter. Langsam wurde sie betrunken, doch die erhoffte Wirkung blieb aus. Sie hatte gehofft, der Wodka würde ihre Gefühle betäuben, doch das Gegenteil war der Fall. Alles schien ihr nur immer noch klarer und greller.

Sie betrachtete ihre Freunde, die mit versteinerten Mienen um den Tisch herumsaßen, und wurde plötzlich wütend.

»Könnt ihr nicht wenigstens so tun, als wärt ihr traurig?«, fauchte sie.

Daniela sah sie verletzt an. Da war er wieder, dieser waidwunde Blick, der ihr so auf die Nerven ging. Daniela konnte einfach nicht dazu stehen, wie sie war. Ständig spielte sie sich als Märtyrerin auf. Die Frau, die sich für alle aufopferte und nie den angemessenen Dank dafür bekam. Dabei zwang sie doch niemand, ihre eigenen Bedürfnisse immer hintanzustellen.

Jessica wusste, dass sie ungerecht war. Sie begriff auch, dass es in Wirklichkeit nicht das mangelnde Mitgefühl der Freunde war, das sie so aufbrachte. Es war ihr eigenes schlechtes Gewissen. Sie hatte diese ganze Sache zu verantworten. Und sie sollte diejenige sein, die am meisten trauerte. Irgendwo tief in ihrem Inneren tat sie es auch, aber daneben gab es noch eine ganze Reihe von Empfindungen, die ihr nicht behagten. Auf den anderen herumzuhacken nahm etwas von dem Druck, den sie verspürte.

Ihr Fokus richtete sich nun auf Pia.

»Gib doch wenigstens zu, dass du ihn gehasst hast.«

Pia schlug die Beine übereinander und verschränkte die Arme vor der Brust.

»Nein. Ich war wütend und verletzt. Aber ich habe ihn nicht gehasst. Das sollte dir klar sein. Wir haben oft genug darüber gesprochen.«

Jessica wusste, dass sie recht hatte, war aber nicht bereit, einzulenken.

»Jetzt, wo er tot ist, wird in der Kanzlei eine Teilhaberschaft vakant«, provozierte sie weiter.

Pia sah sie kühl an. »Du warst doch der Ansicht, dass sie mir zusteht. Hast du deine Meinung geändert?«

Jessica hielt Kennet ihr leeres Glas hin. Er zögerte, füllte es dann aber erneut.

»Ich bin gespannt, was die Polizei zu deinem Motiv sagt«, versetzte sie.

Pia hob das Kinn. »Das ist mir gleich. Ich hatte vielleicht ein Motiv, aber ich habe Julius nicht umgebracht.«

Jessica betrachtete erst das bis zum Rand gefüllte Glas, dann ihre Freundin. »Kannst du das auch beweisen?«

»Ich war im Ort. Irgendjemand wird das bezeugen können.«

»Und wenn nicht?«

»Das sehen wir dann.«

Pias Ruhe brachte sie auf die Palme. War sie wirklich so entspannt? Jessica konnte es nicht glauben. Sie hatte ihre Freundin in den letzten Monaten erlebt. Seit sie begriffen hatte, dass man sie mobbte, war sie ein einziges Nervenbündel. Sie war verzweifelt und hatte Jessica angefleht, ihr zu helfen.

Jessica fühlte sich plötzlich schäbig. Es war nicht fair, Pia so anzugehen. Immerhin war sie ihre beste Freundin. Eigentlich wollte sie auch gar nicht über sie herfallen, sondern suchte vielmehr eine Schulter zum Anlehnen. Aber wenn sie sich das eingestand, würde sie zusammenbrechen.

Ihr Blick fiel auf Steffen, der auf seinem Stuhl lümmelte und sich eine Zigarette drehte. Seine Mundwinkel zuckten.

»Was gibt es da zu grinsen? Freust du dich, dass Julius tot ist?«

Die anderen machten betretene Mienen. Steffen zündete die Zigarette an und schnippte das Streichholz lässig beiseite.

»Sollte ich das?«

»Einen Grund hättest du ja.«

Steffen hob die Augenbrauen. Jessica brach ab. Es war wirklich besser, wenn sie den Mund hielt. Am Ende plauderte sie noch Dinge aus, die niemand wissen durfte.

Sie stellte ihr Glas auf den Tisch, ohne es auszutrinken. Ihr war schon wieder schlecht.

»Ich gehe ins Bett«, verkündete sie.

Kai stand sofort auf.

»Das ist eine gute Idee«, erklärte er. »Wir sollten jetzt alle versuchen, ein wenig zur Ruhe zu kommen. Wenn uns morgen die Polizei befragt, müssen wir unsere fünf Sinne beisammenhaben.«

In Jessica brodelte es schon wieder, aber sie wollte nicht auch noch mit Kai Streit anfangen. Sie brauchte in dieser Situation Freunde. Es wäre dumm, ausgerechnet jetzt die Verbindungen zu kappen, die sie über Jahrzehnte aufgebaut hatte. Am Ende würde sich ohnehin herausstellen, dass alles ihre Schuld war.

Patrik verspürte Bedauern, als sich die Gruppe verabschiedete und ins Haus ging. Auch wenn die Stimmung gedrückt war, hätte er noch stundenlang am Feuer sitzen mögen. Den ganzen Abend hatte er die Augen nicht von Pia abgewendet.

Sie war anders als die Frauen, die er bisher kennengelernt hatte. Seine Kommilitoninnen waren nett, aber ihnen fehlte die Tiefe. Was natürlich auch am Alter lag. Pia musste Mitte dreißig sein. Zehn Jahre älter als er selbst und seine Studienkolleginnen.

Er war mit einigen von ihnen ausgegangen. Sie sahen gut aus, waren nett und fröhlich, manche auch ernsthaft. Man konnte mit ihnen tanzen und lachen, mit der einen oder anderen auch interessante Gespräche führen. Aber er hatte sich noch nie richtig verliebt, das wusste er seit dem Moment, als er den Deutschen die Tür geöffnet hatte.

Es war, als hätte ein unsichtbarer Finger sanft sein Herz berührt. Ein unglaubliches Erlebnis, schmerzhaft und wunderschön zugleich. Mit Worten ließ es sich kaum beschreiben. Er hätte auch nicht erklären können, wie es passiert war.

Pia war ausgesprochen hübsch, mit ihrem schmalen Gesicht, den langen dunklen Haaren und den ausdrucksvollen braunen Augen. Doch es war nicht ihr Äußeres, das ihn anzog. Es war der Eindruck, dass sie nicht mehr unbeschädigt war. Nicht so glatt und robust wie seine Kommilitoninnen, sondern angeschlagen und zerbrechlich. Wie eine Vase, die gesprungen und notdürftig wieder zusammengeklebt worden war.

Darin lag so etwas wie eine Seelenverwandtschaft. Er empfand eine starke Verbindung. Eine Frau wie Pia könnte vielleicht seine Wunden heilen.

Die Umstände, unter denen sie sich kennengelernt hatten, hätten allerdings kaum unglücklicher sein können. Umgeben vom Tod, beobachtet von seiner Familie und Pias Freunden, und darüber hinaus im Mittelpunkt polizeilicher Ermittlungen.

Dabei sehnte er sich so sehr nach einem Gegenüber. Nach jemandem, mit dem er die Last auf seinen Schultern teilen könnte. Nach Erlösung.

Pia hatte seine Blicke nicht erwidert. Sie hatte den ganzen Abend auf ihre Hände oder ins Feuer gestarrt. Nur gelegentlich hatte sie aufgeschaut, wenn jemand sie ansprach.

Jessicas Angriff hatte sie sichtlich verletzt. Er hatte nur bruchstückhaft mitbekommen, worum es gegangen war. Sein deutscher Wortschatz war mehr als dürftig. Aber Jessica schien zu glauben, dass Pia ihren Mann getötet hatte. Patrik hätte ihr sagen können, dass sie sich täuschte. Aber sie würde ihm natürlich nicht glauben.

Ob er für eine Frau wie Pia überhaupt attraktiv war? Wahrscheinlich fand sie ihn viel zu jung und unreif. Er war bloß ein Jurastudent, kurz vor dem Abschluss zwar, aber ohne jegliche Berufserfahrung. Sie dagegen war eine gestandene Anwältin. Er war kein Mann, zu dem sie aufblicken konnte.

Mit einem tiefen Seufzen stand er auf und begann in der Glut der Feuerschale herumzustochern. Einige Scheite waren zu Asche zerfallen, in anderen glomm es noch. Wenn sie zerbrachen, stoben Funken auf.

Patrik erschien es wie ein Abbild seiner Seele. Er wurde von innen heraus zerfressen. Der Hoffnungsschimmer, der aufglühte, flog davon und verwandelte sich in Staub. Dahinter lag nur die Dunkelheit.

Deshalb war es auch ohne jede Bedeutung, ob Pia sich für ihn interessierte. Bekommen würde er sie nie. Weil er das Glück nicht verdient hatte.

# 9

Vorsichtig drückte sie die Klinke hinunter und öffnete die Zimmertür. Der Mond warf sein fahles Licht in den Raum. Neben der Tür glühte die Nachtleuchte in einem blassen Grün.

Das Zimmer war beinahe kahl. Da waren nur das Kinderbett an der Wand, der Kleiderschrank und der Schreibtisch mit dem kleinen Stuhl. Nachdem sie Emma ins Heim gegeben hatten, hatte Arvid darauf bestanden, dass sie Emmas Sachen wegräumte. All die Puppen und Kleidchen, die Stofftiere und die vielen rosafarbenen Kleider, die sie vor Emmas Geburt angeschafft hatte, lagen in einer Kiste, die irgendwo unten im Keller stand. Sogar die bunt bedruckten Kinderzimmergardinen hatte sie abnehmen müssen.

Emma machte das vermutlich nichts aus. Im Gegenteil – die Fülle hätte wahrscheinlich ihr Bedürfnis nach Ordnung gestört. Aber Lea schnitt der Anblick ins Herz. Sie hatte so viel Liebe in die Einrichtung des Kinderzimmers investiert. Geblieben war davon nichts.

Ihre Tochter lag zusammengekauert wie ein Embryo im Bett, das Gesicht zur Wand gerichtet. Lea hörte an ihren Atemzügen, dass sie nicht schlief, aber sie rührte sich nicht. Ihr ganzer kleiner Körper war stocksteif. So wie schon den ganzen Tag, seit

Arvid sie in ihrem Zimmer im Heim grob hochgenommen und ins Auto verfrachtet hatte.

Sie hatte nicht geweint oder geschrien. Das tat sie nie. Aber ihr Gesicht war starr und ihr Blick so leer, als hätte sich ihre Seele in einen weit entfernten Winkel zurückgezogen.

Alles in Lea drängte danach, sich ans Bett ihrer Tochter zu setzen und ihr über den blonden Schopf zu streichen. Sie wollte sie in die Arme schließen und an sich drücken, ein Wiegenlied für sie summen und ihr die Haare aus dem Gesicht pusten, bis sie eingeschlafen war. Doch sie wusste, dass sie das nicht durfte.

Emma mochte keine Berührungen, keine lauten Stimmen, keine Abweichungen von der Routine. Der ganze Tag musste eine Höllenqual für sie gewesen sein. Arvids ruppige Missachtung ihrer Bedürfnisse hatte sie völlig verstört.

Wie sollte es weitergehen, wenn sie ihm nun jeden Tag ausgesetzt war?

Arvid konnte nicht akzeptieren, dass Emma anders war. Er wollte ein normales Kind. Auf Emmas Abweichungen reagierte er aggressiv. Lea musste sie schützen, doch sie wusste, dass sie es nicht konnte. Sie hatte Arvid nichts entgegenzusetzen.

Sie kauerte sich auf den Boden, schlang die Arme um ihre angewinkelten Beine und legte das Kinn auf die Knie. Mit geschlossenen Augen wippte sie vor und zurück. Was sollte sie nur tun?

Sie liebte Emma mehr als alles andere auf der Welt. Ihre Tochter war etwas Besonderes. Sie sprach kaum, und sie ordnete ihre Spielsachen, statt mit ihnen zu spielen, aber sie war ungeheuer klug. Das konnte man an ihren Augen ablesen.

Wenn sie Emma retten wollte, brauchte sie Hilfe. Als Erstes dachte sie an ihre Mutter, doch das war viel zu riskant. Ihre Eltern hatten keine Ahnung, wie es ihr mit Arvid erging. Sonst wären sie sofort hergekommen. Doch sie wusste, dass sie bitter dafür bezahlen würden. Arvid war skrupellos. Er umgab sich mit Leuten, die kein Problem damit hatten, andere zu bedrohen, zusammenzuschlagen oder tödliche Unfälle zu inszenieren. Dieser Gefahr durfte sie ihre Eltern nicht aussetzen.

Ihr nächster Gedanke galt Frederik. Er wäre ein wunderbarer Vater für Emma. Ihm gelang es, einen Zugang zu ihr zu finden. Er war einfühlsam und rücksichtsvoll. Er wahrte die Distanz, die Emma brauchte, und schaffte es dennoch, sie aus ihrem Schneckenhaus herauszulocken. Mit seinem lautlosen E-Roller, den er eigens wegen Emma angeschafft hatte, fuhr er mit ihr durch die herrliche westschwedische Landschaft, setzte sich irgendwo mit ihr ans Meer und aß Zimtschnecken. Wenn die beiden von ihren Ausflügen zurückkamen, war ein seltenes Leuchten in Emmas Augen zu sehen.

Aber auch Frederik konnte nichts gegen Arvid ausrichten. Er hatte es ja versucht. Drei Jahre hatte er in einer internationalen Ermittlergruppe mitgearbeitet, um ihn wegen Waffenschmuggels hinter Gitter zu bringen. Am Ende war Arvid freigesprochen worden. Und er hatte Frederik deutlich zu verstehen gegeben, dass er sich vor ihm in Acht nehmen sollte.

Im letzten Sommer war Frederiks Boot explodiert. Lea wusste nicht, ob Arvid etwas damit zu tun hatte, aber es hätte sie nicht gewundert.

Sie stand auf und trat ans Fenster. Unter einer Straßenlaterne jenseits des weitläufigen Gartens meinte sie eine Gestalt wahrzunehmen. Sie stellte sich vor, es wäre Frederik, der gekommen war, um sie und Emma zu befreien.

Doch eine Zukunft ohne ihren Mann war nur ein Wunschtraum. Er würde sich nicht erfüllen. Nicht, solange Arvid am Leben war.

Hinter dem Fenster von Emmas Zimmer sah er eine Bewegung. War es Lea?

Er hatte eigentlich nach Hause fahren wollen. Es war spät, und er musste am nächsten Tag ausgeruht sein, wenn sie die Teilnehmer der deutschen Reisegruppe einzeln vernehmen, nach Motiven forschen und nach Widersprüchen und Lücken in den Aussagen suchen wollten. Aber eine andere Kraft in seinem Inneren war stärker gewesen. Wie ferngesteuert hatte er den Roller in das vornehme Viertel im Osten Göteborgs gelenkt, in dem sich Ekströms Villa befand.

Nun stand er auf der anderen Straßenseite vor dem meterhohen Zaun mit der massiven Stahltür. Beide waren unüberwindlich, aber er konnte ja ohnehin nicht einfach ins Haus stürmen.

Die Gestalt oben am Fenster rührte sich. Winkte sie ihm zu? Doch Lea konnte nicht wissen, dass er hier war.

Die Sehnsucht nach ihr war so groß, dass es ihm die Brust zuschnürte. Was hätte er dafür gegeben, mit ihr und Emma zusammenzuwohnen und ein ganz normales Leben zu führen. Aber die Dinge lagen nun einmal anders.

Er wünschte, sie würde ihr geheimes Mobiltelefon zur Hand nehmen und ihn anrufen. Wenn er wenigstens ihre Stimme hören und sie fragen könnte, wie es Emma ging.

Nachdem Ekström sie quasi aus der Klinik entführt hatte, musste sie unter Schock stehen. Alles war aus dem Ruder gelaufen, die Routine, die für sie so wichtig war, zerstört. Frederik dachte an ihr Lieblingsspielzeug, das jetzt zerbrochen war. Würde Emmas Seele ebenso zerbrechen?

Vielleicht würde sie sich dann vollständig in sich zurückziehen und gar nicht mehr sprechen. Eine noch dickere Mauer um sich herum errichten, hinter der niemand mehr sie hervorholen konnte. Wütend ballte er die Fäuste. Wer, wenn nicht er, sollte dieses Kind retten?

Plötzlich wusste er, mit wem er reden musste. Er nahm sein Smartphone zur Hand und tippte auf den Kontakt.

Es dauerte lange, bis der Anruf entgegengenommen wurde. Dann hörte Frederik ein verschlafenes Murmeln.

»Lundgren?«

Erst jetzt schaute Frederik auf die Uhr. Es war weit nach Mitternacht.

»Mats, bitte entschuldige. Habe ich dich geweckt?«

»Wer ist denn da?«

»Frederik. Frederik Forsberg.«

»Ach, du bist das.« Die Stimme am anderen Ende klang jetzt etwas munterer. »Nein. Ich meine: ja. Du hast mich geweckt, aber ich war noch nicht im Bett. Ich bin im Lesesessel über meiner Zeitschrift eingeschlafen. Ein grauenvoll langweiliger Artikel über einen neuen Therapieansatz bei pathologischen sexuellen Deviationen.« Mats unterbrach sich und lauschte.

»Warum rufst du an? Ist irgendetwas vorgefallen?«, fragte er dann, obwohl Frederik kein Wort gesagt hatte. Aber es war wohl auch nicht schwer zu erraten.

Frederik erzählte ihm, was geschehen war.

»Verdammt. Das ist nicht gut.« Der Psychologe der Skogome-Anstalt atmete hörbar ein und aus. »Ein solches Zusammenbrechen der gewohnten Strukturen kann bei Asperger-Autisten eine Katastrophe auslösen«, bestätigte er Frederiks Befürchtungen.

»Was soll ich bloß tun?« Frederik hörte selbst, wie kläglich er klang, und ermahnte sich, sich zusammenreißen. Nicht um ihn sollte es jetzt gehen, sondern um Emma.

Mats schwieg lange. Frederik war daran gewöhnt, bei ihren Treffen war es genauso. Der Therapeut dachte gründlich nach, bevor er Stellung bezog.

»Zwei Dinge«, sagte er dann. »Erstens: Zeig Lea und Emma,

dass du da bist. Kümmere dich darum, dass Emma ihre wichtigsten Spielsachen bekommt. Schick sie per Kurier. Als Absender kannst du das Heim angeben. Ekström wird sich nicht wundern, wenn man dort aktiv wird. Leg etwas dazu, über das Emma sich besonders freut. Und das Lea klarmacht, dass es von dir kommt.«

Frederik hatte sofort ein gelbes Plastikauto mit großen beweglichen Rädern und einem passenden Anhänger vor Augen, Emmas Lieblingsspielzeug.

»Und zweitens?«

»Sorg dafür, dass Lea alles dokumentiert, was im Haus vorgeht. Filme, Fotos, Audioaufzeichnungen. Egal. Irgendetwas, mit dem man vor Gericht beweisen kann, wie Ekström sie und Emma behandelt. Das ist nicht viel, für häusliche Gewalt werden keine langjährigen Haftstrafen verhängt, das weißt du ja. Aber es wäre zumindest eine Atempause.«

Frederik war sich nicht sicher, ob er Lea dazu überreden könnte. Es würde erfordern, dass sie Anzeige erstattete, und dazu fehlte ihr wahrscheinlich der Mut. Aber vorschlagen würde er es trotzdem.

»Danke«, sagte er und merkte, dass ihm schon leichter ums Herz wurde. Mats war ein guter Therapeut. Er gab einem ein Gefühl des Aufgehobenseins. Und wenn es nötig war, half er auch mit praktischen Ratschlägen, so wie jetzt.

»Keine Ursache.« Mats gähnte. »Melde dich, wenn du Zeit hast, dann setzen wir uns zusammen und reden in Ruhe.«

»Das mache ich. Aber ich stecke mitten in einem neuen Fall.« Frederik umriss rasch die Geschehnisse auf Asperö.

»Aha? Klingt nach einer narzisstischen Persönlichkeit«, diagnostizierte Mats. »Was du über den Toten sagst, meine ich. Jemand, der die Menschen in seinem Umfeld funktionalisiert, damit sie seine Bedürfnisse erfüllen. Das kann bei denen, die sich ausgenutzt fühlen, zu erheblichen Aggressionen führen. Meist sind es schwache Charaktere, mit denen sich Narzissten umgeben. Sie fressen ihre Wut und die Demütigungen lange in sich hinein, aber irgendwann fällt der Tropfen, der das Fass zum Überlaufen bringt. Dann kann ein Staudamm brechen, und die Emotionen, die hervorschießen, können gewaltig sein. Da sind Messerattacken in völliger Raserei nichts Ungewöhnliches. Derartige Fälle sind mir schon begegnet.«

»Du glaubst also, der Täter ist jemand aus dem engeren Freundes- und Bekanntenkreis?«

Frederik berichtete auch von dem Unbekannten, den Daniela Schwaiger angeblich beobachtet hatte.

»Ausschließen kann man es nicht«, sagte Mats erwartungsgemäß. Es war nicht seine Art, sich an einer Sichtweise festzubeißen. »Die Psychologie erlaubt nur das Aufstellen begründeter Hypothesen. Sie entwirft plausible Möglichkeiten. Aber das Leben schreibt immer auch ganz andere Geschichten, das weißt du selbst.«

»Ja.« Frederik seufzte. »Trotzdem danke.« Die kleine Persönlichkeitsskizze von Julius Reichenbach könnte ein Anfang sein.

Mats gähnte erneut. »Entschuldige. Ich muss ins Bett.«

»Kein Problem.«

Die beiden Männer verabschiedeten sich, und Frederik blickte wieder hinauf zu Emmas Fenster. Der Schemen, den er zu sehen geglaubt hatte, war verschwunden.

Kai streckte die Hand aus und strich über Danielas Rücken. Unter seinen Fingern spürte er die fleischigen Wülste. Sie hatte nicht den straffen Körper einer begehrenswerten Frau. Nicht so wie Jessica. Aber sie war weich und warm. Eine Frau, bei der man sich anschmiegen konnte. Die Geborgenheit vermittelte und Schutz. Selbst Julius, der immer über Danielas mangelnde

Disziplin gespottet hatte, hatte diese Qualität anerkannt. Aber Kai wollte jetzt nicht an Julius denken. Er wollte vergessen.

Daniela lag mit dem Rücken zu ihm und reagierte nicht. Ihre Atemzüge waren tief und gleichmäßig. Sie war beinahe augenblicklich eingeschlafen, nachdem sie sich im großen Gästezimmer der Olssons ins Bett gelegt hatten. Er dagegen wälzte sich seit Stunden von einer Seite auf die andere und kam nicht zur Ruhe.

Ihm war, als würde sein ganzes Leben auf ihn einstürzen. Lauter unzusammenhängende Bilder, von Julius, der in einem See aus Blut in der Küche des Ferienhauses lag, von den vielen Partys, die sie während des Studiums besucht hatten, und von seinem kleinen Bruder, der ihm schon lange nicht mehr in den Sinn gekommen war. Die Gefühle, die zusammen mit den Erinnerungen an die Oberfläche spülten, waren verstörend.

Er war nie wichtig gewesen. Nie der Mittelpunkt. Immer bloß der Satellit, der um irgendjemand anderen kreiste, ohne dass man ihm große Beachtung schenkte. Nur bei Daniela war es anders gewesen. Aber das hatte ihm Julius kaputt gemacht.

In den letzten Jahren war zwischen ihnen nicht mehr viel gelaufen, doch jetzt kehrte das Bedürfnis mit aller Macht zurück.

Kai verstärkte den Druck seines Daumens, fuhr an ihrer Wirbelsäule entlang nach unten. Umfasste dann beherzt ihre Taille und drückte sich fester an sie.

Danielas Atmung veränderte sich. Sie wurde schneller, und dann signalisierte ein Zucken, das durch ihren Körper lief, dass sie aufgewacht war.

Kai schlang den Arm um sie und legte die Hand auf ihre linke Brust. Sie war so groß wie eine Honigmelone und so weich, dass man sie herrlich durchkneten konnte. Darum hatte ihn Julius immer beneidet. Jessicas Brüste waren beinahe knabenhaft flach, kein Wunder bei dem strikten Sportprogramm, das sie täglich absolvierte.

Kai biss die Zähne zusammen. Schon wieder Julius.

Er konzentrierte sich auf Daniela, streichelte sie und spürte, wie ihr Körper reagierte. Ungeduldig wartete er darauf, dass sie sich ihm zuwandte, doch sie rührte sich nicht. Schließlich hielt er es nicht mehr aus. Er griff nach ihrer Schulter, rollte sie mit sanfter Gewalt auf den Rücken und legte sich auf sie. Im milchigen Licht des Mondes, das durch das Fenster hereinfiel, sah er ihr breites Gesicht und die hellblauen Augen, die ihn anblickten.

»Meinst du wirklich, das ist jetzt der richtige Moment dafür?«, fragte sie. Ihre Stimme klang seltsam, irgendwie verzerrt. Kai wusste nicht so recht, weshalb. Sie redeten ja nicht viel miteinander, das war nie ihre Stärke gewesen. Wenn er Probleme hatte, ging er damit zu Julius.

*Nein! Nicht an Julius denken.*

Fand sie es pietätlos, sich nach diesem grauenhaften Tag der Lust hinzugeben? War ihr nach dem fürchterlichen Anblick in der Küche des Ferienhauses der Appetit auf alles Fleischliche vergangen? Auch beim Grillen hatte sie kaum etwas gegessen, dabei waren Bratwürste gewöhnlich nicht vor ihr sicher. Oder ahnte sie, was in ihm vorging, und fühlte sich abgestoßen?

»Ich dachte, wir könnten uns ein bisschen gegenseitig trösten«, brachte er schließlich hervor. »Ich fühle mich so verloren.«

Danielas Gesichtszüge wurden weicher. Das war ihre Art – wenn jemand in Not war, stand sie zur Verfügung.

»Wie du meinst«, sagte sie und begann nun ihrerseits, ihn zu streicheln.

Er genoss ihre Berührungen und stöhnte leise auf, als ihre Hand den Weg in seinen Schritt fand. Die Gedanken in seinem Kopf rückten in den Hintergrund, und seine ganze Konzentration verlagerte sich auf diesen einen Punkt zwischen seinen Beinen.

Zuerst verspürte er ein wohliges Kribbeln. Dann schien es irgendwie abzureißen.

Daniela verstärkte ihre Bemühungen, doch er blieb schlaff. Nachdem sie es eine Weile versucht hatte, gab sie auf.

Kai rollte von ihr herunter. Er ging in das kleine Bad, das neben dem Gästezimmer lag, und schaltete das Licht ein.

Die grelle Lampe über dem Spiegel blendete ihn, aber er zwang sich trotzdem, hineinzusehen.

Ein bleiches Gesicht mit Augen, die tief in ihren Höhlen lagen, dunkle, zurückgekämmte Haare, die sich bereits deutlich lichteten. Auch die grauen Stoppeln in seinem dichten Vollbart hatten zugenommen. Er war nie ein besonders attraktiver Mann gewesen, und mit zunehmendem Alter wurde es nicht besser. Sein Blick war so leer, wie er sich fühlte.

Er hatte gehofft, dass sich jetzt, nach Julius' Tod, etwas geändert hätte. Aber es war genau wie immer. Er konnte einfach nicht.

# 10

*Sie blieben meistens für sich. Alles drehte sich um Edvin. Die Großeltern, die nur selten kamen, schüttelten die Köpfe.*

*»Warum gebt ihr ihn nicht ins Heim? Man könnte sich dort viel besser um ihn kümmern. Und ihr hättet mehr Zeit für euch.«*

*Aber seine Eltern wollten nicht. Edvin sollte zu Hause aufwachsen. Die Geborgenheit spüren, die nur die Familie ihm geben konnte.*

*Meistens störte ihn das nicht. Edvin himmelte ihn an, und seine Eltern versicherten ihm immer wieder, wie stolz sie waren, dass er auf seinen Bruder aufpasste.*

*Im Sommer, wenn das Wetter schön war, fuhren sie alle zusammen mit dem Segelboot hinaus. Das machte ihm Spaß. Aber wenn die anderen Kinder in der Schule nach den Sommerferien erzählten, was sie erlebt hatten, wurde er trotzdem neidisch. Er war noch nie im Ausland gewesen, hatte keine Menschen getroffen, die eine fremde Sprache sprachen, und Gerichte gegessen, die es bei ihnen nicht gab. Zu gern hätte er auch etwas von der Welt gesehen, doch seine Eltern fanden es zu schwierig, mit Edvin zu reisen. Manchmal hasste er seinen Bruder dafür.*

*In diesem Jahr flog ein Schulkamerad mit seinen Eltern nach Kanada. Sie hatten angeboten, ihn mitzunehmen, doch seinen Eltern fehlte das Geld. Alles, was sie hatten, steckten sie in immer neue Therapien für Edvin. Für ihn blieb einfach nichts übrig.*

*Stundenlang hatte er deswegen geheult. Dann ging er in Edvins Zimmer. Er nahm Edvins Lieblingsteddy, der immer in dessen Bett lag. Aus der Küche holte er die große Schere. Anschließend lief er in den Garten.*

*Erst schnitt er dem Bären die Beine ab, danach die Arme und zum Schluss den Kopf.*

*Für ein paar Sekunden fühlte er sich richtig gut. Dann kam das schlechte Gewissen.*

*Hastig vergrub er die Überreste des Stofftiers unter einem Busch. Als er ganz in der Nähe Schritte hörte, zuckte er zusammen.*

*Wie aus dem Boden gewachsen stand sein Vater neben ihm. Mit dem Fuß schob er die notdürftig aufgehäufte Erde beiseite und erblickte den zerstückelten Teddy. Sein Gesicht lief rot an. Er packte seinen Sohn am Arm, zog ihn hoch und versetzte ihm ein paar schallende Ohrfeigen.*

*»Geh ins Haus«, herrschte er ihn an. »Du hast vier Wochen Stubenarrest.«*

*Mit brennenden Wangen und hängenden Schultern trottete er davon.*

*Noch nie in seinem Leben hatte er sich so geschämt. Und noch nie war er so wütend gewesen.*

Der Kaffee brannte in seiner Speiseröhre. Es war schon die dritte Tasse an diesem Morgen. Sein Hausarzt hatte ihm dringend nahegelegt, seinen Koffeinkonsum zu reduzieren. Wenn er zu viel davon trank, begann sein Herz zu rasen. Aber ohne den Kaffee bekam er Kopfschmerzen.

Die halbe Nacht hatte er sich schlaflos im Bett gewälzt. Der Mord auf Asperö und die Sorge um Lea und Emma ließen ihn nicht zur Ruhe kommen. Gegen sechs war er schließlich aufgestanden und ins Büro gefahren.

Es war noch stockdunkel gewesen. Im Revier, das gegenüber vom Ullevi-Stadion lag, brannten nur wenige Lichter. Frederik hatte den Roller auf dem kleinen Parkplatz vor dem Gebäude abgestellt. Der übernächtigt wirkende Pförtner hatte freundlich gegrüßt und ihn mitfühlend angeschaut. Wahrscheinlich sah er selbst kaum besser aus als der Mann, der dunkle Schatten unter den geröteten Augen hatte.

In seinem Dienstzimmer hatte er als Erstes den Lichtschalter betätigt und als Zweites die Kaffeemaschine in Gang gesetzt. Nun sah er seine Notizen vom Vortag durch, während über dem Ullevi-Stadion die Sonne aufging, ein fahler, blassgelber Ball, der sich nur mühsam durch den dichten Morgendunst kämpfte.

Frederik wollte so rasch wie möglich nach Asperö, aber er musste auf Khalid warten.

Er überlegte gerade, sich eine vierte Tasse Kaffee einzuschenken, als er draußen auf dem Gang das Geräusch einer zufallenden Tür hörte. Vermutlich war es Birger, der gewöhnlich als einer der Ersten zum Dienst erschien. Frederik stand auf. Er wollte die Gelegenheit nutzen, um ein paar Worte mit ihm zu wechseln.

Zu seiner Überraschung stand nicht Birger im Flur, sondern Khalid. Seine Miene war verschlossen wie immer, doch die Tatsache, dass er deutlich früher als sonst erschienen war, nahm

Frederik als gutes Zeichen. Vielleicht war dies ja der erste Schritt, um einander näherzukommen.

»Von mir aus können wir los«, sagte der Syrer.

Frederik hob nur knapp den Daumen. Dann ging er zurück in sein Büro, um einen letzten Schluck Kaffee zu trinken und seine Tasche zu holen.

Sein Schädel dröhnte, und seine Lider waren verklebt. Kennet stöhnte, als er die Augen mühsam aufzwang. Obwohl die Sonne eben erst aufgegangen war und kaum Licht ins Zimmer fiel, fühlte er sich geblendet.

Er hatte am Abend zuvor eindeutig zu viel getrunken. Es war ein Rückfall gewesen, vor dem er sich eigentlich längst sicher gefühlt hatte. Nachdem er damals beinahe seine ganze Familie ins Verderben gerissen hatte, war er vorsichtig geworden. Eine Zeit lang hatte er den Alkohol gebraucht, um sich zu betäuben. Doch dann hatte er begriffen, dass das Trinken keine Lösung war. Es dämpfte zwar die Gefühle, die ihn zu zerreißen drohten, doch es verhinderte auch jeden Fortschritt. Ohne einen klaren Kopf blieb man einfach stehen. Man setzte sich nicht mit der Vergangenheit auseinander, sondern verharrte in ihr. Der Schmerz war mit genügend Alkohol im Blut zwar nicht so scharf, sondern dumpf und entfernt, doch er würde für alle Zeit bleiben. Um ihn zu überwinden, musste man sich ihm stellen und wieder nach vorne sehen.

Genau das hatte er getan. Obwohl es ihn fast übermenschliche Anstrengung gekostet hatte, hatte er sein Alkoholproblem in den Griff bekommen. Er hatte neue Perspektiven gefunden und für sich und seine Familie eine Zukunft aufgebaut. Doch gestern war er wieder schwach geworden und hatte zur Flasche gegriffen.

Die Quittung dafür erhielt er jetzt. Sein Körper war solche

Mengen an Alkohol schon lange nicht mehr gewohnt und rebellierte. Vorsichtig fasste er sich an den Kopf, der sich anfühlte, als steckte er in einer Schraubzwinge. Selbst die sachteste Berührung schmerzte. Dazu kam noch die Übelkeit. Wenn er aufstand, müsste er sich vermutlich übergeben.

Aber er hatte es ja nicht besser verdient. Die ganze missliche Situation war seine eigene Schuld. Was hatte er sich nur dabei gedacht, die Angehörigen des Mordopfers zu sich nach Hause einzuladen? Er hätte doch besser als jeder andere wissen müssen, dass sie dafür nicht bereit waren. Der Tod hatte seine Familie schon einmal fast zerrissen. Er hätte sie besser schützen müssen.

Die Einladung war ein Versuch gewesen, seine Schuldgefühle zu bekämpfen und sein schlechtes Gewissen zu erleichtern, aber ihm hätte klar sein müssen, dass es nicht funktionieren würde.

Von unten hörte er das Klappern von Geschirr. Obwohl es vollkommen überflüssig war, streckte er die Hand aus, um festzustellen, dass Sofias Seite des Betts leer war. Sie badete jetzt aus, was er ihnen eingebrockt hatte. Wahrscheinlich stand sie schon seit Stunden in der Küche und bereitete das Frühstück für die ungebetenen Gäste vor.

Er sollte ihr wenigstens helfen.

Mühsam schwang er die Beine aus dem Bett und richtete sich auf. Als er sich endlich in der Senkrechten befand, schwankte er.

Du liebe Güte! Er musste immer noch eine gehörige Menge Restalkohol im Blut haben. Früher hätte ihm das nichts ausgemacht, doch nun wurde er kaum damit fertig.

Zumindest ließ der Druck in seinem Magen nach.

Mit schwerfälligen Bewegungen streifte er den Schlafanzug ab und ging ins Bad, um sich zu waschen. Anschließend zog er Hemd und Hose über, fuhr sich mit den Fingern durchs Haar und suchte im Schrank nach einer passenden Weste. Vielleicht gelang es ihm ja, sich für seine Gäste in einen halbwegs präsentablen Zustand zu versetzen.

Khalid hielt den zartgelben Kinderhelm hoch.

»Was ist das?«

»Der gehört Emma.«

Frederik nahm Khalid den Kinderhelm ab und legte ihn in die Box am Heck des Rollers. Stattdessen holte er den Helm für den Sozius heraus und reichte ihn Khalid. Er deutete einladend erst auf die Sitzbank, dann auf den Beiwagen. Den Kindersitz hatte er mittlerweile ausgebaut; Emma hatte in den letzten Monaten einen Wachstumsschub durchgemacht und passte nicht mehr hinein. Jetzt reichte ein dickes Kissen, damit sie sicher im Beiwagen saß.

Die dunklen Augen des Syrers musterten ihn durchdringend, aber der Kollege fragte nicht nach. Wenn er neugierig war, ließ er es sich jedenfalls nicht anmerken. Frederik hatte auch nicht das Bedürfnis, sich zu erklären.

Zu seiner Überraschung faltete Khalid seinen schlaksigen, langen Körper in den Beiwagen, statt auf dem Sozius Platz zu nehmen.

»Ich will sehen, wohin ich fahre«, erklärte er knapp, während er sich den Helm über die krausen dunklen Haare stülpte.

Frederik hatte nichts dagegen. Er verstaute seine Umhängetasche unter dem Sitz und startete in Richtung Lilla Varholmen. Während der Überfahrt mit der Fähre blieben sie auf ihren Plätzen sitzen und rollten bei der Ankunft auf Asperö als Erste vom Vordeck. Eine knappe Viertelstunde später parkte Frederik den Elektroroller vor dem Haus der Olssons.

Khalid würde von den Vernehmungen nichts verstehen; Frederik wollte weiterhin deutsch sprechen. Aber sein Kollege konnte die anderen Mitglieder der Reisegruppe beobachten, während sich Frederik mit jedem Einzelnen unterhielt. Vielleicht fiel ihm etwas auf.

Der Syrer nahm den Auftrag mit der üblichen unbewegten Miene entgegen. Frederik klopfte an die Tür und trat ein. Sie zogen ihre Schuhe aus und schlüpften in die bereitstehenden Pantoffeln. Anschließend betraten sie das Wohnzimmer.

Wie am Tag zuvor schwiegen sich die Deutschen und ihre Gastgeber an, während sie das Frühstück verzehrten, das die Olssons zubereitet hatten. Frederik signalisierte Jessica, dass er als Erstes mit ihr reden wollte.

Kennet schaute demonstrativ auf seine Armbanduhr.

»Ich muss in den Laden«, erklärte er. Patrik sprang auf. »Ich komme mit.« Sofia begann, das benutzte Geschirr zusammenzuräumen, und trug es in die Küche. Daniela sammelte ein paar leere Tassen ein und folgte ihr.

»Lassen Sie uns nach draußen gehen«, bat die Ehefrau des Toten. »Ich werde verrückt, wenn ich noch länger hier herumsitze.«

Sie erhob sich, und Khalid nahm auf ein Zeichen von Frederik ihren Platz ein. Frederik bemerkte, dass sein Kollege der Frau des Toten mit den Augen folgte. In seinem Blick lag ein Glühen, wie er es noch nie bei Khalid bemerkt hatte. Frederik registrierte es mit Unbehagen. Entwickelte Khalid ein Interesse an der Frau, das nichts mit ihrer Arbeit zu tun hatte? Wenn das so war, müsste er beim nächsten Mal einen anderen Kollegen zu den Befragungen mitnehmen. Jede Art von Befangenheit konnte das Ergebnis einer Ermittlung nachhaltig verfälschen.

Er legte Jessica sacht die Hand auf den Rücken und trat mit ihr vor die Tür.

Gemeinsam liefen sie zu der kleinen Bucht hinunter. Jessica blieb stehen und schaute über das blau schimmernde Wasser. Es war wieder ein schöner Tag, wolkenlos und mit einem Himmel von so klarem Blau, dass man kilometerweit bis zu den Nachbarinseln Brännö, Känsö und Köpstadsö blicken konnte.

Frederik betrachtete die Frau des Toten. Jessica Reichenbach war attraktiv, mit ihren halblangen, goldbraun glänzenden Haaren und dem schmalen Gesicht mit den hohen Wangenknochen. Die enge anthrazitfarbene Hose und die dunkelblaue Bluse – jene Stücke ihrer Urlaubsgarderobe vermutlich, die am ehesten einer Trauerkleidung entsprachen – betonten ihre schlanke Figur. Er konnte verstehen, warum Khalid ihr mehr als einen flüchtigen Blick geschenkt hatte, auch wenn er es nicht billigte.

Jessica wirkte gefasst, beinahe ein wenig kühl, doch daneben bemerkte Frederik noch etwas anderes. Ihre Hände waren unablässig in Bewegung, schlossen und öffneten sich im schnellen Wechsel. Ganz offensichtlich brodelte es unter der Oberfläche.

Plötzlich sackte sie in sich zusammen, ging in die Hocke und verbarg ihr Gesicht in den Händen. Ihre Schultern bebten.

»Ich habe alles falsch gemacht«, stieß sie hervor. »Wir hätten niemals hierherkommen dürfen.«

Frederik setzte sich neben sie auf den flachen grauen Felsen. Er sagte nichts, sondern gab ihr Zeit, bis sie bereit war, zu reden.

Jessica ließ die Hände sinken. Ihre Augen waren trocken, aber gerötet. Mit einer kraftlosen Bewegung nahm sie neben ihm Platz.

»Julius wollte nicht nach Schweden. Das habe ich schon auf dem Flughafen gemerkt«, erklärte sie, den Blick aufs Meer gerichtet. »Und schon gar nicht nach Asperö. Fragen Sie mich nicht, warum. Ich habe keine Ahnung.« Sie presste zwei Finger gegen die Nasenwurzel. »Ich dachte, ich könnte an die alten Zeiten anknüpfen. Kai und Julius sind damals nach dem Studium nach Schweden gefahren. Sie waren auf den Göteborger Schären. Kai hat großartige Fotos gemacht.«

Sie schüttelte den Kopf, weil ihr wohl auffiel, dass sie viel zu weit ausholte.

»Als ich Julius kennenlernte, war er ein lockerer Typ«, probierte sie es erneut. »Aber in den letzten Jahren ist er so hart geworden. Ich war schockiert, als ich erfahren habe, was Kai und er Pia angetan haben.«

Frederik wartete, aber Jessica sprach nicht weiter.

»Was haben sie getan?«

»Julius und Kai haben sie sabotiert, als sie alle drei um die beiden vakanten Teilhaberschaften in der Kanzlei konkurriert haben. Papiere aus den Prozessakten entwendet, die Pia vorbereitet hatte. Sich in ihren Onlinekalender eingehackt und Termine vertauscht. Ihr falsche Informationen untergeschoben. Solche Sachen. Immer so, dass sie nicht erkannt hat, was passiert war, und annehmen musste, es sei ihr eigener Fehler gewesen. Ich dachte es auch. Pia stand vollkommen unter Strom, weil sie unbedingt eine Beteiligung wollte. Das sind ja typische Überlastungssymptome. Wenn man Stress hat, gerät schon mal etwas durcheinander. Nicht im Traum hätte ich mir vorstellen können, dass Julius und Kai ihr so etwas absichtlich antun.«

Sie schaute Frederik an.

»Erst als es zu spät war, hat Pia entdeckt, dass die beiden Zugriff auf ihre Daten genommen hatten. Es hat sie völlig aus der Bahn geworfen. Sie ist einfach zusammengebrochen. Jetzt macht sie eine Therapie, aber ihr Selbstvertrauen ist in die Brüche gegangen. Ich dachte, es würde helfen, wenn wir hier auf Asperö, weit weg von der Kanzlei, ein paar offene Gespräche führen.«

Frederik sah sie neugierig an.

»Was hatten Sie sich davon erhofft? An den Fakten ist doch nichts mehr zu ändern.«

Jessica hob die Hand und ließ sie wieder fallen.

»Julius und Kai hätten sich entschuldigen können. Ihr versichern, dass es nicht um sie als Person gegangen ist, sondern nur um die Sache. Irgendeine Art der Wiedergutmachung anbieten. Das hätte ihr vielleicht geholfen.« Sie schlug sich mit der Faust gegen die Stirn. »Pia wollte das gar nicht. Ich habe sie zu dieser Reise überredet. Wahrscheinlich habe ich damit einen Staudamm geöffnet. Statt sich zu beruhigen, ist alles aus dem Ruder gelaufen.«

Sie blickte ihn traurig an.

»Ihre Therapeutin hat das auch nicht vorhergesehen. Sie hat ihr dazu geraten, mit uns zu fahren, damit sich die Luft klärt.«

Frederik wandte ihr den Kopf zu.

»Haben Sie Ihrem Mann verzeihen können?«

In ihren Augen blitzte etwas auf. Nur ganz kurz, aber Frederik sah es trotzdem. Er konnte es allerdings nicht einordnen. War es der Schreck, weil er an etwas gerührt hatte, das sie lieber nicht betrachten wollte? Oder hatte sie Angst, dass er ein Geheimnis aufdecken könnte, das sie verbergen wollte?

»Darüber habe ich nicht nachgedacht«, gab sie knapp zurück und stand auf. Mit verschränkten Armen blickte sie zur Wasserkante.

Frederik erhob sich ebenfalls.

»Ich stelle es mir schwierig vor«, sagte er. »Ein Konflikt zwischen dem Mann, den Sie lieben, und Ihrer besten Freundin. Das ist sie doch?«

Jessicas Miene wurde weich.

»Ja. Wir haben uns kennengelernt, als sie mit ihrem Studium angefangen hat. Wir hatten beide ein Stipendium, und die älteren Semester aus der Stiftung haben Mentoren für die Neuen gestellt. Ich war Pias Mentorin. Wir haben uns von Beginn an gut verstanden. Da war einfach eine gemeinsame Wellenlänge. Mit den meisten Kommilitonen hat man ja nach dem Studium keinen Kontakt mehr, aber Pia ist eine sehr gute Freundin geworden.« Sie hielt kurz inne. »Eigentlich die einzige, die ich habe«, setzte sie dann hinzu. »Alles andere sind nur Bekanntschaften. Verbindungen, die man aus beruflichen Gründen eingeht. Gesellschaftliche Verpflichtungen.«

Das fand Frederik interessant.

»Daniela Schwaiger ist keine Freundin? Ihre Männer waren doch sehr eng verbunden.«

Jessica gab ein leises Seufzen von sich.

»Julius und Kai sind die dicksten Freunde. Ich meine … sie waren es. Daniela dagegen passt nicht in unseren Kreis. Sie ist lieb und nett, aber …«

»Sie spielt nicht in Ihrer Liga?«

»Nein.« Jessica sah ihn offen an. »Das soll nicht überheblich klingen. Wir haben nur einfach keine gemeinsamen Interessen.«

»Pia dagegen …«

»Mit Pia kann ich über alles reden. *Konnte* es. Bevor Julius und Kai sie kaputt gemacht haben. Jetzt ist sie nur noch ein Schatten ihrer selbst.«

Frederik schaute zurück zum rot-weißen Haus der Olssons.

»Sie können sich also vorstellen, dass Pia Ihren Mann deshalb ermordet hat?«, griff er die Anschuldigung auf, die sie am Tag zuvor in der Hitze des Gefechts ausgestoßen hatte.

Jessica seufzte. Es behagte ihr offensichtlich nicht, ihre beste Freundin zu verdächtigen, aber sie schaffte es auch nicht, ihr Misstrauen beiseitezuschieben.

»Wer sonst? Außer ihr hatte doch niemand einen Grund.« Sie fuhr sich mit der flachen Hand übers Gesicht. »Das heißt, es ist meine Schuld. Wenn ich sie nicht genötigt hätte, mitzukommen …

Frederik sah sie mitfühlend an. Er wusste, wie es war, wenn einen die Überzeugung plagte, man habe die Dinge in eine ungute Richtung gelenkt.

»Selbst wenn es so war – es ist nicht Ihre Verantwortung«, sagte er. »Sie konnten unmöglich voraussehen, was geschehen würde.«

»Ich wünschte, ich könnte das glauben.« Jessica lächelte traurig. Frederik hatte trotzdem den Eindruck, dass sie sich ein wenig getröstet fühlte.

Sein Mobiltelefon klingelte; er nahm es aus der Tasche und schaute auf das Display. Es war sein Büro in Göteborg, der Anschluss von Hedda. Frederik meldete sich.

»Hast du etwas Neues für mich?«

»Ja.« Hedda klang so zurückhaltend und unsicher wie immer. »Das Staatliche Kriminallabor in Linköping hat sich gemeldet.«

»Aha?«

»Sie haben erste Ergebnisse. Von der Untersuchung der Tatwaffe. Sie sagen, es befinden sich Fingerabdrücke darauf. Ein paar blutige, die sie Daniela Schwaiger zuordnen können. Die sind vermutlich nach der Tat auf den Griff geraten.«

Daniela hatte den Toten gefunden und versucht, ihn zu reanimieren. Offenbar hatte sie auch das Messer in die Hand genommen.

»Die anderen Abdrücke sind zum Teil verdeckt, zum Teil verwischt. Sicher ist, dass auch Steffen Brandt und Pia Frenzen das Messer in der Hand hatten. Daneben gibt es weitere Teilabdrücke, die man nicht zuordnen kann.« Hedda machte eine kleine Pause. »Allerdings können die Kollegen nicht sagen, in welcher Reihenfolge die genannten Personen das Messer in der Hand hatten, abgesehen von Daniela Schwaiger, meine ich.« Es klang, als fühle sie sich persönlich dafür verantwortlich, dass sie keine besseren Indizien hatten. »Das hilft uns nicht viel weiter, oder?«

»Wir werden sehen.«

Frederik bemühte sich um eine warme Betonung. Er wusste nicht, was Heddas Problem war, aber Zuwendung und Ermutigung konnten sicher nicht schaden. Vielleicht sollte er das Angebot, das Mats ihm vor ein paar Wochen gemacht hatte, tatsächlich annehmen: eine Supervisionssitzung mit dem ganzen Team, um die Gruppendynamik besser zu verstehen. Danach könnte man entsprechend agieren.

Er bedankte sich bei Hedda für die Informationen, verabschiedete sich und steckte das Smartphone zurück.

Das Messer gehörte zu den Kochutensilien in Stensteds Küche. Möglicherweise war es bei der Zubereitung des Abendessens verwendet, anschließend aber nicht abgewaschen worden. Andernfalls hätten sich nicht derart viele Abdrücke darauf befinden dürfen. Vielleicht war es vergessen worden, oder man hatte es nur benutzt, um irgendeine Verpackung zu öffnen, und es dann nicht für nötig befunden, das Messer zu reinigen.

Er hatte gehofft, die Spurentechniker beim SKL würden feststellen können, wer das Messer als Letztes in der Hand gehabt hatte, weil Abdrücke, die später hinzukamen, jene überlagerten, die früher entstanden waren. Doch offenbar war das in diesem Fall nicht eindeutig. Steffen und Pia kamen infrage, konnten ihre Spuren aber auch schon vor der Tat hinterlassen haben. Dass Danielas Abdrücke blutig waren, sprach dafür, dass sie erst nach dem Messer gegriffen hatte, nachdem sie mit Julius' Leiche in Kontakt gekommen war. Bei dem Angriff war zwar mit Sicherheit Blut auf den Griff gespritzt, konnte aber nicht unter die Finger des Täters gelangt sein. Es sei denn, er hätte das Messer zwischendurch beiseitegelegt, was jedoch eher unwahrscheinlich war.

Er ging zu Jessica, die ein paar Schritte in Richtung Wasser gelaufen war und nun dort stand, ein wenig gekrümmt, eine Hand auf den Leib, die andere vor den Mund gepresst. Sie war bleich, und ihre Gesichtshaut hatte einen grünlichen Schimmer.

Frederik legte ihr die Hand auf die Schulter.

»Alles in Ordnung?«

Jessica richtete sich auf, als wäre es ihr unangenehm, sich ihm in einer derart verletzlichen Verfassung zu präsentieren. Sie wischte sich über die Stirn, die schweißnass war.

»Danke, es geht schon.«

Frederik entgegnete nichts. Er schaute sie nur ruhig an. Sie würde auch so merken, dass er ihr nicht glaubte.

Jessica lächelte schief.

»Seit gestern ist mir ständig übel«, gab sie zu. »Aber das ist ja auch kein Wunder.«

Frederik ließ seine Augen weiter auf ihr ruhen. Natürlich konnte einem der Anblick eines Toten auf den Magen schlagen, insbesondere wenn es der eigene Ehemann war. Trotzdem hatte er den Verdacht, dass es einen anderen Grund gab. Er erinnerte sich noch gut, wie es damals bei Lea gewesen war. Von einem Tag auf den anderen hatte sie plötzlich an starker Übelkeit gelitten. Acht Monate bevor Emma auf die Welt gekommen war.

»Kann es sein, dass Sie schwanger sind?«

Jessica lachte auf. Es war ein merkwürdiges Lachen, gefärbt von Schmerz und Enttäuschung.

»Nein. Sicher nicht.«

Frederik trat ein Stück beiseite und ließ seinen Blick übers Wasser gleiten. Er sah ein offenes Boot, das mit hoher Geschwindigkeit zwischen Asperö und Brännö entlangfuhr, und einen Stand-up-Paddler, der sich mit ruhigen, gleichmäßigen Paddelschlägen vorwärtsbewegte. Seine Neugier war entfacht, aber er wollte Jessica nicht bedrängen. Für gewöhnlich erfuhr man mehr, wenn man den Menschen die Gelegenheit gab, ihre Gefühle zu ordnen und selbst das Bedürfnis zu entwickeln, sich mitzuteilen. So war es auch bei Jessica.

»Ich hätte überhaupt nichts dagegen«, erklärte sie, nachdem sie eine ganze Weile stumm nebeneinander gestanden hatten. »Ich wollte immer Kinder. Aber Julius …«

»Hatte er kein Interesse daran?« Er fragte sich, ob es überhaupt körperliche Nähe zwischen den Ehepartnern gegeben hatte, und wenn ja, ob es Julius nur um den Spaß gegangen war, ohne an eine Familienplanung zu denken.

Wieder dieses Lachen, noch düsterer als zuvor.

»Die Frage hat sich nicht gestellt. Julius ist … war nicht in der Lage, Kinder zu zeugen.«

Frederik ließ einen Moment verstreichen, ehe er etwas erwiderte.

»Sie hätten ein Kind adoptieren oder es mit künstlicher Befruchtung probieren können.«

Jessica stieß einen kleinen verächtlichen Laut aus.

»Nein. Der einzige Grund, ein Kind zu bekommen, hätte für Julius darin bestanden, seine eigenen großartigen Gene weiterzugeben.«

Die Bitterkeit in ihren Worten war kaum zu überhören. Frederik dachte daran, was Mats über Reichenbachs Persönlichkeit gemutmaßt hatte. Ein narzisstischer Charakter, der um sich selbst kreiste und die Menschen in seinem Umfeld funktionalisierte. Offenbar hatte er damit den Nagel auf den Kopf getroffen.

»Damit haben Sie sich abgefunden?«

Jessica kniff die Augen zusammen.

»Was hätte ich denn sonst tun sollen? Mir von einem Fremden ein Kind anhängen lassen und es Julius unterschieben? Das hätte nicht funktioniert; er wusste ja, dass er unfruchtbar war.«

»Sie haben nie an Ihrer Beziehung gezweifelt? Daran gedacht, sich einen anderen Partner zu suchen?«

Jessica wandte sich abrupt ab.

»Nein.«

Frederik betrachtete ihren Rücken. Die Schultern, die sich rasch hoben und senkten, die Arme, die steif herunterhingen. Er hörte auch das Geräusch, wenn sie tief Atem holte und heftig wieder ausstieß, obwohl es vom Wind, der gerade vom Meer aufkam, überlagert wurde. Natürlich konnte er nur mutmaßen, doch ihm schien, dass Jessicas Ehe auf tönernen Füßen gestanden hatte. Hatte sie darüber nachgedacht, sich zu trennen? Gab es womöglich schon einen neuen Partner? Falls dem so war, wäre das ein Mordmotiv. Ein Narzisst wie Julius Reichenbach würde sicher nicht untätig zusehen, wie seine Frau ihn verließ. Vielleicht hatte sie es vorgezogen, der Sache ein Ende zu bereiten, ehe er ihr in einem erbitterten Scheidungskrieg das Leben zur Hölle machte. Es musste ja keine geplante Tat gewesen sein. Womöglich war es in der Küche der Stensteds zum Streit gekommen, und Jessica hatte die Kontrolle verloren.

Ein anderes Bild schob sich darüber, eine Vision von Lea, die zum Küchenmesser griff und auf Arvid Ekström einstach, weil sie seine Demütigungen nicht länger ertrug. Rasch drängte er den Gedanken beiseite. Er konnte nichts tun, und er musste sich auf seinen Fall konzentrieren.

Er hätte gern mehr über die Beziehung zwischen Julius und Jessica gewusst, fand aber, dass es besser war, abzuwarten. Falls Jessica die Täterin war, würde sie es nicht zugeben; sie war noch nicht so weit. Er musste behutsam vorgehen, bis sie selbst den Wunsch verspürte, sich zu öffnen.

»Das Messer, mit dem Ihr Mann erstochen wurde, gehört zu einem Messerblock in Stensteds Küche. Können Sie mir schildern, wer es benutzt hat? Beim Abendessen vorgestern oder beim Frühstück gestern Morgen, oder zu einem anderen Zweck?«

Jessica schien durch ihn hindurchzuschauen.

»Keine Ahnung.« Ihre Mundwinkel hoben sich um eine Winzigkeit. »Ich koche nicht. Dazu fehlt mir jedes Talent.« Ein kurzes, bitteres Lächeln. »Daniela hat sich um das Essen gekümmert, und Pia und Steffen haben ihr geholfen, soweit ich weiß. Kai und Julius sicher nicht, die kennen nur den Weg zum Kühlschrank.« Sie schlug die Hand vor den Mund, weil ihr zu spät wieder einfiel, dass ihr Mann, über den sie so spottete, tot war.

»Jedenfalls kann ich Ihnen nicht sagen, wer das Messer angefasst hat«, schloss sie schnell, um ihren Fauxpas zu überspielen. »Fragen Sie am besten Daniela.«

»Das werde ich tun.« Frederik neigte den Kopf und wechselte das Thema. »Die Kriminaltechnik hat festgestellt, dass die Bremsen an dem Fahrrad, das Ihr Mann sich ausgeliehen hat, manipuliert waren. Deshalb hatte meine Kollegin den Unfall.«

Das Erschrecken auf Jessicas Gesicht war eindeutig echt. Sie hatte vielleicht auf ihren Mann eingestochen, aber das Bremskabel angesägt hatte sie definitiv nicht.

»Wie geht es ihr?«

Frederik berichtete knapp von der Hirnblutung und dem künstlichen Koma. Hedda würde Anna im Laufe des Vormittags besuchen. Er hoffte, dass sie gute Nachrichten mitbrachte.

»Das hätte eigentlich Julius passieren sollen.« Jessicas Gesicht wurde schon wieder bleich. »Jeder wusste, wie geschwindigkeitsvernarrt er ist. Wenn er dann bei hohem Tempo nicht hätte bremsen können …« Sie runzelte die Stirn. »Aber warum ist das nicht geschehen? Er war doch gestern Morgen mit dem Rad unterwegs.«

Frederik hatte Mühe, seine Gefühle zu kontrollieren. Die Wut und die Sorge um Anna zerrten an seinen Nerven, aber er schaffte es, sich nichts anmerken zu lassen.

»Der Täter hat sich verschätzt. Der Seilzug ist später gerissen als geplant.«

Jessica hockte sich wieder hin.

»Das passt zu Pia«, murmelte sie. »Nicht mit offenem Visier kämpfen, sondern eine heimtückische Falle stellen.« Sie schaute zu Frederik hoch. »Erst als sie gesehen hat, dass er noch lebt, hat sie zum Messer gegriffen.«

Frederik machte eine vage Handbewegung. Er war sich alles andere als sicher, dass sie es mit demselben Täter zu tun hatten. Die Sache mit dem Fahrrad war geplant. Das hatte jemand getan, der rational handelte. Die Attacke mit dem Messer dagegen – achtzehn Stiche! – hatte nichts Wohlüberlegtes. Das war das Ergebnis überschäumender Emotionen. Hätte derjenige, der das Fahrrad manipuliert hatte, tatsächlich so auf das Scheitern seines Plans reagiert? Hätte er es nicht einfach zu einem späteren Zeitpunkt erneut versucht? Wenn es aber zwei verschiedene Personen waren, konnte Pia nicht die Einzige sein, die ein Motiv hatte. Fredrik fragte sich, ob die Liste mit den verärgerten Klienten, die Kai hatte erstellen wollen, mittlerweile eingetroffen war. Und auch nach dem Fremden, den Daniela Schwaiger in der Nähe von Stensteds Haus meinte gesehen zu haben, mussten sie fahnden.

Jessica richtete sich wieder auf, offenbar vollkommen ausgelaugt. Sie schwankte und streckte matt eine Hand aus, als suche sie Halt.

»Können wir zurückgehen, bitte? Ich muss mich hinlegen.«

Frederik hätte ihr gern noch hundert Fragen gestellt, sah aber ein, dass sie eine Pause brauchte. Er bot ihr den Arm an, und sie hängte sich bei ihm ein. Als er sie über die grauen Felsen zurück zum Haus der Olssons führte, merkte er, dass sie am ganzen Leib zitterte.

Emma saß auf dem Boden und stapelte ihre Bauklötze. Sie errichtete einen Turm in Blau, einen in Rot, einen in Grün, einen in Gelb. Ihre Haltung war entspannt, ihre Miene konzentriert. Sie hatte die Lippen gespitzt und rückte jeden Klotz sorgsam zurecht, bis er exakt über dem anderen saß.

Lea betrachtete sie vom Bett aus. Die Liebe, die sie für ihre Tochter empfand, war so stark, dass es beinahe schmerzte. Emma war etwas Besonderes, kostbar und zerbrechlich wie eine Vase aus feinstem Porzellan. Sie brauchte jeden Schutz, den man ihr bieten konnte. Wenn sie selbst nur nicht so schwach wäre.

Im Augenblick waren sie sicher; Arvid war nach dem Frühstück in die Firma gefahren. Ein unerhörter Gedanke schoss ihr durch den Kopf. Sie könnte ihre und Emmas Sachen packen und einfach verschwinden. Die Türen waren nicht verriegelt. Arvid hatte sie nicht eingesperrt. Er vertraute darauf, dass ihre Angst vor ihm ausreichte, um sie im Haus festzuhalten.

Sie könnte zu ihren Eltern gehen. Ihnen die ganze Wahrheit sagen und sich etwas Geld leihen. Am Abend könnten sie mit der Fähre nach Kiel übersetzen. Frederiks Großeltern würden sie sicher aufnehmen.

Aber Arvid würde sich nicht damit abfinden. Sie brachte jeden, den sie in die Sache hineinzog, in Gefahr.

Nein, sie musste es allein schaffen. Etwas tun, mit dem er nicht rechnete. Nicht nach Deutschland reisen, sondern nach Norwegen oder Finnland. Sie könnte arbeiten gehen, irgendetwas, das man auch ohne Lehre und Abschluss tun konnte. Emma könnte tagsüber in einer Betreuungseinrichtung sein. Abends wäre sie für sie da. Emma war kein anstrengendes Kind. Sie könnte nebenbei ein Fernstudium absolvieren und ihren Abschluss nachholen. Damals, als sie Arvid kennengelernt hatte, hatte sie ihr Studium abgebrochen. Für die Ehefrau eines erfolgreichen Spediteurs war ein Examen nicht wichtig. Es hatte andere Aufgaben gegeben, gesellschaftliche Verpflichtungen, denen sie nachzukommen hatte. Viel zu spät hatte sie erkannt, dass Arvid sie damit von jeder Selbstständigkeit ferngehalten hatte.

Aber sie könnte das alles nacharbeiten. Dunkel erinnerte sie sich an Lernblockaden und Prüfungsängste, doch auch damit konnte man fertigwerden. Seit sie Frederik kannte, wusste sie, dass ihr Leben in der High Society in Wirklichkeit hohl war, daran änderte auch die Mitarbeit in den vielen Wohltätigkeitsorganisationen nichts. Sie war kein eigenständiger Mensch, nur ein Schmuckstück ihres Mannes.

Wenn er sie zumindest auf Händen getragen hätte, so wie in den ersten Monaten, als er ihr den Hof machte. Doch kaum waren sie verheiratet gewesen, hatte er sein wahres Gesicht gezeigt. Er war nicht ihr Prinz, sondern ihr Gefängniswärter. Eigentlich konnte sie es schon lange nicht mehr aushalten.

Der Gedanke, sich ein eigenes Leben aufzubauen, beflügelte sie. Plötzlich verspürte sie eine Energie, die schon lange nicht mehr da gewesen war. Sie stand auf, bereit, ihren Plan auf der Stelle in die Tat umzusetzen. Auch wenn sie noch nicht genau wusste, wie sie Emma dazu bewegen sollte, sie zu begleiten. Es wäre eine Abweichung von ihrem gewohnten Tagesablauf. Emma reagierte darauf sehr empfindlich. Aber wenn sie blieben, würde es noch viel gravierendere Störungen geben. Arvid würde Emmas Eigenarten niemals akzeptieren.

*Besser ein Ende mit Schrecken als ein Schrecken ohne Ende.*

Lea stand auf und ging zur Tür. Sie wollte soeben nach der Klinke greifen, als die sich im selben Moment nach unten bewegte. Die Tür schwang auf, und Arvid trat ins Zimmer. Lea zuckte zurück.

Wie immer strahlte er eine unglaubliche Präsenz aus. Alles an ihm zeigte deutlich, dass er ein Mann war, der bekam, was er wollte: das scharf geschnittene Gesicht, die eisblauen Augen unter den streng zurückgekämmten blonden Haaren und der harte Mund. Am Anfang hatte sie es attraktiv gefunden. Jetzt löste es nur noch Furcht in ihr aus.

Er schaute zu Emma. Auf seiner Stirn bildete sich eine steile Falte.

»Was soll das? Warum mischt sie die Farben nicht?«

Lea trat zwischen ihn und ihre Tochter. »Sie mag die Dinge gern geordnet.«

Seine Lippen wurden noch schmaler. »Das ist nicht normal. Und das weißt du auch.«

Lea zwang sich, den Blick nicht zu senken, obwohl ihr Herz in der Brust hämmerte. Sie durfte Emma jetzt nicht im Stich lassen.

»Für eine Asperger-Autistin ist es normal.«

Arvid verzog verächtlich den Mund.

»Das ist eine von diesen neumodischen Diagnosen. Früher gab es das alles nicht. ADHS, Borderline, Autismus. Lauter Bezeichnungen, die man erfunden hat, weil die Leute mit ihren Kindern nicht mehr fertigwerden. Aber ich sage dir, man muss sie nur richtig anpacken. Wenn man ihnen alles durchgehen lässt, glauben sie, sie könnten einem auf der Nase herumtanzen.«

Lea spürte, wie ihre Hände feucht wurden.

»Was hast du vor?«

»Ich habe etwas für sie besorgt. Damit sie lernt, was andere Kinder in ihrem Alter tun.« Er schob Lea beiseite und streckte die Hand nach Emma aus. »Hey. Lass jetzt die blöden Bausteine. Wir gehen nach draußen. Ich habe etwas viel Besseres für dich. Eine tolle Überraschung.«

Lea musste sich räuspern, ehe sie ihre Stimme wiederfand.

»Emma mag keine Überraschungen.«

»Papperlapapp. Jedes Kind mag Überraschungen. Du hast sie einfach nur verhätschelt. Aber damit ist jetzt Schluss.« Er beugte sich weiter vor und hielt Emma die Hand vor die Nase. »Los. Komm.«

Emma reagierte nicht. Sie nahm den nächsten Baustein, einen grünen, und legte ihn oben auf den grünen Turm.

Arvid schnaubte ungeduldig. Er griff nach Emmas Arm und zog sie hoch.

»Wenn ich sage, du sollst damit aufhören, dann hörst du damit auf. Und wenn ich sage, wir gehen in den Garten, dann tun wir das auch.«

Emma versuchte, sich von ihm loszumachen, aber er hielt ihr Handgelenk wie in einer Schraubzwinge umklammert.

»Arvid, bitte. Lass sie.«

Der Blick, den er ihr zuwarf, hätte jedes Feuer gefrieren lassen.

»Sie muss lernen, wer hier das Sagen hat. Je früher, desto besser.«

Emma machte sich schwer und streckte die Hand nach ihren Bauklötzen aus.

Arvid riss der Geduldsfaden. Er packte sie unter den Achseln, warf sie sich über die Schulter und fegte Emmas Türme mit einem Fußtritt beiseite, genau so, wie er es auch am Tag zuvor im Heim getan hatte. Sie kippten um, und rote, blaue, grüne und gelbe Klötze fielen durcheinander.

Lea, die hinter ihm stand, sah Emmas Gesicht, während Arvid mit ihr zur Tür ging. Die vollkommen starre Miene und die großen, weit aufgerissenen Augen, die wie schwarze Löcher waren. Dahinter war nichts, kein Gefühl, keine Regung, kein Leben, nur Leere.

Dann waren die beiden verschwunden, und Lea hörte Arvids schwere Schritte auf der Treppe. Im nächsten Moment wurde die Haustür geöffnet und fiel gleich darauf ins Schloss.

Lea wollte den beiden folgen, konnte sich aber nicht bewegen. Es war, als hätte man sie mit flüssigem Wachs übergossen, das jetzt erstarrt war. Die Impulse, die ihr Gehirn aussandte, kamen nicht in ihren Muskeln an. Zugleich zerfiel ihre Hoffnung zu Staub.

Es hatte keinen Sinn. Sie würde sich und Emma niemals retten können.

Die Atmosphäre im Raum war tatsächlich noch frostiger, als sie es vor der Ankunft der Polizisten gewesen war. Kai betrachtete mit Unbehagen den großen, fremdländischen Mann, arabischer Herkunft wahrscheinlich, der ihm im Sessel gegenübersaß und ihn seinerseits ungeniert musterte. Seine dunklen Augen gaben keine Regung preis, sein Blick war stechend. Kai fühlte sich wie unter einem Röntgengerät.

Er wandte den Kopf ab und sah aus dem Fenster. Von der Erleichterung, die er gestern empfunden hatte, war nichts mehr zu spüren.

Wie sollte es jetzt weitergehen? Konnte er ohne Julius an seiner Seite überhaupt bestehen? Auch wenn er sich oft von ihm bevormundet gefühlt hatte, war er immer sein Fels in der Brandung gewesen. Julius hatte stets gewusst, was gut und richtig war, und Kai hatte sich blind auf ihn verlassen. Es lag ihm nicht, eigene Entscheidungen zu treffen. Jetzt blieb ihm nichts anderes übrig, als es zu lernen.

Kai atmete auf, als der Kommissar endlich zurückkehrte. Er stützte Jessica, die sich offenbar kaum noch auf den Beinen halten konnte. Daniela stopfte den Rest ihres Brötchens in sich hinein und sprang auf. Entschlossen griff sie Jessica unter die Arme und führte sie zur Treppe. Kai schaute den beiden Frauen nach. Sie waren so grundverschieden.

Ein unerhörter Gedanke schoss ihm durch den Kopf.

Vielleicht lag es gar nicht an ihm, dass es mit Daniela nicht funktionierte. Dieses Mütterliche an ihr führte dazu, dass er sich neben ihr immer wie ein kleiner Junge fühlte. Sie vermittelte ihm Geborgenheit, erzeugte aber nicht die Spannung, die es brauchte, damit sich zwei erwachsene Menschen zueinander hingezogen fühlten.

Mit Jessica könnte es ganz anders sein. Sie hatte ihm schon gefallen, als Julius und er sie damals kennengelernt hatten. Natürlich hatte sie sich nicht für ihn interessiert. Neben Julius wirkte er langweilig und blass. Aber er hatte sich in den letzten Jahren verändert. Heute war er ein erfolgreicher Anwalt, der souverän vor Gericht auftrat. Jessica brauchte jetzt jemanden, der ihr Halt gab. Vielleicht könnte er sie trösten?

Er betrachtete ihre Rückseite, während sie, gestützt von Daniela, langsam Stufe für Stufe die Treppe hinaufstieg. Die schmale Taille, die schlanken Beine, den knackigen Po. Zwischen seinen Beinen rührte sich etwas.

Einen Versuch war es allemal wert. Er musste nur auf eine günstige Gelegenheit warten.

»Herr Schwaiger?« Die Stimme des Kommissars riss ihn aus seinen Gedanken, und er spürte, wie ihm die Schamesröte ins Gesicht stieg. Zum Glück konnte der Beamte nicht in seinen Kopf sehen. Er hätte ihn sicherlich verachtet.

»Ja?«

»Als Nächstes würde ich mich gern mit Ihnen unterhalten.«

»Selbstverständlich.« Kai erhob sich und streifte im Geiste seinen Talar über. Mit Vernehmungen kannte er sich aus. Dieser Polizist konnte ihm gar nichts anhaben. Er würde ihm nicht die geringste Angriffsfläche bieten.

»Kommen Sie.« Er winkte dem Beamten und ging ihm voran auf die Terrasse. Dort ließ er sich in einem der Stühle nieder, schlug die Beine übereinander und legte die Arme entspannt auf die Lehnen. Er lächelte das nichtssagende Lächeln, das er sich in den letzten Jahren antrainiert hatte.

»Was kann ich für Sie tun?«

Schließlich schaffte sie es doch, sich in Bewegung zu setzen. Mit weichen Knien ging sie die Treppe hinunter, vorsichtig und tastend, eine Hand am Geländer, um nicht zu stürzen.

Arvid stand mit Emma vor dem Haus. Er hielt sie an den Schultern fest, den Blick auf seine Überraschung gerichtet: ein Kinderfahrrad in Rosa – eine Farbe, die Emma überhaupt nicht leiden konnte. Er drängte sie auf den Sattel und drückte ihre Finger um die Griffe am Lenker. Seine eigene große Hand legte er über ihre Linke, mit der Rechten griff er an den Gepäckträger und schob.

In Emmas Gesicht rührte sich nichts. Ihre Beine bewegten sich, wurden von den rotierenden Pedalen mitgenommen. Arvid begann zu laufen. Emmas Knie wirbelten herum, bis ihre Füße von den Pedalen glitten und strauchelten. Arvid blieb mit gerötetem Gesicht stehen.

»Du musst treten, verdammt noch mal.« Er bugsierte ihre Füße zurück auf die Pedale und schob sie erneut an. Wieder bewegten sich ihre Beine gegen ihren Willen, und sie rutschte ab, doch dieses Mal hielt Arvid nicht an. Stattdessen rannte er noch schneller.

Die wirbelnden Pedale schlugen gegen Emmas Beine. Es musste schrecklich wehtun, doch ihrem Gesicht sah man nichts davon an. Lea spürte den Schmerz dafür umso stärker. Sie lief auf die beiden zu und warf sich Arvid in die Arme, trommelte hilflos mit den Fäusten auf seine Brust.

»Hör auf! Sie kann es doch nicht.«

Arvid ließ das Fahrrad los. Emma, die das Gleichgewicht nicht halten konnte, kippte zur Seite und landete auf den grauen Platten der Einfahrt. Arvid packte Leas Handgelenke.

»Willst du mir vorschreiben, was ich zu tun habe?« Seine eisblauen Augen bohrten sich in ihre.

Lea versuchte, sich nicht anmerken zu lassen, wie schmerzhaft sein harter Griff war.

»Bitte.« Ihr Blick wanderte zu Emma, die sich aufsetzte und mit steifen Bewegungen den Staub von ihrem Kleid wischte. »Sie ist doch deine Tochter.«

Arvid packte noch fester zu. In seinem Blick glomm Wut.

»Ja? Ist sie das?« Er ließ sie plötzlich los, und Lea taumelte.

»Ich kann mir kaum vorstellen, dass das meine Gene sind«, zischte er. »War es nicht eher so, dass du mich mit irgendeinem debilen Schwachkopf betrogen hast? Irgendwo muss dieser Dachschaden ja herkommen.«

Lea schüttelte heftig den Kopf. »Das ist nicht wahr.«

Doch Arvid glaubte ihr nicht. Oder vielleicht war es ihm auch egal. Er fragte nicht weiter, sondern schlug einfach zu. Erst ins Gesicht, dann in den Bauch, bis sie zu Boden ging.

Das Letzte, was sie sah, ehe eine barmherzige Dunkelheit sie umfing, war Emma, die auf den grauen Steinplatten hockte, die Augen zusammengekniffen, die Hände fest auf die Ohren gepresst.

# 11

*Babu!« Edvin streckte seine dicken Arme aus. »Russell fahren.« Sein Vater schaute auf die große Achterbahn und zog ein bedenkliches Gesicht. Seine Mutter zuckte mit den Schultern.*

*»Wenn er unbedingt will.«*

*»Okay.« Sein Vater hielt Edvin die Hand hin. »Ich fahre mit dir Karussell.«*

*Edvin schüttelte den Kopf.*

*»Babu!«*

*Niemand wusste, warum Edvin diesen Namen erfunden hatte.*

*Er nannte ihn schon eine ganze Weile so, und mittlerweile hatte er sich daran gewöhnt. Wenn er für Edvin Babu war, dann war es eben so.*

*Er verstand auch nicht, warum Edvin mit einer solchen Affenliebe an ihm hing.*

*Natürlich gab er sich Mühe. Er versuchte, ihn zu verstehen und zu beschützen. Aber er war auch oft wütend, weil sich ihr ganzes Leben nach Edvin richtete und für seine eigenen Bedürfnisse einfach kein Platz war. Je älter er wurde, desto schwerer fiel es ihm, damit umzugehen.*

*Warum hatte er nicht einen ganz normalen Bruder, mit dem man etwas unternehmen konnte, so wie alle anderen auch?*

*Wie oft hatte er sich schon gewünscht, Edvin wäre tot.*

*Doch Edvin schien von seinen widersprüchlichen Gefühlen nichts mitzubekommen.*

*Er wusste, dass ihn die Eltern seit seinem Attentat auf den Teddybären mit Argusaugen beobachteten. Danach hatte er sich nichts mehr zuschulden kommen lassen. Wenn er jetzt ärgerlich war, ging er nach draußen und warf Steine ins Wasser. Das half nicht viel, aber zumindest bestrafte ihn niemand dafür.*

*Heute war er guter Dinge, weil er ein paarmal mit seinem Lieblingskarussell hatte fahren dürfen und ihm seine Eltern ein großes Eis gekauft hatten. Also nahm er Edvins Hand und straffte sich.*

*»Klar. Ich fahre mit dir.« Er sah seinen Vater an. »Dürfen wir?«*

*Sein Vater seufzte leise.*

*»Also gut.« Er kaufte ihnen zwei Fahrscheine, setzte sie in den Wagen und überzeugte sich, dass sie gut gesichert waren, nachdem der Mann vom Fahrgeschäft die Bügel geschlossen hatte.*

*Edvins Augen leuchteten. Er grinste übers ganze Gesicht, als der Wagen nach oben gezogen wurde. Immer höher ging es, die schmalen Schienen hinauf bis zum Scheitelpunkt. Von hier hatte man einen atemberaubenden Blick über die Stadt, aber er konnte ihn nicht lange genießen. Die Schnauze des Wagens neigte sich nach vorn, und dann raste er fast schwerelos in die Tiefe.*

*Sein Magen sackte durch. In seinem Kopf drehte sich alles, seine Handflächen wurden feucht, und sein Herz klopfte wie wild. Er schrie unwillkürlich auf vor Angst, und zugleich breitete sich ein berauschendes Glücksgefühl in seinem Körper aus.*

*Binnen Sekunden waren sie wieder unten. Ein, zwei Kurven, und schon wurde der Wagen erneut nach oben gezogen.*

*Lachend sah er zu Edvin hinüber. Das hier war einfach großartig!*

*Dann entdeckte er, dass Edvins Augen beinahe aus den Höhlen quollen. Sein Mund lachte nicht mehr, sondern stand weit offen. Er schrie nicht, aber in seinem Gesicht stand die nackte Panik.*

*»Anhalten!«*

*Er hatte laut rufen wollen, doch was über seine Lippen kam, war nur ein heiseres Flüstern, das im Lärm der Achterbahn und der dröhnenden Musik aus den Boxen unterging.*

*Dieses Mal wurde der Wagen noch höher gezogen, ehe er wieder in die Tiefe raste.*

*Er griff nach Edvins Hand und sah, dass sein Bruder ganz grün im Gesicht war. Während der Wagen erneut dem Erdboden entgegenschoss, beugte er sich zu ihm, und das halb verdaute Popcorn und das Eis, das sein Bruder in sich hineingeschlungen hatte, ergossen sich auf seine Jeans.*

*Als der Wagen endlich stand, zog er seinen zitternden Bruder heraus und strich ihm über den Kopf. Er fühlte sich besudelt, aber er war auch stolz.*

*Sie hatten es geschafft.*

*Die Eltern eilten auf sie zu. Seine Mutter tröstete Edvin. Sein Vater legte ihm den Arm um die Schultern.*

*»Das war nett von dir, mein Großer«, sagte er.*

*Für einen Moment vergaß er den ganzen Trubel um sich herum und sah nicht mehr all die riesigen Fahrgeschäfte und die vielen Menschen. Es gab nur noch seinen Vater und ihn und das Gefühl der Geborgenheit, das ihn durchströmte. Dafür würde er sich mit Edvin jederzeit wieder in diese Höllenmaschine setzen.*

Als er nach dem Gespräch mit Kai vom Garten ins Haus trat, kam Jessica gerade die Treppe herunter. Sie hatte sich umgezogen und trug jetzt ihren neongelben Trainingsanzug, der sie noch blasser machte. Ihr Blick war beinahe trotzig.

»Ich gehe joggen. Sie haben doch nichts dagegen?«

Frederik hob die Hand, um sein Einverständnis zu signalisieren.

»Sie dürfen sich frei bewegen. Aber es wäre schön, wenn Sie jederzeit erreichbar bleiben und die Insel nicht verlassen.«

Jessica zog als Antwort ihr Smartphone aus der Jackentasche und hielt es ihm hin, ehe sie es wieder einsteckte. Dann ging sie über die Terrasse, wo Kai immer noch im Sessel saß, in den Garten, und verschwand durch das niedrige Tor. Kai sah ihr nach, rührte sich aber nicht vom Fleck.

Viel hatte Frederik im Gespräch mit ihm nicht in Erfahrung gebracht. Kai hatte betont, wie entsetzt er über den Mord war, wie verstört darüber, dass er seinen besten Freund verloren hatte. Angeblich hatte es zwischen den beiden keinen Streit und keine Reibereien gegeben. Alles war in bester Ordnung gewesen. Kais Gesicht hatte keine verdächtige Regung gezeigt, doch Frederik hatte einige Male ein Flackern in seinen Augen entdeckt, auch ein kurzes Zucken in den Fingern, die auf den Sessellehnen ruhten. Ganz so konfliktfrei, wie Kai ihm weismachen wollte, war die Beziehung zwischen den beiden wohl nicht gewesen, doch ohne weitere Indizien würde er aus Kai nichts herausbekommen. Für Julius' Mörder hielt Frederik ihn dennoch nicht, dazu war er zu ruhig, zu gelassen gewesen. Aber er konnte sich auch täuschen. Als routinierter Strafverteidiger beherrschte Kai die Klaviatur der Täuschungsmanöver.

Er sah sich im Raum um und überlegte, wen er als Nächstes befragen sollte. Dabei fiel ihm ein, dass er über seine Sorgen um Lea und Emma den Anruf bei der Hamburger Staatsanwaltschaft vergessen hatte. Er hätte ihn jetzt nachholen können, doch er beschloss, sich zunächst ein eigenes Bild von Steffen Brandt zu machen. Oft übersah man Dinge, wenn man die Menschen durch eine voreingestellte Brille betrachtete.

»Herr Brandt?«

Der Angesprochene, der in einem der Sessel lümmelte, hob den Kopf. Frederik deutete zur Tür.

»Wenn Sie nichts dagegen haben, würde ich gern mit Ihnen weitermachen.«

Steffen stand auf und zog sein Tabakpäckchen aus der Hosentasche.

»Von mir aus. Ich wollte sowieso eine rauchen.«

Er drehte sich die Zigarette, während sie durch den Flur gingen, und steckte sie an, als sie vor die Tür traten. Er lehnte sich mit der Schulter an die Hauswand und blies Frederik den Rauch ins Gesicht. Frederik störte das nicht; sein Großvater in Kiel hatte früher auch geraucht, und er mochte den Geruch. Er erinnerte ihn an eine unbeschwerte Jugend und das Gefühl von Geborgenheit.

Steffen schien ein wenig enttäuscht, dass er sich nicht provozieren ließ. Die nächste Rauchwolke zog deutlich an Frederik vorbei.

»Also. Was wollen Sie wissen?«

Frederik nahm sein Notizbuch aus der Umhängetasche.

»Warum sind Sie mit den anderen nach Asperö gefahren?«

Brandt zuckte mit den Schultern.

»Warum nicht? Ich wohne in einer schäbigen Einzimmerwohnung und habe keinen Job. Würden Sie da Nein sagen zu einem kostenlosen Urlaub?«

Frederik war überrascht.

»Frau Reichenbach hat Sie eingeladen?«

»Klar.« Steffen lachte rau. »Ich hätte mir die Reise nicht leisten können. Schweden ist nicht gerade billig, das wissen Sie sicher.«

Frederik nickte knapp. In der Tat waren die Preise in Schweden hoch. Es war kein Land für Low-Budget-Touristen.

»Warum hat sie das getan?«

»Weil sie mich mag?« Brandt zog die rechte Augenbraue hoch. »Auch wenn Sie sich das vielleicht nicht vorstellen können.«

Frederik musterte ihn. An und für sich war er kein schlechter Typ, er wirkte lebendig, jungenhaft, dazu umgab ihn die Aura des Abenteurers. Was ihn ein wenig zwielichtig wirken ließ, war die coole Attitüde, die er sich sicher im Gefängnis angeeignet hatte, vermutlich aus schlichter Notwendigkeit. Wenn er sie ablegte, könnte durchaus ein umgänglicher Zeitgenosse zum Vorschein kommen.

»Ich versuche, mich nicht von Vorurteilen beeinflussen zu lassen.«

Brandt lachte wieder, aber Frederik meinte, eine gewisse Unsicherheit dahinter zu entdecken. Vermutlich weil er nicht so agierte, wie man es typischerweise von einem Kriminalbeamten erwartete. Er schoss kein Trommelfeuer an neugierigen Fragen ab, sondern verhielt sich eher wie ein Therapeut, der seinen Klienten Raum gab, in ihrem eigenen Tempo zu erzählen. Der Erfolg gab ihm recht; er hatte schon oft Zugang zu Verdächtigen gefunden, an denen sich seine Kollegen die Zähne ausgebissen hatten. Für Brandt war diese Strategie offenbar neu.

»Ihr Schweden seid ein komisches Volk«, sagte er. »Sie sind doch Schwede?«

»Halb und halb.«

»Ah.« Brandt kniff die Augen zusammen. »Deswegen sprechen Sie so perfekt deutsch.«

»Ja.« Frederik wollte das Thema nicht vertiefen. Steffen spürte die unsichtbare Mauer und hob die Hände.

»Schon okay. Ich war nur neugierig.«

Er nahm einen letzten Zug aus seiner Zigarette und trat sie mit dem Absatz aus. Dann lief er über die Felsen zur Bucht, zur selben Stelle, an der Frederik auch mit Jessica gesessen hatte. Steffen nahm sogar auf demselben Felsen Platz.

»Das ist verdammt schön hier«, sagte er und deutete über das Wasser. »Als ich das gesehen habe, vorgestern Morgen, als wir mit der Fähre eingelaufen sind ... all die kleinen Inseln und diese unglaubliche Weite ... wow. Ich war Jessica echt dankbar, dass ich das erleben darf. Wenn man jahrelang nur ein vergittertes Stück Himmel gesehen hat ...« Wieder sprach er nicht weiter, doch Frederik konnte die fehlenden Teile problemlos ergänzen. Schweden vermittelte ein Gefühl von Ursprünglichkeit und Freiheit, das man anderswo kaum noch fand. Das spürte jeder, der hierherkam, wenn er bereit war, sein Herz für die raue Schönheit der Schärenlandschaft zu öffnen: die grauen Felsen, das blaue Meer und die Holzhäuser im traditionellen Rot mit den weißen Fensterrahmen. Für jemanden, der acht Jahre lang eingesperrt war, musste es das reinste Paradies sein.

»Es war trotzdem dumm, die Einladung anzunehmen«, sprach Steffen weiter. »Wir haben uns nicht gerade in Freundschaft getrennt, Julius, Kai und ich.«

»Weil die beiden als Ihre Anwälte beim Prozess nicht das für Sie erreicht haben, was Sie sich erhofft hatten?«

Brandt schnitt eine Grimasse.

»Leere Versprechungen. Julius und Kai haben mich erst richtig reingeritten.« Er brach ab, als hätte ihm jemand eine Hand vor den Mund gelegt.

Frederik sah ihn an. Nicht drängend, nur freundlich abwartend. Steffen schüttelte den Kopf.

»Sie sind so ein Typ, der die Leute zum Quatschen bringt, stimmt's? So ein Psycho-Heini.«

»Nein. Ich bin ein ganz gewöhnlicher Ermittler.«

Brandt knurrte etwas Unverständliches.

»Sie waren also mit Ihrer Verteidigung nicht zufrieden?«, versuchte Frederik es erneut, doch Steffen war jetzt auf der Hut.

»Ich hatte mehr erwartet, ja. Mein Fehler. Julius und Kai haben getan, was möglich war.«

Es war offensichtlich, dass er etwas verbarg, aber Frederik war klar, dass er im Augenblick nicht herausfinden würde, was es war. Er beschloss, es von einer anderen Seite aus zu versuchen.

»Weshalb haben Sie damals den Geldtransport überfallen?«

Brandt schob die Hände in die Hosentaschen.

»Ich war in wirtschaftlichen Schwierigkeiten. Die Tischlerei, die ich von meinen Eltern übernommen hatte, stand vor der Pleite. Ich wollte den Betrieb retten.«

Frederik nickte. Das entsprach den Informationen, die Hedda gesammelt hatte. Und es bestätigte seinen Eindruck, dass Brandt kein gewohnheitsmäßiger Verbrecher war, sondern jemand, der aus einer Notsituation heraus gehandelt hatte. Das machte die Sache nicht besser, doch für den aktuellen Fall konnte es bedeutsam sein.

»Ich glaube nicht, dass Sie Julius Reichenbach ermordet haben«, machte er Brandt ein Angebot. »Aber ich könnte mir vorstellen, dass Sie es waren, der das Rad manipuliert hat.«

Steffen Brandt knirschte mit den Zähnen. Er wandte sich ab

und ging über die Felsen zum Wasser. Dort hob er einen kleinen Stein auf, holte aus und ließ ihn über die Oberfläche springen. Fünf-, sechs-, siebenmal hüpfte der Stein, ehe er versank. Steffen drehte sich zu ihm um und sah ihn auffordernd an.

Frederik nahm die Einladung an. Er suchte sich einen besonders glatten, flachen Stein und wog ihn in der Hand. Anschließend ließ er seinen Arm vorschnellen.

Der Stein sprang gut, sechs-, siebenmal, dann ein achtes, neuntes und zehntes Mal.

Brandt hob anerkennend die Augenbrauen. Offenbar hatte er sich seinen Respekt erworben.

Er zog sein Tabakpäckchen aus der Tasche und drehte sich eine neue Zigarette.

»Ja«, sagte er, nachdem er sie angezündet hatte. »Sie haben recht. Ich habe das Bremskabel angeritzt. Weil ich Julius eine Lektion erteilen wollte. Er hatte sich den ganzen Abend auf meine Kosten amüsiert. Die ganze Zeit über meine angebliche Charakterschwäche hergezogen. Das hat mich wütend gemacht. Als ob es ihm selbst nie passieren könnte, dass er in eine völlig ausweglose Situation gerät. Nun ja. Könnte es ja auch nicht. Er würde immer weich fallen, allerdings nicht wegen seiner Charakterstärke. Das sollte er kapieren. Dass das Leben mich eben nicht so auf Rosen gebettet hat wie ihn. Und dass das Schicksal jedem ein Bein stellen kann. Aber er sollte nicht sterben. Nur gehörig auf die Schnauze fallen.« Er zog die Nase hoch. »Tut mir echt leid, was mit Ihrer Kollegin passiert ist. Das war nie meine Absicht.«

Frederik spürte, wie der Zorn in ihm hochkochte, drängte ihn aber zurück, auch wenn es ihm schwerfiel. Brandt hatte nicht voraussehen können, dass Anna das Rad nehmen würde. Es war einfach ein Unfall gewesen.

»Ich hoffe, sie wird wieder gesund«, schob Steffen nach.

»Ja. Das hoffe ich auch.«

Für einen Moment hatte er ihr bleiches Gesicht auf dem weißen Krankenhauskopfkissen vor Augen, den dick bandagierten Kopf, die Schläuche, die von ihrem Arm zu einem Tropf führten, die Atemmaske und die blinkenden und piependen Geräte neben ihrem Bett. Plötzlich wollte er das hier nur noch so rasch wie möglich beenden und zu ihr nach Göteborg fahren, auch wenn er nichts tun konnte. Man musste warten, bis ihr Körper bereit war, ehe man sie aus dem künstlichen Koma holte. Erst dann würde man wissen, ob sie wieder vollkommen gesund werden würde oder bleibende Schäden zurückbehielt.

»Weshalb wollten Sie Julius eine Lektion erteilen?«, erkundigte er sich, obwohl er ahnte, dass er keine ehrliche Antwort bekommen würde.

»Ich wollte damals abhauen, aber er hat mir geraten, mich zu stellen. Hat behauptet, ich käme mit einem blauen Auge davon. Dabei wusste er genau, dass das nicht stimmt. Er wollte nur nicht wegen Beihilfe zur Flucht dran sein.«

Frederik nickte, als würde er ihm die Erklärung abnehmen. Es mochte stimmen, doch es war sicher nicht die ganze Wahrheit. Er spürte, dass da noch etwas anderes war. Steffen hatte eine Rechnung mit Julius offen gehabt. Frederik hatte keine Idee, worum es dabei ging, und Brandt würde es ihm sicher nicht freiwillig sagen. Aber er würde es trotzdem herausfinden.

»Sie haben sich gestern an der Zubereitung des Frühstücks und vorgestern beim Abendessen beteiligt?«, wechselte er das Thema.

Steffen hob spöttisch eine Augenbraue. »Ja. Ist das für Sie interessant?«

»Das Messer, mit dem Julius Reichenbach getötet wurde, stammt aus der Küche Ihrer Ferienunterkunft. Ihre Fingerabdrücke befinden sich darauf.«

Brandt schluckte. Frederik sah ihm an, dass er sich krampfhaft zu erinnern versuchte, was er mit dem Messer angestellt hatte.

»Kann sein, dass ich es in der Hand hatte. Ich glaube, ich habe das Fleisch damit geschnitten.«

»Warum wurde es anschließend nicht gereinigt?«

Wieder wirkte Brandt irritiert.

»Nicht … ach so.« Er grinste verlegen. »Ich habe es abgespült, aber nur die Klinge, nicht den Griff. Ich mag kein nasses Holz.«

Frederik hätte beinahe gelacht. Die Erklärung war so abstrus, dass sie vermutlich der Wahrheit entsprach.

»Erinnern Sie sich, wer das Messer außer Ihnen noch benutzt hat?«

Steffen dachte gründlich nach, schüttelte aber dann den Kopf.

»Nein. Beim besten Willen nicht. Daniela oder Pia vielleicht; sie haben sich um das Essen gekümmert. Aber sicher weiß ich es nicht.«

Frederik nickte. Er hatte nichts anderes erwartet. Wer hätte eine solche Frage schon zuverlässig beantworten können?

»Lassen Sie uns zurückgehen«, schlug er vor. »Ich muss noch mit den anderen sprechen.«

»Mit Pia, meinen Sie«, sagte Steffen, der wieder Oberwasser zu haben schien. »Sie glauben doch auch, dass sie es war.«

Er schnippte seinen Zigarettenstummel beiseite und lief zum Haus.

Frederik hielt ihn auf.

»Wären Sie so freundlich, Ihre Kippe aufzuheben und in den Mülleimer zu werfen? Die andere, die Sie vor dem Haus ausgetreten haben, bitte auch. Asperö steht unter Naturschutz.«

Brandt sah aus, als wollte er sich an die Stirn tippen, tat dann aber doch, worum Frederik ihn gebeten hatte.

Als sie an der Haustür waren, streckte er den Arm aus und hinderte Frederik am Eintreten.

»Nun sagen Sie schon. Diese Mobbing-Geschichte. Da liegt der Hund begraben, oder?« Er neigte den Kopf. »Jessica hat mir davon erzählt. Ihre Freundin ist völlig mit den Nerven am Ende. Das ist doch ein Mordmotiv.« Seine Stimme wurde geradezu eifrig. »Glauben Sie mir, ich kenne mich aus. Ich habe lange genug im Knast gesessen. Pia hat etwas zu verbergen.«

Frederik lächelte unverbindlich, revidierte aber den positiven Eindruck, den er zuvor von Brandt gewonnen hatte. Es war kein guter Zug, andere in Verdacht zu bringen, um sich selbst zu entlasten.

»Danke für Ihre Einschätzung«, sagte er. »Aber ich bilde mir gern mein eigenes Urteil.«

Er hatte seinen Tonfall neutral gehalten, frei von jedem Vorwurf, doch Brandt begriff dennoch, dass er in ein Fettnäpfchen getreten war. Er trat eilig ins Haus und ging vom Flur ins Wohnzimmer, ohne die Schuhe zu wechseln. Allerdings war das in Deutschland auch keine solche Selbstverständlichkeit wie in Schweden.

Frederik schlüpfte in die Pantoffeln und entschied, zunächst mit Daniela zu sprechen. Pia Frenzen würde er sich für den Schluss aufsparen.

Das Licht im Zimmer des Göteborger Sahlgrenska-Krankenhauses war fahl. Die Vorhänge waren zugezogen. Die Schwester, die neben dem Bett saß, starrte auf die Anzeigen der Geräte. Rote Punkte, die auf und ab tanzten und vor ihren Augen verschwammen.

Es war kurz vor Mittag; sie musste alle Kraft aufbieten, damit ihr nicht die Lider zufielen. Sie war seit halb vier auf den Beinen, um fünf hatte sie mit den Kolleginnen vom Nachtdienst die Übergabe gemacht.

In einer guten Stunde endete ihre Schicht, in der sie nichts anderes getan hatte, als diese Patientin zu überwachen. Das war vollkommen unüblich, aber in diesem Fall machte man wohl eine Ausnahme, weil es eine Beamtin der Reichspolizei war. Und weil sie in akuter Lebensgefahr schwebte. Wenn etwas Unvorhergesehenes eintrat, musste man so schnell wie möglich handeln. Im Zweifel kam es auf Sekunden an.

Greta gähnte. Sie massierte ihre Nasenwurzel, atmete bewusst ein und aus. Dann stand sie auf und füllte das Glas auf dem Tisch in der Ecke mit Wasser. Sie leerte es in einem Zug, stellte es zurück und spähte durch den Spalt zwischen den Vorhängen hindurch nach draußen.

Es war wieder ein schöner Herbsttag. Wenn sie Feierabend hatte, könnte sie auf dem Heimweg irgendwo Halt machen und einen Kaffee trinken. Den Kopf in den Nacken legen, das Gesicht in die Sonne halten und die Augen schließen.

Mit einem Seufzen wandte sie sich von dem Ausblick ab und kehrte zu ihrem Platz zurück, merkte aber dann, dass sie dringend ihre Blase leeren musste. Kurz überlegte sie, die Personaltoilette auf dem Flur zu benutzen, entschied sich aber dagegen. Der Chefarzt hatte ihr eingeschärft, unter keinen Umständen das Zimmer zu verlassen, bis sie abgelöst wurde. Also öffnete sie die Tür zum Bad der Patientin. Das war eigentlich nicht erlaubt, aber in diesem Fall durfte man wohl eine Ausnahme machen.

Sie hatte sich gerade erst hingesetzt, als im Zimmer ein schriller, durchdringender Ton erklang. Eilig zog sie ihren Slip wieder hoch und stürzte zum Bett der Patientin.

Der Herzmonitor blinkte. Die Kurve auf dem Display war abrupt abgebrochen. Stattdessen war da nur noch eine durchgehende Linie.

Hektisch griff sie erst nach dem Piepser und drückte ihn, dann nach dem Telefon in ihrer Kitteltasche. Sie tippte auf eine Nummer.

»Dr. Olafsson!«, stieß sie hervor, als ihr Anruf endlich entgegengenommen wurde. »Schnell! Die Patientin auf Intensiv hat einen Herzstillstand.«

Daniela Schwaiger wollte nicht nach draußen, also setzten sie sich in Kennet Olssons Arbeitszimmer. Es war ein gemütlicher Raum, komplett mit Möbeln aus heller Birke eingerichtet, der Schreibtisch mit einem Sammelsurium von Papieren bedeckt. Dazwischen standen ein Laptop und ein Drucker. In den Regalen reihten sich Aktenordner. Den Aufschriften in sauberen Blockbuchstaben zufolge enthielten sie Bestellungen und Steuerunterlagen. Daneben gab es ein paar Bücher über Rechnungswesen und Buchhaltung.

Vor dem Fenster standen zwei bequeme Schwingsessel, in denen Frederik mit Daniela Platz nahm. Die Krankenschwester sah ihn nicht an, sondern studierte ihre Finger, als würde sie nach Spuren von Blut suchen, die immer noch daran hafteten. Frederik bemerkte, dass ihre Hände gerötet waren, weil sie sie offenbar unzählige Male gewaschen hatte.

»Frau Schwaiger?« Er wartete, bis sie den Kopf hob. »Können Sie mir etwas über Julius Reichenbach erzählen? Was für ein Mensch war er? Sind Sie gut mit ihm ausgekommen? Können Sie sich vorstellen, wer ihn so sehr gehasst hat, dass er wie von Sinnen auf ihn eingestochen hat?«

»Nein.« Daniela schaute wieder auf ihre Hände. »Das hat keiner von uns getan. Ich meine, Julius war kein angenehmer Mensch. Schon früher nicht, aber in den letzten Jahren erst recht nicht.« Sie hob den Blick, und Frederik sah, dass ihre himmelblauen Augen feucht waren.

»Er hat mich nie gemocht. Von Anfang an hat er versucht, Kai die Beziehung mit mir auszureden. Er könnte doch etwas Besseres finden als eine einfache Krankenschwester. Klar, er selbst hatte das große Los gezogen. Eine selbstständige Steuerberaterin, noch dazu aus reichem Elternhaus. Die beiden hatten alle Möglichkeiten. Eine schöne Villa, nicht weit entfernt von der Außenalster. Schicke Autos, teure Klamotten und Zugang zur besseren Gesellschaft. Davon hat Kai immer geträumt, aber wir hatten diese Chance nicht. Wir wohnen immer noch in einer kleinen Mietwohnung in Ottensen.«

Nicht der schlechteste Stadtteil Hamburgs, wusste Frederik, aber auch nicht das Viertel der Schönen und Reichen. Er dachte daran, was Viveka herausgefunden hatte: dass sich Kai und Daniela ein Domizil an der Alster kaufen wollten. Und dass beide Ehepaare nur über wenig Kapital verfügten.

»Zurzeit scheinen die Reichenbachs keinen allzu großen finanziellen Spielraum zu haben«, bemerkte er.

Danielas Miene wurde verächtlich.

»Kein Wunder. Julius wirft das Geld mit beiden Händen zum Fenster raus. Mal eben übers Wochenende in die Vereinigten Arabischen Emirate zum Quadfahren oder zum Schnellboot-Rennen nach Nizza. Aber was macht das schon? Seine und ihre Eltern haben ja Geld genug. Wenn es bei ihnen eng wird, können sie sich einfach etwas leihen.«

Der Neid in ihrer Stimme war kaum zu überhören.

»Ihnen war es nicht recht, dass die beiden Männer so eng befreundet waren?«

Die Krankenschwester fuhr sich durch die kurzen blonden Haare.

»Kai hat immer versucht, mit Julius mitzuhalten. Er wollte unbedingt so sein wie er. Aber dazu fehlt ihm eine Menge mehr als nur das Geld.«

Täuschte er sich, oder klang aus ihrer Stimme Verachtung für den eigenen Ehemann?

»Sind Sie mit Ihrem Mann glücklich?«

Danielas Augen verengten sich.

»Warum wollen Sie das wissen? Ich dachte, es geht um den Mord an Julius.«

Frederik lächelte entwaffnend.

»Entschuldigen Sie. Ich bin einfach neugierig.« Insgeheim vermerkte er, dass Danielas Antwort aufschlussreich war. Ganz offensichtlich gab es Probleme, sonst hätte sie seine Frage einfach mit Ja beantworten können.

»Wie ist das mit Ihnen und Frau Reichenbach? Haben Sie sich gut verstanden? Wenn Ihre Männer so eng befreundet waren, hatten Sie sicher oft miteinander zu tun?«

Daniela schnaubte.

»Sie nimmt mich hin. So wie man sich mit einer hässlichen Tapete arrangiert oder mit einem Möbelstück, das einem nicht gefällt.«

Frederik hob die Augenbrauen. Das klang ausgesprochen verbittert. Aber entscheidend war nicht, ob es Spannungen zwischen Daniela und Jessica gegeben hatte. Wichtig war, wie sie mit deren Mann umgegangen war.

»Sie sagten, Julius habe Sie abgelehnt. Wie haben Sie darauf reagiert?«

Die Krankenschwester funkelte ihn ärgerlich an.

»Wollen Sie mich fragen, ob ich ihn erstochen habe? Weil er dumme Bemerkungen gemacht hat, über meinen Beruf, meine Figur, meine geistigen Fähigkeiten? Ich bin vielleicht nicht so gebildet wie Jessica, ich sehe auch nicht so gut aus, und ich verdiene nicht so viel Geld. Aber deswegen bringe ich doch niemanden um.«

»Das wollte ich damit auch nicht sagen.« Frederik schlug die Beine übereinander und faltete die Hände auf den Knien. So wie es auch Mats Lundgren tat, wenn sie sich in seinem Therapiezimmer gegenübersaßen und Mats etwas gefunden hatte, das ihn besonders interessierte. »Ich habe mich nur gefragt, wie Ihre Gefühle für Herrn Reichenbach waren.«

»Ich mochte ihn genauso wenig wie er mich. Ich habe versucht, mich von ihm fernzuhalten. Wenn es sich nicht vermeiden ließ, habe ich möglichst viel Abstand zwischen ihn und mich gebracht.« Sie wirkte angewidert. »Angeblich fand er mich ja überhaupt nicht attraktiv. Aber wenn er getrunken hatte, hat er versucht, mich zu begrapschen. Zum Repräsentieren brauchte er natürlich eine Frau wie Jessica. Aber im Bett haben die Männer ja gern etwas zum Anfassen.«

Frederik blinzelte. Danielas aufgestaute Wut war wie eine Welle, die auf ihn zurollte. Wäre Julius ihr Ehemann gewesen, Frederik hätte sie sofort zu den dringend Tatverdächtigen gezählt. Aber auf den besten Freund des Ehemannes würde eine Frau wohl nicht mit dem Messer losgehen, nur weil er gelegentlich abfällige Bemerkungen von sich gab oder ihr unter den Rock zu fassen versuchte. Trotzdem wollte er auch diese Möglichkeit nicht ausschließen. Er nahm sein Notizbuch aus der Umhängetasche und schrieb sich ein paar Stichworte auf.

Daniela beobachtete ihn misstrauisch. Lesen konnte sie seine Notizen nicht. Zwar beherrschte er die deutsche Sprache immer noch fast perfekt, doch nach den vielen Jahren, die er mittlerweile hier lebte, dachte, träumte und schrieb er meist auf Schwedisch.

»Sie glauben ernsthaft, dass ich es war?«, fragte sie aufgebracht. »Meinen Sie nicht, mir würde etwas Besseres einfallen, als mit dem Messer auf ihn loszugehen? Wenn ich jemanden umbringen will, besorge ich mir ein Herzmedikament aus der Krankenhausapotheke. Da merken Sie nicht einmal, dass es Mord war.«

Frederik neigte den Kopf. In ihrer Empörung schien Daniela nicht zu merken, dass sie sich zunehmend verdächtig machte. Erst als sie seinen Blick spürte, riss sie sich zusammen.

»Sie müssen das verstehen«, bemühte sie sich um eine Erklärung. »Ich bin immer noch fassungslos. Immerhin habe ich ihn gefunden. Auch wenn ich ihn nicht mochte. So etwas lässt einen doch nicht kalt, so ein grausam zugerichteter Leichnam.« Wieder schaute sie auf ihre Finger und schien nach Spuren von Reichenbachs Blut zu suchen. »Das war ein fürchterlicher Schock.«

»Natürlich.« Er stellte auch ihr die Frage danach, wer das Messer in Stensteds Küche benutzt hatte, doch Daniela konnte ebenso wenig konkrete Angaben machen wie Jessica und Steffen. Sie zwang sich, die Hände herunterzunehmen, und schaute Frederik an.

»Sie ermitteln in die falsche Richtung. Es war keiner von uns. Das war dieser Fremde, den ich gesehen habe.«

Frederik hob seinen Stift.

»Ist Ihnen noch etwas zu der Person eingefallen? Können Sie den Mann beschreiben?«

»Nein.« Die Krankenschwester sackte wieder in sich zusammen. »Ich weiß nur, dass es ein Mann war. Die Bewegungen, verstehen Sie? So läuft keine Frau. Und seine Kleidung war dunkel. Schwarz oder blau.«

Frederik sagte nichts. Wenn sich vor ihrem geistigen Auge ein Bild aufbaute, wollte er es nicht zerstören.

Tatsächlich verlor sich ihr Blick in der Ferne.

»Er war noch nicht so alt. Ein junger Mann. Anfang, Mitte dreißig vielleicht. Aber sein Gesicht konnte ich nicht sehen. Seine Haare auch nicht.« Wieder eine Pause, in der sie sich in ihre Erinnerung versenkte.

»Er trug eine Kappe«, stieß sie dann hervor. »Eine schwarze Schirmmütze. Und Handschuhe.«

Sie schaute auf, als würde sie aus einer Trance erwachen.

»Ich hätte nicht gedacht, dass ich mich an so viele Einzelheiten erinnern kann. Gestern war da gar nichts. Aber jetzt ist es auf einmal präsent.«

Frederik nickte unbestimmt. Manchmal war das so. Dinge, die durch einen Schock verschüttet waren, tauchten Tage später aus der Versenkung auf. Ob das allerdings bei Daniela so war, konnte er beim besten Willen nicht entscheiden. Ebenso gut könnte sie sich den großen Unbekannten einfach ausgedacht haben.

Er klappte sein Notizbuch zu und bedankte sich bei ihr.

»Wir werden nach dem Mann fahnden«, versprach er. Und wenn es ihn gab, würden sie ihn auch finden.

Sie stand an der Wand und war zur Untätigkeit verdammt. Dr. Olafsson war mit wehenden Kittelschößen hereingestürmt, gefolgt von der Stationsärztin und mehreren Assistenzärzten. Auch eine OP-Schwester war dabei, die routiniert den Anweisungen des Chefarztes folgte.

*Adrenalin. Defibrillator.*

Drei-, vier-, fünfmal traten die Ärzte vom Bett zurück, setzten die Stromstärke jedes Mal ein Stück weiter herauf, doch die Linie auf dem Herzmonitor blieb flach.

Der grauhaarige Chefarzt ließ sich nicht aus der Ruhe bringen.

»Erhöhen Sie noch einmal«, forderte er und verlangte eine weitere Adrenalinspritze, die er direkt in die Herzkammer injizierte. Dann drückte er die Platten des Defibrillators wieder auf die Brust der Patientin und feuerte den nächsten Stromstoß ab.

Jeder im Raum hielt die Luft an und starrte auf das Display des Geräts.

Erst tat sich nichts. Dann zuckte die Linie leicht. Winzige Ausschläge, die wie in Zeitlupe erfolgten, bis endlich, nach langen, quälenden Sekunden eine Welle entstand, flach zwar, aber immerhin deutlich vorhanden. Das Herz der Patientin schlug wieder. Ein hörbares Ausatmen folgte, ein kollektiver Seufzer der Erleichterung aller Anwesenden im Raum.

Der Chefarzt strich der Patientin mit einer fast zärtlichen Geste über die Wange, ehe er sich umdrehte.

»Rufen Sie unten an, damit ein OP vorbereitet wird«, forderte er einen der Assistenzärzte auf. »Wir müssen sofort operieren.«

Die OP-Schwester löste die Kabel, mit denen die Patientin an den Geräten hing. Sie nahm den Tropf vom Ständer und hielt ihn hoch, während ein eilig herbeigerufener Pfleger die Bremsen des Krankenhausbetts löste und es routiniert durch die Tür bugsierte. Die Ärzte folgten ihm wie ein Bienenschwarm, der seine Königin nicht aus den Augen verlieren will.

Plötzlich war Greta allein. Nachdem der durchdringende Warnton des Herzmonitors aufgehört hatte, war es still geworden. Greta stand inmitten der Verwüstung, die zurückgeblieben war. Hastig aufgerissene Verpackungen, leere Spritzen, nutzlose Kabel und Schläuche lagen auf dem Boden verstreut. Wenn es um Leben und Tod ging, wurde einfach alles beiseitegeworfen. Greta nahm den Papierkorb und begann, den Müll einzusammeln.

Das Adrenalin in ihren Adern flaute ab, und die Müdigkeit kehrte mit einem Schlag zurück. Ihre Glieder waren plötzlich bleischwer. Nur ihr Herz galoppierte immer noch.

Würde die Patientin es schaffen? Konnten die Ärzte sie retten?

Sie beschloss, nach dem Ende ihrer Schicht statt ins Café in die Kirche zu gehen und für die Polizistin zu beten. Das war nicht viel, aber mehr konnte sie nicht tun. Vielleicht würde es ja helfen.

Frederik trat auf die Terrasse. Sein Handy hatte mehrere Male in seiner Tasche vibriert, während er mit Daniela gesprochen hatte. Er zog es hervor und zeichnete das Muster zum Entsperren des Displays. Im selben Moment ging der nächste Anruf ein.

Sein Herzschlag beschleunigte sich unwillkürlich. Es war die Nummer des unregistrierten Prepaid-Handys, das er für Lea besorgt hatte. Schnell nahm er das Gespräch an.

»Lea!«

»Frederik.« Ihre Stimme klang dumpf, angestrengt und schwach, als fiele ihr das Sprechen schwer. Sofort packte ihn die Angst.

»Geht es dir gut?« Normalerweise rief sie ihn abends an, wenn Arvid ins Bett gegangen war. Sie stand dann heimlich wieder auf und schlich sich nach unten in die Küche. Aber vielleicht war er in der Firma oder hatte ein Geschäftsessen. Frederik lauschte; er meinte, im Hintergrund Stimmen zu hören und die Geräusche vorbeifahrender Autos. Zugleich signalisierte ihm sein Smartphone durch einen Anklopfton, dass ein weiterer Anrufer gerade versuchte, ihn zu erreichen. Doch der musste warten.

»Wo bist du?«

»Auf dem kleinen Platz an der Parkgatan, bei der Statue von Sten Sture.«

Es war der Ort unweit des Göteborgers Polizeihauptquartiers, an dem sie sich gelegentlich trafen, wenn Lea für ein paar Stunden Arvids Überwachung entkam und Frederik sich eine Pause erlauben konnte. Die Wahrscheinlichkeit, dass man sie dort entdeckte, war gering. Das Rondell mit der Statue lag zwar zwischen zwei großen Straßen, war aber von etlichen Bäumen und Büschen umgeben, sodass man im Vorbeifahren nur gelegentlich einen Blick auf den Platz erhaschte. Es gab mehrere Bänke, auf denen man wahlweise im Schatten oder in der Sonne sitzen konnte.

Dass Lea sich im Augenblick an ihrem gemeinsamen Platz aufhielt, war allerdings ungewöhnlich. Er hatte ihr eine Nachricht auf das geheime Handy geschickt und sie wissen lassen, dass er zurzeit wegen Ermittlungen auf Asperö war. Da sie vom selben Apparat anrief, musste sie die Information erhalten haben. Seine Nervosität stieg. Nachdem Arvid am Tag zuvor beschlossen hatte, Emma aus dem Heim zu holen, hätte er erwartet, dass Lea ihre Tochter keine Sekunde aus den Augen lassen würde. Oder war sie bei ihr auf dem Platz?

»Was ist passiert? Wo ist Emma?«

Am anderen Ende hörte er Lea leise weinen. Zugleich erklang schon wieder der Anklopfton. Frederik verfluchte den ungeduldigen Anrufer. Er konnte jetzt nicht reagieren. Zuerst musste er wissen, wie es Lea und Emma ging.

»Er wollte, dass sie Fahrrad fahren lernt. Aber das kann sie nicht.«

»Nein.«

Emma war zwar fast sechs, doch ihre motorischen Fähigkeiten waren eingeschränkt. Sie konnte ihre Bewegungen kontrollieren, hatte aber Schwierigkeiten mit der Wahrnehmung ihres Körpers. Besonders schwer fiel es ihr, festzustellen, wo sich dieser im Raum befand und welche Lage er einnahm. Das lag daran, dass sie Reize nicht in derselben Weise verarbeitete wie andere Menschen. Sie nahm alles getrennt voneinander und überdeutlich war. Deshalb litt sie auch oft an Reizüberflutung. Eine komplexe Handlung wie das Fahrradfahren würde sie irgendwann sehr mühsam erlernen müssen. Jemand wie Arvid Ekström war sicher nicht der Richtige, um es ihr beizubringen.

»Arvid ist wütend geworden.« Sie berichtete ihm, wie er Emma immer schneller angeschoben und ihr mit den wirbelnden Pedalen Schmerzen zugefügt hatte. »Ich bin dazwischengegangen.«

Frederik sog scharf die Luft ein. Er konnte sich leicht ausmalen, wie Ekström darauf reagiert hatte.

»Er hat mich geschlagen, schlimmer als je zuvor. Ich war sogar kurz ohnmächtig. Und Emma musste alles mit ansehen.«

Frederik konnte nichts erwidern. Der Kloß in seinem Hals war zu groß. Erneut piepte sein Handy, weil zum dritten Mal jemand versuchte, ihn zu erreichen, doch das nahm er nur noch am Rande wahr. Seine gesamte Aufmerksamkeit galt jetzt Lea.

»Danach ist er einfach weggefahren und hat mich in der Auffahrt liegen lassen.« Sie schnäuzte sich. »Ich habe später unsere Koffer gepackt und bin mit Emma gegangen.«

Frederiks Herz begann zu rasen. Wie oft hatte er schon davon geträumt?

»Aber jetzt weiß ich nicht, wo wir hinsollen.«

»Ihr könnt bei mir wohnen.« Frederik gab sich keine Mühe, die Sehnsucht in seiner Stimme zu unterdrücken.

Lea lachte traurig.

»Das wäre keine gute Idee, meinst du nicht? Dort würde er mich doch zuallererst suchen. Er hat ja mitbekommen, dass wir uns kennen, und andere Freunde habe ich nicht. Nicht mehr.« Sie klang jetzt bitter. »Ich will auch nicht zu meinen Eltern. Auf keinen Fall möchte ich sie in Gefahr bringen.«

Frederik versuchte, ruhig zu atmen, während sich die Gedanken in seinem Kopf überschlugen.

»Bleib, wo du bist«, bat er. »Ich komme zu dir, so schnell ich kann. Wir finden eine Lösung.«

Er verabschiedete sich und spürte, wie ihn ein gänzlich unpassendes Glücksgefühl durchströmte. Peinlich berührt versuchte er, es beiseitezuschieben, weil es der Situation alles andere als angemessen war, doch es gelang ihm nicht. So dramatisch die Entwicklung auch war, es war ein Schritt in die richtige Richtung.

Kaum hatte er den roten Button angetippt, leuchtete das Display schon wieder auf. Die Nummer gehörte zu Heddas Anschluss im Göteborger Büro. Frederik schnaufte entnervt und drückte auf den grünen Button.

»Ja, verdammt«, grollte er. »Was gibt es denn so Dringendes, Hedda?«

Am anderen Ende blieb es still. Frederik bereute sofort, dass er Hedda so angefahren hatte. Es war überhaupt nicht seine Art, und sie konnte nichts für seine privaten Verwicklungen. Gerade bei ihr hatte er doch vorsichtig sein wollen, weil sie so empfindlich auf Kritik reagierte. Er hoffte, dass er nicht in einem unbedachten Moment den Boden verbrannt hatte, den er in den letzten Monaten so mühsam bereitet hatte.

»Entschuldige bitte«, sagte er. »Ich stehe gerade schrecklich unter Strom. Das hat nichts mit dir zu tun.«

»Schon gut.« Hedda bemühte sich hörbar, nicht verletzt zu klingen, doch er merkte, dass sie den Tränen nahe war.

»Was wolltest du mir sagen?«, fragte er sanft.

Hedda schluchzte auf.

»Anna«, presste sie hervor. »Sie hatte einen Herzstillstand.«

»Was?« Es war, als hätte jemand einen Kübel Eiswasser über ihm ausgegossen.

»Sie operieren sie gerade. Der Arzt sagt, es war eine Thrombose. Sie können noch nicht sagen, ob sie es schafft. Ich dachte, du solltest das wissen.«

»Ja.« Frederik hörte selbst, wie fremd und rostig seine Stimme klang. »Danke, dass du mir Bescheid gesagt hast, Hedda. Und dass du so hartnäckig warst. Ich fahre sofort ins Krankenhaus.«

Er drückte das Gespräch weg, packte das Smartphone ein und lief zu seinem Roller. Erst als er schon am Meer entlang nach Norden zum Fähranleger raste, fiel ihm wieder ein, dass er sich mit Lea treffen wollte.

Mit einem Mal fühlte er sich vollkommen kraftlos und handlungsunfähig. Ihm war klar, dass es der Schock war, doch das Gefühl ließ sich nicht abschütteln. Wie sollte er sich jetzt verhalten?

Er stoppte und atmete einige Male tief durch. Dann traf er eine Entscheidung. Er würde sich zuerst um Lea und Emma kümmern. Die beiden brauchten seine Hilfe. Für Anna konnte er nichts tun. Ob sie es schaffte oder nicht, lag nicht in seiner Macht, sondern in den Händen der Ärzte. Trotzdem wollte er versuchen, so schnell wie möglich bei ihr zu sein.

In Momenten wie diesen vermisste Khalid seine Heimat. Er begriff diese Mentalität nicht, die schwedische ebenso wenig wie die deutsche. Wie konnte man nach einem Mord so stumm und reglos zusammensitzen? Es gab keine tröstenden Worte, keine Umarmungen. Kai und Daniela, die doch immerhin verheiratet waren, hatten weit voneinander entfernte Plätze gewählt; sie auf dem Sofa neben Pia, er im Sessel. Auch die beiden Frauen sprachen nicht, saßen jede an einem Ende der Couch, zwischen sich eine Leere, die wie ein unüberwindbarer Abgrund schien.

Bei ihm zu Hause wäre man zusammengerückt, hätte sich aneinander festgehalten und versucht, sich den Schrecken und das Entsetzen von der Seele zu reden.

Er vermisste die Wärme und Geborgenheit, die ihm diese Gemeinschaft geboten hatte. Doch seine Welt existierte nicht mehr. Seine Eltern waren tot, ermordet von einem brutalen Regime, das keine Kritik duldete. Nun gab es nur noch die große Schwester, die mit ihm nach Schweden geflohen war. Aber sie hatte nicht bleiben wollen, weil sie sich hier nicht akzeptiert fühlte. Nach einem halben Jahr war sie weitergezogen, erst in die USA, dann nach Kanada. Dort hatte sie einen Mann gefunden, mit dem sie glücklich war. Khalid war froh, dass es ihr gut ging, aber sie fehlte ihm. Die gelegentlichen Telefonate reichten nicht; sie waren nicht mehr als kurze Lichtblitze im Dunkel seiner Einsamkeit.

Khalid schob die Hände tiefer in die Taschen. Für seine Aufgabe spielte es keine Rolle, ob sich die Deutschen unterhielten oder nicht. Er hätte sie ohnehin nicht verstanden. Aber er konnte sie studieren, ihre Haltung, ihre Gestik und Mimik. Vielleicht entdeckte er etwas, das Frederik bewies, dass er ein Gewinn für sein Team war.

Er dachte an seinen ersten Tag in der neuen Ermittlungsgruppe. Voller Wut war er gewesen, dass man ihn von der Ausländerbehörde abkommandiert hatte. Dabei war es nicht seine Schuld gewesen, dass es zu Handgreiflichkeiten mit einem Kollegen gekommen war. Der Mann hatte Neuankömmlinge schlecht behandelt und Khalid provoziert. Aber geglaubt hatte man natürlich dem schwedischen Kollegen, der ihn als Aggressor dargestellt hatte.

Frederik hatte sich von seiner finsteren Miene nicht abschrecken lassen. Auch seine Kampfansage hatte er nicht angenommen. Er war freundlich und ruhig geblieben. Trotzdem konnte Khalid kaum glauben, dass er wirklich keine Vorurteile hatte, keine Berührungsängste mit dem Fremden. Je länger sie zusammenarbeiteten, desto schwerer fiel es ihm allerdings, seine abweisende Haltung beizubehalten. Alles, was Frederik sagte und tat, deutete darauf hin, dass er wirklich so tolerant und offen war, wie es den Anschein hatte. Khalid verspürte ein immer stärkeres Bedürfnis, von ihm gemocht zu werden. Aber er wollte dem Impuls nicht nachgeben. Er war einfach schon zu oft enttäuscht worden.

Statt sich weiter mit seinem Innenleben zu beschäftigen, widmete er sich der Betrachtung der Reisegruppe.

Daniela schaute die ganze Zeit auf ihre Hände. Ein ums andere Mal kniff sie die Augen zusammen, als suche sie Spuren von etwas, das längst nicht mehr da war. Khalid konnte es ihr nachfühlen. Er wusste, wie es war, wenn man plötzlich vor dem fürchterlich zugerichteten Leichnam eines Freundes oder Verwandten stand. Es war ihm immer wieder passiert. In seiner Heimat wurden Menschen grundlos niedergemetzelt oder von Bomben zerfetzt. Nur zu gut erinnerte er sich an die blutüberströmten Leichen seiner Eltern. Er hatte es nicht fassen können. Hatte sich über sie geworfen und seine Hände auf ihre Körper gepresst, um sie wieder zum Leben zu erwecken, obwohl er wusste, dass es sinnlos war. In den Wochen und Monaten danach hatte er ständig das Gefühl gehabt, ihr Blut klebe noch an seinen Fingern. Es hatte lange gedauert, bis es besser geworden war.

Kai hing in seinem Sessel und blinzelte schläfrig. In der Hand hielt er ein Glas, in dem eine goldene Flüssigkeit schimmerte. Whisky, mit Wasser verdünnt. Er fand wohl, dass er die Sache besser ertragen konnte, wenn er sich mit Alkohol betäubte. Khalid verachtete ihn dafür. Ein Mann sollte in dieser Situation stark sein und seine Frau beschützen. Er selbst hatte sich von Sofia einen starken schwarzen Tee kochen lassen, den er mit reichlich Zucker gesüßt hatte. Das war es, was man brauchte: Klarheit im Denken und Energie.

Pia zupfte unablässig an ihrem teuren Kostüm und nagte an ihrer Unterlippe. Khalid war nicht so gut darin wie Frederik, Gefühle zu lesen, aber er erkannte, dass sie unter einer gewaltigen Anspannung stand. Natürlich wusste sie, dass man sie verdächtigte, weil sie ein klares Motiv hatte. Außerdem war sie die Einzige, die Frederik noch nicht vernommen hatte. Khalid war damit nicht einverstanden. Er hätte sie als Erste befragt. Nun hatte sie reichlich Zeit, sich Ausreden auszudenken und sich eine Geschichte zurechtzulegen. Aber vielleicht brachte die

Grübelei sie auch aus dem Takt. Ängste und Zweifel würden sich einschleichen, sie würde ihre Darstellung überdenken und korrigieren. Wenn sie am Ende aufgefordert wurde, zu berichten, geriete sie vermutlich heillos durcheinander, und man könnte sie auf ihre widersprüchlichen Aussagen festnageln. Ihm fehlte die Erfahrung mit Mordermittlungen; er konnte nicht sagen, was besser war. Er musste sich einfach auf Frederik verlassen. Soweit er wusste, war er sehr erfolgreich darin.

Erneut schaute er aus dem Fenster.

Er hatte gesehen, dass Frederik zu seinem Roller geeilt und weggefahren war. Ohne ihm Bescheid zu sagen, wohin er wollte und wann er zurückkommen würde. Natürlich war er nicht dazu verpflichtet. Aber Khalid hätte schon gern gewusst, wie lange er hier in dieser emotionalen Eiskammer ausharren musste, bis ihm Frederik berichtete, was bei den Befragungen herausgekommen war.

Sein Smartphone vibrierte; er zog es aus der Tasche. Am anderen Ende war Göran.

»Gibst du mir mal Frederik?«, bat er. »Ich kann ihn auf seinem Handy nicht erreichen.«

»Er ist nicht hier.«

»Ach so?« Göran schnaufte. »Wo ist er denn?«

»Ich weiß es nicht.« Khalid hatte Mühe, seinen Ärger hinunterzuschlucken. Es war eine Sache, dass Frederik ihn einfach sitzen ließ, aber dass er nun auch vor einem Kollegen bloßgestellt wurde … Das sah ja so aus, als könnte man auf seine Mitarbeit gänzlich verzichten.

Göran allerdings schien sich darüber keine Gedanken zu machen. Er war mit seinem eigenen Problem beschäftigt.

»Wie erreiche ich ihn denn jetzt? Dr. Hedlund ist mit der Obduktion fertig. Ich dachte, Frederik wollte gleich den Bericht haben.«

Görans Stimme klang angestrengt. Khalid schüttelte den Kopf. Er begriff nicht, wie sich jemand so gehen lassen konnte. Wegen seines Übergewichts fiel Göran jede Bewegung schwer. Khalid war davon überzeugt, dass sich das auch auf seine Motivation auswirkte. Göran versuchte, sich vor der Arbeit zu drücken und stöhnte, wenn er doch etwas tun musste. Dass ihn Frederik ins Sahlgrenska-Krankenhaus geschickt hatte, um der Obduktion beizuwohnen, empfand er bestimmt als Zumutung.

»Sag mir, was Hedlund herausgefunden hat«, schlug Khalid vor. »Frederik wird gleich zurück sein. Ich gebe ihm die Informationen weiter.«

»Prima.« Göran war offensichtlich erleichtert über den Vorschlag. In der ihm eigenen schwerfälligen und langatmigen Art setzte er Khalid die Befunde des Rechtsmediziners auseinander. Khalid wartete darauf, dass irgendein Detail kam, das ihnen einen Hinweis auf den Täter gab. Doch wenn es tatsächlich existierte, erkannte er es nicht.

»Das hilft uns nicht viel weiter, oder was meinst du?«, beendete Göran seinen Bericht.

»Nein. Das meiste war uns ja vorher schon bekannt. Dass einer der Stiche ins Herz die Todesursache war, ist gut für das Opfer, weil es sofort tot war und nicht langsam verblutet ist. Aber für die Suche nach dem Täter spielt das keine Rolle.«

»Tja.« Göran schnaufte. »Ich fahre dann mal wieder ins Büro. Wenn Frederik noch Fragen hat, kann er mich ja anrufen.«

»Richte ich ihm aus.« Khalid drückte das Gespräch weg, ehe Görans Lethargie auf ihn abfärbte. Er überlegte, was er jetzt tun sollte. Schließlich entschloss er sich, Hedda anzurufen. Er erhob sich, ohne dass Kai, Daniela und Pia ihn beachteten. Vom Flur aus sah er, wie Sofia in der Küche hantierte; sie bereitete wohl das Mittagessen für die Gäste vor. Eine nette Frau, bescheiden und zurückhaltend, wie es sein sollte. Er trat vors Haus und dachte an Jessica Reichenbach. Sie war das komplette Gegenteil von Sofia. Selbstbewusst, kühl und ein wenig hochnäsig. Die Sorte, mit der man heiße Nächte am Meer verbrachte, solange man jung war, die man aber auf keinen Fall heiratete. Und trotzdem hatte ausgerechnet sie sein Herz berührt, wie es schon lange keine Frau mehr getan hatte.

Nur aus Mitleid, redete er sich ein, weil sie gerade auf schreckliche Weise ihren Mann verloren hatte.

Er wählte Heddas Nummer und wartete darauf, dass sie das Gespräch annahm. Als sie es endlich tat, klang ihre Stimme verweint.

»Khalid.«

Er ging nicht darauf ein; Hedda hatte nah am Wasser gebaut, ihre Augen waren häufig feucht. Sie war eine nette Person, aber er fand, dass sie für ihren Job nicht gut geeignet war.

»Weißt du, wo Frederik ist? Ich muss mit ihm sprechen.«

Hedda schniefte. »Er ist ins Krankenhaus gefahren. Anna … Sie hatte einen Herzstillstand.«

Khalids Wut löste sich mit einem Schlag auf. Stattdessen fühlte er sich plötzlich wie ausgehöhlt.

»Schafft sie es?«

»Das wissen die Ärzte noch nicht. Sie tun ihr Bestes.«

»Sagst du mir Bescheid?«

»Sicher.«

»Danke.« Er beendete das Gespräch und schob das Smartphone in die Hosentasche. Dann dachte er nach.

Frederik würde nicht so rasch zurückkommen. In der Zwischenzeit war er der Einzige, der hier auf Asperö die Ermittlungen vorantreiben konnte. Das war eine große Verantwortung, aber auch eine Chance. Er könnte Frederik zeigen, dass er wirklich eine Bereicherung für sein Team war.

Pia Frenzen war vermutlich in der Lage, sich auf Englisch zu verständigen. Also würde er sie jetzt befragen, ehe sie sich weitere Ausflüchte ausdachte.

Er war sich nicht sicher, ob Frederik das gutheißen würde. Immerhin war es ihm wichtig gewesen, selbst mit jedem Einzelnen zu sprechen und die Befragungen auf Deutsch zu führen. Aber nun war er nicht hier. Wenn er es anders gewollt hatte, hätte er ihn eben informieren müssen.

Er räumte die Dosen mit den Köttbullar ins Regal und richtete sie so aus, dass die Etiketten nach vorn zeigten. Sein Vater legte Wert darauf, dass alles seine Ordnung hatte. Patrik verstand das. Es hatte in ihrem Leben schon viel zu viel Unordnung gegeben.

Normalerweise machte es ihm Spaß, im Laden auszuhelfen. Es war etwas anderes als die trockenen Vorlesungen, die er besuchte, und die sperrigen Gesetzestexte, mit denen er sich an seinem Schreibtisch abkämpfte. Manchmal hatte er das Gefühl, dass das alles gar nichts mit dem wirklichen Leben zu tun hatte. Aber das lag ja nur daran, dass die Paragrafen so allgemein gehalten sein mussten, dass sie sich auf alle möglichen Situationen anwenden ließen. Spannend wurde es, wenn es in einem Seminar um konkrete Fälle ging. Es hatte auch schon Exkursionen zum Göteborger Amtsgericht gegeben. Sie hatten Verhandlungen gegen einen Einbrecher und einen Ladendieb beigewohnt, und Patrik hatte gespürt, dass er hier richtig war. Das war der Ort, an dem er später arbeiten wollte. Aber der Weg dahin war weit, und die Aufgaben, die es zu bewältigen galt, waren in den meisten Fällen langweilig.

Im Supermarkt seines Vaters dagegen pulsierte das Leben. Es war der Treffpunkt für die Bewohner des Ortes. Hierher kam man, um Kaffee zu trinken, Neuigkeiten auszutauschen, über Politik zu diskutieren oder jemanden zu finden, der einem mit dem Anstrich des Hauses half und dem man im Gegenzug sein

Boot oder seinen Gartenhäcksler auslieh. Patrik liebte diese kleine, beschauliche Welt, doch heute hatte er keinen Nerv dafür. Er musste die ganze Zeit an den Toten in Stigs Haus denken. Und an Pia, die ungebeten vor seinem inneren Auge auftauchte mit ihrem schmalen Gesicht, den langen dunklen Haaren und den ausdrucksvollen braunen Augen.

Dabei hatte er sich doch vorgenommen, sie sich aus dem Kopf zu schlagen. Die Sache hatte keine Zukunft. Es war besser, sich gar nicht erst darauf einzulassen. Von vornherein eine Mauer zu errichten und sie nicht merken zu lassen, was er für sie empfand. Dummerweise wollte sich sein Herz der bestechenden Logik nicht fügen.

Er sah ein, dass er vor der Frage nicht davonlaufen konnte. Wahrscheinlich war sie ohnehin nicht interessiert, und damit wäre die Sache erledigt. Und wenn doch – dann würde er das Geschenk annehmen. Hinterher würde er vermutlich vor Kummer vergehen, aber das wäre auch in Ordnung. Er hätte es gar nicht besser verdient.

Entschlossen stellte er die letzten Dosen ins Regal und ging nach vorn zur Kasse, wo sein Vater saß und einer alten Frau half, das Kleingeld aus ihrem Portemonnaie zu sortieren. In Göteborg konnte man kaum noch irgendwo mit Bargeld bezahlen, aber hier auf Asperö war es möglich. Patrik fand das gut. Viele alte Menschen kamen mit Plastikkarten und Geheimzahlen nicht zurecht. Wenn man nur noch diese Zahlungsmittel zuließ, verschloss man ihnen den Zugang zu vielerlei Dingen. In den Göteborger Lokalen konnte man schon jetzt kein Bier mehr kaufen, wenn man keine funktionierende Kreditkarte dabeihatte.

»Ich gehe wieder nach Hause«, teilte er Kennet mit. »Es gefällt mir nicht, dass Mutter mit den Deutschen allein ist.«

Sein Vater schob das Geld beiseite und blickte auf.

»Glaubst du, es ist gefährlich? Weil einer von ihnen ein Mörder ist?«

Patrik machte eine vage Geste und schämte sich zugleich dafür. Das war ja nicht der wahre Grund, weshalb er zurückwollte. Aber er konnte seinem Vater unmöglich sagen, was ihn in Wirklichkeit antrieb.

Kennet zog einen Schlüssel aus der Hosentasche und warf ihn Patrik zu.

»Nimm eines von den Leihrädern, dann geht es schneller.« Kennet hatte vor einiger Zeit das Angebot seines Supermarkts um einen Fahrradverleih ergänzt, für die Touristen, die auf einem Tagesausflug möglichst viele Schären besuchen wollten und deshalb lieber mit dem Rad unterwegs waren als zu Fuß, andererseits aber kein eigenes Fahrrad mitführen wollten. Das Angebot wurde prima angenommen. Es waren einfache Räder, keine Sportgeräte wie jenes, das sich Julius Reichenbach vom Festland hatte bringen lassen. Mehr brauchte man hier auf Asperö auch nicht. Die Wege waren gut, und es gab keine großartigen Steigungen. Mit Kennets Rädern konnte man gemütlich an der Küste entlangstrampeln und den Blick schweifen lassen. Das war es, was sein Vater und er wollten: keine Rennfahrer, sondern Menschen, die die Schönheit und die einmalige Atmosphäre der Insel genossen.

Kennets blaue Augen blickten ernst. »Ruf mich an, wenn du da bist. Ich möchte wissen, ob alles in Ordnung ist.«

Patrik steckte den Schlüssel ein und nickte. Er war sich sicher, dass Kennets Sorge übertrieben war. Aber nach allem, was ihrer Familie schon widerfahren war, war seine Angst nur allzu verständlich.

# 12

Er fuhr vorschriftsmäßig, obwohl es ihn in den Fingern kribbelte, den Gashebel bis zum Anschlag aufzudrehen. Früher hatte er oft mit dem Kopf durch die Wand gewollt, aber in den letzten Jahren hatte er gelernt, seine Emotionen zu zügeln. Gegen Verbrecher wie Arvid Ekström hatte man keine Chance, wenn man sich nicht unter Kontrolle hatte.

Genützt hatte es indessen nichts. Ekström hatte den Gerichtssaal als freier Mann verlassen. Aber das letzte Wort in diesem Fall war noch nicht gesprochen. Eines Tages würde Frederik den gewissenlosen Waffenschieber hinter Gitter bringen.

Er fuhr durch das Gewirr der Einbahnstraßen bis zu dem kleinen Platz an der Parkgatan in der Nähe des Polizeireviers. Beim Näherkommen entdeckte er Emma, die auf einer Bank saß. Sie war ganz steif, ihr Gesicht maskenhaft, der Blick starr auf die Statue von Sten Sture gerichtet.

Lea hatte neben ihr Platz genommen, dabei aber so viel Abstand wie möglich gelassen. Frederik merkte ihr an, dass sie ihre Tochter gern in den Arm genommen hätte, aber sie wusste, dass sie Emmas Unbehagen damit nur noch verstärkte.

Als er den Roller abstellte, erhob sich Lea und lief auf ihn zu. Ihr Gesicht sah fürchterlich aus. Die Augen waren gerötet, die Haut von blau und violett schimmernden Flecken verunstaltet, die Wangen von Blutergüssen entstellt. Der Anblick machte ihn wütend, doch er schob das Gefühl beiseite, wie so viele andere auch. Stattdessen konzentrierte er sich auf die Dinge, die er liebte: ihren weichen Mund, die schmale Nase und die braunen Augen mit den goldenen Einsprengseln. Zärtlich strich er über ihre langen braunen Locken. Der Aufruhr in seinem Innern verstärkte sich. Er hatte das alles schon so oft erlebt, aber er würde sich nie daran gewöhnen. Es musste einfach aufhören.

Lea weinte leise. Frederik fühlte sich hilflos, er wusste nicht, was er sagen, wie er sie trösten sollte. Eine ganze Weile standen sie einfach nur da, Hand in Hand, die Blicke ineinander verschmolzen.

Schließlich zog Lea ein Taschentuch hervor und tupfte sich die Tränen ab.

»Was machen wir denn jetzt, Frederik?«, flüsterte sie. »Wir können nicht zurück nach Hause, aber ich weiß nicht, wo ich sonst hinsoll. Wenn Arvid mich findet, schlägt er mich tot.«

Frederik hatte sich auf dem Weg hierher Gedanken darüber gemacht. Er hatte auch eine Idee, nahm aber an, dass sie Lea nicht gefallen würde.

»Ich bringe euch an einen Ort, an dem ihr sicher seid«, sagte er ausweichend. Er reichte ihr den Helm für den Sozius und holte den zartgelben Kinderhelm für Emma aus der Box am Heck hervor. Mit ruhigen Schritten ging er zu ihr und hockte sich vor die Bank, sorgsam darauf bedacht, ihr nicht zu nahe zu kommen.

»Hallo, Emma.« Er streckte ihr den Helm hin. »Wir machen einen Ausflug mit dem Roller. Ist das okay?«

Emma blickte an ihm vorbei auf die Statue, als hätte sie ihn gar nicht gehört, aber Frederik war sich sicher, dass sie seine Worte registriert hatte. Sie brauchte einfach Zeit, um die Information zu verarbeiten.

Eine ganze Weile war es still bis auf die Geräuschkulisse des Verkehrs, der auf den breiten Straßen rechts und links des Platzes vorbeirauschte. Dann bewegten sich Emmas Augen. Sie schaute ihn an, mit diesem Blick, der viel zu erwachsen war für ein fünfjähriges Mädchen.

»In Ordnung.«

Sie rutschte von der Bank, nahm den Helm entgegen und setzte ihn auf. Frederik rückte das dicke Kissen im Beiwagen zurecht und sah zu, wie Emma einstieg. Er hätte ihr gerne geholfen, aber er wusste, dass sie das nicht mochte. Nach dem, was ihr am Morgen widerfahren war, würde sie auf Berührungen noch empfindlicher reagieren als sonst.

Auch Lea stülpte ihren Helm über die braunen Locken.

»Sagst du mir, wo wir hinfahren?«

Er strich ihr zärtlich über die Wange.

»Es wäre mir lieber, wenn du es dir zuerst ansiehst«, erwiderte er und nahm hinter dem Lenker Platz. Er wollte nicht vor Emma mit ihr diskutieren. Und einen Streit würde es vermutlich geben, wenn sie erfuhr, was er vorhatte.

Zum Glück verhielt sie sich ebenfalls rücksichtsvoll und setzte sich wortlos auf den Sozius. Frederik startete den Motor.

Er hatte mit Tyra Wilhelmsson telefoniert, die eines der Göteborger Frauenhäuser leitete. Aufgrund seiner Tätigkeit hatte er gelegentlich mit diesen Institutionen zu tun, und er schätzte Tyra, seit sie sich das erste Mal begegnet waren. Sie war engagiert, ohne radikal zu sein, fürsorglich, ohne ihre Klientinnen mit mütterlicher Güte zu ersticken, und klar, ohne sich in ihrer Position zu verbeißen. Sie hatte keine Angst, sich den gewaltbereiten Ehemännern ihrer Klientinnen entgegenzustellen, war aber auch klug genug, sich Unterstützung zu holen, wenn es nötig war.

Als Frederik herausgefunden hatte, dass Arvid Ekström seine Frau schlug, hatte er Tyra um Rat gefragt. Seitdem wusste er, dass das, was ihm selbst so naheliegend erschien, für die Frauen die schwierigste Aufgabe überhaupt war: ihren Peiniger zu verlassen.

»Sie sehen die Welt mit anderen Augen, Frederik«, hatte Tyra erklärt und an ihrem Tee genippt. »Für dich ist klar, wer der

Aggressor ist und wer das Opfer. Aber für die Frauen sieht die Sache anders aus. Sie glauben, dass sie die Schuld tragen. Dass es an ihnen liegt, wenn der Mann die Beherrschung verliert. Weil sie etwas falsch gemacht haben, weil sie nicht gut genug sind, weil sie es nicht schaffen, seine Wünsche zu erfüllen oder seine Bedürfnisse zu befriedigen. Sie reden sich ein, dass der Mann sie nicht misshandelt, weil er es will oder sogar Vergnügen daran findet, sondern weil er gar keine andere Wahl hat. Sie gestatten sich keine eigene Sicht auf die Dinge, sondern sehen alles durch seine Brille. Das ist ein Schutzmechanismus der Psyche. Anders könnten sie die Situation, in der sie sich befinden, nicht ertragen. Aber wenn sich die Sache einmal verfestigt hat, ist es unglaublich schwer, sich daraus zu lösen.«

»Sie identifizieren sich mit dem Aggressor?«, hatte Frederik nachgefragt. »So, wie sich Entführungsopfer mit dem Entführer identifizieren, um ihre Angst in Schach zu halten?«

Tyra hatte anerkennend die Augenbrauen gehoben. Sie hatte wohl nicht erwartet, dass ein Polizeibeamter sich so verständig zeigen würde.

»Ja. Es ist tatsächlich ähnlich wie beim Stockholm-Syndrom«, hatte sie ihm zugestimmt. »Nur dass bei häuslicher Gewalt ein weiterer Faktor erschwerend hinzukommt: dass die Frauen ihre Männer lieben.«

Das war der Punkt, der Frederik am meisten zu schaffen machte. Empfand Lea noch etwas für Arvid, trotz allem, was er ihr angetan hatte? Oder war es nur die Angst um Emma und um sich selbst, die verhinderte, dass sie sich von ihm trennte? Er hoffte, dass Letzteres zutraf, doch die Befürchtung, sie könnte ihn immer noch lieben, bohrte hartnäckig in seinem Inneren.

Durch das Fenster zum zentralen Büro konnte sie sehen, wie Hedda ein neues Taschentuch aus der Packung zog und sich schnäuzte. Neben ihr auf dem Schreibtisch lag schon ein ganzer Stapel zerknüllter Papiertücher. Viveka rätselte, weshalb sie sie nicht in den Papierkorb warf, der unter dem Tisch stand. Fehlte ihr die Kraft dazu? Oder wollte sie den anderen Kollegen demonstrieren, wie heftig ihre Erschütterung war?

Viveka war das alles zu viel. Sie mochte keine großen Gesten und kein demonstrativ bekundetes Mitgefühl. Schon gar nicht in diesem Fall.

Seit sie Teil der Göteborger Mordkommission war, war ihr Verhältnis zu Anna angespannt. Sie waren direkte Konkurrentinnen um den Platz an Frederiks Seite. Beide hatten auf ihren früheren Positionen einen herben Rückschlag erlitten und wollten wieder nach oben. Bei Viveka kam noch dazu, dass ihr Vater Druck machte. Carl-Axel Nyström konnte nicht akzeptieren, dass seine Tochter noch keinen Spitzenposten bei der Polizei hatte, und das trotz ihrer hervorragenden Zeugnisse und ihrer Einsatzbereitschaft. Natürlich wusste er, was in Stockholm vorgefallen war, doch er zog es vor, diese unschöne Episode auszublenden. Dass sie seit ihrer Rückkehr nach Göteborg wieder bei ihren Eltern wohnte, machte die Sache nicht besser.

Von Anfang an hatte sie versucht, Anna auszustechen und Frederik Informationen über ihr Fehlverhalten zuzuspielen, doch er war nicht darauf angesprungen. Stattdessen war Anna seine ständige Begleiterin geworden, und für Viveka waren nur die Routinetätigkeiten am Schreibtisch geblieben. Dort konnte sie zwar beweisen, dass sie fleißig war, doch große Lorbeeren würde sie sich damit nicht erwerben.

Nun war Anna aus dem Weg, so wie sie es sich gewünscht hatte. Sie konnte nicht anders, als sich darüber zu freuen, obwohl sie wusste, dass Anna im Krankenhaus um ihr Leben rang. War sie tatsächlich so kaltschnäuzig, wie die Kollegin es ihr schon einige Male vorgeworfen hatte?

Viveka betrachtete ihre lackierten Fingernägel und strich dann ihre langen blonden Haare zurück.

Nein. Sie wollte ja nicht, dass Anna starb. Es würde völlig ausreichen, wenn sie nicht wiederkäme.

Genützt hatte ihr Annas Abwesenheit bisher indessen nichts. Statt ihrer hatte Frederik Khalid mit nach Asperö genommen. Ausgerechnet den! Dabei verhielt sich der Syrer doch nie anders als mürrisch und aufsässig.

Sie konnte es drehen und wenden, wie sie wollte: Wenn sie in Frederiks Gunst steigen wollte, musste sie die Arbeit, die er ihr auftrug, gut machen. Nein, nicht nur gut. So herausragend, dass er einfach nicht mehr über ihre Qualitäten hinwegsehen konnte.

Viveka nickte entschlossen. Es wäre doch gelacht, wenn es ihr nicht gelänge, die gescheiterten Existenzen in diesem sogenannten Team zu überflügeln. Hedda, die ständig in Tränen ausbrach, den schlaffen Göran, den widerborstigen Khalid und Anna, die selbst bei größter Hitze nicht auf ihre Ledermontur verzichtete. Sich von solchen Personen abzuheben, sollte ein Kinderspiel sein. Das Problem war nur, dass Frederik offenbar ein Herz für gestrandete Existenzen hatte. Aber früher oder später würde er einsehen, dass er mit ihr die zuverlässigste Kollegin an seiner Seite hatte, und ihr Aufgaben übertragen, mit denen sie sich profilieren konnte. Bis dahin musste sie eben die Routinearbeit perfektionieren.

Sie weckte ihren Rechner aus dem Ruhemodus und schaute auf den Bildschirm.

Kai Schwaiger hatte die angekündigte Liste geschickt. Sechzehn Personen, von denen er meinte, dass sie mit ihrer Verteidigung nicht zufrieden waren. Wie arbeitete diese Kanzlei eigentlich? Waren die Anwälte so schlecht, dass sie ihren Mandaten regelmäßig ungünstige Urteile einhandelten? Oder war die Klientel so uneinsichtig, dass sie auch im bestmöglichen Fall unzufrieden war?

Viveka kannte sich im deutschen Rechtssystem nicht aus, nahm aber an, dass es dem in Schweden ähnelte. Ohne Beweise wurde niemand verurteilt, und das Strafmaß ergab sich aus den entsprechenden Paragrafen. Sicherlich gab es Spielräume, aber waren die so groß, dass bei so vielen Verbrechern Illusionen darüber geweckt wurden, wie lange sie ins Gefängnis mussten? Womöglich war es die deutsche Mentalität. Man war dort nicht so sachlich und rational wie in Schweden. Gefühle spielten eine größere Rolle.

Sie übertrug die Namen in eine Tabelle und schrieb die Telefonnummern dazu, die Schwaiger ihr ebenfalls geschickt hatte. Dann nahm sie das Telefon zur Hand. Es war eine reine Fleißarbeit, aber vielleicht kam ja etwas dabei heraus, das die Ermittlungen voran- und sie ihrem Ziel ein Stück näher brachte.

Pia war regelrecht erschrocken, als er sie aufgefordert hatte, ihn nach draußen zu begleiten. Sie bemühte sich um einen neutralen Gesichtsausdruck, doch Khalid hatte in den letzten zwei Jahren genügend Berührungsängste mit dem Fremden erlebt, um ihre Signale deuten zu können. Es behagte ihr nicht, mit einem Araber allein zu sein.

Er fragte sich, was sie sich vorstellte. Befürchtete sie, dass er sich ihr unsittlich näherte? Oder dass er die Dinge, die er wissen wollte, mit Gewalt aus ihr herausprügelte? Die Menschen hatten seltsame Fantasien, was seine Kultur betraf.

Khalid bedeutete ihr, ihm in die kleine Bucht zu folgen.

»Sie sprechen doch Englisch?«, erkundigte er sich.

»Ja. Sicher.«

»Gut. Schildern Sie mir bitte genau, was Sie gestern nach dem Frühstück getan haben.«

Pia berichtete von ihrem Spaziergang durch den Ort. Viel gab es nicht zu erzählen, aber Asperö war ja auch winzig. Abgesehen vom Supermarkt fanden sich keine markanten Punkte. Angeblich hatte sie sich die Häuser angesehen und war dann eine Weile am Meer entlangspaziert. Als sie zu ihrer Ferienunterkunft zurückgekehrt war, war die Polizei bereits vor Ort gewesen.

Die Frage war, ob ihre Aussage der Wahrheit entsprach.

»Sie hatten einen Grund, Julius Reichenbach zu ermorden«, ging er sie direkt an.

Ihre Augen weiteten sich. »Nein.«

»Er hat Sie gemobbt. Haben Sie ihn nicht dafür gehasst?«

Pia senkte den Blick.

»Natürlich war ich wütend. Aber vor allem war ich verzweifelt.« Sie zupfte an den Ärmeln ihrer Bluse. »Ich konnte nicht begreifen, dass Julius und Kai es wirklich getan hatten, dass sie meine Termine durcheinandergebracht und meine Akten manipuliert hatten. Und dass ich es nicht bemerkt hatte. Das war schrecklich naiv. Aber ich dachte doch, wir seien Kollegen. Jessica ist meine beste Freundin. Wir sind so etwas wie eine Familie. Da geht man doch fair miteinander um, oder nicht?«

Khalid stopfte die Hände in die Hosentaschen. Wenn es um den eigenen Vorteil ging, waren die Menschen selten anständig, diese Lektion hatte er gelernt.

»Warum sind Sie mit den beiden Ehepaaren verreist, nach allem, was die Männer Ihnen angetan haben?«

Pia seufzte. Sie schaute übers Meer, das in der Sonne glitzerte.

»Eigentlich wollte ich gar nicht. Jessica hat mich überredet. Und meine Therapeutin meinte, es würde mir guttun. Ich sollte mich mit den beiden aussprechen.«

»Haben Sie es getan?«

»Nein.« Pia betrachtete ihre Schuhspitzen. »Es hatte sich noch keine Gelegenheit ergeben.«

Khalid nahm an, dass eine solche Situation auch nicht entstanden wäre. Die beiden Männer hatten sicher kein Interesse daran gehabt, sich zu rechtfertigen oder gar zu entschuldigen. Vermutlich waren sie Pia bewusst aus dem Weg gegangen.

War sie eine Frau, deren Emotionen hochkochten, wenn man sie zurückwies? Khalid empfand sie als ängstlich und schwach, aber wer konnte schon in einen Menschen hineinsehen?

»Man hat Ihre Fingerabdrücke auf der Tatwaffe gefunden«, versuchte er, sie unter Druck zu setzen.

»Was?« Das Entsetzen in ihren Augen war echt. »Das kann nicht sein.«

»Es ist aber so. Das müssen Sie mir erklären.«

Pias Mund wurde zu einem schmalen Strich. Anscheinend erinnerte sie sich gerade daran, dass sie Strafverteidigerin war und genau wusste, wie man sich in Situationen wie dieser zu verhalten hatte.

»Ich muss überhaupt nichts. Sie müssen mir nachweisen, dass ich die Tat begangen habe. Die Waffe war ein Küchenmesser, nicht wahr? Das haben wir alle in der Hand gehabt, als wir vorgestern das Abendessen und gestern das Frühstück zubereitet haben.«

Khalid ärgerte sich, dass die Tür zu ihren Gedanken vor ihm ins Schloss gefallen war, statt sich zu öffnen. Hatte er es falsch angefangen? Er fragte sich, wie Frederik die Vernehmung gestaltet hätte. Ohne Ergebnis. Er war ja bisher nie dabei gewesen.

»Sie hatten Motiv, Mittel, Gelegenheit«, erwiderte er schroff. Wenn er unzufrieden war, wurde er schnell aggressiv.

»Aber das sind nur Indizien.« Er sah, wie sich ihre selbstbewusste Fassade auflöste. Ihre Unterlippe begann zu zittern. In ihre Augen traten Tränen. »Das reicht nicht, um jemanden festzunehmen oder zu verurteilen.«

Khalid trat näher an sie heran.

»Wenn Sie es waren, finden wir auch Beweise. Aber es wäre besser, Sie legen ein Geständnis ab. Dann bekommen Sie vielleicht mildernde Umstände.«

Pia wich zurück. Khalid folgte ihr und drängte sie in Richtung Meer. In ihren Augen erkannte er Anzeichen von Panik.

Plötzlich spürte er eine schwere Hand auf seiner Schulter. Im nächsten Moment wurde er herumgerissen und fand sich Patrik Olsson gegenüber, der ihn wütend anstarrte.

»Was machen Sie da? Ist das Ihre Art, mit Menschen umzugehen?«

*In ihrer Heimat* sagte er nicht, aber Khalid sah ihm an, dass er genau das meinte.

Auf einmal schämte er sich. Hatte er sich nicht vorgenommen, das Bild, das man von seinen Landsleuten hatte, zum Besseren zu verändern, statt es mit seiner Unbeherrschtheit zu bestätigen?

»Nein.« Er ließ die Arme hängen. »Tut mir leid.«

Patrik nahm seine Hand weg. Er nickte, aber Khalid war klar, dass er nicht zögern würde, Pia zu verteidigen, wenn er sie noch einmal angriff. Es war wohl besser, die Sache erst einmal auf sich beruhen zu lassen.

»Mein Chef wird sicherlich noch mit Ihnen reden«, sagte er und versuchte sich an einer lässigen Abschiedsgeste, ehe er zum Haus zurückging. Er bemühte sich, den Kopf hochzuhalten, doch das Gefühl der Niederlage lastete schwer auf seinen Schultern. Zu gern hätte er diesem schwedischen Musterknaben eine kleine Abreibung verpasst, um ihm zu verstehen zu geben, was er von seiner Einmischung hielt. Aber dann wäre sein Rauswurf bei der Polizei nur eine Frage der Zeit, und er hätte nicht gewusst, was er dann tun sollte. Solange er denken konnte, hatte er immer nur für Gerechtigkeit sorgen wollen. Er hatte nur nicht geahnt, dass es so schwer sein würde.

Das Frauenhaus befand sich im Göteborger Stadtviertel Majorna, nicht weit entfernt vom Botanischen Garten. Es war eine schöne Gegend, belebt, aber nicht hektisch. Die Cafés hatten Plätze im Freien. An den Tischen saßen vorwiegend Studenten und Geschäftsleute, einige allein, mit einem Laptop vor sich, andere in Gruppen, die angeregt diskutierten.

Von außen sah man dem Gebäude seinen Verwendungszweck nicht an. Die Fassade glich den Wohnhäusern rings herum. Das Schild an der Tür trug die Aufschrift »Begegnungszentrum«.

Lea stieg vom Sattel und nahm den Helm ab.

»Wo sind wir hier?« Sie blickte Frederik zweifelnd an. Frederik drückte auf den Klingelknopf. Aus der Gegensprechanlage erklang eine warme Frauenstimme.

»Ja, bitte?«

»Hallo. Hier ist Frederik Forsberg«, meldete er sich. »Ich bin mit einer Freundin und ihrer Tochter hier. Sie brauchen einen Unterschlupf.«

»Moment.« Es knackte. Eine halbe Minute später öffnete sich die Tür.

»Frederik. Hallo.« Tyra Wilhelmsson lächelte. Sie war eine große, schlanke Frau von Anfang vierzig mit langen blonden Haaren, die sie zu einem Pferdeschwanz gebunden hatte, und blauen Augen, die Lea und Emma, die immer noch mit ihrem Kinderhelm auf dem Kopf im Beiwagen saß, neugierig musterten. Tyra streckte die Hand aus.

»Tyra Wilhelmsson. Ich leite diese Einrichtung.«

Zurückhaltend nahm Lea die angebotene Hand.

»Was für eine Einrichtung ist das denn?«

Tyra hob die Augenbrauen, offenkundig erstaunt, dass Frederik seine Begleiterin nicht informiert hatte.

»Dies hier ist ein Frauenhaus«, erwiderte sie. »Wir bieten

Frauen Schutz, die von ihren Partnern geschlagen oder psychisch misshandelt werden. Ihren Kindern selbstverständlich auch, solange sie nicht älter als sechzehn sind.« Sie blickte wieder zu Emma. »Das ist deine Tochter?«

»Ja.«

Tyra trat auf den Beiwagen zu.

»Hallo. Ich bin Tyra.« Sie wartete einen Moment. »Sagst du mir, wie du heißt?«

Emma erwiderte nichts. Sie schaute die Frau nur mit großen Augen an.

Tyra wandte sich an Lea und Frederik.

»Steht sie unter Schock? Oder ist sie immer so?«

»Emma ist Asperger-Autistin«, erklärte Frederik. Bei seinen Gesprächen mit Tyra hatte er dieses Thema ausgeklammert. Er wollte nicht darüber nachdenken, welche Rolle das gewalttätige Elternhaus bei Emmas Persönlichkeitsentwicklung spielte. Es war auch so schwer genug auszuhalten, dass er nichts tun konnte. Aber bisher war Emma zumindest in Sicherheit gewesen. »Sie lebt eigentlich in einem Heim in Lilleby.« Er berichtete, was sich in den letzten Tagen ereignet hatte.

Tyra verzog mitfühlend den Mund.

»Es ist gut, dass du gegangen bist«, versicherte sie Lea. »Gerade ein Kind wie Emma braucht eine stabile Umgebung.«

»Ja. Ich weiß.« Lea senkte den Blick.

»Gut.« Tyra legte ihr leicht eine Hand auf den Arm. »Ihr habt Glück. Wir haben gerade ein großes Zimmer frei. Dort kannst du mit deiner Tochter unterkommen.«

Lea schüttelte den Kopf. »Ich möchte das nicht.«

Tyra tauschte einen überraschten Blick mit Frederik.

»Habt ihr nicht darüber gesprochen?«

»Ich dachte, sie sollte es zuerst sehen.« Frederik wandte sich an Lea. »Niemand zwingt dich, aber es wäre die beste Lösung.

Arvid wird dich hier nicht aufspüren. Bei deinen Eltern oder bei mir sucht er dich vermutlich als Erstes. Hier bist du sicher. Und Emma auch.«

Lea versteifte sich.

»Ich kann das nicht.« Sie blickte sich hektisch um, als erwartete sie, Ekström oder einen seiner Männer bereits an der nächsten Ecke zu sehen. »Ich muss nach Hause.«

Frederik legte ihr den Arm um die Schultern.

»Du hast Angst. Das verstehe ich. Aber wie soll es weitergehen, wenn du zu Arvid zurückgehst?«

»Wenn ich es sofort tue, verzeiht er mir vielleicht. Je länger ich wegbleibe, desto schlimmer wird es.« Eine Träne rann aus ihrem Augenwinkel. »Irgendwann findet er mich ja doch.«

Frederik wusste, dass ihre Sorge berechtigt war. Er fürchtete ja selbst, dass Ekströms langer Arm bis zu den Behörden reichte, die auch über die Bewohner der sozialen Einrichtungen informiert waren. Aber sich zurück in die Hölle zu begeben war einfach keine Option.

»Es ist deine Entscheidung.« Er wusste, dass es nichts nützte, sie zu drängen. Lea musste diesen Schritt selbst tun wollen.

»Bring mich zurück, ja?« Sie sah ihn bittend an.

»Okay.« Frederik sah hinüber zu Tyra und hob die Schultern, wie um sich zu entschuldigen. »Wenn du es so willst.«

Lea setzte den Helm wieder auf und ging zu Frederiks Roller. Er seufzte leise, dann spürte er Tyras Hand auf seiner Schulter.

»Ich weiß, wie schwer das ist«, murmelte sie. »Aber sie muss ihren eigenen Weg gehen.«

Er nickte. Sie hatten ja schon oft darüber gesprochen.

Lea wollte auf dem Sozius Platz nehmen, doch in diesem Augenblick rührte sich Emma. Sie kletterte aus dem Beiwagen, nahm den gelben Helm ab und ging auf Tyra zu. Mit schief gelegtem Kopf betrachtete sie die Frau. Für einen Moment schien die Zeit stillzustehen. Schließlich drehte sie sich zu ihrer Mutter um.

»Ich möchte hierbleiben.«

Frederiks Herz machte einen Satz. Er schaute hoffnungsvoll zu Lea. Würde sie dem Wunsch ihrer Tochter nachgeben, oder war die Angst vor Ekström größer?

Lea zögerte. Dann löste sie sich wieder vom Roller. Sie lächelte Emma an, und Frederik meinte neben Angst und Unsicherheit auch Stolz in ihren Augen zu erkennen.

»Also gut.« Sie holte tief Luft und richtete sich ein wenig auf, und Frederik entdeckte plötzlich die Frau, die sie sein könnte, wenn Ekström sie nicht kleinhalten würde. »Wir probieren es aus.«

Pias Herz klopfte bis zum Hals. Sie wandte den Kopf ab, weil sie nicht wollte, dass Patrik ihren inneren Aufruhr erahnte. Ohnehin war es ein ganz und gar abstruser Gedanke. Warum sollte sich ein junger, attraktiver Mann wie er für sie interessieren? Sie war doch viel zu alt für ihn. Dass er sie vor dem aggressiven Polizisten gerettet hatte, lag nur daran, dass die Schweden freundliche Gastgeber waren. Sie wollten, dass man sich bei ihnen wohlfühlte. Man hatte hier wohl auch ein ausgeprägtes Gerechtigkeitsempfinden. Aber das alles hatte nichts mit ihrer Person zu tun. Auch das Lächeln, das er ihr am gestrigen Nachmittag geschenkt hatte, gehörte mit Sicherheit in diese Kategorie.

»Danke«, murmelte sie, während sie dem dunkelhäutigen Beamten nachsah, der mit großen Schritten zum Haus der Olssons zurückging, die Schultern hochgezogen, die Fäuste geballt. Er steckte die Niederlage nicht gerade souverän weg.

Sie spürte, wie Patrik näher an sie herantrat.

»Was wollte er von dir?«, fragte er sanft.

Pia riss sich zusammen. Sie hob das Kinn und erwiderte seinen Blick.

»Er glaubt, dass ich Julius umgebracht habe.«

Über Patriks Gesicht glitt ein Ausdruck, den sie nicht deuten konnte.

»Wie kommt er auf eine solche Idee?«

Pia seufzte. Eigentlich wollte sie nicht mehr darüber reden. Sie hatte es schon zu oft getan, mit Jessica, mit ihrer Therapeutin, und nun auch noch mit dem Polizisten. Es half ihr nicht, sondern wühlte nur immer wieder ihre Gefühle auf. Statt die Demütigung abzuschwächen, zementierte es sie fest. Aber nachdem sich Patrik so selbstlos für sie eingesetzt hatte, hatte er wohl ein Recht darauf, den Grund zu erfahren.

»Lass uns ein Stück gehen«, bat sie. Nach den Erfahrungen der beiden letzten Tage hatte sie heute endlich ihre flachen Sportschuhe aus dem Koffer geholt. Auch das Kostüm hatte sie abgelegt und stattdessen eine gebügelte Bluejeans und eine dezent gemusterte Bluse angezogen. Sie fühlte sich damit angreifbarer als in ihrem Geschäftskostüm, aber die Sicherheit, die ihr die Gummisohlen beim Auftreten auf den glatten Steinen vermittelten, glich dies ein wenig aus.

Patrik, der ebenfalls Jeans und Turnschuhe und dazu ein schlichtes weißes T-Shirt trug, das seine breiten Schultern betonte, hatte nichts dagegen. Er ging neben ihr her, und ab und an streifte seine Hand wie zufällig die ihre. Pia durchfuhr jedes Mal ein kleiner Schauer. Es kostete sie einige Mühe, sich nichts anmerken zu lassen und ihre Geschichte so nüchtern zu erzählen, wie sie es sich vorgenommen hatte.

Als sie fertig war, griff Patrik nach ihrem Arm. Er zwang sie, stehen zu bleiben, und drehte sie zu sich herum. Sie schaute in ein Paar blaue Augen, die so tief und unergründlich wirkten wie das Meer.

»Du hattest vielleicht ein Motiv«, sagte er rau. »Aber ich weiß, dass du es nicht getan hast.«

»Woher?« Pia musste schlucken und neu ansetzen, weil ihre Kehle wie ausgetrocknet war. »Woher willst du das wissen?«

Der Griff um ihr Handgelenk war fest; sie hätte sich nicht ohne Weiteres befreien können, selbst wenn sie es gewollt hätte. Aber Patrik machte ihr keine Angst. Im Gegenteil – seine körperliche Kraft hatte etwas Beruhigendes.

»Du bist eine kluge Frau. Du handelst nicht, ohne nachzudenken.«

Sie spürte seine Nähe überdeutlich, die Wärme, die von ihm abstrahlte. Der dunkle, raue Klang seiner Stimme jagte ihr Schauer über den Rücken.

»Bist du sicher?« Ihre eigene Stimme war mindestens eine Oktave zu hoch. Das Honorar für die zwei Jahre Stimmbildung war hinausgeworfenes Geld gewesen. Wenn sie aufgeregt war, entglitt ihr nach wie vor die Kontrolle. Ihre Atmung wurde flach, und die Töne, die sie hervorbrachte, waren spitz. Nie würde sich das, was sie sagte, so selbstsicher anhören wie bei Jessica. Aber Patrik schien sich nicht daran zu stören.

Seine Mundwinkel hoben sich ein wenig.

»Vielleicht«, sagte er und beugte sich näher zu ihr, »sollte ich es ausprobieren.«

Er legte seine Lippen auf ihre, und sie schmeckte genau die Art von salziger Frische, die sie sich vorgestellt hatte. Sie schloss die Augen und genoss es, wie er mit der Zungenspitze die Konturen ihres Mundes nachzeichnete und sich dann langsam ins Innere vorwagte. Er umklammerte auch ihren anderen Arm und zog sie nah an sich heran. Sie konnte spüren, wie erregt er war.

Mit einem Mal zerriss ein Vorhang in ihrem Kopf, und die Erinnerung, die sie so lange zurückgedrängt hatte, quoll dahinter hervor. Wie eine Flutwelle breitete sie sich in ihr aus und nahm ihr den Atem.

Patrik, der ihre Reaktion wohl anders deutete, drängte sich noch enger an sie.

Die Panik kam ohne Vorwarnung. Mit Gewalt versuchte sie, ihm ihre Hände zu entziehen, und als es nicht auf Anhieb gelang, biss sie ihn aus lauter Verzweiflung in die Unterlippe.

»Ah!« Patrik jaulte auf. Er ließ sie los und taumelte rückwärts. Eine Hand presste er auf den Mund, die andere streckte er nach ihr aus, verstört, Hilfe suchend. In seinen Augen erkannte sie, wie tief sie ihn verletzt hatte.

Sie ertrug seinen Blick nicht und wandte sich rasch ab. Ihr war so schlecht, dass sie sich auf der Stelle hätte übergeben können, aber zumindest das wollte sie sich und ihm ersparen.

Ohne ein weiteres Wort machte sie auf dem Absatz kehrt und stürzte zurück zum Haus. Sie hörte, dass Patrik ihr etwas nachrief, doch sie reagierte nicht darauf. Selbst wenn sie gewollt hätte – sie konnte es nicht.

Als er zurück ins Zentrum zum Sahlgrenska-Krankenhaus fuhr, war sein Herz leichter, obwohl das, was ihm bevorstand, noch schwerer sein würde als sein Einsatz für Lea. Während er an einer Ampel wartete, zog er sein Smartphone hervor und schaute auf das Display.

Fünf entgangene Anrufe von Khalid. Ihm fiel ein, dass er den Kollegen nicht informiert hatte, als er so hektisch von der Schäre aufgebrochen war. Zu viel anderes war auf ihn eingestürzt. Er würde ihn später zurückrufen, im Augenblick war die Sorge um Anna dringlicher. Hedda dagegen hatte sich bisher nicht wieder gemeldet, woraus er schloss, dass die Operation noch nicht abgeschlossen war. Zumindest durfte er wohl hoffen, dass Anna noch lebte.

Er stellte den Roller auf dem Krankenhausparkplatz ab und eilte durch die langen Gänge. An der Tür zur Intensivstation drückte er auf den Klingelknopf.

Die Schwester, die ihm öffnete, war dieselbe wie am Tag zuvor.

»Kommissar Forsberg.« Sie schaute ihn mitfühlend an. »Es tut mir so leid.«

Frederik stockte der Atem.

»Ist sie …?«

»Nein, nein!« Die Schwester gestikulierte entschuldigend. »Ihre Kollegin ist noch im OP. Aber es sieht nicht gut aus. Erst die schwere Operation wegen der Hirnblutung, und jetzt noch die Thrombose. Die Ärzte tun, was sie können. Wir können nur beten, dass sie es schafft.«

Frederik nickte. Annas Leben hing am seidenen Faden, das war ihm im Grunde schon bewusst gewesen, als Hedda ihn angerufen hatte. Die Schwester hatte es nur bestätigt.

»Gehen Sie doch in die Cafeteria«, sagte sie wie schon beim letzten Mal. »Der Arzt kommt zu Ihnen, sobald wir mehr wissen.«

»Ja. Danke.«

Wie betäubt lief er den langen Gang zurück. Nur schemenhaft nahm er die Menschen wahr, die ihm begegneten, Ärzte, die mit langen Schritten vorbeieilten, Patienten in Bademänteln, Besucher mit Blumen in den Händen. Sein Körper bewegte sich wie ferngesteuert, während in seinem Kopf eine dumpfe Leere herrschte. Erst als er sich in der Cafeteria einen Kaffee gekauft und ein paar Schlucke getrunken hatte, wurde es besser.

Er zog sein Smartphone aus der Tasche und tippte auf Khalids Nummer. Der Kollege nahm das Gespräch nicht entgegen; entweder hatte er gerade anderes zu tun, oder er war verärgert. Frederik sprach ihm auf die Mailbox, entschuldigte sich, dass er ihn bisher nicht informiert hatte, und schilderte ihm Annas Zustand. Dann suchte er sich eine ruhige Ecke und setzte sich mit seinem Kaffee an einen freien Tisch.

Durch die großen Scheiben konnte er nach draußen auf den Vorplatz sehen. Grünes Gras und ein paar Bäume, dahinter der Eingang zur Notfallambulanz und zum Herzzentrum. Er war schon einmal hier gewesen, vor knapp vier Jahren, damals nach dem Fiasko mit Ekströms geheimem Waffenlager. Nicht alle seine Kollegen waren sofort tot gewesen wie Torun. Einer von ihnen, der junge Anders Lindman, hatte noch gelebt. Frederik hatte drei Tage lang an seinem Bett auf der Intensivstation gewacht, bis der Jüngste im Team schließlich doch seinen Verletzungen erlag. Seine Eltern waren untröstlich gewesen; ihre grauen, verzweifelten Gesichter verfolgten Frederik noch heute im Schlaf. Vielleicht sollte er ein Treffen vorschlagen, mit ihnen und den Angehörigen der anderen Kollegen. Es könnte helfen, noch einmal darüber zu reden, über den sinnlosen Tod, die Leere, die zurückgeblieben war, und die Wut, dass man den Hauptverantwortlichen freigesprochen hatte. Arvid Ekström, der allgegenwärtige Dämon in Frederiks Leben. Aber zuerst musste er den Mord an Julius Reichenbach aufklären.

Er nahm sein Handy aus der Tasche und tippte die Nummer ein, die ihm Hedda geschickt hatte. Es klingelte einige Male, dann wurde der Anruf entgegengenommen.

»König«, meldete sich eine warme und sonore Stimme am anderen Ende.

Frederik war überrascht. Er hatte erwartet, zunächst mit einer Sekretärin verbunden zu werden. Doch Hedda hatte ihm offenbar die Durchwahl des zuständigen Kapitaldezernenten besorgt. Oberstaatsanwalt Dr. Marcus König.

»Forsberg, Reichspolizei Göteborg«, stellte sich Frederik auf Deutsch vor. »Es geht um den Fall Brandt.«

»Aha?« Nun war es König, der offensichtlich irritiert war. »Ich dachte, ich hätte Ihrer Kollegin alle Informationen gegeben.«

»Wir hatten ein kleines Problem«, erwiderte Frederik und überlegte, wie er sich ausdrücken sollte, um Hedda nicht bloßzustellen. »Eine Störung in der Telefonverbindung. Das meiste ist angekommen, aber was die Beute angeht, gibt es ein paar Lücken.«

»Ach so.« König begriff die unausgesprochene Botschaft. »Das lag vermutlich an mir. Mein Englisch ist ein wenig eingerostet«, behauptete er höflich.

Frederik mochte den Staatsanwalt schon jetzt.

»Dann fasse ich das Wichtigste einfach noch einmal für Sie zusammen«, sagte König. »Der Verbleib des gestohlenen Geldes war ja der zentrale Punkt bei der Urteilsfindung.«

Der Oberstaatsanwalt legte ihm in knappen Worten den Verlauf des Verfahrens dar. Frederik hörte konzentriert zu, während er die Menschen beobachtete, die vor den großen Fenstern vorbeihasteten. Als König auf die Beute zu sprechen kam, richtete er sich mit einem Ruck auf.

Was ihm der Staatsanwalt soeben erklärt hatte, änderte die Sachlage entscheidend. Wenn es sich so verhielt, wie König mutmaßte, war der Mord an Julius Reichenbach womöglich vollkommen anders motiviert, als sie bisher angenommen hatten.

Er bedankte sich bei dem deutschen Oberstaatsanwalt und beendete das Gespräch, behielt das Smartphone aber in der Hand. Er brauchte jetzt dringend die Informationen, die Viveka besorgen wollte.

# 13

*Seine Eltern waren in die Stadt gefahren. Sie mussten dringend ein paar Besorgungen machen. Eigentlich hatten sie Edvin mitnehmen wollen, aber sein Bruder hatte darum gebettelt, zu Hause bleiben zu dürfen. Schließlich hatten die Eltern nachgegeben.*

*Er selbst konnte sich nicht um ihn kümmern. Nach dem Bad im kalten Meer auf ihrem Segeltörn vor ein paar Wochen lag er immer noch im Bett. Die Lungenentzündung war hartnäckig. Langsam klangen die Symptome ab, doch er durfte noch nicht wieder aufstehen.*

*Aber Edvin war mittlerweile acht. Er kam allein zurecht. Meistens lief er den ganzen Tag draußen herum, beobachtete Vögel und Schnecken oder lag einfach auf dem Rücken im Gras und schaute in den Himmel. Das konnte er stundenlang tun.*

*Er las eine Weile in dem Buch, das ihm seine Eltern gegeben hatten, aber irgendwann wurde es ihm zu anstrengend. Das Thema interessierte ihn; es ging um Jäger und Gejagte in der Tierwelt. Doch die Sprache war kompliziert, und immer wieder tauchten Wörter auf, die er nicht kannte. Eigentlich war er auch zu jung für das Buch. Es war für Erwachsene gedacht, und er war gerade erst zwölf geworden. Als ihm die Augen zufielen, legte er es beiseite.*

*Eine Weile später wachte er wieder auf. Er wunderte sich, dass Edvin nicht zu ihm gekommen war. Die Sonne stand zwar immer noch hoch am Himmel, doch sie war ums Haus herumgewandert. Es musste bereits früher Abend sein.*

*Ohne dass es einen Grund dafür gab, befiel ihn plötzlich ein mulmiges Gefühl. Er lauschte und hörte Stimmen vor dem Haus. Nicht die von seinen Eltern. Es waren zwei Männerstimmen. Dazwischen meinte er Edvins kehlige Laute zu hören.*

*Er schlug die Bettdecke beiseite und richtete sich mühsam auf. Mit aller Kraft, die er aufbringen konnte, schaffte er es, aufzustehen, und ging mit wackeligen Schritten zum Fenster.*

*Was er sah, ließ ihm das Blut in den Adern gefrieren.*

*Hastig drehte er sich um und wollte zur Zimmertür eilen, doch sein Körper gehorchte ihm nicht. Seine Beine waren wie aus Gummi, seine Knie gaben einfach nach. Er musste sich an der Wand abstützen, um überhaupt voranzukommen. Auf der Treppe hielt er sich mit beiden Händen am Geländer fest. Jede Stufe kostete unglaubliche Mühe, und zweimal wäre er fast gestürzt. Erst im letzten Moment fing er sich. Sein Herz raste, aber er kämpfte sich weiter nach unten, auch wenn seine Schritte so schwer waren, als watete er durch tiefen Morast. Er spürte, wie ihn die Kräfte verließen und sich eine fiebrige Schwere in seinem Kopf breitmachte.*

*Als er endlich unten vor dem Haus anlangte, war es längst zu spät.*

Ihre Hand zitterte, als sie nach der Klinke griff. Sie fürchtete sich allen Ernstes, den Raum zu betreten, dabei war es ihr eigenes Wohnzimmer. Aber die Stimmung darin war so düster. Wie eine giftige Wolke, die in jeden Winkel drang und das Atmen unmöglich machte. Zusammen mit der Traurigkeit, die sie ohnehin immer mit sich herumtrug, raubte sie ihr den letzten Rest ihrer Energie.

Kennet hätte ihnen diese Menschen einfach niemals ins Haus holen dürfen. Er hatte das anscheinend auch eingesehen, doch nun war es zu spät. Mit Sorge hatte sie beobachtet, wie viel er am Abend zuvor getrunken hatte. Dabei hatte sie geglaubt, diese Phase sei endlich überstanden und es ginge wieder bergauf. Aber sie hatte sich wohl etwas vorgemacht. Die Erinnerungen würden niemals verblassen. Sie waren ihre ständigen Begleiter geworden, wie eine hochstehende Teppichkante, über die man jedes Mal aufs Neue stolperte, wenn man nicht achtgab.

Kurz spielte sie mit dem Gedanken, das Haus zu verlassen. Aufs Festland zu fahren und einen Besuch in Göteborgs Västra Kyrkogården zu machen. Dort, am Grab auf dem Friedhof wäre der Schmerz zwar noch schärfer, der in Stein gemeißelte Verlust unübersehbar, doch zugleich wäre sie nicht allein. Sie könnte weinen, und die Tränen würden vielleicht ein wenig von der Schwermut fortspülen.

Aber Kennet erwartete, dass sie sich um die ungebetenen Gäste kümmerte. Sie hatte sich ihm nie widersetzt. Vielleicht war das ein Fehler, doch ihr fehlte die Kraft, ausgerechnet jetzt damit anzufangen.

Sie holte noch einmal tief Luft und drückte die Klinke hinunter.

Die Deutschen saßen noch auf denselben Plätzen wie beim Frühstück. Als hätte jemand einen Film angehalten und setzte ihn erst jetzt fort. Sofia räusperte sich.

»Ich habe Zimtschnecken gebacken. Vielleicht möchten Sie welche? Und einen Kaffee dazu?«

Erst als sie genauer hinsah, bemerkte sie, dass sich doch etwas verändert hatte. Der Mann mit den wilden Locken lehnte nicht mehr entspannt im Sessel wie zuvor, sondern wischte mit verbissener Miene auf seinem Smartphone herum. Und die schüchterne dunkelhaarige Frau war so blass, als wollte sie jeden Moment in Ohnmacht fallen. Nun hob sie matt die Hand.

»Danke. Ich habe keinen Hunger.«

»Ich schon.« Steffen schob sein Smartphone in die Hosentasche.

Daniela blickte von ihren Fingern auf, als erwachte sie aus einer Trance. »Wo ist Jessica?«

Kai verdrehte die Augen. »Sie ist joggen gegangen, das hat sie doch gesagt.«

Daniela schaute auf ihre Uhr. »Das war vor über vier Stunden. Was, wenn sie gestürzt ist und sich etwas gebrochen hat? In ihrer Verfassung …«

Steffen sprang auf. »Ich gehe sie suchen.«

Daniela erhob sich ebenfalls. »Ich komme mit.«

Steffen warf ihr einen Blick zu, den man nicht anders als verächtlich nennen konnte. »Nicht nötig. Allein bin ich schneller.«

Sofia fröstelte. Sie begriff die Deutschen nicht. Oder hatte sie den kurzen Wortwechsel falsch verstanden? In der Schule hatte sie ein wenig von der Sprache gelernt, doch das meiste war längst verblasst. Die Gestik und die Mimik ihrer Gäste ließen allerdings wenig Zweifel daran, dass sie aufeinander herumhackten, statt sich zu trösten, und das war etwas, das Sofia überhaupt nicht nachvollziehen konnte. Natürlich befanden sie sich in einer Ausnahmesituation; der Tod ihres Reisegenossen saß ihnen sicherlich in den Knochen. Aber würde man sich unter Freunden in einer solchen Lage nicht rücksichtsvoller verhalten? Anscheinend war die Höflichkeit, wie sie in Schweden üblich war, in Deutschland nicht so verbreitet.

Steffen war schon auf dem Weg zur Tür und drängte sich an ihr vorbei.

»Ich rufe an, wenn ich sie gefunden habe«, sagte er noch. Dann stürmte er aus dem Haus.

Sofia blieb ratlos mit den anderen zurück. Sollte sie das Gebäck jetzt servieren, oder sollte sie warten, bis Steffen und Jessica zurückkehrten? Und musste nicht auch die Polizei informiert werden? Vielleicht war Jessica ja gar nicht verunglückt, sondern dem Täter in die Hände gefallen, der ihren Mann getötet hatte.

Erst jetzt fiel ihr auf, dass nicht nur die Frau des Ermordeten, sondern auch der dunkelhäutige Polizist verschwunden war.

Kai, Daniela und Pia begannen eine Diskussion darüber, ob Jessica aus freien Stücken so lange fortblieb. Weil ohnehin niemand sie beachtete, verließ Sofia den Raum und ging nach draußen. Sie lief einmal um das Haus herum und fand den dunkelhäutigen Beamten im Garten. Er hatte sich auf die Schaukel gesetzt, die immer noch im Apfelbaum hing, obwohl sie schon seit vielen Jahren niemand mehr benutzte. Sofia verspürte einen Stich. Es war nicht recht, dass er dort saß. Dieser Platz gehörte ganz allein ihrem Sohn. Er hatte es immer geliebt, unter dem dichten Blätterdach vor- und zurückzuschwingen, dann leuchteten seine Augen. Die Liebe, die sie für ihn empfand, traf sie mit voller Wucht. Energisch ging sie auf den Beamten zu.

Als er sie bemerkte, sprang er auf. Es war ihm wohl peinlich, dass sie ihn auf dem Spielgerät entdeckt hatte. Sie wollte etwas sagen, doch seine finstere Miene hielt sie davon ab. Wo war nur der andere Kommissar abgeblieben, der so rücksichtsvoll und freundlich war? Warum hatte er seinen Kollegen nicht mitgenommen, als er gegangen war? Vermutlich, so überlegte sie, hielt er es für nötig, die Reisegruppe zu überwachen. Bedeutete das, dass er einen der Deutschen für den Täter hielt? Hatte Kennet ihnen nicht nur eine Trauergemeinde, sondern auch einen Mörder ins Haus geholt?

Sofia versuchte, sich zusammenzureißen.

»Eine der Deutschen ist verschwunden«, teilte sie dem Beamten mit. »Die Frau des Toten.«

Seine dunklen Augen flackerten, sein Blick ruckte zum Haus. »Seit wann?«

Sofia hob die Schultern. »Ich weiß es nicht. Sie ist wohl heute Morgen nach dem Frühstück zum Joggen gegangen und bisher nicht zurückgekehrt. Jetzt ist es fast drei.«

Der Polizist nickte.

»Ich kümmere mich darum«, erklärte er barsch und lief eilig ins Haus.

Sofia blieb auf der Terrasse zurück. Ihr Blick hing immer noch an der Schaukel, die sich sacht im Wind bewegte. Wenn sie doch nur die Uhr zurückdrehen könnte. Ein einziges Mal nur wollte sie ihrem Sohn die Hand auf den Rücken legen und ihm Schwung geben. Sie hatte es so oft getan, und trotzdem kam es ihr jetzt so vor, als hätte sie viel zu selten die Gelegenheit genutzt. Nun war es zu spät. Es war alles vorbei.

In der letzten Stunde war nicht viel los gewesen, aber dann hatten zwei deutsche Touristinnen den Laden betreten. Kennet schätzte sie auf Mitte sechzig. Sie hatten praktische graue Kurzhaarfrisuren und trugen bunte Wetterjacken, feste Hosen und stabile Wanderschuhe. Sie bestellten jede einen Milchkaffee und eine Zimtschnecke und ließen sich auf den Hockern neben dem Eingang nieder. Der zugehörige Tisch war in Wirklichkeit ein Regalbrett, das Kennet an die Wand geschraubt hatte, aber es erfüllte seinen Zweck. Man konnte seine Kaffeetassen und die Teller mit Gebäck oder Brötchen darauf abstellen und hatte die Hände frei.

Die beiden Damen beschäftigten sich mit einem Reiseführer. Kurz darauf kam eine von ihnen zu ihm und entfaltete eine Wanderkarte auf seiner Verkaufstheke.

»Vielleicht können Sie mir helfen?«, erkundigte sie sich, zu seiner Überraschung auf Schwedisch, doch mit jenem harten Akzent, der für die Deutschen typisch war, und erläuterte ihm ihr Anliegen. Ihre Schwester und sie wollten Vögel beobachten und hatten sich notiert, wo sie welche Arten finden konnten. Allerdings ließen sich die Angaben, die ihnen vorlagen, nicht mit dem Kartenmaterial in Übereinstimmung bringen.

Kennet schaute sich die Sache an. Er war froh über die Ablenkung. Wenn er im Laden allein war, kreisten seine Gedanken die ganze Zeit um den Toten. Schon mehrere Male hatte er in den Schrank hinter dem Verkaufstresen gegriffen, in dem er die kleinen Flaschen mit dem Schnaps lagerte. Große Flaschen verkaufte er nicht. In seinem Supermarkt gab es keine hochprozentigen Getränke, nur Leichtbier. Lediglich zu den Flachmännern hatte er sich nach einigem Überlegen durchgerungen. Es könnte schließlich sein, dass ein Schärenbewohner nach einem reichhaltigen Essen etwas für die Verdauung brauchte. Zumindest hatte er sich das eingeredet. Die Wahrheit war wohl, dass er selbst etwas für den Notfall in Reichweite haben wollte.

Der Alkohol legte für einen kurzen Moment eine warme Decke über den Aufruhr in seinem Innern, doch der Effekt verflog jedes Mal schnell. Dann waren all die Emotionen wieder da, die an seinem Herzen zerrten: die Wut und die Angst, das schlechte Gewissen und die Schuldgefühle.

Das Lachen der deutschen Touristin brachte ihn auf andere Gedanken. Kennet kramte in seinen Erinnerungen und zeigte ihr die Orte, an denen er selbst früher gelegentlich Vögel beobachtet hatte. Als Junge hatte es ihm Spaß gemacht. Es war ein Hobby, dem man auch allein nachgehen konnte. Auf der Schäre hatte es kaum gleichaltrige Kinder gegeben. Seine Eltern hatten keine Zeit gehabt, ihn ständig auf eine andere Insel oder aufs Festland zu bringen, damit er dort Sport treiben oder sich mit Schulfreunden treffen konnte; sie mussten sich um den Supermarkt kümmern. Also hatte er sich auf die Freizeitaktivitäten beschränkt, die in der Schule angeboten wurden, und sich gelegentlich mit Brodde getroffen, dem einzigen seiner Mitschüler, der ebenfalls auf Asperö wohnte. Häufig war das nicht der Fall gewesen. Brodde hatte Lernschwierigkeiten und einen strengen Vater, der ihn meist dazu verdonnerte, die Nachmittage über Schulbüchern zu verbringen, statt mit Kennet über die Insel zu streifen. Aber Kennet hatte nichts vermisst. Er war immer gern allein gewesen, hatte auf den Felsen am Meer gesessen, über das Wasser geschaut und mit seinem Walkman Musik gehört, oder er war zum Teich in der Mitte der Insel gegangen und hatte sich die Vögel angesehen.

Die Touristin war begeistert von seinen Ausführungen und winkte ihrer Schwester, dazuzukommen. Die stieg von ihrem Hocker, doch ehe sie einen Schritt in Richtung Verkaufstresen machen konnte, wurde die Tür aufgerissen, und Patrik stürmte in den Supermarkt. Er sah nicht gut aus, aufgewühlt und erschüttert, mit rotfleckigen Wangen und aufgerissenen Augen. Kennets Herzschlag beschleunigte sich unwillkürlich.

»Entschuldigen Sie.« Er ließ die Kundin stehen und ging seinem Sohn entgegen. Für eine Sekunde glaubte er, Patrik würde sich in seine Arme werfen, so wie früher als Kind, wenn er sich wehgetan hatte. Doch sein Sohn änderte im letzten Moment die Richtung und lief an ihm vorbei zur Espressomaschine. Kennet folgte ihm. Die beiden Damen zogen sich rücksichtsvoll auf ihre Plätze zurück.

»Patrik, was ist los? Geht es deiner Mutter nicht gut? Oder ist irgendwas mit unseren Gästen?«

»Nein. Alles in Ordnung. Die Polizei ist noch da. Nicht der Kommissar, aber sein Kollege.«

Patriks Adamsapfel hüpfte auf und ab, und Kennet fiel es plötzlich wie Schuppen von den Augen. Er hatte sich schon oft gefragt, weshalb sein Sohn keine Freundin hatte. Aber unter den Kommilitoninnen war wohl keine, die ihm gefiel. Gestern Abend allerdings hatte er bemerkt, wie Patrik die deutsche Anwältin mit Blicken verfolgte. Vermutlich hatte er einen Annäherungsversuch gewagt und war zurückgewiesen worden. Spontan zog er ihn in die Arme.

»Komm mal her.«

Patrik ließ sich kurz drücken, dann schob er ihn von sich weg.

»Du hast getrunken.«

»Ja.« Kennet senkte beschämt den Kopf.

»Ich dachte, das wäre endlich vorbei.«

»Das hatte ich auch gehofft.« Er sah seinem Sohn in die Augen. »Aber jetzt … diese ganze Situation …«

Patriks Miene wurde wieder weich. Er deutete auf das Flaschensortiment.

»Gib mir auch einen.«

Kennet zögerte kurz. Dann öffnete er den Schrank.

Auf einen Schnaps mehr oder weniger kam es nun auch nicht mehr an.

Im Grunde wusste er, dass es unsinnig war. Asperö mochte klein sein, aber doch nicht so winzig, dass er eine Chance hätte, Jessica zu finden. Dazu gab es zu viele Waldstücke, zu viel dichtes Gestrüpp und Unterholz. Steffen streifte umher und versuchte, das Grün mit den Augen zu durchdringen, doch je länger er das tat, desto deutlicher wurde ihm, dass er wahrscheinlich an Jessica vorbeilaufen würde, wenn sie irgendwo bewusstlos hinter ein paar Sträuchern lag.

Er blieb stehen und schaute über das Wasser zum Festland. Dieser Flecken Erde war so schön, dass es fast wehtat. Das Glitzern der Sonne auf dem Wasser, der weite blaue Himmel und die weißen Boote, die entlang der Küste segelten. Ein Postkartenidyll. Der Kontrast zu dem, was er in den letzten Jahren tagtäglich gesehen hatte, hätte kaum größer sein können.

Deshalb hatte er zugesagt und sich sogar auf die Reise gefreut. Dabei hätte ihm klar sein müssen, dass es eine Dummheit war, ausgerechnet mit Julius und Kai wegzufahren. Wie sollte er während der zwei Wochen, die sie hier verbringen wollten, übergehen, was sie ihm angetan hatten? Trotzdem hatte er es nicht geschafft, Jessica ihre Bitte abzuschlagen. Nun sah man ja, wohin das geführt hatte.

Julius war tot, und dieser Kommissar verdächtigte ihn.

Steffen wandte sich vom Meer ab und ging weiter in Richtung Norden.

War es ein Fehler gewesen, zuzugeben, dass er Julius' Rad manipuliert hatte? Aber er hatte keine Handschuhe getragen. Es gab sicherlich Fingerabdrücke. Früher oder später hätte man ihn ohnehin überführt. Er hatte gehofft, er könnte den Mordverdacht entkräften, wenn er den Kommissar davon überzeugte, dass er ehrlich war. Doch vermutlich war das eine Milchmädchenrechnung gewesen. Dieser Forsberg war ein Mann, dem man nicht so leicht etwas vormachte.

Steffen schob die Hände in die Hosentaschen.

Er wollte das alles nicht noch einmal durchmachen. Untersuchungshaft, stundenlange Verhöre, eine Gerichtsverhandlung, bei der man bis zum Schluss auf ein Wunder hoffte, nur um dann die Enttäuschung mit voller Wucht zu spüren. Wer einmal einen Fehler gemacht hatte, war für alle Zeiten der Sündenbock. Man hatte ihm damals nicht geglaubt. Vermutlich würde man es auch jetzt nicht tun.

Das war etwas, das ihn verfolgte. Irgendetwas hatte er an sich, das die Menschen dazu brachte, ihn zu verdächtigen, wenn etwas Schlimmes geschah. Das war schon in der Schule so gewesen und damals bei der Sache mit seinem kleinen Bruder. Alle hatten ihm Vorwürfe gemacht, dabei hatte er doch unmöglich voraussehen können, was passieren würde. Er war genauso schockiert und entsetzt gewesen wie alle anderen, doch statt ihn zu trösten, hatte man ihn verantwortlich gemacht. Als ob es nicht gereicht hätte, dass ihn ohnehin die schlimmsten Schuldgefühle plagten.

Mit den Jahren hatte er gelernt, die Dinge nicht mehr so dicht an sich heranzulassen, obwohl es ihm schwerfiel. Er hatte sich eine rebellische Fassade zugelegt, und die anderen waren darauf hereingefallen. Aber der Schmerz hatte nie aufgehört.

Steffen zog sein Tabakpäckchen aus der Tasche und drehte sich eine Zigarette. Nachdem er sie angezündet hatte, lief er weiter.

Was sollte jetzt aus seinen Zukunftsplänen werden? Er hatte so auf eine Wende zum Positiven gehofft, doch nun sah es danach aus, als würde wieder einmal alles schiefgehen.

Er zog den Rauch in die Lunge und spürte, wie das Nikotin seine Nerven beruhigte.

Als Erstes musste er Jessica finden. Sie war gut trainiert und lief regelmäßig weite Strecken, aber länger als drei Stunden war sie nie unterwegs. Vielleicht saß sie einfach irgendwo, schaute aufs Meer und dachte nach. Womöglich hatte sie sich aber auch verletzt. Oder war sie gar nicht mehr auf Asperö? Sie könnte mit der Fähre aufs Festland gefahren sein. Doch weshalb hätte sie das tun sollen?

Er hatte die Kollegen eilig zusammengerufen, und sie hatten sich im Besprechungsraum versammelt. Auch Birger war dazugekommen. Da Khalid nicht dabei war, bestand nicht die Gefahr einer Eskalation.

Hedda kochte Kaffee und stellte Tassen und einen Teller mit Keksen auf den Tisch. Frederik war von ihrer Fürsorglichkeit gerührt. Obwohl sie ganz offensichtlich eine schwere Last mit sich herumtrug, galt ihre Aufmerksamkeit stets den anderen.

Als alle versorgt waren und sich gesetzt hatten, berichtete er von seinem Besuch im Krankenhaus. Die Operation war abgeschlossen, Anna lag wieder auf der Intensivstation. Die Ärzte hatten das Blutgerinnsel entfernen können, und im Augenblick war sie stabil. Mehr konnte man zurzeit nicht sagen. Man hatte sie wieder in ein künstliches Koma versetzt und musste abwarten. Ob bleibende Schäden bei ihrem Unfall oder aufgrund der Thrombose entstanden waren, würde man erst sehen, wenn sie das Bewusstsein wiedererlangte. Aber selbst wenn alles gut ging, würde sie lange brauchen, um in ein normales Leben zurückzufinden. Dem Krankenhausaufenthalt würden Kur und Reha folgen, und sie müsste ganz langsam wieder auf die Beine kommen.

Frederik tauschte sich wortlos mit Birger darüber aus, dass er trotzdem auf ihre Rückkehr warten wollte. Das Team war groß genug, und er wollte das labile Gleichgewicht, das in den letzten Monaten entstanden war, nicht in Gefahr bringen, indem er einen neuen Kollegen aufnahm. Birger nickte ihm fast unmerklich zu und signalisierte damit, dass es Frederiks Entscheidung war.

»Gut.« Frederik wartete einen Moment, damit alle die Nachrichten verdauen konnten. Dann schaute er die Kollegen an.

»Haben wir etwas Neues?«

Viveka hob die Hand.

»Kai Schwaiger hat die Liste der Klienten geschickt, die mit ihrer Verteidigung durch ihn und Julius Reichenbach nicht zufrieden waren. Ich habe alle aufgeführten Personen überprüft. Für den Mord kommt keiner von ihnen infrage. Die meisten befinden sich derzeit noch in Haft. Diejenigen, die bereits auf freiem Fuß sind, haben alle einen Wohnsitz in Hamburg.« Sie hüstelte. »Ich … äh … habe meinen Vater gebeten, ein Amtshilfeersuchen zu stellen.«

Birger runzelte die Stirn. Der korrekte Weg wäre, dass sie mit diesem Anliegen zu ihm kam. Viveka musste das klar sein. Trotzdem hatte sie sich dagegen entschieden. Frederik hatte eine ziemlich genaue Vorstellung davon, weshalb sie das getan hatte.

Viveka wollte sich unbedingt profilieren. Wenn sie sich an Birger wandte, bestand die Gefahr, dass er ihr die Sache aus der Hand nahm. Ihr Vater dagegen, der Polizeichef, würde alles tun, um seiner Tochter nach oben zu helfen.

Er sah sie ernst an. Vielleicht war es doch ein Fehler gewesen, Viveka ihr eigenmächtiges Handeln bei der Beschaffung der Bankinformationen durchgehen zu lassen. Wenn sie glaubte, Entscheidungen nach eigenem Gutdünken treffen zu können, musste er ihr dringend Grenzen setzen.

Göran und Hedda starrten angestrengt auf ihre Kaffeetassen, weil sie wohl eine Standpauke erwarteten, die ihnen Unbehagen bereiten würde, auch wenn sie Viveka galt. Frederik verzichtete darauf. Er schwieg so lange, bis Viveka den Blick senkte.

»Ja. Tut mir leid. Ich habe nicht nachgedacht. Ich hätte damit zu Birger gehen sollen.«

Frederik nickte. »Beim nächsten Mal tust du es«, sagte er freundlich.

Göran und Hedda lösten sich von der Betrachtung ihres Kaffees, und auch Viveka wagte es wieder, aufzublicken.

»Die Hamburger Kollegen haben alle infrage kommenden Klienten der Kanzlei überprüft«, berichtete sie. »Keiner von ihnen war in den letzten Tagen auf Reisen oder hat auch nur die Stadt verlassen. Sie haben alle Alibis.«

»Das heißt, der Mord an Julius Reichenbach war keine Vergeltungstat eines Mandanten, der sich schlecht vertreten fühlte«, folgerte Birger und sah Frederik an. »Was war es dann? Ein Racheakt der jungen Kollegin, die von ihm gemobbt wurde?«

Frederik nahm seine Tasse und trank einen Schluck Kaffee. Sein Magen knurrte. Es war bereits später Nachmittag, und bis auf ein belegtes Brötchen in der Cafeteria des Krankenhauses hatte er heute noch nichts gegessen. Er nahm sich ein paar Kekse.

»Es ist das einzige Motiv, das wir bisher kennen«, erwiderte er, nachdem er gekaut hatte. »Aber ich halte es nicht für stark genug. Vergessen wir nicht, dass Reichenbach mit achtzehn Messerstichen getötet wurde. Das setzt nicht nur heftige Emotionen voraus, sondern auch eine erhebliche Gewaltbereitschaft. Die aufgewühlten Gefühle könnte ich mir bei Pia Frenzen vorstellen, aber ich glaube nicht, dass sie über die Energie verfügt, jemanden derart brutal zu attackieren.« Er nahm sein Smartphone aus der Tasche und legte es auf den Tisch. »Khalid hat in der Zwischenzeit mit ihr gesprochen. Er ist zu derselben Einschätzung gelangt.«

Viveka verzog verächtlich den Mund. Frederik hob die Augenbrauen. Als sie es bemerkte, setzte sie rasch wieder eine neutrale Miene auf. Ihr war wohl klar, dass sie selbst auf einem schmalen Grat balancierte. Allzu viele Fehltritte durfte sie sich nicht mehr erlauben.

Frederik wandte sich an Hedda.

»Ich habe mit dem Hamburger Staatsanwalt telefoniert«, berichtete er. »Es war gut, dass du mich darauf hingewiesen hast, dass er möglicherweise noch nützliche Informationen für uns hat.«

Hedda lächelte unsicher. Sie mochte wohl immer noch nicht glauben, dass er sie nicht dafür verachtete, dass sie sich nicht gut genug hatte verständigen können.

Birger schaute ihn gespannt an. »Was hat er gesagt?«

Frederik faltete die Hände vor sich auf dem Tisch.

»Wie Hedda uns bereits berichtet hat, hat Steffen Brandt einen Geldtransporter überfallen. Er hat die Wachleute außer Gefecht gesetzt und das Geld, das sie zur Bank bringen sollten, verschwinden lassen. Danach ist er an seinen Arbeitsplatz – eine Baustelle direkt neben dem Juweliergeschäft, vor dem der Überfall stattgefunden hat – zurückgekehrt und hat vorgegeben, von der ganzen Sache nichts mitbekommen zu haben. Zum Verhängnis wurden ihm die Aufnahmen einer Überwachungskamera am Nachbargebäude, von der er nichts wusste. Darauf ist er eindeutig zu erkennen. Was man aber nicht sieht, ist, wohin er die Geldkassetten geschafft hat.«

Er nahm sich noch einen Keks.

»Die Staatsanwaltschaft hat Steffen Brandt zu verstehen gegeben, dass sich das zu erwartende Strafmaß deutlich reduzieren würde, wenn die Beute wieder auftauchte. Es handelte sich immerhin um mehr als vierhunderttausend Euro.«

Göran lehnte sich auf seinem Stuhl zurück und verschränkte die Arme vor der Brust. »Aber er wollte nicht. Er hat sich gedacht, dass er sich lieber mit dem Geld ein schönes Leben macht, wenn er seine Strafe abgesessen hat.«

Frederik schüttelte den Kopf. »Er hat der Staatsanwaltschaft das Versteck der Beute genannt.«

Göran schnaubte enttäuscht. »Also ist er schnell wieder rausgekommen.«

»Nein.«

»Nein?«

»Die Polizei hat den Ort gefunden, den Brandt beschrieben hatte. Aber das Geld war nicht dort.«

»Klar.« Görans Augen blitzten. »Er hat sie zum Narren gehalten.«

»Brandt hat behauptet, jemand müsse das Geld entwendet haben.«

»Ein bestohlener Räuber?«, fragte Birger. Frederik merkte ihm an, dass er diese Version bezweifelte.

»Das Gericht hat es auch nicht geglaubt. Man hat ihn zur Höchststrafe verurteilt. Auch deshalb, weil Brandt nicht plausibel darlegen konnte oder wollte, wer das Geld genommen haben könnte. Der Staatsanwalt hatte allerdings einen Verdacht.«

Birger blinzelte. »Brandts Anwälte?«

Frederik nickte. »Marcus König, der Hamburger Oberstaatsanwalt, geht davon aus, dass Brandt Julius Reichenbach oder Kai Schwaiger das Versteck der Beute genannt hat, vielleicht auch beiden.«

Göran richtete sich auf seinem Stuhl auf.

»Dann hat einer der beiden das Geld genommen. Oder beide gemeinsam, und sie haben geteilt. Sie haben ihn hintergangen. Haben Brandt im Gefängnis schmoren lassen, während sie sich mit seiner Beute ein schönes Leben gemacht haben. Kein Wunder, dass er wütend war. Wenn das kein Motiv ist, mit dem Messer auf jemanden loszugehen …«

Frederik stimmte ihm zu.

»Das ist eine plausible Theorie. Aber wir brauchen Beweise.« Er wandte sich an Viveka. »Hast du schon Informationen von der Bank?«

Viveka griff nach ihrem Tablet und wischte über das Display. »Nein. Der Gerichtsbeschluss ist noch nicht da. Aber wenn er kommt, kümmere ich mich sofort darum.«

»Gut.« Frederik leerte seine Kaffeetasse und stand auf. »Wenn ihr nichts mehr zu tun habt, macht pünktlich Feierabend. In den nächsten Tagen kommt sicher noch reichlich Arbeit auf uns zu.« Er schaute zu Birger, der ihm mit einem Blick andeutete, dass er noch kurz unter vier Augen mit ihm sprechen wollte. Frederik nickte stumm, um ihm zu zeigen, dass er verstanden hatte.

»Ich fahre noch einmal nach Asperö«, sagte er. »Auch wenn wir noch nichts in der Hand haben, wüsste ich gern, was Kai Schwaiger zu der verschwundenen Beute zu sagen hat.« Er zwinkerte. »Und natürlich muss ich Khalid abholen. Wir wollen ihn ja nicht allein in der Fremde lassen.«

Der Witz funktionierte tatsächlich, Göran und Viveka grinsten, und Hedda ließ sogar ein leises Lachen hören. Birger dagegen hob nur müde die Mundwinkel. Aber für ihn war die Bemerkung auch nicht gedacht gewesen. Frederik hatte einfach nur die Stimmung im Team auflockern wollen. Ein klein wenig war es vielleicht gelungen.

# 14

Das Lokal fiel in die Kategorie »studentisch«, war aber sehr sauber. Wo man zu Hause in Deutschland und in vielen anderen Ländern auf schmuddelige Sitzpolster, verdreckte Toilettenräume und schlechten Kaffee stieß, war in Schweden alles ordentlich und adrett. Der koffeinfreie Milchkaffee war von guter Qualität, und der Kardamomkringel, den sie dazu gekauft hatte, sah ausgesprochen appetitlich aus.

Jessica bekam trotzdem nichts hinunter. Sie hatte nur einmal von dem Gebäck abgebissen, und sofort war ihr Magen wieder in Aufruhr geraten. Nun trank sie den Kaffee in kleinen Schlucken und hoffte, dass sie zumindest das Getränk bei sich behielt.

Sie hatte sich in eine Nische gesetzt, in der man sie von der Straße aus nicht sehen konnte. Die Säule, hinter der ihr Tisch stand, schützte sie zudem vor den Blicken der anderen Café-Gäste. Eigentlich war das nicht nötig. Es kannte sie ja niemand in Göteborg. Aber sie hatte trotzdem das Bedürfnis, sich zu verstecken.

Bevor sie nach Asperö zurückkehrte, musste sie in Ruhe nachdenken. Es war kein Problem gewesen, in Göteborg das Gesuchte zu bekommen, doch nun zögerte sie, es zu benutzen. Die kleine Schachtel in ihrer Handtasche, die sie auf den Knien festhielt, schien ein Loch durch das Leder zu brennen und auf ihrer Haut zu glühen.

Es war alles aus dem Ruder gelaufen, und jetzt stand sie vor einem Problem, das sie nicht erwartet hatte. Der Aufruhr in ihrem Innern war so groß, dass sie nicht wusste, wie sie ihn bewältigen sollte. Sie konnte ihre Gefühle nicht kontrollieren, nicht das Entsetzen und die Trauer und, schlimmer noch, auch nicht die Erleichterung und die Hoffnung, die in ihr aufkeimten. Julius war doch ihr Ehemann gewesen, und sie hatten gute und glückliche Jahre gehabt. Dennoch fühlte es sich so an, als hätte sein Tod eine Tür geöffnet, die lange verschlossen gewesen war. Dahinter lag ein blühender Garten, das Ziel ihrer Träume, und unter anderen Umständen hätte sie vor Glück getanzt. Doch wie sollte das gehen, auf dem Grab ihres Mannes? Sie hatte immer geglaubt, ein einigermaßen guter Mensch zu sein. Hatte sie sich getäuscht? War in Wirklichkeit nicht Julius der Egoist in ihrer Beziehung gewesen, sondern sie selbst?

Jessica öffnete die Handtasche und blickte hinein. Das kleine Objekt übte eine magnetische Anziehungskraft auf sie aus. Sollte sie es tun? Oder lieber noch ein wenig warten, bis sich die Situation entspannt hatte?

Aber was sollte das nützen? Die Fakten würden sich nicht ändern. Und sie musste es jetzt einfach wissen.

Sie verschloss die Tasche wieder und stand auf. Mit geradem Rücken ging sie an der Theke vorbei und folgte dem Schild zu den Toiletten.

Was auch immer geschah, sie würde dem Schicksal mit offenen Augen entgegentreten.

Die Zimtschnecken, die Sofia gebacken hatte, waren sicherlich lecker, doch in seinem Mund vermengte sich alles zu einer faden, geschmacklosen Masse. Er schaffte es nicht, zu schlucken, sondern kaute nur immer weiter, bis der luftige Teig so aufgequollen war, dass er seine gesamte Mundhöhle ausfüllte. Kai nahm sich die Serviette, die neben dem Teller lag, und beförderte unauffällig einen Teil des Gebäcks hinein. Den Rest würgte er mühsam hinunter.

Es war eine gänzlich neue Erfahrung. Bisher hatte es in seinem Leben noch nie etwas gegeben, das ihm den Appetit verschlagen hätte. Im Gegenteil. Wenn er Stress hatte, musste er essen. Aber was mit Julius passiert war, schnürte ihm die Kehle zu.

Normalerweise war das Essen sein Trost, sein Schutz, seine Rettung. Das hatte schon früh begonnen. Dabei war er einmal ein schlanker Junge gewesen. Als er noch mit seinen Eltern allein gewesen war, der Sohn, den sie sich immer gewünscht hatten. Bis dann sein Bruder gekommen war. Da war der Glanz in ihren Augen verloren gegangen. Sie hatten ihn gar nicht mehr angesehen. Am Anfang hatte er sie nur ärgern und auf sich aufmerksam machen wollen, indem er von allem die doppelte Portion aß und sich immer wieder heimlich zum Kühlschrank schlich. Seine Eltern hatten es nicht einmal registriert. Erst als er schon richtig fett geworden war, hatten sie reagiert. Nicht mit der Zuwendung, die er sich gewünscht hatte – die galt nach wie vor einzig und allein seinem Bruder. Sondern mit einem Besuch beim Arzt, der ihn umgehend auf eine Abmagerungskur geschickt hatte. Danach hatte er nur noch leichtes Übergewicht gehabt, aber die Gier nach Essen war geblieben. Er hatte versucht, sich zu zügeln, weil er es hasste, wenn sie ihn in der Schule verhöhnten. *Fettkloß, dicke Wurst, Schwabbel.* So hatten sie ihn genannt. Es kränkte ihn auch, wenn ihn beim Sport niemand in der Mannschaft haben wollte, weil er schwerfällig und unbeholfen war. Doch am Ende hatte das Bedürfnis nach dem Geschmack von Schokolade oder Chips in seinem Mund immer überwogen. Dank Julius hatte er irgendwann gelernt, sich besser am Riemen zu reißen, doch wirklich schlank war er nie geworden. Zum Glück war auch Daniela alles andere als dünn und machte ihm deshalb keine Vorwürfe. Aber er selbst hatte nach all den Jahren immer noch nicht gelernt, sich so zu akzeptieren, wie er war. Dass Julius nie aufgehört hatte, ihn wegen seiner mangelnden Disziplin zu necken, hatte sicher dazu beigetragen.

Lange hatte er geglaubt, Julius wünschte sich, dass er sich änderte. Dabei war es in Wirklichkeit Julius' Absicht gewesen, ihn genau so zu lassen, wie er war. Er wollte jemanden, der zu ihm aufsah und ihn bewunderte. Jemanden, den er nach Belieben steuern konnte. Am Anfang, als sie sich kennenlernten, war Kai froh gewesen, weil er endlich einen Freund gefunden hatte, doch dann hatte Julius ihn geradewegs in den Sumpf geführt. Immer tiefer war er darin versunken, bis er schließlich bis zum Hals im Morast steckte.

Jetzt könnte er sich endlich daraus befreien, doch zugleich fehlte ihm Julius' helfende Hand. Er hatte nie gelernt, eigene Entscheidungen zu treffen und für das, was er tat, geradezustehen. Noch immer begriff er nicht, woher an ihrem ersten Tag auf Asperö plötzlich die Energie gekommen war, der Sache ein Ende zu bereiten. Jetzt wünschte er sich, es wäre anders. Hätte er geahnt, welche Konsequenzen daraus erwuchsen, er hätte lieber weiterhin die Füße stillgehalten.

Kam nun alles ans Licht? Würde der Kommissar herausfinden, was er getan hatte? Oder würde es ihm wie damals gelingen, den Kopf aus der Schlinge zu ziehen?

Er zwang sich, die Zimtschnecke wieder zur Hand zu nehmen. Kleinere Bissen dieses Mal, die er gründlich kaute und dann hinunterschluckte. Er brauchte jetzt Kraft. Wenn er sich geschickt anstellte, würde niemand seinem Geheimnis auf die Spur kommen. Es gab schließlich keine Beweise, nur Vermutungen, die man entkräften konnte. In seinen Berufsjahren als Anwalt hatte er gelernt, zu taktieren. Jetzt würde er all seine Fähigkeiten brauchen. Dies hier musste der beste Auftritt seines Lebens werden. Andernfalls war er verloren.

Im Gewirr der Einbahnstraßen war er sich nicht sicher gewesen, doch als er aus Göteborg hinausfuhr, verdichtete sich der Eindruck, dass er verfolgt wurde. Drei Fahrzeuge hinter ihm befand sich ein anthrazitfarbener SUV mit getönten Scheiben, den er schon mehrmals im Rückspiegel gesehen zu haben glaubte.

Hatten Ekströms Leute ihn vor dem Polizeirevier abgepasst? Sein Elektroroller mit Beiwagen war nicht schwer zu entdecken und leicht zu verfolgen. Warteten sie auf eine günstige Gelegenheit, ihn in die Mangel zu nehmen und aus ihm herauszupressen, wo Lea und Emma waren?

Bei der nächsten Gelegenheit verließ Frederik die Landstraße am Fjord entlang in Richtung Saltholmens Brygga. Er bog nach links in eine schmale Nebenstraße und stoppte am Straßenrand. Im Spiegel sah er, wie die beiden Wagen vor dem SUV die Einmündung passierten. Dann fuhr auch der SUV daran vorbei, augenscheinlich ohne das Tempo zu drosseln.

Frederik stieg ab und lief zurück zur Straßenecke. Halb erwartete er, dass ihm der SUV, der mittlerweile gewendet hatte, entgegenkam, doch von dem schweren Wagen war nichts mehr zu sehen. War er ebenfalls abgebogen? Oder versteckte sich der Fahrer und wartete darauf, dass Frederik seinen Weg fortsetzte?

Er versicherte sich, dass sein Gürtelholster ordentlich saß und die Waffe gut zugänglich war. Dann ging er zurück zu seinem Roller.

Erst als er wieder im Sattel saß, registrierte er, wo er sich befand. Die schmale Straße war die östliche Zufahrt nach Långedrag, seinem Geburtsort. Sie wurde nicht viel genutzt, weil sie schlechter ausgebaut war als die westliche, aber als Kind war er oft hier gewesen. Er hatte schon damals ein Faible für Motorräder gehabt und war mit entsprechender Lautuntermalung mit seinem Fahrrad die Straße hinauf- und hinuntergefahren, während er sich vorstellte, sein Rad sei in Wirklichkeit eine Rennmaschine.

Die Erinnerung überfiel ihn unvermittelt. Plötzlich hatte er wieder den Geschmack seiner Kindheit auf der Zunge. Lange, unbeschwerte Sommer, dicke Kugeln Eis, der Geruch von Salz und Sonne auf der Haut. Die Fahrten mit seinem Vater im Segelboot auf das Kattegat hinaus. Und dann, natürlich, die Depression seiner Mutter, die direkt auf den Abgrund zugeführt hatte. Auf den Tag, an dem er sie gefunden hatte, unten am Ufer, das Haar auf dem Wasser wie ein Heiligenschein um ihr totenbleiches Gesicht.

Frederik schob den Gedanken beiseite, wie immer. Er startete den Motor und wendete. Dann fuhr er zurück auf die Straße nach Saltholmens Brygga.

Auf der rechten Seite tauchte das Gelände auf, auf dem sich der Betrieb seines Vaters befand, *Forsbergs Bootsfabrik.* Im selben Moment schoss der schwarze SUV aus der Nebenstraße linker Hand. Zufall? Oder hielten Ekströms Leute Sivards Firma für einen geeigneten Ort, um ihm aufzulauern? Dass er seit dreißig Jahren keinen Kontakt mehr zu seinem Vater hatte, konnten sie ja nicht wissen.

Frederik blieb keine andere Wahl, als den Roller auf das Werksgelände zu lenken. Der SUV versperrte ihm den Weg geradeaus, und zum Wenden reichte der Platz nicht aus. Die Manövriervorteile, die man gewöhnlich mit einem Motorrad hatte, waren mit dem Beiwagen nicht gegeben.

Auf dem Gelände standen mehrere Reihen von aufgebockten Booten, einige neu und mit sauberen Rümpfen, deren Holz glatt und glänzend war, andere alt und mit sichtbaren Wasserlinien, rauem und nachgedunkeltem Holz und Algenbewuchs, die wohl zur Aufarbeitung hier waren. Jemanden, der draußen beschäftigt war, entdeckte Frederik nicht, aber aus der großen Werkshalle drang das Geräusch einer Schleifmaschine herüber.

Frederik fuhr zwischen zwei Bootsreihen hindurch dorthin. Die großen Flügeltüren standen offen, doch Frederik entschied sich dagegen, den Roller in die Halle zu steuern. Er wollte keine Unbeteiligten in Gefahr bringen. Stattdessen fuhr er auf das kleine rote Holzhaus zu, in dem sich das Büro befand, und parkte dort. So gelassen wie möglich stieg er ab, nahm den Helm vom Kopf, legte ihn auf den Sattel und drehte sich um.

Der SUV stoppte ein paar Meter hinter ihm. Die Türen öffneten sich, und zwei Männer stiegen aus. Sie trugen schwarze Anzüge und dunkle Sonnenbrillen, typisch für die Handlanger des Waffenschiebers Ekström. Frederik öffnete die Klappe des Gürtelholsters und ließ die Hand locker über dem Griff seiner Waffe schweben. Mehr konnte er nicht tun. Auch wenn er sich sicher war, dass er es mit Ekströms Leuten zu tun hatte. Aber man konnte nicht ausschließen, dass es nur harmlose Kunden waren, die bei seinem Vater eine Segeljacht in Auftrag geben wollten. In diesem Fall wäre es unglücklich, sie mit der Waffe zu bedrohen.

Die beiden kamen auf ihn zu und blieben vor ihm stehen.

»Guten Tag«, sagte der eine. »Sind wir hier richtig? *Forsbergs Bootsfabrik?*«

»Ja.« Frederik deutete auf das rote Haus. »Das ist das Büro.«

Die beiden Männer tauschten einen Blick.

»Eine Menge Holz hier, meinst du nicht?«, bemerkte der Erste und schaute wieder Frederik an. »Wenn ich mir vorstelle, dass es brennt …« Er legte den Kopf schief. »Ist das schon vorgekommen?«

»Nein.« Frederik verstand die Drohung problemlos, versuchte aber, sich nichts anmerken zu lassen. »Nicht, soweit ich weiß.«

»Dann wollen wir hoffen, dass es so bleibt, nicht wahr?«, fuhr der Mann fort.

»Ja.« Frederik spürte, wie sich sein Körper anspannte.

»Sie könnten dazu beitragen«, sagte sein Gegenüber. »Unser Chef vermisst seine Frau und seine Tochter. Er denkt, Sie wissen, wo die beiden sind. Wenn Sie so freundlich wären, uns darüber aufzuklären, können wir sicher sein, dass diese hübschen Boote hier auch morgen noch wohlbehalten an ihren Plätzen stehen.«

Das Adrenalin pulste durch Frederiks Adern, aber seinem Gesicht sah man davon hoffentlich nichts an.

»Ich fürchte, ich kann Ihnen nicht helfen«, erwiderte er. »Mir ist ja nicht einmal bekannt, wer Ihr Chef ist.«

Die Hand des zweiten Mannes schnellte vor und packte ihn am Kragen.

»Das weißt du ganz genau«, zischte er. »Hat er dich nicht gewarnt? Du solltest dich in Acht nehmen. Und die Finger von Lea und Emma lassen.«

Das hatte Ekström in der Tat gesagt, einmal, als er vor gut einem Jahr den Gerichtssaal als freier Mann verlassen hatte, und ein zweites Mal, als sie sich zufällig in der Göteborger Oper begegnet waren.

Frederik versuchte zu lächeln, obwohl er lieber seine Waffe gezogen und sie dem Mann an die Stirn gedrückt hätte. Der Angreifer hatte seinen Hemdkragen so eng gefasst, dass ihm das Atmen schwerfiel.

»Wenn mir jemand einen guten Rat gibt, richte ich mich danach«, brachte er mühsam hervor.

Der Schlag kam aus dem Nichts, so schnell, dass Frederik nicht reagieren konnte. Er traf ihn genau auf dem Solarplexus, und statt sich zu verteidigen, sackte er schlaff in sich zusammen. Hätte Ekströms Gorilla ihn nicht am Kragen gehalten, er wäre einfach zu Boden gestürzt.

»Verkauf uns nicht für dumm«, zischte ihm der Mann ins Ohr. »Wo ist Lea?«

»Ich … weiß … es … nicht«, keuchte Frederik.

Dieses Mal landete der Schlag in der Magengrube, und Frederik krümmte sich. Sein Mageninhalt drängte durch die Speiseröhre nach oben.

»Es ist deine Entscheidung«, erklärte der andere Mann, der unbeteiligt zusah, wie sein Kompagnon Frederik in die Mangel nahm. »Wir haben Zeit.«

Wieder traf ihn die Faust des Angreifers in den Magen. Frederik musste würgen. Seine Augen wurden feucht, und die Welt verschwamm vor seinen Augen.

Er fragte sich, wie lange er durchhalten würde. Wie viel konnte er einstecken, ehe er zusammenbrach? Würde er es schaffen, zu schweigen, oder würde er den Männern irgendwann verraten, wohin er Lea und Emma gebracht hatte? Den Zeitpunkt, sich mit der Waffe zu verteidigen, hatte er längst verpasst. Seine Arme baumelten nutzlos an seinem Körper, und nicht einmal mit größter Willensanstrengung hätte er es geschafft, die Pistole aus dem Holster zu ziehen und sie auf den Angreifer zu richten.

Der Mann vor ihm hob erneut die Faust, doch er schlug nicht zu. Sein Kopf ruckte zur Seite. Frederik vernahm eine dunkle, wütende Stimme.

»Was geht hier vor?«

Der Angreifer ließ seinen Kragen los. Frederik taumelte zurück und stieß mit dem Rücken gegen die Wand des Holzhauses. Er blinzelte und sah einen kräftigen grauhaarigen Mann in einem verwaschenen blauen Arbeitsoverall, der ein zweiläufiges Gewehr auf die beiden Männer richtete.

Der Wortführer der beiden hob die Hände und lächelte.

»Nur eine kleine Meinungsverschiedenheit. Mein Freund hier hat für einen Moment die Contenance verloren. Es tut ihm leid.« Er nickte in Frederiks Richtung. »Sie tragen ihm doch nichts nach?« Das Lächeln war so knapp, dass man es leicht übersehen konnte. »Ich denke, wir haben uns verstanden.« Er gab seinem Kompagnon ein Zeichen, und die beiden gingen zurück zu ihrem SUV, ohne sich um die Waffe zu kümmern, die auf sie gerichtet war. Sie stiegen ein, und im nächsten Moment raste der schwere Wagen zwischen den Bootsreihen hindurch vom Hof.

Der Mann im Overall ließ die Waffe sinken und trat auf Frederik zu.

»Alles in Ordnung mit Ihnen?«

Frederik sah in Augen, die dasselbe Grau hatten wie seine eigenen. Die Haare waren nicht mehr blond, die Gesichtszüge nicht mehr so energisch, und auch die Bartstoppeln waren inzwischen grau, aber die Ausstrahlung war noch dieselbe wie früher. Frederik hatte in all den Jahren gar nicht gemerkt, wie sehr er diesen Blick vermisst hatte, aus dem so viel Selbstbewusstsein strahlte. Er hatte ihm immer das Gefühl vermittelt, dass es kein Problem gab, das man nicht lösen konnte, keine Frage, auf die es keine Antwort gab.

Der Mann kniff die Augen zusammen.

»Frederik?«

Ein Wort drängte aus Frederiks Mund. Es wollte es nicht aussprechen, biss die Zähne zusammen, um es zurückzuhalten, doch der Impuls war stärker. Wie von selbst öffneten sich seine Lippen.

»Papa.«

Im nächsten Augenblick lagen sie sich in den Armen, und Frederik spürte plötzlich wieder die Geborgenheit, die er als

Junge empfunden hatte. Sein Vater war alt geworden, aber er war immer noch stark.

»Frederik.« Sein Vater ließ ihn wieder los und hielt ihn auf Armeslänge von sich. Frederik sah, dass seine Augen feucht schimmerten. »Ich dachte nicht, dass ich dich noch einmal wiedersehe.«

Frederik musste sich räuspern.

»Ich auch nicht.«

»Was tust du in Schweden?« Sivard legte ihm eine Hand auf den Rücken und öffnete die Tür des roten Holzhauses. »Komm. Du musst mir alles erzählen.«

Im Büro setzte er Kaffee auf, und sie nahmen auf den abgewetzten Sesseln Platz, die in der Ecke standen. Auf dem Tisch lagen Prospekte mit Bootsmodellen, die sein Vater baute. Frederik nahm eine der Broschüren zur Hand und blätterte darin.

»Ich wollte schon länger zu dir kommen. Mein Boot ist vor einigen Monaten explodiert. Ich brauche ein neues.«

Sivard trank von seinem Kaffee und sah ihn an.

»Vielleicht fängst du vorne an? Du scheinst ein gefährliches Leben zu führen. Wer waren diese Männer? Was wollten sie von dir?«

Frederik nahm ebenfalls einen Schluck. Der Kaffee war stark, wie er ihn mochte, und verdrängte das unangenehme Gefühl in seiner Brust.

»Ich bin Polizist. Die Männer sind Handlanger von Arvid Ekström, einem Waffenschmuggler, hinter dem ich seit Jahren her bin.«

Er berichtete dem Vater, was sich seit seiner Rückkehr nach Schweden ereignet hatte. Sivard hörte ihm ruhig zu, aber Frederik sah, dass ihn seine Worte aufwühlten.

»Du bist seit fast zwanzig Jahren wieder hier?« Die Frage, weshalb er sich nie gemeldet hatte, stellte er nicht. Er wusste es ja. »Glaubst du immer noch, dass ich schuld am Tod deiner Mutter bin?«

»Nein.« Frederik schaute ihn offen an. »Damals war ich davon überzeugt. Mittlerweile weiß ich, dass es ihre Krankheit war.«

»Trotzdem bist du nicht gekommen.« Es klang traurig, aber nicht vorwurfsvoll.

»Ich wollte es. Aber ich habe es nicht geschafft.«

Sivard lächelte. »Es spielt keine Rolle mehr. Die Hauptsache ist, dass du jetzt hier bist.«

Frederik sah auf die Uhr.

»Ich komme auch wieder. Aber ich muss zurück nach Asperö. Ein Mann ist brutal erstochen worden, und es ist meine Aufgabe, den Täter zu finden.«

Sie standen auf. Frederik streckte die Hand zum Abschied aus, doch Sivard ignorierte sie. Er zog ihn in die Arme und drückte ihn fest an sich. Erst dann ließ er ihn gehen.

Frederik war schon halb aus der Tür, als er die Hand auf seiner Schulter spürte. Er wandte den Kopf zu seinem Vater.

»Eines wollte ich dir noch sagen.« Sivard räusperte sich. »Ich bin stolz auf dich.«

Frederik lächelte. Wärme durchströmte ihn. Es tat einfach gut, nach Hause zu kommen.

# 15

*Der Wunsch, seinen Eltern alles zu sagen, war so drängend, dass er ihn kaum bezähmen konnte. Aber es ging einfach nicht. Jedes Mal, wenn er in ihre leeren Gesichter sah, versagte ihm die Stimme.*

*Seit der Beerdigung redeten sie nicht mehr.*

*Sie hatten die ganze Zeremonie mit Anstand hinter sich gebracht und die vielen Beileidsbekundungen entgegengenommen. Hinterher hatte es Kaffee und Kuchen gegeben.*

*Er hatte gehört, was die Leute sagten.*

*Ein schreckliches Unglück. Ein schwerer Schlag für die Familie.*

*Aber vielleicht auch eine Erleichterung.*

*Was hätte aus einem Jungen wie Edvin schon werden sollen? Er hatte doch keine Zukunft, keine Perspektive. Ein Leben lang wäre er auf fremde Hilfe angewiesen gewesen. War es da nicht für alle Beteiligten besser so? Nun waren die Eltern wieder frei, konnten ihr eigenes Leben führen und sich wieder um ihren anderen Sohn kümmern.*

*Er hätte ihnen am liebsten den heißen Kaffee über die Köpfe geschüttet.*

*Was wussten sie denn von Edvin? Von diesem Jungen, der so strahlend lächeln konnte, dass man selbst an trüben Wintertagen die Sonne sah?*

*Das Schlimmste aber war, dass er insgeheim das Gleiche empfand.*

*Edvins Tod war eine Befreiung.*

*Hatte er ihn deshalb nicht gerettet? Weil er sich ganz tief im Innern immer noch wünschte, seine Eltern endlich wieder für sich allein zu haben?*

*Er biss sich auf die Lippen.*

*Das alles war so schlimm, dass er seinen Eltern niemals die Wahrheit würde sagen können.*

*Dass es seine Schuld war, dass Edvin tot war.*

Die Polizisten, die im Ort weitere Anwohner befragten, hatten keine Joggerin gesehen. Mit ihrer neongelben Bekleidung wäre sie wohl aufgefallen, zumal jetzt, Ende September, nicht mehr viele Touristen auf Asperö unterwegs waren. Khalid lief, während er mit den Kollegen telefonierte, an der Westküste entlang nach Norden. Ein paar Wanderer mit festem Schuhwerk und winddichten Jacken kamen ihm entgegen. Er hielt sie an und erkundigte sich, ob ihnen eine Frau in Laufbekleidung begegnet war, doch sie schüttelten die Köpfe.

Khalid bedankte sich knapp und marschierte weiter. Er presste die Lippen zusammen und beschleunigte seine Schritte. Hoffentlich war Jessica nichts passiert. Oder hatte sie sich womöglich abgesetzt? Das wäre fast noch schlimmer. Nicht nur, weil es ihm vor Frederik peinlich wäre, dass er nichts bemerkt und sie nicht aufgehalten hatte, sondern vor allem, weil es bedeuten würde, dass sie die Mörderin ihres Mannes war. Sie hatte ihm kaum einen Blick gegönnt, aber trotzdem hatte sie irgendetwas tief in ihm berührt, so wie es schon lange keine Frau mehr getan hatte. Dabei war die Sache völlig aussichtslos. Es gab überhaupt keine Chance, sie kennenzulernen, selbst wenn sich am Ende herausstellte, dass sie unschuldig war. Natürlich könnte er sie um eine Verabredung bitten, wenn der Fall abgeschlossen war, doch sie würde sich wohl kaum darauf einlassen. Wozu auch? Sie würde nach Deutschland zurückkehren, und er blieb hier. Schlechte Voraussetzungen, um eine Beziehung aufzubauen. Davon abgesehen hatte sie gerade ihren Mann verloren. Ehe sie den Schock nicht verdaut und die Trauer nicht verarbeitet hatte, war sie sicher nicht bereit für etwas Neues. Selbst wenn die Ehe vielleicht nicht gut gewesen war.

Aber die Stimme der Vernunft wollte sich nicht durchsetzen. Womöglich war sie ja tatsächlich gestürzt und befand sich in einer Notlage. Wenn er derjenige war, der sie rettete … Dann würde sie ihn zumindest zur Kenntnis nehmen und ihn vielleicht zum Dank zum Essen einladen. Und anschließend würde man ja sehen. Seine Schwester hatte in Kanada einen Mann gefunden, der keine Vorbehalte gegen Einwanderer hatte. Soweit er sich aus den Nachrichten ein Bild gemacht hatte, war die Toleranz in Deutschland zwar nicht größer als in Schweden, doch das musste ja nicht für jeden Einzelnen gelten.

Khalid stöhnte leise. Er war dabei, sich in allergrößte Schwierigkeiten zu bringen. Wenn Frederik merkte, dass er befangen war, würde er ihn auf direktem Weg zurück nach Göteborg schicken und dafür sorgen, dass er sein Büro nicht mehr verließ. In seiner Situation durfte er sich keinen Fehltritt leisten.

Er musste jetzt wie ein Polizist denken. Dass die Frau des Toten verschwunden war, konnte zweierlei bedeuten. Entweder war sie schuldig und versuchte zu fliehen, oder sie war demselben Täter zum Opfer gefallen wie ihr Mann. Wäre sie einfach nur gestürzt, hätte man sie längst entdeckt. So viele Wege gab es auf Asperö nicht, und Jessica würde wohl kaum durchs Unterholz laufen, um den Spaziergängern auszuweichen. Außerdem könnte sie nach einem Unfall selbst Hilfe rufen. Eine Frau wie sie hatte ihr Smartphone sicherlich auch beim Joggen dabei.

Khalid ließ seinen Blick über das Wasser schweifen.

Daniela Schwaiger hatte einen unbekannten Mann am Tatort gesehen. Frederik hatte Zweifel am Wahrheitsgehalt ihrer Aussage, aber man konnte nicht ausschließen, dass es stimmte. Wenn dieser Unbekannte der Täter war, hatte sein Motiv vielleicht nicht nur etwas mit Julius, sondern auch mit Jessica Reichenbach zu tun. Sie wussten noch viel zu wenig, um sich ein Bild machen zu können. Die Mobbing-Geschichte um Pia Frenzen erschien ihm zu dünn, und nachdem er mit ihr gesprochen hatte, war er überzeugt, dass sie nicht die Täterin war. Es musste andere Gründe für den Mord geben. Hinweise, die sie noch gar nicht entdeckt hatten, auch wenn er nicht die geringste Idee hatte, worum es sich handeln könnte.

Umso wichtiger war es, Jessica zu finden.

Vor ihm tauchten die ersten Häuser des Ortes auf. Er lief daran vorbei zum Fähranleger. Eine der weißen Fähren machte gerade fest, und Khalid winkte dem Mann, der die Fahrkarten kontrollierte. Er nahm seinen Ausweis aus der Tasche und hielt ihn dem Mann hin.

»Ich suche eine Frau. Mitte dreißig, groß, schlank, mit halblangen braunen Haaren. Sie trägt einen gelben Jogginganzug.«

Der Fährmann dachte nach.

»Ja«, sagte er schließlich. »Ich glaube, die habe ich gesehen. Heute Morgen, so gegen halb zehn? Nicht hier, sondern auf der anderen Seite der Insel. Asperö Östra. Ich meine, sie ist in Saltholmens Brygga ausgestiegen und zur Bushaltestelle gegangen.«

Khalid bedankte sich. Er spürte, wie sein Herz schwer wurde.

Also war sie doch davongelaufen. Er zog sein Smartphone hervor und tippte auf Frederiks Nummer.

Sie mussten eine Fahndung einleiten. Wenn sie Jessica Reichenbach gefunden hatten, würde sie einiges zu erklären haben.

Daniela nahm sich noch eine Zimtschnecke. Als Sofia das Gebäck aufgetragen hatte, hatte sie geglaubt, keinen Bissen hinunterzubekommen, doch dann war ihr der warme Zimtgeruch in die Nase gestiegen, und sie hatte plötzlich Appetit verspürt. Sie biss ein großes Stück von ihrer Schnecke ab und schaute zu Kai hinüber. Er hatte sich ebenfalls bedient, sah aber aus, als müsse er sich das Gebäck regelrecht hineinzwingen. Dabei stürzte er sich gewöhnlich mit Begeisterung auf sämtliche Nahrungsmittel, die er in die Finger bekam. Julius' Tod war ihm wohl auf den Magen geschlagen.

Sie betrachtete sein blasses Gesicht und die dunklen Ringe unter seinen Augen. Er war so mit sich selbst beschäftigt, dass er sie überhaupt nicht mehr wahrnahm. Nicht ein einziges Mal hatte er den Arm um sie gelegt oder sie gefragt, wie es ihr ging. Sie stellte fest, dass sie ihn für seine Schwäche verachtete. Dass er sich von Julius hatte manipulieren lassen, war eine Sache, aber dass er sich nicht einmal jetzt zusammenreißen konnte …

Dabei müsste er doch erleichtert sein. Sie wusste, dass ihn der Druck, den Julius ausübte, zunehmend gequält hatte. Immer stärker hatte sie gespürt, dass er sich davon zu befreien wünschte. Warum nutzte er nun den Raum nicht, der sich ihm bot? Stattdessen sah er aus, als hätte er endgültig jede Energie verloren.

Fürchtete er sich davor, unter Verdacht zu geraten? Wenn die Polizei herausfand, was er getan hatte, würde es schwer für ihn werden, die Verantwortung abzuwälzen. Aber gerade deshalb sollte er sich klüger verhalten. Sonst würde der Kommissar keine Mühe haben, ihm sein schlechtes Gewissen am Gesicht abzulesen.

Sie schielte zu Pia, die vor ihrem Teller saß, ohne ihre Zimtschnecke anzurühren. Seit der Polizist mit ihr gesprochen hatte, war sie in einer sonderbaren Stimmung. Ihr Gesicht wirkte verhärmt, und ihr Mund war zusammengepresst. Hinter ihrer Stirn schienen dunkle Gedanken zu schwären.

Glaubte der Polizist, dass sie Julius erstochen hatte? Weil Kai und Julius sie gemobbt hatten? Natürlich war das schlimm, doch konnte er sich ernstlich vorstellen, dass eine Frau, die dermaßen schwach und hilflos war, einen Mord verübte? Daniela hatte Pia vor dieser Reise nicht gekannt, nahm aber an, dass sie nicht immer so niedergeschlagen gewesen war. Was Julius und Kai ihr angetan hatten, hatte sie gebrochen. So jemand war überhaupt nicht in der Lage, sich zu wehren, und erst recht nicht, mit einem Messer auf seinen Peiniger loszugehen. Pia war ja nicht wütend, sondern einfach nur verzweifelt. Der dunkelhäutige Polizist schien das nicht zu begreifen, doch der Kommissar hatte es sicher erkannt. Er war ein kluger Kopf, jemand, der genau hinsah und sich einfühlen konnte. Aber würde er auch die Wahrheit herausfinden?

Es hatte sie gekränkt, dass er ihr offensichtlich nicht glaubte. Dabei hatte sie den schwarz gekleideten Unbekannten wirklich gesehen. Er war weder ein Produkt ihrer Fantasie noch eine Erfindung, um ihre Freunde zu schützen. Auf die Idee wäre sie gar nicht gekommen. Sie war viel zu verstört gewesen von dem, was sie im Haus vorgefunden hatte.

Kai schob seinen Teller beiseite und stand auf.

»Ich muss ein paar Schritte gehen«, verkündete er und wandte sich zur Tür.

Daniela sah ihm erstaunt hinterher. Es kam nie vor, dass Kai freiwillig einen Spaziergang machte. Sein Gewissen musste ihn wirklich quälen. Aber reichte das?

Der Fähranleger Saltholmens Brygga kam bereits in Sicht, als Frederik merkte, dass das Smartphone in seiner Tasche vibrierte. Er stoppte am Straßenrand, warf einen Blick auf das Display und nahm das Gespräch entgegen.

»Khalid? Ich rufe dich sofort zurück.«

Er drückte den Kollegen weg, verstaute das Telefon und gab wieder Gas.

Die weiße Fähre hatte bereits die Klappe hochgefahren. Der Motor dröhnte, und das Schiff entfernte sich vom Anleger. Frederik fluchte leise. Wenn er das Telefon ignoriert hätte, hätte er die Fähre noch erwischt.

Das Motorengeräusch veränderte sich. Frederik schaute zur Brücke und sah, dass ihm der Kapitän zuwinkte. Dann näherte sich das Schiff wieder dem Anleger, und die Klappe wurde heruntergefahren.

Frederik lächelte. Er hob die Hand, um dem Kapitän zu danken, und fuhr mit dem Roller aufs Vorschiff. Das gehörte zu den Dingen, die er an Schweden schätzte. Die Menschen waren aufmerksam und hilfsbereit. Man nahm Rücksicht und kümmerte sich, auch dann, wenn es sich um Fremde handelte.

Ein Besatzungsmitglied kam auf ihn zu, um zu kassieren. Während Frederik das Portemonnaie hervorholte, schob der Mann ein paar Fahrräder beiseite, um Platz für den Roller zu schaffen.

Nachdem er den Fahrpreis entrichtet hatte, rangierte Frederik den Roller so, dass er nach dem Anlegen wieder vorwärts von Bord fahren konnte. Anschließend zog er sein Smartphone hervor und tippte auf Khalids Nummer.

Der Kollege meldete sich mit einem Tonfall, dem Frederik entnahm, dass er verärgert war. Er hatte ja auch allen Grund dazu. Erst ließ Frederik ihn einfach auf Asperö allein zurück, weil er Hals über Kopf nach Göteborg fuhr, ohne ihn zu informieren. Und dann fand er nicht einmal die Zeit, seinen Anruf entgegenzunehmen.

Aber er musste so schnell wie möglich zurück nach Asperö. Das verschwundene Geld aus dem Überfall von damals war eine vielversprechende Spur. Frederik wollte sie verfolgen, solange sie heiß war.

»Entschuldige bitte«, sagte er zu Khalid. »Ich war gerade auf dem Weg zur Fähre. Wenn ich dich nicht weggedrückt hätte, wäre sie mir vor der Nase weggefahren.«

»Okay.«

Besonders versöhnt klang der Kollege nicht, doch mehr, als ihn um Verzeihung zu bitten, konnte Frederik nicht tun.

»Was gibt es denn?«, erkundigte er sich.

Khalid erklärte es ihm, und Frederik ließ unwillkürlich den Blick über das Wasser wandern und schaute sich auf der Fähre um. Was natürlich Unsinn war; zum einen fuhren sie in die falsche Richtung, zum anderen lag Jessicas Flucht bereits etliche Stunden zurück.

»Ich bin jetzt am Ostanleger«, sagte Khalid in seine Gedanken hinein. »Ich fahre hinüber nach Saltholmen und schaue mich dort um. Vielleicht hat jemand etwas beobachtet. Ob sie sich mit jemandem getroffen hat oder am Kiosk irgendwelche Dinge gekauft hat. Sachen, die man auf der Flucht braucht.«

Frederik fand, dass das ein guter Gedanke war, und das sagte er Khalid auch. Dabei fiel ihm ein, dass der Syrer darin Erfahrung hatte. Er war selbst aus seiner Heimat geflohen und wusste, welche Probleme zu bewältigen waren, wenn man Hals über Kopf davonlief. Frederik verabschiedete sich, steckte das Telefon weg und legte die Hände auf die Reling.

Welch ein Glück hatte er doch, dass er hier in diesem Land leben durfte. In relativer Sicherheit, mit einem Dach über dem Kopf, genug zu essen, einem reichen Angebot an Freizeitaktivitäten und Kultur und einem Job, der ihm Spaß machte. Und nun hatte er sogar noch seine Wurzeln wiedergefunden. Frederik lächelte. Er spürte immer noch die Umarmung seines Vaters wie eine warme Decke um seine Schultern.

Warum nur hatte er diesen Schritt so lange hinausgezögert? Mats hatte recht gehabt. Es war schon längst an der Zeit gewesen, sich der Vergangenheit zu stellen und die Brücken, die er hinter sich abgerissen hatte, wieder aufzubauen. Der Psychologe der Skogome-Anstalt würde sich freuen, wenn Frederik ihm von dem Wiedersehen mit seinem Vater erzählte.

Frederik gönnte sich noch einen Moment, um das Gefühl zu genießen. Dann wandte er sich der Frage zu, was Khalids Information für ihre Ermittlungen bedeutete.

Weshalb war Jessica Reichenbach davongelaufen?

Er dachte an das Gespräch zurück, das er am Morgen mit ihr geführt hatte. Sie war in ihrer Ehe nicht glücklich gewesen, hatte vielleicht darüber nachgedacht, sich von ihrem Mann zu trennen. Wenn sie das gewollt hätte, hätte sie sich allerdings einfach scheiden lassen können. Sie war selbstständig, hatte ein gutes Einkommen und stammte zudem aus einem wohlhabenden Elternhaus. Im Zweifel würde sie weich fallen. Natürlich war es möglich, dass in der Ehe Dinge vorgefallen waren, die dazu geführt hatten, dass Jessica ihren Mann hasste. Es könnte zu einer Auseinandersetzung gekommen sein, in deren Verlauf sie die Beherrschung verloren und zugestochen hatte. Aber ein stimmiges Bild dazu wollte sich bei Frederik nicht einstellen.

Möglicherweise hatte ihre Fahrt nach Göteborg ja auch einen anderen Grund. Jessica litt seit dem Mord an wiederkehrender Übelkeit. Sie könnte in der Stadt einen Arzt aufgesucht haben. Allerdings hätte sie dazu wohl eine andere Bekleidung gewählt als einen Jogginganzug; immerhin war sie eine Frau, die auf ihr Äußeres achtete, und sie hätte wohl auch ihre Freunde informiert.

Vielleicht war es ihr auf Asperö auch einfach zu eng geworden, und sie wollte eine Weile allein sein, um mit dem Verlust ihres Mannes fertigzuwerden. Die Überfahrt könnte ein spontaner Entschluss gewesen sein. Unter Schock taten Menschen oft Dinge, die von außen betrachtet befremdlich wirkten.

Die Fähre steuerte Asperö Östra an. Frederik entdeckte Khalid, der am Anleger wartete. Er schob seinen Roller vom Schiff und begrüßte ihn. Die dunklen Augen musterten ihn eindringlich.

»Wie geht es Anna?«

Frederik berichtete, was er auch den Kollegen in Göteborg schon mitgeteilt hatte: Sie war fürs Erste außer Lebensgefahr, doch die Krise war noch nicht überstanden.

Khalid nickte nur mit zusammengepressten Lippen. Es lag ihm nicht, Gefühle zu zeigen, aber Frederik spürte, dass er sich ebensolche Sorgen machte wie alle anderen. Auch wenn das Beziehungsgeflecht im Team noch labil war – man hatte sich in den letzten Monaten aneinander gewöhnt. Für jemanden wie Khalid, der schon einmal alles verloren hatte, musste es besonders hart sein, zu sehen, wie brüchig die scheinbare Sicherheit in ihrem Beruf war. Frederik konnte es ihm nachfühlen; er hatte diese Erfahrung vor drei Jahren ebenfalls gemacht. Er wusste, wie gefährlich ihre Arbeit war, auch wenn das, was Anna widerfahren war, nicht zu den Dingen gehörte, mit denen man rechnete.

»Wolltest du nicht mitfahren?«, fragte er, als die Fähre wieder ablegte.

»Ich warte, bis das Schiff auf dem Rückweg ist«, entgegnete Khalid schroff.

Frederik nickte. Khalid und seine Schwester waren auf einem Boot über das Mittelmeer aus Syrien geflohen. Menschen waren über Bord gegangen und gestorben, und sie waren wochenlang auf See gewesen, weil niemand das Flüchtlingsschiff anlegen lassen wollte. Es war verständlich, wenn Khalid nicht mehr Zeit an Bord eines Schiffes verbringen wollte als unbedingt nötig.

Das war wohl auch der Grund, weshalb er vom nördlichen Anleger Asperö Norra hierhergelaufen war. Und natürlich wollte er nicht auf der Fähre nach Brännö mitfahren, wenn diese auf dem Weg zurück nach Saltholmens Brygga ohnehin erneut in Asperö Östra haltmachte.

Frederik brachte den Kollegen rasch auf den aktuellen Stand der Ermittlungen, wie er sich nach der Teambesprechung darstellte. Dann ließ er ihn allein. Ehe er sich weitere Gedanken über Jessica Reichenbach machte, wollte er mit Kai Schwaiger über die verschwundene Beute aus dem Raubüberfall sprechen.

Kennet stocherte eine Weile mit dem Schlüssel im Schloss herum, ehe es ihm gelang, die Tür zu verriegeln. Anschließend zog er das Gitter herunter und sicherte es. Er brauchte mehrere Anläufe, weil seine Bewegungen fahrig und unkoordiniert waren. Patrik musste grinsen.

Sie hatten im Laufe des Nachmittags eine ganze Reihe von Fläschchen aus dem Vorrat geleert. Normalerweise trank er nur selten Alkohol, doch der Effekt gefiel ihm. Er hatte zwar einen trockenen Mund, und seine Zunge klebte am Gaumen, aber dafür herrschte in seinem Kopf eine wattige Leere, in der die quälenden Bilder verblassten.

Kennet ging leicht schwankend zu seinem Elektromobil, und Patrik folgte ihm. Im Laden war an diesem Tag nicht viel los gewesen, und sie hatten die Zeit genutzt, um zu reden. Dabei war eine Nähe entstanden, die er schon lange verloren geglaubt hatte. Sie hatten sich ihre düstersten Gedanken anvertraut. Ein wenig waren sie darüber erschrocken, doch das gute Gefühl, einen Verbündeten gefunden zu haben, überwog.

Es war ja dieselbe Schuld, unter der sie litten. Sie hatten beide versagt und zugelassen, dass das Grauen Einlass in ihr Leben fand. Jeder für sich hatten sie damit gelebt und versucht, einen Ausweg zu finden. Nun hatte sich endlich eine Tür geöffnet. Patrik hatte keine Ahnung, wo sie hinführte, doch alles war besser, als für alle Ewigkeit in einer Abwärtsspirale festzuhängen.

Er kletterte auf den Beifahrersitz, und Kennet lenkte das Elektromobil in leichten Schlangenlinien in Richtung Süden.

Die Ermittlungen würden Dinge ans Licht bringen, die er fest in seinem Herzen verschlossen hatte. Es würde schmerzhaft werden und alte Wunden aufreißen. Doch das war vielleicht besser als eine Narbe, die niemals richtig verheilte.

# 16

Kai Schwaiger setzte sofort sein Anwaltsgesicht auf, als Frederik ihn um ein Gespräch bat. Mit förmlicher Geste führte er ihn auf die Terrasse, wartete, bis Frederik Platz genommen hatte, und setzte sich ihm dann gegenüber, die Beine übereinandergeschlagen, die Hände auf den Armlehnen des Gartenstuhls. Eine Demonstration von Souveränität, die Frederik mühelos durchschaute. Kai war alles andere als selbstsicher und gelassen. In ihm tobte ein Sturm, den er kaum zu kontrollieren vermochte.

»Was kann ich für Sie tun?« Schwaiger legte den Kopf schief.

»Es geht um Ihren ehemaligen Mandanten Steffen Brandt.«

»Dass er vorbestraft ist, sollte bei Ihren Ermittlungen keine Rolle spielen. Es gilt die Unschuldsvermutung, und jeder ist, ungeachtet der Person und sonstiger Merkmale, gleichzubehandeln. Oder ist das in Schweden anders?«

Frederik lächelte leicht. Kai versuchte abzulenken.

»Diese Regeln gelten vor Gericht bei der Urteilsfindung. Momentan befinden wir uns in der Phase der Ermittlungen. Dabei konzentrieren wir uns natürlich auch auf die Vorgeschichte der Verdächtigen.«

Sollte Kai doch glauben, dass sie sich auf Brandt eingeschossen hatten. Solange er nicht ahnte, dass er selbst in den Fokus gerückt war, würde er seine Verteidigung nicht hochfahren, und Frederik konnte vielleicht einen Blick hinter die Fassade werfen.

»Steffen hat einen Fehler gemacht. Er befand sich in einer Ausnahmesituation. Etwas Derartiges würde er nicht wieder tun.«

»Auch dann nicht, wenn er herausgefunden hätte, dass ihm Julius Reichenbach ein paar zusätzliche Jahre Haft eingehandelt hat?«

Kais Blick wurde misstrauisch. Er streckte die Hand aus, musste dann aber feststellen, dass es auf dem Tisch neben ihm kein Getränk gab, an dem er sich festhalten könnte. Die Hand fiel zurück auf die Lehne des Gartenstuhls.

»Was wollen Sie damit andeuten?«

Frederik lehnte sich entspannt zurück und schlug ebenfalls die Beine übereinander. Eine Spiegelung der Sitzhaltung seines Gegenübers – was dem anderen suggerierte, dass man im Einklang war, sich in seiner Gegenwart wohlfühlte.

»Sie wissen natürlich, dass die Beute aus dem Raubüberfall nicht wieder aufgetaucht ist.«

»Wir haben Steffen verteidigt.«

»Herr Brandt hat der Polizei gesagt, wo er das Geld versteckt hatte. Aber dort war es nicht.«

»Dann hat er vermutlich gelogen.«

»Das wäre eine Möglichkeit.« Frederik ließ sich Zeit. Wenn Kai Schwaiger ein schlechtes Gewissen hatte, sollte es sich in aller Ruhe entfalten können. »Die andere wäre, dass er Julius Reichenbach das Versteck verraten hat.«

»Sie meinen, Julius hat die Beute an sich genommen?« Schwaiger richtete sich unwillkürlich auf, und seine Stimme klang eine Oktave höher als zuvor. Das Thema löste bei ihm ganz offensichtlich Stress aus.

»Können Sie es ausschließen?«

»Julius hätte das nicht nötig gehabt. Er hat gut verdient, genau wie Jessica, und die beiden stammen aus gesicherten Verhältnissen. Vierhunderttausend Euro sind für Julius kein Betrag, für den er das Risiko eingegangen wäre, alles zu verlieren.«

»Richtig. Ihm hätte nicht nur eine Freiheitsstrafe gedroht, sondern auch der Verlust seiner Anwaltslizenz.« Frederik lächelte. Die Bitterkeit in Kais Worten war ihm nicht entgangen. »Bei Ihnen sähe das anders aus, nicht wahr? Für Sie sind vierhunderttausend Euro sehr viel Geld.«

Kai schluckte. Sein Gesicht rötete sich. Von seiner gespielten Selbstsicherheit war nichts mehr übrig.

»Wollen Sie behaupten, ich hätte das Geld genommen?«

»Haben Sie?«

»Nein.« Kais Augen verengten sich. Dann blitzte in ihnen ein listiges Funkeln.

»Sie glauben doch, Steffen hätte Julius erstochen, weil er ihn betrogen hat. Wenn ich es gewesen wäre, müsste doch *ich* jetzt tot sein.«

Das war ein Argument, das schwer zu widerlegen war. Anmerken ließ sich Frederik indessen nichts.

»Sie könnten es auch gemeinschaftlich getan haben«, entgegnete er leichthin. »In dem Fall würde ich Ihnen raten, die Wahrheit zu sagen. Sie begeben sich sonst in unnötige Gefahr.«

»Weil Steffen mich dann auch noch umbringt?« Kai war jetzt so außer sich, dass er beim Sprechen spuckte. Als er es bemerkte, holte er tief Luft und nahm seine lässige Anwaltspose wieder ein.

»Sie versuchen, mich zu provozieren, weil Sie sich ein Geständnis erhoffen. Aber ich habe nichts zu gestehen.«

Offenbar zufrieden mit seinem Schlussplädoyer erhob er sich und machte einen Schritt auf die Terrassentür zu. »Wenn Sie sonst keine Fragen haben …?«

»Im Augenblick nicht, danke.« Frederik stand ebenfalls auf. »Wir sind auch auf Ihr Geständnis nicht angewiesen. Meine Kollegen sind in diesem Augenblick dabei, Ihre Konten zu prüfen. Wenn das Geld aus dem Überfall auf irgendeine Weise Eingang in Ihre Finanzen gefunden hat, werden wir es aufspüren.«

»Tun Sie, was Sie nicht lassen können.« Kai wandte sich, scheinbar gelangweilt, ab und marschierte zurück ins Haus, doch er war nicht schnell genug. Frederik hatte gesehen, wie sein Blick flackerte.

Nachdem er kreuz und quer über die Insel gestreift war, ging er schließlich zum Fähranleger Asperö Östra. Niemand, den er auf dem Weg hierher getroffen hatte, hatte ihm weiterhelfen können, aber es waren auch nur einige wenige Wanderer gewesen. Steffen hatte alles systematisch abgesucht, hatte seine Augen über sämtliche Büsche und Bäume schweifen lassen, doch nirgendwo hatte etwas Gelbes aufgeleuchtet. Wenn Jessica auf der Insel unterwegs war, musste sie immer genau auf der anderen Seite gewesen sein.

In einiger Entfernung konnte er die weiße Fähre ausmachen, die sich näherte. Sie schob sich durch das Wasser, das so kristallklar aussah wie in einer Badeanstalt. Schweden war wirklich ein verdammt sauberes Land. Selbst das Meer schien von besserer Qualität zu sein als in Deutschland.

Steffen lief hinunter zum Anleger. Vielleicht könnte er die Schiffsbesatzung fragen, ob jemand Jessica gesehen hatte. Er holte sein Smartphone aus der Tasche und suchte in der Galerie, bis er ein Foto von ihr gefunden hatte. Sein Herz zog sich zusammen, als er das Bild sah, das er ein paar Wochen zuvor im Garten ihres Hamburger Hauses aufgenommen hatte. Jessica saß in einem Korbstuhl auf der Terrasse, ein Glas Wein in der

Hand, die Beine ausgestreckt, die Füße gekreuzt. Sie lächelte, und ihre Augen glänzten. Sie sah entspannt aus und – glücklich.

Steffen strich sacht mit dem Finger über ihr Gesicht, erreichte aber nur, dass das Gerät weiterscrollte und ihm die Aufnahme zeigte, die Jessica anschließend von ihm gemacht hatte. Darauf stand er mit kurzen Hosen und nacktem Oberkörper auf der Leiter, die behandschuhten Hände in der Regenrinne, die er gerade gesäubert hatte.

Es tat ihm weh, sich so zu sehen. Sein Körper war zwar immer noch gut in Form, doch er hatte nicht mehr diese unbeschwerte Ausstrahlung und Dynamik, die er vor seiner Haftstrafe gezeigt hatte. Dazu war einfach zu viel geschehen. Doch Jessica hatte das nicht gestört.

Steffen wischte wieder über das Display, um ihr Bild zurückzuholen, und lief zum Anleger, weil die Fähre mittlerweile festmachte. Dann hob er den Blick und blieb abrupt stehen.

Auf dem Vordeck der Fähre stand eine Frau in einem neongelben Jogginganzug. Die leichte Brise zerzauste ihr braunes Haar, und auf ihrem Gesicht lag ein seltsam entrückter Ausdruck.

Steffen begann zu rennen. Ungeduldig wartete er darauf, dass die Klappe heruntergelassen wurde. Jessica entdeckte ihn und winkte.

Er erwartete sie direkt an der Wasserkante. Sie kam wie eine Schlafwandlerin auf ihn zu, die Augen weit und glasig, als hätte sie Drogen genommen. Steffen griff nach ihrem Arm.

»Jessica! Wo, um alles in der Welt, warst du?«

»In Göteborg.«

»Aha.« Er blinzelte. Derart neben sich stehend hatte er sie noch nie erlebt. »Und was wolltest du dort? Was ist denn passiert?«

Jessica lächelte auf eine Weise, die er an ihr nicht kannte.

»Du wirst es nicht glauben. Ich habe Neuigkeiten.«

»So?« Er fragte sich, ob sie vielleicht betrunken war. Irgendwie musste sie den Schock über Julius' Tod ja verarbeiten.

Sie beugte sich zu ihm vor und wisperte ihm etwas ins Ohr. Erst dachte er, er hätte sich verhört, doch ein Blick in ihre Augen überzeugte ihn davon, dass er sie richtig verstanden hatte. Sein Herz fühlte sich mit einem Mal an, als wollte es zerspringen.

»Und das ist sicher?«, flüsterte er.

Sie nickte ernst.

»Ja. Absolut.«

Vom Küchenfenster aus sah sie, wie das Elektromobil neben dem Haus hielt. Sofia seufzte erleichtert und legte das Handtuch beiseite, mit dem sie das Geschirr abgetrocknet hatte. Endlich war sie mit den Deutschen nicht mehr allein. Rasch strich sie ihre Schürze glatt und ging hinaus.

Sie bemerkte sofort, dass Patrik betrunken war, als er aus dem Wagen stieg. Der Schritt, den er machte, war zu groß, und er wäre beinahe gestürzt. Im letzten Moment fing er sich. Dabei ruderte er mit den Armen wie ein Seiltänzer, der im Begriff war, die Balance zu verlieren. Sofias Herz verkrampfte sich.

Jahrelang hatten sie gegen Kennets Alkoholabhängigkeit gekämpft. Hatte Patrik dabei nicht genug gelitten? Hatte er nicht begriffen, wie dieses Teufelszeug eine Familie zerstören konnte? Gerade er müsste sich doch davor hüten, zur Flasche zu greifen.

Sie blickte zu Kennet, der die Fahrertür schloss und seine Jacke zurechtzog, ehe er auf sie zukam. Er konnte es besser überspielen als Patrik, aber sie hatte ihn oft genug erlebt, wenn er sich mit Schnaps abgefüllt hatte. Seine Mimik war dann sparsamer als sonst, seine Bewegungen waren steifer, sein Blick war starr. So gezwungen aufrecht, wie er sich jetzt hielt, musste er eine Menge intus haben. Am Abend zuvor hatte sie noch gehofft, es wäre ein einmaliger Ausrutscher gewesen. Doch offenbar war Kennet der Versuchung erneut erlegen.

Sofias Herz wurde schwer. Sie wusste nicht, ob sie das alles noch einmal durchstehen konnte. All die Hoffnungen und Enttäuschungen, die kleinen Erfolge und die Abstürze, die immer wieder passierten, bis das tiefe Tal endlich durchschritten war. Hatte sie denn noch nicht genug gelitten?

Dabei war sie es, die am stärksten betroffen war, das mussten ihr Mann und ihr Sohn doch begreifen. Aber statt sie zu unterstützen, flüchteten sie sich in Betäubung und Vergessen.

Sie selbst hatte das nie getan. Jeden Tag hatte sie den Schmerz vor Augen, den das Schicksal ihr zugefügt hatte. Immer hatte sie sich ihm tapfer gestellt, doch jetzt spürte sie, dass sie mit ihrer Kraft am Ende war.

Irgendwann musste einfach Schluss sein.

# 17

*Die Kieselsteine bohrten sich in seine Knie. Der Schmerz fraß sich wie Feuer durch seine Nervenbahnen und konzentrierte sich in seinem Hinterkopf. Wie eine eiserne Faust, die ihn im Nacken packte.*

*Es war kaum zu ertragen, doch er zwang sich, auszuharren. Er hatte es nicht besser verdient.*

*Um ihn herum war es still. Die kleine Lichtung, auf der er kniete, war von einem dichten Wald umgeben. Über ihm jagten drohend schwarze Wolken über den Himmel. In der Ferne hörte er Donnergrollen.*

*Die Welt war erstarrt. Sie hätten einander Halt geben sollen, doch jeder hatte sich in seiner eigenen Trauer eingemauert. Sie schafften es nicht, ihre Deckung zu verlassen. Jedes Wort, jede Berührung war zu viel. Dabei hätten sie alle so dringend Trost gebraucht.*

*Es lag an ihm, etwas zu ändern. Solange er seine Schuld nicht gebüßt hatte, würde das Leben nicht weitergehen.*

*Er hatte alles Mögliche ausprobiert. Sich erst das Essen versagt, dann das Schlafen. In seinem Kopf hatte sich alles gedreht, und ein paarmal war ihm schwarz vor Augen geworden. Aber es reichte nicht. Seine Eltern hatten nicht einmal etwas davon bemerkt.*

*Von der Sache mit den Kieselsteinen hatte er in einem Buch gelesen. Angeblich konnte man daran sterben. Doch bisher tat es einfach nur höllisch weh.*

*Das war gut, aber nicht genug.*

*Die Schuld lastete immer noch wie ein Felsbrocken auf seiner Seele. Egal, was er tat, er würde sich nicht davon befreien können. Deshalb gab es nur eine Lösung.*

*Im Grunde war ihm das von Anfang an klar gewesen.*

*Zögernd griff er nach der Plastiktüte, die vor ihm auf den Steinen lag. Mit beiden Händen hielt er sie auf und schaute hinein.*

*Er versuchte sich vorzustellen, wie es sein würde.*

*Die Enge. Das Plastik, das sich bei jedem Atemzug gegen seine Lippen saugte. Die Luft, die immer dünner wurde, bis der Sauerstoff zur Neige ging.*

*Sein Puls beschleunigte sich, er hörte den Herzschlag in seinen Ohren dröhnen. Die Angst legte sich wie ein stählerner Ring um seine Brust. Zugleich wurde der Schmerz in seinen Knien so heftig, dass er unwillkürlich aufjaulte.*

*Zum ersten Mal verspürte er Erleichterung.*

*Je qualvoller es war, desto besser.*

*Er holte noch einmal tief Luft. Dann zog er sich die Tüte über den Kopf.*

Khalid fluchte. Er hatte sich ein Stück vom Anleger Asperö Östra entfernt unter einen Baum gesetzt, den Rücken gegen den Stamm gelehnt und über das Wasser geschaut. Es sah vollkommen anders aus als das Mittelmeer, war von einem viel helleren und klareren Blau. Trotzdem beschwor es Erinnerungen herauf an die schrecklichen Tage auf See, die Angst und die Erschöpfung, als sie endlich, nach mehr als zwei Wochen, irgendwo in einem heruntergekommenen Hafen in Kroatien an Land gegangen waren.

Khalid hatte die Lider geschlossen, um die Bilder zurückzudrängen, und dann hatte ihn die Müdigkeit übermannt. Als er die Augen wieder öffnete, legte gerade eine weiße Fähre ab und fuhr in Richtung Norden weiter um die Insel herum. Die Fähre in die andere Richtung, mit der er hatte übersetzen wollen, musste bereits vorher vorbeigekommen sein. Er hatte sie verpasst. Nun musste er auf die nächste warten.

Er stand auf, damit er nicht erneut wegdämmerte, und ging langsam auf den Anleger zu. Ein paar Touristen mit Fahrrädern kamen an ihm vorbei, außerdem ein Mann, der einen Handkarren hinter sich herzog. Was sich darauf befand, konnte er nicht sehen, weil der Mann eine Plane darübergebreitet hatte.

Khalid schaute zum Kiosk und entdeckte ein Paar in enger Umarmung. Er wollte den Blick schon weiterschweifen lassen, stutzte aber dann.

Die Frau trug einen neongelben Jogginganzug.

Khalid ging näher heran, hielt sich jedoch dicht am Waldrand, sodass das Paar ihn nicht entdecken konnte. Er sprintete zur Rückseite der Hütte und lugte um die Ecke.

Die Frau war Jessica Reichenbach. Der Mann, der sie innig küsste, war Steffen Brandt.

Khalid verspürte einen Stich. Heiße Eifersucht packte ihn.

Es stimmte ganz offensichtlich nicht, dass Jessica nicht für eine neue Beziehung bereit war, weil sie um ihren ermordeten Mann trauerte. Im Gegenteil: Sie hatte schon einen Liebhaber.

Khalid zog den Kopf zurück, lehnte sich gegen die Wand der Hütte und atmete tief durch.

Das veränderte alles. Wenn Jessica die Absicht gehabt hatte, sich von ihrem Mann zu trennen, um mit Steffen zusammen zu sein, hatten beide ein Motiv. Womöglich gab es ja Gründe, weshalb eine Scheidung nicht infrage kam. Einen Ehevertrag, der Jessica erhebliche finanzielle Nachteile brächte. Oder Julius Reichenbach hatte über irgendein Druckmittel verfügt, um Steffen zu zwingen, die Finger von seiner Frau zu lassen. Im Zusammenhang mit dem Raubüberfall und der verschwundenen Beute gab es ja offenbar ein paar ungeklärte Fragen. Reichenbach könnte die Antwort gekannt und Brandt gedroht haben, sie öffentlich zu machen. Und in der Hitze des Gefechts hatte Steffen die Nerven verloren und zugestochen.

Khalid schlich sich von der Hütte weg und tauchte in das kleine Waldstück ein. Nachdem er sichergestellt hatte, dass die beiden ihn weder sehen noch hören konnten, zog er sein Smartphone hervor. Diese Information würde Frederik sicher interessieren.

Als er aus dem Haus trat, versank die Sonne gerade im Westen hinter den Inseln im Meer. Die grauen Wolken leuchteten blutrot. Das Laub, das sich bereits gelb und rot zu färben begann, glänzte golden im letzten Tageslicht. Die Schönheit des Augenblicks traf ihn unvermittelt. Er ging die paar Schritte zum Meer hinunter und schaute über das Wasser, auf dem rötliche Lichtpunkte tanzten. Die Abendstimmung auf den Schären hatte etwas Besonderes, als wäre man unvermittelt in ein expressionistisches Gemälde hineingeraten. Frederik liebte diese Momente.

Er schaute hinaus auf das Kattegat, bis die Sonne gänzlich

hinter dem Horizont verschwunden war. Erst dann nahm er sein Smartphone aus der Tasche.

Zwei entgangene Anrufe zeigte das Gerät an, einen von Viveka, einen von Khalid. Frederik zögerte kurz. Beide würden verstimmt sein, wenn er nicht schnell zurückrief, Khalid vermutlich noch mehr als Viveka. Trotzdem entschied er sich, zuerst die Kollegin zu kontaktieren. Vielleicht hatte sie etwas Hilfreiches über Kai Schwaigers finanzielle Verhältnisse herausgefunden.

Viveka klang regelrecht euphorisch.

»Das Amtsgericht in Hamburg hat die entsprechende Anordnung erlassen«, verkündete sie. »Ich habe bereits mit der Bank gesprochen, bei der Julius Reichenbach und Kai Schwaiger ihre Konten haben. Wir hatten Glück, es ist dieselbe.«

Kein Wunder vermutlich, da Kai offensichtlich in allem seinem Freund Julius gefolgt war. Frederik wollte diesbezüglich etwas sagen, kam aber nicht dazu, da die Worte aus Viveka nur so heraussprudelten.

»Vor acht Jahren gab es auf beiden Konten einen beachtlichen Zahlungseingang. Das Geld hat eine spanische Immobilienfirma überwiesen.« Er hörte etwas rascheln; anscheinend hatte Viveka die Dokumente, die man ihr gemailt hatte, ausgedruckt. »Die Angestellte, mit der ich gesprochen habe, war so freundlich, auch die Schließfächer von Julius und Kai zu öffnen. Dort gibt es Unterlagen über einen Immobilienkauf vor achteinhalb und den Verkauf derselben Immobilie vor acht Jahren. Der Kaufbetrag ist lächerlich, gerade mal insgesamt achtzigtausend Euro, die von den Konten von Julius und Kai auf das Konto der spanischen Immobilienfirma überwiesen worden sind.«

»Eine Fehlinvestition also?«

»Im Gegenteil. Als sie das Objekt ein halbes Jahr später wieder verkauften, bekamen sie eine halbe Million dafür. Das Geld landete jeweils zur Hälfte auf dem Konto von Julius Reichenbach und dem von Kai Schwaiger.«

»Wow. Ein gutes Geschäft.«

Viveka lachte leise. »Ja. So sieht es aus. Es gibt allerdings einen kleinen Haken bei der Sache. Ich habe Kontakt zu den spanischen Kollegen aufgenommen. Die Immobilienfirma gibt es nicht. Genauso wenig wie das Grundstück und das Haus, die in dem Vertrag aufgeführt sind. Der angebliche Gewinn wurde in Spanien in bar eingezahlt. Und die Firma ist eine Briefkastenfirma. Das Ganze war ein Scheingeschäft, um die wahre Herkunft des Geldes zu verschleiern.«

Der Zusammenhang war zu offensichtlich, um ihn nicht zu sehen. Die Summe, die Steffen Brandt bei seinem Überfall erbeutet hatte, belief sich auf etwas mehr als vierhunderttausend Euro. Derselbe Betrag, der, zuzüglich der angeblich investierten achtzigtausend Euro, ein halbes Jahr später auf den Konten seiner Verteidiger gelandet war, auf dem Umweg über die spanische Immobilienfirma, die nur auf dem Papier existierte. Julius und Kai hatten ihre Ersparnisse zusammengekratzt und auf das spanische Konto überwiesen. Sie hatten die Verkaufsunterlagen gefälscht und die Beute – den angeblichen Preis für die Immobilie – in bar bei der spanischen Bank eingezahlt. Von dort war das Geld dann auf ihre privaten Konten transferiert worden, ohne dass es bei der Steuerprüfung Anlass zur Nachfrage gab. Beträge, die ordnungsgemäß überwiesen wurden und für die entsprechende Papiere vorlagen, fielen nicht unter den Verdacht der Geldwäsche.

»Was ist anschließend mit dem Geld passiert?«

»Julius hat seinen Anteil in den folgenden Jahren verprasst. Ich bin noch nicht mit allem durch, aber es gibt reihenweise Überweisungen an Reiseveranstalter und Anbieter exklusiver Freizeitaktivitäten. Jetski, Rennboot, Quadfahren in der Wüste. Vor drei Jahren hatte Julius sämtliche Reserven aufgebraucht.«

»Und danach?«

»Gibt es noch eine interessante Kontoaktivität. Kai Schwaiger hat seinen Anteil an Julius Reichenbach überwiesen. Die Bankangestellte hat auch ein entsprechendes Dokument dazu in Schwaigers Schließfach gefunden. Er hat seinem Freund Julius das Geld geliehen.«

»Was hat Reichenbach damit getan?«

»Dasselbe wie mit seiner eigenen Hälfte. Er hat es verschleudert.« Viveka klang verständnislos. Frederik konnte es ihr nachfühlen. Es war schwer zu begreifen, wie jemand eine solche Summe einfach verpulvern konnte. Umso mehr, als bei dem Überfall, aus dem es stammte, einer der Wachleute schwer verletzt worden war und bis heute unter den Folgen litt. Die Kugel aus Brandts Waffe hatte sein Rückenmark beschädigt. Der Mann saß seitdem im Rollstuhl.

Frederik erinnerte sich, dass von einem Immobilienkauf die Rede gewesen war. Kai und Daniela Schwaiger wollten sich eine Eigentumswohnung an der Außenalster anschaffen. Dafür war zumindest eine Anzahlung nötig. Hatte Kai darauf gebaut, das geliehene Geld, womöglich mit Zinsen, von Julius zurückzuerhalten? War er durchgedreht, nachdem er erfahren hatte, dass es dieses Geld nicht mehr gab? Er würde noch einmal mit Kai Schwaiger sprechen müssen. Doch zuerst wollte er erfahren, was Khalid ihm mitzuteilen hatte.

Er bedankte sich bei Viveka und verabschiedete sich. Am Anfang hatte er daran gezweifelt, doch sie war tatsächlich eine Bereicherung für sein Team. Auch wenn sie versuchte, Anna zu verdrängen, und sich alles andere als sozial verhielt. Aber sie war clever und leistete gute Arbeit. Das, was ihr noch fehlte, würde sie eben lernen müssen. Sie war ja nicht die Einzige.

Frederik hielt einen Moment inne. Dann wählte er Khalids Nummer.

Zu seiner Überraschung war der Syrer keinesfalls verärgert, sondern ebenso aufgeräumt wie Viveka.

»Du glaubst nicht, was ich entdeckt habe«, lachte er und berichtete von seiner Beobachtung am Anleger.

Frederik hörte zu und gab ihm insgeheim recht. Er konnte es wirklich nicht glauben.

Jessica Reichenbach, die er eigentlich schon von der Liste der Verdächtigen gestrichen hatte, hatte also ein Motiv, ebenso wie Steffen Brandt, den er ebenfalls ans untere Ende seiner Aufstellung verbannt hatte. Nun gab es gleich zwei heiße Spuren, die es zu verfolgen galt.

Jessica und Steffen würden vermutlich bald zurückkommen; Khalid hatte gesehen, wie sie Hand in Hand den Weg Richtung Süden angetreten hatten. Frederik wollte die Zeit bis dahin nutzen, um mit Kai über die bemerkenswerten Geldgeschäfte vor acht Jahren zu sprechen. Er war gespannt, was der Anwalt zu ihren Erkenntnissen sagen würde.

Von seinem Fenster aus konnte er Pia sehen. Sie saß auf der Schaukel im Garten, die Füße fest auf den Boden gepresst, die Arme um den Körper geschlungen, als fröre sie, den Kopf gesenkt. Der Anblick schnitt ihm ins Herz. Sie wirkte so traurig und verloren.

Hatte er diesen Zustand bewirkt? Nachdem sie ihn von sich gestoßen hatte, war sie davongerannt. Es hatte wie eine Flucht ausgesehen. Aber er hatte ihr doch nichts getan. Er hatte sie nur in den Arm genommen und sie geküsst. Kein Grund, in Panik zu geraten. Also war es doch wohl etwas anderes, das sie bedrückte?

Patrik strich mit dem Daumen über das Fensterbrett. Nach dem Unglück hatte er dieses Zimmer bezogen, weil er auf keinen Fall in seinem alten hatte bleiben wollen. Geändert hatte es nichts. Die Schuld fraß an ihm, und sein innerer Wächter ging Tag für Tag hart mit ihm ins Gericht. Er hatte versagt, daran ließ sich nichts beschönigen. Vielleicht würde es helfen, wenn er seinen Eltern endlich die Wahrheit sagte. Doch das brachte er nicht fertig.

Er fuhr sich mit der Hand übers Gesicht. Was mochte es sein, das Pia plagte? Hatte es etwas mit dem Mord zu tun? Oder mit dieser Mobbing-Geschichte? Patrik hatte nicht alles verstanden, was die Deutschen geredet hatten, doch es war wohl so, dass der Tote und Kai ihr übel mitgespielt hatten.

Wieder schaute er hinaus. Dann traf er eine Entscheidung. Die Ungewissheit war unerträglich. Er musste herausfinden, was Pia bedrückte.

Die Hand, die sich auf die Klinke legte und die Tür öffnete, schien nicht zu ihm zu gehören. Eine fremde Kraft drängte ihn die Treppe hinunter. Er beobachtete sich aus ferner Distanz, als wäre er eine Figur in einem Film, den er sich ansah. Erst als er am Fuß der Treppe angekommen war, verschmolzen Kopf und Körper wieder miteinander. Dafür hämmerte jetzt sein Herz. Er wollte durch den Flur in den Garten gehen, überlegte es sich dann aber anders.

Die Küche war leer. Seine Mutter hatte Vorbereitungen für das Abendessen getroffen, auf dem Tisch standen Platten mit belegten Broten, auf dem Herd köchelte eine Suppe, aber von Sofia war nichts zu sehen. Patrik ging zum Kühlschrank und öffnete ihn.

Er wusste, dass er schon zu viel getrunken hatte, doch es gab Situationen, die anders nicht zu bewältigen waren. Patrik nahm die Flasche mit dem finnischen Wodka heraus und goss einen Daumenbreit in ein Wasserglas. Er wollte die Flasche gerade zurückstellen, als Sofia die Küche betrat.

Sie schaute auf das Glas und die Flasche in seiner Hand. Ihr

Blick trübte sich, und ihre Mundwinkel sanken herab. Der stumme Vorwurf in ihren Augen war kaum zu ertragen.

Patrik schüttete trotzig den Wodka in sich hinein. Er brannte in der Kehle, doch in seinem Magen breitete sich Wärme aus. Der Nebel in seinem Kopf, der sich zwischenzeitlich ein wenig gelichtet hatte, wurde wieder dichter. Es war gut, weil es die Gefühle, die ihn überwältigen wollten, zurückdrängte. Er füllte das Glas von Neuem.

»Patrik.« Seine Mutter legte ihm die Hand auf den Arm. »Mach nicht denselben Fehler wie dein Vater.«

Patrik hätte beinahe gelacht. Der Fehler, den er gemacht hatte, war weitaus schlimmer als alles, was sein Vater jemals getan hatte.

»Lass das meine Sorge sein«, entgegnete er schroff.

Er stellte die Flasche beiseite, leerte das Glas und schob sich an seiner Mutter vorbei aus der Küche. In seinem Rücken spürte er ihre Blicke. Rasch drückte er die Tür zu und war erleichtert, als der Kontakt unterbrochen war. Mit nicht mehr ganz sicheren Schritten ging er zur Hintertür und trat in den Garten.

Pia saß noch in derselben Haltung wie zuvor auf der Schaukel. Sie schaute auch nicht auf, als er auf sie zukam.

Patrik ging vor ihr in die Hocke.

»Hej.«

Nun hob sie den Kopf ein wenig, sodass er ihr Gesicht sehen konnte. Sie hatte offensichtlich geweint, ihre Augen waren gerötet.

»Ich habe keine Ahnung, was ich falsch gemacht habe«, sagte Patrik. Er merkte, dass er nuschelte, und bemühte sich, deutlicher zu artikulieren. Sein Englisch hatte ohnehin einen starken schwedischen Akzent, der es nicht leichter machte, seine Worte zu verstehen. »Aber es tut mir leid. Ich wollte dich nicht verletzen.«

Sie versuchte ein Lächeln, das jedoch misslang.

»Es liegt nicht an dir«, gab sie zurück. »Du warst es nicht, der mich verletzt hat.«

Nun verfluchte Patrik die beiden Gläser Wodka, die er so unbedacht in sich hineingeschüttet hatte. Die Denkprozesse in seinem Kopf liefen nur zäh ab, und er hatte Mühe, die passenden englischen Vokabeln zusammenzuklauben.

»Dir ist etwas Schlimmes passiert?«, brachte er endlich heraus. »Willst du darüber reden? Manchmal hilft das.« Eine Weisheit, die für ihn selbst ebenso gegolten hätte, die er aber nie befolgt hatte.

Pia senkte wieder den Kopf.

»Nein. Es … ist mir unangenehm.«

Patrik schwankte. Er konnte nicht länger in der Hocke verweilen. Mit ungelenken Bewegungen richtete er sich auf. Er griff nach Pias Arm und zog sie von der Schaukel hoch.

»Lass uns ein paar Schritte gehen, ja? Nur ein Stück zum Wasser.«

Sie wirkte unschlüssig, ließ sich aber von ihm mitziehen, vom Garten über die Straße und von dort zu den flachen Felsen in der kleinen Bucht. Es sah schön aus, auf der einen Seite das Meer und die benachbarten Schären mit den rot schimmernden Wolken im letzten Restlicht des Tages, auf der anderen der Mond, der fast voll war und einen silbrigen Schein auf die Wasseroberfläche warf.

Patrik stolperte und wäre gestürzt, wenn Pia ihn nicht festgehalten hätte. Sie kniff die Augen zusammen.

»Du bist betrunken«, stellte sie fest und schien es tatsächlich erst jetzt zu bemerken.

Patrik setzte sich auf einen großen flachen Felsen, und Pia nahm neben ihm Platz.

»Ich musste mir Mut antrinken«, gestand er. »Sonst hätte ich mich nicht getraut, dich zu fragen, warum du weggelaufen bist.«

»Wirklich?« Sie schien gleichermaßen überrascht und gerührt.

Patrik konnte nur nicken. Sie saß so nah neben ihm, und alles in ihm sehnte sich danach, sie in den Arm zu nehmen. Aber das wäre sicher ein Fehler.

Eine Weile schwiegen sie beide. Dann spürte er, wie sich Pia einen Ruck gab.

»Es war vor einem halben Jahr«, begann sie. »Bei einer Feier zum zwanzigjährigen Bestehen unserer Kanzlei …«

Patrik hörte ihr fassungslos zu. Die Wut, die er verspürte, wurde immer größer.

Er griff nach Pias Hand und verschränkte seine Finger mit ihren, und sie ließ ihn gewähren. Als sie zu weinen begann, wischte er ihr die Tränen vom Gesicht, und als sie dann aufhörte, zog er sie an sich und drückte ihren Kopf an seine Schulter.

»Ich passe auf dich auf«, flüsterte er. »Bei mir musst du keine Angst haben. Ich würde niemals etwas tun, das du nicht willst.«

Pia hob den Kopf und schaute ihn an.

»Ich mag dich, Patrik Olsson«, sagte sie weich. »Du bist ein guter Mensch.«

Patrik hatte plötzlich einen Kloß im Hals. Er konnte nichts erwidern, aber das war vielleicht auch besser so. Pia hatte ja keine Ahnung, wie sehr sie sich täuschte.

Kai Schwaiger war sichtlich verärgert, als Frederik nur kurze Zeit nach dem Gespräch mit ihm wieder im Wohnzimmer stand.

»Was gibt es denn jetzt noch?«, fragte er, ohne sich die Mühe zu machen, aus seinem Sessel aufzustehen.

»Wir haben neue Erkenntnisse«, entgegnete Frederik und deutete mit einer Geste an, dass er mit Kai unter vier Augen sprechen wollte.

Kai machte eine müde Handbewegung hin zu seiner Frau, die auf dem Sofa saß und Kekse aus einer Pappschachtel in sich hineinstopfte.

»Wir haben keine Geheimnisse voreinander.«

»Gut.« Frederik nahm ihm gegenüber im Sessel Platz und betrachtete den Anwalt. Kai bemühte sich um eine ausdruckslose Miene, doch Frederik konnte erkennen, dass sich die Gedanken in seinem Kopf überschlugen.

»Es geht um das Geld, das vor acht Jahren auf Ihr Konto und das von Julius Reichenbach transferiert wurde. Insgesamt knapp eine halbe Million.«

Kai lächelte herablassend.

»Wenn Sie von dem Geld wissen, sollte Ihnen auch bekannt sein, woher es stammt. Wir haben in eine spanische Immobilie investiert und Glück gehabt.«

Frederik warf Daniela einen raschen Blick zu. Ihre Hand verharrte auf halbem Weg zum Mund, und sie legte ihren Kopf schief. Als sie Frederiks Blick bemerkte, nickte sie, als wäre sie in dieses Projekt eingeweiht. Anscheinend hatte ihr Mann ihr dieselbe Lüge aufgetischt wie dem Rest der Welt.

»Das Problem ist, dass die Immobilienfirma, die Ihnen das Objekt angeblich abgekauft hat, nicht existiert«, sagte Frederik.

»So?« Kais Mundwinkel zuckten. Ansonsten ließ er sich seine Verunsicherung nicht anmerken.

»Es handelt sich um eine Briefkastenfirma. Und der Betrag, den man Ihnen überwiesen hat, wurde zuvor in Spanien in bar eingezahlt.«

Kai verschränkte die Arme vor der Brust.

»Davon weiß ich nichts.«

Frederik hob die Hände, als wäre ihm die Sache im Grunde gleichgültig.

»Die Kollegen von der Wirtschaftskriminalität werden sich

mit dem Fall beschäftigen. Früher oder später werden sie herausfinden, wer hinter dieser Briefkastenfirma steckt. Sie muss ja in irgendeinem Handelsregister eingetragen sein.«

Kai schien rasch alle Möglichkeiten abzuwägen. Sein Knie wippte, sein Fuß klopfte auf den Boden. Nach einem schnellen Seitenblick zu seiner Frau rutschte er an die Kante des Sessels vor.

»Hören Sie. Wir haben da vielleicht einen Fehler gemacht. Aber es ist nicht das, was Sie denken. Mit dem Überfall auf den Geldtransport hatte das nichts zu tun.«

Frederik lächelte freundlich.

»Das müssen Sie mir erklären.«

Kai seufzte.

»Wir hatten damals einige Mandanten aus dem Milieu. Sie wissen schon, Reeperbahn. Das sagt Ihnen doch etwas?«

Frederik nickte knapp. Er hatte lange genug in Deutschland gelebt und mit deutschen Kollegen kooperiert, um über das Hamburger Rotlichtviertel Bescheid zu wissen. Einige Personen, die im Verdacht gestanden hatten, mit Arvid Ekström an der illegalen Waffenschieberei beteiligt zu sein, betrieben dort Etablissements.

»Die haben uns einen Deal angeboten. Zuschläge zum Honorar, wenn wir bereit wären, Bargeld zu akzeptieren und ihnen Rechnungen für Dienstleistungen auszustellen, die sie nicht in Anspruch genommen hatten. Die zu viel gezahlten Beträge für die falsch ausgestellten Rechnungen haben wir später zurücküberwiesen, sodass sie ordentlich verbucht werden konnten. Damit das Bargeld, das wir bekommen hatten, ebenfalls regulär auf unseren Konten landete, haben wir dieses Spanien-Projekt eingefädelt.«

Ein Prozedere, das Frederik aus der Zeit seiner internationalen Ermittlungen kannte. Es war eine gängige Methode,

Schwarzgeld zu waschen, indem man die Herkunft verschleierte und das Geld durch Strohmänner auf Konten einzahlen ließ, die über jeden Zweifel erhaben waren. Für eine renommierte Anwaltskanzlei galt das ganz sicher. Trotzdem glaubte er Kai kein Wort.

»Ich nehme an, Sie wollen mir keine Namen nennen?«

Kais Grinsen war aalglatt.

»Das fällt unter die anwaltliche Schweigepflicht.«

»Nicht, wenn es um eine Straftat geht, in die Sie selbst involviert waren.«

Kais Miene wurde noch hochmütiger.

»Sie haben keine Beweise. Und ich werde nichts von dem, was ich Ihnen gerade gesagt habe, offiziell wiederholen.« Etwas verbindlicher fügte er hinzu: »Ich bin doch nicht lebensmüde.« Das folgende Lächeln war beinahe versöhnlich. »Ich wollte Ihnen lediglich deutlich machen, dass diese Geldeingänge und der Mord an Julius nichts miteinander zu tun haben.«

Daniela wirkte ein wenig konsterniert, entschied sich aber, möglichst wenig von diesen Dingen an sich heranzulassen, und schob sich schon wieder einen Keks in den Mund.

Frederik schaute sie an, während er weiter zu Kai sprach.

»Und die Transaktion vor drei Jahren? Hat die auch nichts mit dem Mord zu tun?«

Daniela runzelte die Stirn. Sie schien nicht zu wissen, worauf er anspielte. Kai dagegen begann unruhig auf seinem Sessel herumzurutschen.

»Keine Ahnung, was Sie meinen.«

»Sie haben Julius Reichenbach Ihren Anteil an dem angeblichen Immobiliengeschäft in Spanien geliehen. Die entsprechende Übereinkunft befindet sich in Ihrem Schließfach.«

Kai lief rot an. »Wie kommen Sie dazu, sich Zugang zu meinem Schließfach zu verschaffen?«

Seiner Frau dagegen war jede Farbe aus dem Gesicht gewichen. Der Keks, den sie sich eben genommen hatte, zerbrach zwischen ihren Fingern. »Du hast Julius unser Geld geliehen? Das Geld, mit dem wir die Wohnung an der Außenalster anzahlen wollen?«

Kai bedeutete ihr unwirsch, den Mund zu halten. »Wir hätten es ja rechtzeitig zurückbekommen.«

Frederik beobachtete ihn genau. Wusste er wirklich nicht, dass Julius die gesamte Summe verschleudert hatte? Oder spielte er ihm etwas vor, um nicht unter Verdacht zu geraten? Normalerweise war Frederik gut darin, hinter die Fassaden zu blicken. Doch in diesem Fall war es schwer. Kai Schwaiger war so echauffiert, dass die feineren Nuancen verloren gingen.

»Das Konto von Julius Reichenbach ist leer.«

Kai nickte. »Ich weiß. Trotzdem hätte er mir das Geld zurückgegeben. Er wollte sich etwas von seinen Eltern leihen, oder notfalls von Jessicas Eltern.«

Daniela hielt es nicht mehr auf ihrem Platz. Sie sprang auf und baute sich vor ihrem Mann auf, die Hände zitterten. Die Kekskrümel an ihren Fingern wirkten seltsam fehl am Platz.

»Bist du wahnsinnig geworden? Wie kannst du Julius unsere gesamten Ersparnisse leihen? Du weißt doch, wie er ist. Dir muss klar gewesen sein, dass er das Geld mit beiden Händen zum Fenster rauswirft. Was wird denn jetzt? Wie sollen wir die Anzahlung für die Wohnung leisten, wenn alles weg ist?«

Kai bereute offensichtlich, dass er Frederiks Vorschlag abgelehnt hatte, das Gespräch unter vier Augen zu führen. »Ich sage dir doch, wir bekommen das Geld zurück.«

Frederik war sich in diesem Punkt keinesfalls sicher.

»Hatten Herr und Frau Reichenbach Gütergemeinschaft vereinbart?«

Kai, der sich ganz auf seine Frau konzentriert hatte, wandte sich zu ihm um. In seinen Augen las Frederik die schiere Panik.

»Nein. Jessica wollte das nicht. Sie wusste ja, dass Julius ein Verschwender ist.« Frederik sah, wie es hinter seiner Stirn arbeitete. Anscheinend machte er sich gerade klar, was das bedeutete. »Wenn sie das Erbe nicht annimmt …«

»Dann besteht auch keine Verpflichtung, seine Schulden zurückzuzahlen.«

Daniela holte keuchend Luft.

»Das heißt, unser Geld ist weg?«

Kai biss sich auf die Lippen. Frederik konnte sehen, wie vor seinem geistigen Auge ein Lebenstraum in Rauch aufging. Mitleid empfand er deshalb nicht. Wenn seine Theorie stimmte, stammte das Geld, um das es ging, aus dem Überfall auf den Geldtransport, der einen Wachmann beinahe das Leben gekostet hatte. Julius Reichenbach und Kai Schwaiger hatten es sich widerrechtlich angeeignet und damit außerdem ihren eigenen Mandanten betrogen, dem sie einige Jahre Lebenszeit gestohlen hatten, die er länger als nötig in Haft hatte verbringen müssen. Steffen Brandt hatte das Versteck der Beute ja preisgegeben. Nur dass sich das Geld zu diesem Zeitpunkt schon nicht mehr dort befand.

»Wer von Ihnen hat die Beute an sich genommen?«, fragte er Kai. »Sie? Oder Julius?«

Kai stand abrupt auf.

»Verschonen Sie mich mit Ihren Hirngespinsten«, polterte er los. »Das Geld stammte vom Hamburger Kiez. Das werde ich beschwören, wenn es jemals zu einer Verhandlung deshalb kommt. Und Sie können mir nicht das Gegenteil beweisen.«

Damit stürmte er aus dem Raum, und Frederik blieb allein mit Kais aufgelöster Ehefrau zurück.

»Weshalb hat er das nur gemacht?«, schluchzte Daniela. »Warum hat er Julius unser Geld gegeben?«

Frederik nahm eine Packung Taschentücher aus seiner Umhängetasche und reichte sie Daniela. Sie schnäuzte sich und gab sich dann selbst die Antwort auf ihre Frage.

»Er hat immer getan, was Julius wollte. Nach Belieben manipulieren konnte er ihn, und Kai war nicht in der Lage, sich dagegen zu wehren.« Ihr fiel ein, dass sie sich wohl schützend vor ihren Ehemann stellen sollte, um Schlimmeres zu verhindern. »Wenn dieses Geld tatsächlich die Beute aus dem Raubüberfall war, dann war es nicht Kai, der es genommen hat. Das kann nur Julius getan haben. Er hatte nie irgendwelche Skrupel.«

Frederik nickte. Es mochte so sein, wie Daniela sagte. Trotzdem hing Kai tief in der Sache mit drin.

Die Krankenschwester nahm sich ein weiteres Taschentuch und tupfte sich die Tränen vom Gesicht.

»Sie glauben aber nicht, dass Kai Julius erstochen hat, oder? Weil er ihm das Geld nicht wiederbeschaffen konnte?«

Frederik dachte darüber nach. Theoretisch war diese Variante denkbar, doch aus seiner Sicht sprach einiges dagegen. Kai hatte schließlich das Geld zurückgewollt, und der tote Julius konnte es ihm nicht geben. Natürlich könnte es ein Racheakt gewesen sein, aber den traute er eher Steffen Brandt zu, der um das Geld betrogen worden war, für das er jahrelang im Gefängnis gesessen hatte. Trotzdem würden sie natürlich auch in diese Richtung ermitteln.

»Ihr Mann ist im Augenblick nicht der Hauptverdächtige«, erwiderte er offen. »Aber wir dürfen selbstverständlich keine Möglichkeit außer Betracht lassen.«

Daniela rieb sich die Hände an der Hose ab und betrachtete sie. Sie waren rot und rissig. Seit sie versucht hatte, Julius Reichenbach zu reanimieren, musste sie sie unzählige Male gewaschen und mit einer Bürste bearbeitet haben.

»Ich wusste es immer«, sagte sie düster. »Julius würde uns alle ins Verderben stürzen. Aber Kai wollte ja nicht auf mich hören.«

Seine Frau stand am Küchenfenster und schaute hinaus auf die Bucht. Kennet trat hinter sie. Er wusste nicht recht, wie er sich verhalten sollte. Sofia hatte ihn nicht beschimpft; sie wusste ja, dass es nutzlos war. Aber er hatte die Enttäuschung in ihrem Blick gesehen.

Sie hatte vollkommen recht. Er machte sich selbst die größten Vorwürfe. Warum war er wieder schwach geworden? Gerade in dem Moment, als er geglaubt hatte, die Vergangenheit ein für alle Mal abgeschüttelt zu haben. Würde es denn nie aufhören? Würde der Stachel des Verlusts für alle Ewigkeit mit seinen Widerhaken in seinem Herzen festsitzen und es zerreißen? Warum gelang es ihm nicht, damit abzuschließen? Den Schmerz zu akzeptieren, sein inneres Gleichgewicht wiederzufinden und das Leben, das ihnen geblieben war, zu gestalten, statt in der Erinnerung zu erstarren?

Es hätte vielleicht geholfen, wenn sie darüber gesprochen hätten, doch das Thema war tabu. Sofia wollte vergessen und suchte Trost im Glauben. Sie fand es wohl leichter, das Schicksal zu ertragen, wenn sie annahm, dass alles Gottes Wille war. Der Herr hatte entschieden, und was geschehen war, war nicht ihr Fehler. Ihr Gewissen war sicher leichter als seines. Aber Kennet konnte das nicht. Er wollte auch nicht an einen Gott glauben, der derart grausam war.

Vorsichtig legte er ihr eine Hand auf die Schulter und trat näher ans Fenster. Im hellen Mondlicht sah er seinen Sohn, der mit einer der Deutschen in der Bucht auf den Felsen saß.

»Er interessiert sich also doch für Frauen«, murmelte er.

Sofia drehte sich zu ihm um.

»Natürlich tut er das. Hast du daran gezweifelt?«

Sie schien froh, ein Thema gefunden zu haben, über das sie streiten konnten, ohne jenes berühren zu müssen, das sie um jeden Preis meiden wollte. Kennet dachte, dass sie diesen Automatismus endlich durchbrechen sollten, doch es gelang ihm nicht.

»Ehrlich gesagt: ja«, beantwortete er ihre Frage.

»Das ist dummes Zeug, Kennet Olsson«, erklärte seine Frau streng. »Patrik ist ein ganz normaler junger Mann. Er trägt nur schwer an der Trauer, genau wie wir alle. Deshalb sucht er eine Frau, die dem Leben den nötigen Ernst entgegenbringt. Seine jungen Kommilitoninnen sind ihm zu oberflächlich.«

Kennet war überrascht.

»Hat er dir das gesagt?«

»Nein. Aber ich habe Augen im Kopf.«

Kennet schaute an ihr vorbei zu dem Paar in der Bucht.

»Aber ausgerechnet diese Frau …«

Sofia stimmte ihm zu.

»Sie wird ihm nicht guttun. All dieses Böse um sie herum, das wühlt Dinge auf, die endlich begraben sein sollten. Aber Patrik wird es begreifen. Und es ist ja nur eine Frage der Zeit, bis diese Deutschen wieder von hier verschwunden sind.«

Kennet nickte. Er wollte ebenso wenig wie sie, dass ihr Haus länger als nötig den Mittelpunkt polizeilicher Ermittlungen bildete. Zugleich empfand er Bedauern. Steffen hatte versprochen, sich um seine Terrasse zu kümmern. Kennet hatte vorgehabt, mit ihm aufs Festland zu fahren und Material einzukaufen. Wenn die Deutschen wieder auszogen, würde aus dem Vorhaben nichts werden. Aber vermutlich hatte Steffen seine Zusage ohnehin längst vergessen, hatte sie überhaupt nur aus Höflichkeit gegeben. Kennet hatte schon immer Schwierigkeiten mit der deutschen Mentalität gehabt. In Schweden war man freundlich, aber man sagte, was man meinte. In Deutschland wurde die Wahrheit gern in hübsche Worte verpackt, die man nicht unbedingt für bare Münze nehmen durfte. Das machte es schwierig, die Kommunikation zu entziffern. Aber er würde Steffen noch einmal darauf ansprechen. Auf eine klare Frage durfte man wohl eine klare Antwort erwarten.

Sofia wandte sich wieder dem Fenster zu und stützte ihre Hände auf das Fensterbrett.

Es war ein Postkartenmotiv – das Mondlicht, das silbern auf dem Wasser schimmerte, das Paar davor wie ein Scherenschnitt, zwei schwarze Schemen, die langsam miteinander verschmolzen.

»Ich hoffe nur, sie bricht ihm nicht das Herz.«

Alles andere sprach sie nicht aus. Dass sie fürchtete, er würde dann zur Flasche greifen wie sein Vater, würde in denselben unentrinnbaren Kreislauf geraten und sich darin verlieren. Sie sagte auch nicht, dass es Kennets Schuld war. Weil er ihm ein schlechtes Vorbild gewesen war, ein schlechter Vater. Weil er das Unheil nicht verhindert hatte. Es war auch nicht nötig, diese Dinge in Worte zu fassen. Er wusste selbst, dass er auf ganzer Linie versagt hatte.

Steffen Brandt und Jessica Reichenbach kamen nach ihrem Spaziergang vom Fähranleger Asperö Östra, wo Khalid sie beobachtet hatte, auf das Haus der Olssons zu. Sie gingen mit einigem Abstand nebeneinanderher wie zwei gute Bekannte, nicht wie ein Liebespaar. Trotzdem spürte Frederik den Draht zwischen ihnen. Natürlich half es ihm, dass Khalid beobachtet hatte, wie sie sich geküsst hatten, aber er nahm darüber hinaus wahr, dass sich noch mehr verändert hatte. Er hatte auch eine Ahnung, worum es sich handelte.

Als sie ihn entdeckten, wirkten sie ertappt. Jessica versteifte sich, Steffen grinste verlegen. Frederik bat sie, ihm auf die Terrasse zu folgen. Dort waren sie ungestört. Sie setzten sich auf die Stühle, die um den leeren Tisch herumstanden.

Um es ihnen leichter zu machen, kam er direkt auf den Punkt.

»Seit wann sind Sie ein Paar?«

Er sah, dass sie es abstreiten wollten, dann aber begriffen, dass es sinnlos war. Steffen griff nach Jessicas Hand.

»Seit einem knappen Jahr.«

»Sie wollten sich von Ihrem Mann trennen?«, fragte er Jessica.

Die Frau des Toten lächelte schief.

»Ich wusste es nicht. Das war der eigentliche Grund für diese Reise. Ich hatte gehofft, dass ich mir über meine Gefühle klar werde, wenn ich mit beiden Männern zusammen bin.«

Frederik studierte ihre Miene. Im fahlen Mondlicht war nicht viel zu erkennen, doch er hatte den Eindruck, dass sie aufrichtig war.

»Man könnte denken, dass Sie sich von Ihrem Mann befreien wollten. Das wäre ein Motiv. Für Sie beide.«

Steffen schüttelte den Kopf.

»Jessica hat ihn nicht umgebracht. Und ich auch nicht.« Es hielt ihn nicht auf seinem Stuhl, er stand auf und bemühte sich sichtlich, seine Erregung unter Kontrolle zu bekommen. »Das war alles ganz anders geplant.«

Frederik erwiderte nichts. Er fragte auch nichts. Stattdessen wartete er einfach ab. Früher oder später würden die beiden das Bedürfnis verspüren, sich zu erklären.

Steffen blieb stehen, schob die Hände in die Hosentaschen und blickte in den dunklen Garten.

»Jessica ist schwanger«, stieß er hervor.

»Von Ihnen«, sagte Frederik.

Steffen breitete die Arme aus, was wohl eine Bestätigung sein sollte. Vermutlich erkannte er an Frederiks Tonfall, dass dem Kommissar ohnehin längst alles klar war.

»Julius war unfruchtbar«, erklärte er, was Frederik bereits von Jessica wusste. »Das Kind kann nur von mir sein.« Ein zärtliches Lächeln stahl sich in seine Mundwinkel. Jessica erwiderte es, ehe sie sich verlegen an Frederik wandte.

»Es muss Ihnen schrecklich unpassend erscheinen, so kurz nachdem mein Mann ermordet wurde. Aber ich freue mich. Wir wollen das Kind.«

Frederik nickte unverbindlich. Er wusste selbst nur zu gut, dass die Liebe nicht nach Anstand und Moral fragte. Andernfalls hätte er sein Herz wohl kaum an die Frau eines anderen verloren.

»Das ist Ihre Sache«, sagte er. Sachlich, ohne jeden Vorwurf. Er meinte es auch so. »Aber ich muss wissen, was mit Ihrem Mann passiert ist.« Er schaute Steffen an. »Sie haben sein Rad manipuliert. Mir gegenüber haben Sie behauptet, Sie hätten ihm einen Denkzettel verpassen wollen, weil er sich am ersten Abend hier über Ihre Charakterschwäche lustig gemacht hat, aber das war nicht die Wahrheit.«

Steffen hob in einer Geste der Kapitulation die Hände. Er hatte wohl begriffen, dass er Frederik nichts vormachen konnte. Jessica starrte ihren Geliebten an.

»Du warst das? Warum? Wolltest du ihn umbringen, damit du freie Bahn bei mir hast? Du hättest doch wissen müssen, dass ich ohnehin kurz davor war, mich für dich zu entscheiden.«

Steffen schaute zu Boden.

»Ich nehme an, es ging nicht um Sie«, sagte Frederik, um es ihm leichter zu machen. »Sondern um das Geld.«

Jessica blickte ratlos zwischen ihm und Steffen hin und her. »Welches Geld?«

»Die verschwundene Beute aus dem Raubüberfall«, sagte Frederik.

Steffen ballte die Fäuste. »Ja, verdammt. Ich habe der Polizei erklärt, wo sie das Geld findet, aber dort war es nicht mehr.«

»Das weiß ich«, entgegnete Jessica reserviert. »Du hast es mir oft genug erzählt.«

Steffens Gesicht lief rot an. »Ja. Aber weißt du auch, weshalb es nicht mehr im Versteck war?«

»Warum?«

»Weil Julius es genommen hat.«

Jessica presste die Lippen zusammen. »Das hätte er nicht getan.«

»Wer soll es denn sonst gewesen sein?« Steffen machte einen Schritt auf sie zu und legte ihr die Hände auf die Schultern. »Überleg doch mal. Die ganzen kostspieligen Hobbys von Julius – hat er das alles von seinem Gehalt in der Kanzlei bezahlt?«

Jessicas Miene wurde unsicher.

»Ich weiß es nicht.« Sie blinzelte. »Hast du ihm denn das Versteck verraten?«

Steffen verzog den Mund, offenbar ärgerlich auf sich selbst.

»Nicht direkt. Aber ich habe wohl ein paar Andeutungen gemacht. Ich nehme an, er hat die richtigen Schlussfolgerungen gezogen.«

»Sicher bist du dir also nicht.«

»Es erscheint plausibel«, mischte sich Frederik wieder ein. »Wir haben auf den Konten von Kai Schwaiger und Ihrem Mann entsprechende Geldeingänge vor acht Jahren entdeckt. Sie haben eine gelungene Immobilienspekulation vorgetäuscht, aber die spanische Firma, die dieses Geschäft angeblich abgewickelt hat, gibt es nicht. Es ist eine Briefkastenfirma. Die Ermittlungen dazu sind noch nicht abgeschlossen, aber wir gehen davon aus, dass Ihr Mann und Herr Schwaiger hinter der Scheinfirma stecken.«

Jessicas Miene wurde bitter.

»Von diesem Geschäft hat er mir erzählt. Eine heruntergekommene Ferienanlage an der Costa Blanca, die sie ein halbes Jahr später mit gigantischem Gewinn weiterverkauft haben.«

»Diese Anlage existiert ebenso wenig wie die Immobilienfirma.«

Jessica nickte.

»Das passt zu ihm.« Sie riss die Augen auf, als ihr die Tragweite dessen, was sie gerade erfahren hatte, bewusst wurde, und schaute ihren Geliebten an. »Das heißt, es war Julius' Schuld, dass du so viel länger im Gefängnis sitzen musstest, weil du das Geld nicht zurückgegeben hast?«

Steffens Kiefer mahlten. »Ja.«

Jessica schlang die Arme um seine Taille. Ihre Augen füllten sich mit Tränen.

»Das tut mir so leid.«

Steffen löste sich von ihr. Er setzte sich wieder neben sie und nahm ihre Hand.

»Es ist vorbei. Wir schauen jetzt nur noch nach vorn.«

Frederik freute sich über die aufrichtige Zuneigung, die er zwischen den beiden wahrnahm, aber er musste noch einen Punkt klären.

»Sie hätten allen Grund gehabt, sich an Julius Reichenbach zu rächen, Herr Brandt. Deshalb haben Sie die Bremsen seines Rades manipuliert, nicht wahr? Sie wollten nicht nur, dass er sich ein paar Knochen bricht. Sie wollten seinen Tod. Und als er gesund und munter in Ihr Ferienhaus zurückgekehrt ist, sind Sie mit dem Messer auf ihn losgegangen.«

»Nein.« Steffen hob den Kopf. »Ich wollte ihn nicht umbringen, und ich wollte auch keine Rache. Darüber bin ich längst hinaus. Die ersten Jahre im Gefängnis habe ich oft darüber nachgedacht, was ich ihm antun würde, wenn ich endlich wieder draußen bin. Aber mit der Zeit hat die Wut nachgelassen. Er hat mir zwar übel mitgespielt, doch letztendlich war alles meine eigene Schuld. Hätte ich den Geldtransport nicht überfallen, wäre auch alles andere nicht passiert.«

Frederik musterte ihn aufmerksam. War er wirklich zu einer derart abgeklärten Einstellung gelangt? Es deutete alles darauf hin, sein Blick war offen, seine Haltung entspannt. Trotzdem könnte er natürlich lügen. Auch das lernte man im Gefängnis: sich nichts anmerken zu lassen, wenn man die Unwahrheit sagte. Es war geradezu überlebenswichtig.

»Dann erklären Sie mir, warum Sie die Bremsen manipuliert haben.«

Steffen lachte bitter. »Weil Kai mich dazu überredet hat.«

»Wie bitte?« Jessica blinzelte ungläubig. »Was hat Kai damit zu tun?«

Steffen nahm sein Tabakpäckchen aus der Hosentasche und drehte sich geschickt mit einer Hand eine Zigarette, während er mit der anderen Jessicas Hand festhielt. Er schob die Selbstgedrehte zwischen die Lippen und zündete sie an. Erst nachdem er ein paar Züge geraucht hatte, sah er Frederik an.

»Die beiden haben das damals gemeinsam getan. Sich das Geld unter den Nagel gerissen und unter sich aufgeteilt. Julius hat seinen Anteil verprasst und sich dann Kais Hälfte geliehen. Die wollte Kai nun zurückhaben, aber sie war nicht mehr da, weil Julius das Geld längst mit vollen Händen ausgegeben hatte. Kai brauchte es aber, um die Eigentumswohnung an der Außenalster anzuzahlen.«

Steffen nahm einen tiefen Zug von seiner Zigarette. Frederik begann zu ahnen, wie die Geschichte weiterging.

»Er wollte, dass ich Julius Druck mache, damit er das verlorene Geld irgendwie wieder auftreibt. Wenn Kai es zurückbekommen hätte, wollten wir teilen.« Steffen lächelte schief. »Einklagen kann ich es ja nicht.«

Frederik nahm sein Notizbuch zur Hand und schrieb sich ein paar Stichworte auf. Anschließend bedankte er sich bei Steffen und Jessica und ging um das Haus herum zum Meer.

Der Vorfall mit dem manipulierten Mountainbike hatte seine Auflösung gefunden. Die unsauberen Geldgeschäfte und die unterschlagene Beute würden weitere Ermittlungen und strafrechtliche Konsequenzen nach sich ziehen, doch das fiel nicht in sein Ressort. Es war Sache der deutschen Behörden, der Kollegen von der Wirtschaftskriminalität, vielleicht auch der Steuerfahndung.

Seine Aufgabe dagegen war es, den Mörder von Julius Reichenbach zu finden. Und was das anging, war er keinen Schritt weiter.

# 18

*Er hatte es nicht geschafft. Im letzten Moment, als sich in seinem Kopf schon alles drehte und seine Lungen wie Feuer brannten, hatte er mit den Fingern ein Loch in die Plastiktüte gerissen und gierig die Luft eingesogen, die durch die kleine Öffnung strömte. Anschließend war er ohnmächtig geworden.*

*Seine Eltern hatten ihn gefunden. Sie hatten sich Sorgen gemacht, weil er bei dem schweren Gewitter, das über dem Land tobte, nicht nach Hause gekommen war.*

*Natürlich hatten sie begriffen, was sein Plan gewesen war. Die Tüte, die er sorgsam um seinen Hals geknotet hatte, ließ keinen anderen Schluss zu.*

*Sie hatten ihn in die Klinik gebracht, und die Ärzte hatten sie schließlich beruhigen können. Der Sauerstoffmangel hatte keine bleibenden Schäden hinterlassen.*

*Er bedauerte das. Wenn sein Gehirn zugrunde gegangen wäre, könnte er sich Edvin näher fühlen. Dann wäre er genauso behindert wie er. Und er müsste nicht mehr ständig an seine Schuld denken.*

Es war spät, als er den Roller vor dem Sahlgrenska-Krankenhaus abstellte. Zu spät für einen Besuch auf der Intensivstation. Das war ihm bereits auf dem Weg hierher bewusst gewesen, doch er hatte nicht anders gekonnt.

Nachdem er Khalid am Präsidium abgesetzt hatte, hatte er sich plötzlich vollkommen erschöpft gefühlt. Das war nicht ungewöhnlich, wenn er tief in einer Ermittlung steckte. Er spürte den Gemütsbewegungen aller Beteiligten nach, versuchte, auf diese Weise Einblick in Beziehungsgeflechte zu gewinnen, hinter die Fassaden zu schauen. Das erwies sich oft als Königsweg zur Lösung eines Falls, aber es war auch anstrengend. Wenn er so viele fremde Emotionen aufgesogen hatte, war er irgendwann ausgelaugt. Er musste dann irgendetwas tun, um seine Energiespeicher wieder aufzufüllen. Normalerweise war das ein Treffen mit Lea, ein Besuch bei Emma, eine Tour mit dem Roller, eine Fahrt mit dem Segelboot oder ein Bad im Meer. Im Augenblick ließ sich allerdings nichts davon realisieren. Es war bereits dunkel und wurde mittlerweile empfindlich kalt, sodass weder eine lange Rollerfahrt noch das Schwimmen ein Genuss wären. Sein Boot war im letzten Sommer explodiert, und er hatte es noch nicht ersetzt. Und Lea und Emma waren im Frauenhaus.

Er nahm an, dass ein Besuch dort nicht erwünscht war und die Bewohnerinnen so spät am Abend das Haus auch nicht mehr verlassen sollten. Außerdem konnte er sich nicht sicher sein, dass ihm Ekströms Männer nicht immer noch auf den Fersen waren. Er hatte zwar kein verdächtiges Fahrzeug entdeckt, das ihn verfolgte, doch vielleicht waren die Typen vorsichtig geworden. Unter keinen Umständen wollte er derjenige sein, der Arvid Ekström zu Lea und Emma führte und sie in Gefahr brachte. Manchmal musste man verzichten, um die, die man liebte, zu schützen.

Also war nur das Krankenhaus geblieben.

Er ging durch die leeren Flure, die von grellem Neonlicht erleuchtet waren. Vor der Intensivstation blieb er stehen. Einen Moment zögerte er noch, dann betätigte er die Klingel.

Die Schwester, die ihm öffnete, sah genauso erschöpft aus, wie er sich fühlte. Trotzdem lächelte sie.

»Hey. Was kann ich für Sie tun?«, fragte sie freundlich.

»Es tut mir leid, dass ich so spät störe«, sagte Frederik. »Aber ich hatte zu arbeiten. Nun wüsste ich gern, wie es meiner Kollegin geht. Anna Jordt. Ich bin Frederik Forsberg von der Reichspolizei Göteborg.«

»Ach.« Sie wirkte plötzlich traurig. »Das ist eine schlimme Geschichte.« Sie hob bedauernd die Hände. »Ich kann Ihnen leider nichts Neues berichten. Der Zustand von Frau Jordt ist unverändert. Sie liegt immer noch im künstlichen Koma. Die Operation ist gut verlaufen, im Augenblick ist sie stabil. Aber wie es weitergeht, müssen die nächsten Tage zeigen.«

Frederik nickte. Er hatte im Grunde nichts anderes erwartet.

»Danke«, sagte er und winkte der Schwester zum Abschied zu. Die Tür der Station schloss sich mit einem leisen Zischen hinter ihm.

Frederik lief durch die leeren Flure wieder nach draußen zum Parkplatz. Er merkte plötzlich, dass er Hunger hatte. Wann hatte er überhaupt zuletzt etwas gegessen?

Khalid hatte sein Angebot, noch gemeinsam irgendwo hinzugehen, abgelehnt. Frederik hatte trotzdem den Eindruck gehabt, dass er sich über die Einladung gefreut hatte. Aber er traute dem Frieden wohl noch nicht. Auch wenn sie bereits seit über einem Jahr zusammenarbeiteten, war ihr Verhältnis mehr als fragil.

Frederik schaute auf die Uhr. Es war nach zehn. Eigentlich zu spät, um noch irgendjemanden anzurufen. Doch er wollte jetzt nicht allein sein.

Entschlossen holte er sein Smartphone aus der Tasche. Ein

Psychologe würde sein Bedürfnis wohl verstehen, selbst wenn er den Zeitpunkt vielleicht nicht guthieß.

Mats Lundgren meldete sich schon nach dem zweiten Klingeln.

»Hallo, Mats. Frederik hier. Ich hoffe, ich habe dich nicht schon wieder geweckt?«

»Frederik.« Mats Lundgren klang erfreut. »Nein, keine Sorge. Ich sitze noch über einem Gutachten. Dieser verfluchte risikoorientierte Sanktionenvollzug verursacht einen Haufen Papierkram. Aber das interessiert dich vermutlich nicht. Was kann ich für dich tun?«

»Ich stehe gerade vor dem Sahlgrenska und fühle mich einsam«, erklärte Frederik schlicht. Bei Mats musste er nicht um den heißen Brei herumreden. Er akzeptierte die Menschen, wie sie waren. Und er merkte es ohnehin sofort, wenn man versuchte, ihm etwas vorzumachen.

»Hast du Lust auf einen Burger?«, fragte der Psychologe. »Ich könnte in einer halben Stunde im *Bee* sein.«

»Ja.« Das war mehr, als Frederik erwartet hatte. Er mochte das *Bee*, es war ein gemütliches Lokal im Kungstorget, im Zentrum Göteborgs, mit hervorragendem Essen und moderaten Preisen. »Ich warte dort auf dich.«

Sie beendeten das Gespräch, und Frederik ging zu seinem Roller. Das Gewicht auf seinen Schultern war nicht ganz verschwunden, aber es fühlte sich schon jetzt deutlich leichter an.

Irgendetwas hatte sich verändert. Unter den Schrecken und das Entsetzen hatte sich etwas Neues gemengt. Patrik und Pia saßen nebeneinander und hatten ihre Finger unter der Tischplatte miteinander verschränkt. Steffen und Jessica, die ihnen gegenübersaßen, tauschten innige Blicke und schienen irgendein Geheimnis zu teilen. Und selbst Kennet und Sofia, die bisher so sachlich miteinander umgegangen waren, strahlten plötzlich eine Wärme aus, die Daniela bisher nicht an ihnen wahrgenommen hatte. Alle schienen näher zusammengerückt zu sein. Nur sie selbst stand außen vor. Kai saß zwar neben ihr, doch er kümmerte sich nicht um sie. Er schaufelte den Auflauf in sich hinein, den Sofia serviert hatte, und schien seinen eigenen düsteren Gedanken nachzuhängen, die wahrscheinlich um das Geld aus dem Überfall und Julius' Betrug kreisten. Für seine Frau hatte er nicht einmal einen Blick übrig.

Sie war allein zurückgeblieben in der Blase, in der sie sich seit zwei Tagen befand. Tatsächlich konnte sie kaum glauben, dass sie erst vorgestern vor Julius' Leichnam gekniet hatte. Es kam ihr vor, als wäre es eine Ewigkeit her, und zugleich waren die Eindrücke so schmerzhaft präsent, als befände sie sich immer noch in Stensteds Küche, in der dumpfen Schwüle, die Luft erfüllt vom warmen, metallischen Geruch des Bluts, das aus Julius' Körper strömte.

Noch immer hatte sie das Gefühl, dass es an ihren Händen klebte. Dabei musste sie mittlerweile nicht nur das Blut, sondern die gesamte oberste Hautschicht abgeschrubbt haben. Ihre Finger waren rau und rissig und vollkommen ausgetrocknet. Sie hätte sie eincremen müssen, doch jedes Mal, wenn sie die ölige Feuchtigkeit der Lotion spürte, meinte sie, ihre Hände wieder in Blut zu baden. Wenn sie die Augen schloss, sah sie sogar, wie sich die weiße Handcreme rot verfärbte. Sie wusste, dass ihr Gehirn ihr einen Streich spielte, doch das nützte nichts. Die Illusion schnürte ihr ein ums andere Mal die Kehle zu.

Seit dem Mord fühlte sie sich auf merkwürdige Weise von der Welt getrennt. Als hätte jemand eine dicke Glaswand zwischen ihr und den anderen errichtet, die sie nicht durchbrechen konnte. Sie hätte Hilfe gebraucht, doch sie wusste nicht, wie sie darum bitten sollte. Von allein war niemand auf sie zugekommen, nicht einmal Kai. Dabei wäre es doch seine Aufgabe. Aber die Gedanken der anderen kreisten ausschließlich um Julius, und wenn sie für jemanden Mitleid aufbrachten, war es Jessica. Mit dem Entsetzen, das Daniela gepackt hielt, musste sie allein fertigwerden. Die anderen dachten wohl, dass sie als Krankenschwester an Derartiges gewöhnt war. Auf die Idee, dass ein Mord aber etwas gänzlich anderes war als ein Todesfall in der Klinik, kam offensichtlich niemand.

Aber so war es ja schon immer gewesen. Ihre Bedürfnisse spielten keine Rolle, niemand kümmerte sich um sie. Sie war nur das Dummchen unter den Freunden, das man nach Belieben herumschubsen konnte. Das, was die anderen wollten, war ja so viel wichtiger. Keiner von ihnen hatte sie jemals ernst genommen.

Und nun war auch noch das Geld weg, das sie gebraucht hätten, um die wunderbare Wohnung an der Außenalster anzuzahlen. Sie hatte sich sofort verliebt in die Räume mit den hohen Decken und der Stuckverzierung und in den kleinen Balkon mit der schmiedeeisernen Brüstung, von dem aus man zwischen ein paar Bäumen hindurch aufs Wasser schauen konnte. Dort wollte sie sitzen, die Füße hochlegen und sich das Elend, mit dem sie tagtäglich konfrontiert war, von einem milden Lüftchen aus dem Kopf wehen lassen.

Es würde wohl ein Traum bleiben; der Ausblick, der ihr vergönnt war, war nur der auf einen verwilderten Hinterhof in Ottensen. Das Leben, das sie sich wünschte, war für jemanden wie sie nicht vorgesehen. Vielleicht, wenn sie sich damals für einen anderen Mann entschieden hätte …

Aber sie hatte sich in Kai verliebt, weil er so schüchtern und auf eine anziehende Weise hilflos gewesen war. Kein Macho, sondern ein sensibler Mann, der nicht auf sie herabsah, sondern sie ernst nahm, ihr zuhörte und ihren Wunsch nach einem besseren Leben teilte. Sie hatte von Anfang an gespürt, dass er anders war, wenn er mit Julius zusammen war. Dann veränderte sich sein Blick, und etwas von der Verachtung, mit der Julius sie ansah, färbte auf ihn ab. Aber sie hatte geglaubt, dass sich Julius' Einfluss mit den Jahren abschwächen würde. Wenn die beiden beruflich erst einmal getrennte Wege gingen. Sie hatte ja nicht ahnen können, dass sie derart unzertrennlich waren. Statt sich zu emanzipieren, war Kai seinem Studienfreund geradezu hörig geworden. Irgendwann hatte er überhaupt keine eigene Meinung mehr gehabt. Der berufliche Erfolg hatte ihm recht gegeben. Trotzdem hatte sie in den letzten Monaten das Gefühl gehabt, dass auch Kai litt. Sie hatte sogar gemeint, dass er sich von Julius' Einfluss befreien wollte.

Daniela stocherte in ihrem Essen herum. Sie bekam kaum etwas hinunter, dabei aß sie eigentlich für ihr Leben gern. Julius hatte stets darüber gespottet. Sie müsse sich nicht wundern, dass sie immer mehr aus dem Leim ging, wenn sie wahllos alles in sich hineinstopfte, was ihr unter die Finger kam. Natürlich hatte er recht gehabt, und vielleicht war es das, was sie am meisten aufgebracht hatte. Julius war nicht nur ein aufgeblasener Macho, er hatte wirklich etwas auf dem Kasten. Er war charmant und clever, und zu allem Überfluss konnte er die Menschen in seinem Umfeld mühelos um den Finger wickeln und manipulieren.

Es war einfach ungerecht. Über manchen Menschen wurde das ganze Füllhorn des Glücks ausgegossen, und andere mussten sich mit Brosamen begnügen. Julius hatte alles gehabt, das gute Aussehen, den Erfolg, das Geld. Sie selbst dagegen hatte nichts. Nur einen aufreibenden und schlecht bezahlten Job, eine beengte Wohnung und einen Mann, der ihre Bedürfnisse nicht befriedigen konnte. Dass er keine Kinder gewollt hatte, weil in seiner Familie eine Erbkrankheit vorlag, die er nicht weitergeben wollte, hatte sie akzeptiert, doch je älter sie wurde, desto mehr spürte sie auch diesen Mangel. Sie hätte gern Kinder gehabt.

Daniela kniff die Augen zusammen und betrachtete Jessica. Genau wie sie selbst schob die ihre Nudeln und Fleischstücke auf dem Teller hin und her und führte nur selten die Gabel zum Mund. Daniela erinnerte sich, dass ihr in den letzten Tagen dauernd schlecht gewesen war. Sie hatte das mit dem Mord an Julius in Zusammenhang gebracht, aber vielleicht war die Ursache eine ganz andere? Diese Blicke zwischen ihr und Steffen, mit denen sich die beiden über ein erfreuliches Ereignis auszutauschen schienen … War Jessica etwa schwanger?

Jessica hatte sich Kinder gewünscht, doch Julius war zeugungsunfähig gewesen, das wusste Daniela. Sie hatte eine gewisse Schadenfreude darüber nicht unterdrücken können. So bekam Jessica zumindest nicht alles, was Daniela versagt blieb. Aber nun landete offenbar auch noch dieser Gewinn in Jessicas Waagschale.

Für Jessica sah die Zukunft rosig aus. Der Verlust ihres Mannes schien sie nicht besonders hart zu treffen. Sie hatte ja auch schon einen Neuen, mit dem sie eine glückliche Familie gründen konnte, während Kai und sie wieder einmal vor dem Nichts standen.

Daniela fragte sich, ob sie unfair und zynisch war. Aber es waren ja die Fakten.

Sie schob ihren Teller beiseite und stand auf.

»Ich bin müde. Ich gehe ins Bett«, erklärte sie.

Von Jessica und Steffen erntete sie ein knappes Nicken. Patrik und Pia waren so damit beschäftigt, in den Augen des anderen zu versinken, dass sie ihre Worte vermutlich gar nicht registriert hatten. Kai hatte den Mund voll und nahm sich gerade eine weitere Portion Auflauf. Er murmelte irgendetwas, das sie nicht verstand. Es sollte wahrscheinlich bedeuten, dass er später nachkäme. Nur Kennet und Sofia lächelten ihr freundlich zu. Daniela entschuldigte sich bei der Dame des Hauses, dass sie kaum etwas gegessen hatte.

»Es schmeckt gut«, radebrechte sie auf Englisch. »Aber ich habe einfach keinen Hunger.«

Sofia schaute zu ihr auf. »Das verstehe ich.«

Daniela sah ihr in die Augen und entdeckte einen Schmerz, der so tief war, dass sie meinte, in ein schwarzes Loch zu blicken. Rasch wandte sie sich ab und wünschte eine gute Nacht. Fremdes Leid konnte sie jetzt nicht gebrauchen. Sie hatte mehr als genug mit ihrem eigenen zu tun.

Er hatte gerade erst ein halbes Leichtbier getrunken, als Mats von einem Kellner des *Bee* zu seinem Tisch geführt wurde. Frederik erhob sich, und die beiden Männer umarmten sich kurz. Dann setzte Mats sich Frederik gegenüber. Die halblangen blonden Haare waren vom Fahrtwind zerzaust, das schmale Gesicht mit der eckigen, schwarz gerahmten Brille war von der Anstrengung gerötet. Frederik wusste, dass er das Gestell, mit dem er ernst und ein wenig furchteinflößend aussah, wegen seiner schwierigen Klienten ausgewählt hatte. Ohne die Brille wirkte er eher schüchtern und hätte wohl Mühe, sich den Respekt der Sexualstraftäter zu erwerben, mit denen er tagtäglich zu tun hatte. Jetzt setzte er die Brille ab und musterte Frederik mit seinen klugen grauen Augen.

»Also. Was quält dich?«

»Wollen wir nicht zuerst bestellen?« Frederik wies auf den Kellner, der in der Nähe des Tisches stehen geblieben war. »Ich sterbe vor Hunger.«

Mats lächelte, wie er es immer tat, wenn ein Klient versuchte, dem Herumstochern in seiner Seele aus dem Weg zu gehen.

»Gut.«

Sie orderten beide einen Burger, Mats einen Rotwein, Frederik ein weiteres Leichtbier. Er wartete, bis sich der Kellner entfernt hatte, dann legte er die Unterarme auf den Tisch und beugte sich zu Mats vor. Der Psychologe tat es ihm nach, und Frederik berichtete, was sich an diesem Tag ereignet hatte. Dass der Kellner in der Zwischenzeit kam und Wein und Bier auf den Tisch stellte, registrierten sie kaum.

»Puh.« Mats Lundgren lehnte sich zurück, als Frederik geendet hatte. »Das ist eine Menge Stoff zum Verarbeiten.«

Der Kellner brachte die Burger, und sie machten sich hungrig darüber her.

»Lass uns erst mal essen«, schlug Mats vor. »Dann kann ich in Ruhe nachdenken.«

Frederik hatte nichts dagegen. Er mochte es, sich ganz auf die Nahrungsaufnahme zu konzentrieren. Beim Frühstück plauderte er gern, aber er konnte es nicht leiden, wenn warmes Essen kalt wurde, weil ihn jemand mit Fragen löcherte und er reden musste, statt zu essen.

Sie kauten schweigend, und Frederik genoss das saftige Aroma des Rindfleisches, die feine Note der Sauce und die krossen Steakhouse-Fritten, die es dazu gab. Seiner Ansicht nach bekam man nirgendwo in Göteborg bessere Burger als hier im *Bee*.

Als sie ihre Gerichte verspeist hatten, bestellten sie Kaffee. Weder Mats noch er hatten Schwierigkeiten, danach zu schlafen, und sie schätzten den positiven Effekt auf die Verdauung.

Nachdem der Tisch abgeräumt und der Kaffee gebracht worden war, steckten sie die Köpfe über dem Tisch so eng zusammen, dass niemand sie belauschen konnte. Bei jeder anderen Person wäre ihm das zu viel Nähe, doch mit Mats fühlte er sich wohl.

»Ich weiß gar nicht, wo ich anfangen soll«, erklärte der Psychologe. »Zu deinen privaten Geschichten kann ich nicht viel sagen. Es war gut, dass du Lea und Emma ins Frauenhaus gebracht hast. Und was deine Kollegin angeht: Mach dir keine Vorwürfe. Du konntest nicht ahnen, was passiert war.«

Frederik war erleichtert, obwohl er Mats nicht uneingeschränkt zustimmen konnte. Wenn er nur genauer hingesehen hätte, hätte er das rote Fahrrad vielleicht entdeckt. Aber es war müßig, zu hadern. Was geschehen war, ließ sich nicht mehr ändern.

»Dass du endlich Kontakt zu deinem Vater aufgenommen hast, freut mich, auch wenn es eher unfreiwillig und unter unschönen Umständen passiert ist. Aber es ist ein Punkt, von dem aus du weitermachen kannst.«

Frederik nickte. Er hatte das vor, auch wenn er nicht wusste, wie bald er sich zu einer Fortsetzung entschließen konnte.

»Was deinen Fall angeht, stimme ich dir zu. Die Personen, von denen du berichtet hast, hatten ein Motiv, aber ich habe Schwierigkeiten, mir vorzustellen, dass einer von ihnen der Täter ist. Nach meinem Dafürhalten fehlen dir noch einige Puzzlestücke. Diese brutale Art der Tötung – dahinter muss etwas Hochemotionales stecken.«

Das entsprach auch Frederiks Einschätzung. Er hatte zwar keine Ahnung, wo er noch suchen sollte, doch es musste mehr geben als das, was sie bisher wussten.

»Schlaf eine Nacht darüber«, schlug Mats vor und hob sein Glas. »Vielleicht siehst du anschließend klarer.«

Sie stießen miteinander an und tranken. Frederik lehnte sich zurück. Mats hatte recht. Mit dem Fall konnte er sich morgen weiter beschäftigen. Jetzt würde er einfach den Abend und Mats' Gesellschaft genießen.

# 19

Draußen war es noch dunkel, aber im Osten dämmerte hinter einer dichten Wolkendecke der neue Morgen herauf. Frederik stand in der Küche seines Hauses und kochte Kaffee. Nebenbei schaute er aus dem Fenster auf die Bäume, die das Haus an drei Seiten wie ein dichter Ring umgaben. Es lag am Ende einer Sackgasse in Forsbäck, einem kleinen Ort nahe Kungsbacka, knapp fünfundzwanzig Kilometer südlich von Göteborg. Frederik hatte es ausgewählt, weil dieser Platz so still und einsam war und er hier zur Ruhe kommen konnte.

Mit der Tasse in der Hand trat er auf die Terrasse und schaltete die Außenbeleuchtung ein. Müßig ließ er den Blick über den kleinen Garten und das Gebäude schweifen.

Im letzten Jahr hatte er die Fassade neu gestrichen. Das *Falunröd* war sauber und frisch, genau wie die weißen Fensterrahmen und Kanten. Das Holz der Terrasse dagegen harrte noch immer einer Behandlung. Es war an einigen Stellen aufgequollen, und ein paar Bohlen waren morsch. Ihm hatte die Zeit gefehlt, sich darum zu kümmern, doch vor dem Winter musste die Sache erledigt werden, sonst wäre das Deck im nächsten Jahr komplett unbrauchbar.

Er setzte sich in einen der bequemen Stühle und streckte die Beine aus. Der Abend mit Mats hatte ihm gutgetan. Trotzdem hatte er in der Nacht unruhig geschlafen. Immer wieder waren ihm Bilder durch den Kopf geschossen. Von Kai, Steffen und Jessica. Alle drei hatten ein Motiv gehabt, Julius Reichenbach zu töten. Auch wenn er seine Zweifel hatte, ausschließen konnte er nicht, dass einer der drei die Tat begangen hatte. Er überlegte gerade, wie er die Ermittlungen weiter vorantreiben könnte, als das Smartphone in seiner Jackentasche vibrierte. Auf dem Display stand der Name der Leiterin des Göteborger Frauenhauses.

Frederiks Puls beschleunigte sich unwillkürlich. Es war erst halb sieben. Was konnte so dringend sein, dass ihn Tyra Wilhelmsson zu dieser frühen Stunde anrief? Alarmiert tippte er auf den grünen Button.

»Tyra?«

»Frederik, hallo. Ich hoffe, ich habe dich nicht geweckt?«

»Nein. Ich sitze schon auf der Terrasse und trinke Kaffee.«

»Gut.« Sie machte eine Pause, als wüsste sie nicht so recht, wie sie die Nachricht, die sie zu überbringen hatte, verpacken sollte.

»Was ist los?« Frederik, dem es normalerweise nicht schwerfiel, gelassen zu warten, bis sein Gegenüber zu sprechen bereit war, brachte jetzt nicht die Geduld dafür auf.

Tyra räusperte sich. »Deine Freundin, Lea.«

»Ja?«

»Sie hat sich entschieden, zurück nach Hause zu gehen.«

»Wie bitte?« Frederik wurde es eiskalt. Er stellte die Kaffeetasse beiseite und setzte sich aufrecht hin.

»Sie meinte, es sei nur eine Frage der Zeit, bis ihr Mann sie hier bei uns aufspürt.«

Eine Sorge, die nicht ganz unbegründet war. Arvid Ekströms Arm reichte weit, auch bis in die höheren Etagen der Verwaltungsbehörden.

»Deshalb hat sie beschlossen, ihren momentanen Vorteil zu nutzen.«

Frederik runzelte die Stirn. »Wie ist das gemeint?«

»Sie hat ihren Mann angerufen und ihm einen Vorschlag gemacht. Sie kommt zu ihm zurück, wenn er bereit ist, Emma zukünftig wieder im Heim unterzubringen.«

Frederik war gerührt. Das war typisch für Lea. Ihr eigenes Wohlbefinden spielte keine Rolle für sie. Hauptsache, Emma ging es gut. Lieber verzichtete sie darauf, mit ihrer Tochter zusammen zu sein und sich selbst um sie zu kümmern, als sie den Launen ihres gewalttätigen Ehemanns auszusetzen.

Es war auch ein kluger Schachzug.

»Ist er darauf eingegangen?«

»Ja. Sie haben einen neutralen Treffpunkt verabredet. Emma ist hier bei uns geblieben. Ich habe Lea versprochen, dafür zu sorgen, dass sie wieder nach Lilleby ins Heim kommt.«

»Das übernehme ich.« Frederik sprang auf. »Emma ist nicht gerne mit Fremden unterwegs. Ich hole sie mit dem Roller ab. Sie liebt es, damit zu fahren.«

»Danke.« Tyras Stimme klang warm. »Darauf hatte ich gehofft. Ich packe ihre Sachen zusammen.«

»Ich mache mich sofort auf den Weg. In etwa einer halben Stunde bin ich bei euch.«

»Schön. Also, bis gleich.« Tyra beendete die Verbindung.

Frederik trug die Kaffeetasse in die Küche und stellte sie in die Spüle. Anschließend lief er zurück und schloss die Terrassentür. Er verstaute das Smartphone in seiner Umhängetasche und zog die Jacke über. Mit einem schnellen Blick versicherte er sich, dass er nichts vergessen hatte. Dann ging er nach draußen, setzte den Helm auf und startete den Roller.

Im ersten Augenblick hatte er Mühe, sich zu orientieren. Er war aus dem Schlaf hochgeschreckt. Sein Puls raste wie verrückt, und es war ihm, als würde eine eiserne Faust sein Herz umklammern. Dann klärte sich sein Blick, und er sah, dass er in seinem Zimmer im Bett lag. Draußen war es noch fast dunkel, nur ein erster Schimmer Morgenlicht fiel durch die Wolken, die über Nacht aufgezogen waren. Die Vorhänge waren nicht zugezogen, das tat er nie. Er brauchte die freie Sicht auf den Himmel.

Sein Herzschlag beruhigte sich wieder. Dafür befiel ihn jetzt ein bohrender Schmerz. Erst begriff er den Grund nicht. Dann fiel ihm der Traum wieder ein. Er hatte ihn schon so lange nicht mehr geträumt, dass er ihn beinahe verdrängt hatte. Darüber hinaus war eine neue Komponente hinzugekommen. Bisher war er jedes Mal qualvoll erstickt. Dieses Mal hatte eine große, dunkle Gestalt überdies mit dem Messer auf ihn eingestochen. Die blutigen Hände hatten ihn malträtiert, und die grausame Stimme hatte immer dieselben Worte geflüstert.

Schuld und Sühne.

Patrik warf die Decke von sich und quälte sich aus dem Bett. Mit ausgestreckten Armen taumelte er die wenigen Schritte zum Bad. Er drehte den Wasserhahn über dem Waschbecken auf und hielt den Kopf darunter. Der kalte Strahl nahm ihm für einen Moment den Atem. Er keuchte. Dann überwand er den Schock, und das Wasser schien mit jeder Sekunde ein wenig wärmer zu werden.

Lange blieb er so stehen, bis er die Schrecken der Nacht fortgespült hatte. Doch das bohrende Gefühl in seinen Eingeweiden blieb.

Brach jetzt alles zusammen?

Er dachte an den Abend, als er mit Pia am Meer gesessen hatte. Was sie ihm erzählt hatte, war unglaublich. Danach hatten sie sich geküsst, und er war glücklich gewesen, als er sie in den Armen gehalten und sie sich ihm nicht entzogen hatte. Aber die Fassungslosigkeit und die Wut, die in ihm aufgeflammt waren, überlagerten die schönen Empfindungen. Wie sollte er damit umgehen?

Julius Reichenbach hatte Pia bedrängt und beinahe vergewaltigt. Er hatte nur von ihr abgelassen, weil ein anderes heimliches Liebespaar, das sich ebenfalls für eine schnelle Nummer von der Betriebsfeier entfernt hatte, die Besenkammer betreten hatte. Pia war davongelaufen, aber obwohl nichts passiert war, hatte sie sich schmutzig gefühlt. Seitdem hatte sie ein Problem damit, wenn ihr ein Mann zu nahe kam oder sie seine Erregung spürte. Daran hatte sich auch nichts geändert, obwohl der Vorfall mittlerweile einige Jahre her war und Pia etliche Male mit ihrer Therapeutin darüber gesprochen hatte. Das Trauma saß offensichtlich tief.

Patrik nahm das Handtuch vom Haken und rubbelte sich die Haare trocken.

Als ob es darauf noch ankäme. Sein ganzes Leben war aus den Fugen, schon seit so vielen Jahren. Was spielte es da für eine Rolle, ob Pia ein Problem mit ihrer Sexualität hatte oder nicht?

Julius Reichenbach jedenfalls hatte seine Strafe bekommen, und doch schien es Patrik, dass er nicht genug gelitten hatte. Für das, was er Pia angetan hatte, hätte man ihm auch noch sein bestes Stück abschneiden und in den Mund stopfen sollen.

Er erschrak über seine barbarischen Gedanken. Hatte er nicht im Studium gelernt, dass jede Selbstjustiz an den Grundfesten des Rechtsstaats rüttelte? Wer sich seinem Rachebedürfnis hingab und einem Sünder Gewalt antat, war selbst nicht besser als der Täter.

Mit fliegenden Fingern stopfte er das Handtuch in die Wäschetonne und drehte sich rastlos einmal um sich selbst. Er fühlte sich kribbelig, als wären Heerscharen von Ameisen in seinen Armen und Beinen unterwegs. Ein Zustand, den er kannte. Von Zeit zu Zeit befiel ihn dieses Gefühl. Er wusste auch, was er dagegen tun musste.

Wie ferngesteuert lief er zurück in sein Zimmer, holte den Jogginganzug aus dem Schrank und schlüpfte hinein. Anschließend schlich er die Treppe hinunter.

Im Haus war es still, alle schliefen noch, selbst sein Vater, der immer früh aufstand, um einen Kaffee zu trinken und ein Brot zu essen, ehe er in den Ort fuhr und den Supermarkt öffnete.

Im Flur streifte er die Pantoffeln ab und nahm sich die Turnschuhe, die im Regal standen. Er schnürte sie so fest zu, wie es nur ging. Es musste wehtun, sonst half es nicht.

Er setzte seine Kappe auf und stülpte die Kapuze des Trainingsanzugs darüber, damit ihm rasch warm wurde. Dann begann er, ein wenig auf der Stelle zu traben. Anschließend dehnte er seine Wadenmuskulatur, bis sie schmerzte. Das tat er immer, bevor er startete, damit er länger laufen konnte. Vielleicht würde er sich unterwegs auch noch ein paar spitze Kieselsteine in die Schuhe stecken. Wenn ihn niemand sonst für seine Verfehlungen bestrafte, musste er es eben selbst tun.

Patrik biss die Zähne zusammen und begann, sein Aufwärmprogramm zu absolvieren.

Daniela schnaufte. Sie konnte nicht mehr schlafen. Seit einer halben Stunde lag sie wach und mühte sich vergeblich, die Gefühle, die sie bedrängten, beiseitezuschieben.

Neben ihr lag Kai auf dem Rücken und schnarchte. Daniela kniff die Augen zusammen und starrte zu ihm hinüber. Vor Wut ballte sie die Fäuste.

Sie empfand es als Verrat, dass er sich einfach so in den Schlaf davonstahl. Wie konnte er sich der Entspannung hingeben, während sie selbst von innen zerfressen wurde? Dabei war doch alles seine Schuld!

Wäre er nicht so ein schwacher Charakter, wäre das alles nicht passiert. Nur weil er sich all die Jahre von Julius hatte manipulieren lassen, waren sie immer tiefer in den Schlamassel geraten. Sie hatte gehofft, dass er sich irgendwann abnabeln würde, wenn er älter und reifer wurde, doch die ersehnte Entwicklung war ausgeblieben. Stattdessen war es mit jedem Jahr schlimmer geworden.

Schnaubend rollte sie sich auf die Seite. Am liebsten hätte sie mit den Fäusten auf ihn eingetrommelt, doch sie beherrschte sich. Sie hatte zu viel Angst davor, was geschehen würde, wenn sie ihren Gefühlen erst einmal freien Lauf ließ. Aber sie konnte auch nicht länger neben ihm ausharren.

Sie schwang die Füße aus dem Bett und schlüpfte in ihre Pantoffeln. Dann ging sie ins Bad.

Die Frau, die ihr aus dem Spiegel entgegensah, kam ihr fremd vor. Sie hatte überhaupt keine Ähnlichkeit mehr mit dem fröhlichen jungen Mädchen, das sie einmal gewesen war. Stattdessen blickte sie in Augen, über denen ein trüber Schleier lag, die von dunklen Ringen umgeben und rot gerändert waren. Die Haut darunter war schlaff, obwohl das Bindegewebe mit reichlich Fett gepolstert war. Ihre blonden Haare hatten jeden Glanz verloren und hingen kraftlos herunter. Sie war erst Mitte dreißig, doch sie sah aus wie eine alte Frau.

Eine neue Welle der Wut erfasste sie. Das war es, wozu Kai sie gemacht hatte. Kai und Julius. Die beiden Männer hatten ihr Leben zerstört.

Julius hatte die Strafe dafür bekommen. Achtzehn Messerstiche, die sein Herz, seine Lunge, seine Arterien zerfetzt hatten, bis er an seinem eigenen Blut erstickt war. Als Krankenschwester hatte sie eine ziemlich genaue Vorstellung davon, was in einem solchen Moment mit Körper und Geist geschah. Sie hatte es sogar noch gespürt, als er am Boden lag und sie die Hände auf seinen Brustkorb gepresst hatte. Diesen letzten Hauch von Leben, der noch verweilte, während der Kreislauf schon stillstand. Und diesen Moment der Unendlichkeit, wenn das Gehirn abschaltete und die Seele entwich.

Natürlich war ihr klar, dass es der Schock war, der diesen Eindruck vermittelte. Sie wusste auch, dass es einige Zeit dauern würde, bis er verblasste. Ein solches Erlebnis war nicht so leicht zu verwinden.

Sie schaute auf ihre Hände. Noch immer meinte sie, Julius' Blut daran kleben zu sehen. Es saß tief in den Poren und ließ sich einfach nicht abwaschen, sooft sie die Finger auch schrubbte.

An einigen Stellen haftete tatsächlich Blut. Ihr eigenes, nicht das von Julius. Trotzdem konnte sie es nicht lassen. Sie drehte den Wasserhahn auf, seifte sich die Hände ein und griff zur Nagelbürste.

Erst als ihre Finger gerötet waren und brannten, hörte sie auf. Geholfen hatte es natürlich nicht.

Daniela putzte sich die Zähne und fuhr sich mit der Bürste flüchtig durch die Haare. Anschließend trat sie ans Fenster und blickte hinaus.

Über der Insel hing dichter Nebel. Das Licht, das hindurchfiel, war seltsam fahl. Das Meer schimmerte an diesem Morgen nicht blau, sondern lag still und grau da wie flüssiges Blei. Es war eine seltsame Stimmung, nicht das freudige Erwachen eines neuen Tages, sondern eher das Heraufziehen einer Katastrophe.

Unter ihr öffnete sich die Haustür, und eine Gestalt trat hinaus in den Dunst. Daniela machte einen Schritt näher ans Fenster und kniff die Augen zusammen.

Der Mann dort unten trug Turnschuhe und einen schwarzen Jogginganzug. Die Kappe auf seinem Kopf hatte ein helles Logo, zwei sich überschneidende stilisierte Buchstaben, ein U und ein A. Irgendwo in ihrem Gedächtnis regte sich etwas.

In der nächsten Sekunde stockte ihr der Atem. Ihr Herz begann wild zu schlagen.

Das dort unten war der Mann, den sie am Dienstag gesehen hatte. Der Fremde, der vom Haus der Stensteds weggelaufen war, ein, zwei Minuten nur bevor sie Julius blutüberströmt in der Küche gefunden hatte.

Hektisch wandte sie sich vom Fenster ab und stürzte zurück ins Schlafzimmer. Sie wühlte in ihrer Handtasche nach dem

Smartphone und warf die Dinge, die sie nicht brauchte, einfach beiseite. Kai erwachte und blinzelte verschlafen.

»Daniela? Was tust du denn da?«

Daniela unterbrach für einen Moment die Suche.

»Ich habe ihn gesehen«, erklärte sie triumphierend. »Den Mann, der mit dem Messer auf Julius losgegangen ist. Ich weiß, wer er ist.«

Sie fand das Telefon und wählte die Nummer der schwedischen Polizei. Als sich jemand meldete, bat sie darum, so schnell wie möglich mit Kommissar Forsberg verbunden zu werden.

Er schaffte es nicht, sich an das Tempolimit zu halten. Die Unruhe in seinem Inneren wuchs immer stärker an. Was, wenn sich Arvid Ekström nicht damit zufriedengab, dass nur seine Frau, nicht aber seine Tochter zu ihm zurückkehrte? Und falls er sich doch damit abfand: Was würde er mit Lea anstellen? Ekström war ein Mann, der daran gewöhnt war, dass alles nach seinem Willen ablief. Er bestimmte die Regeln, und die anderen hatten zu gehorchen. Sein Charakter war der eines gnadenlosen Despoten. Wer sich ihm widersetzte, musste mit schmerzhaften Konsequenzen rechnen.

Frederik zweifelte nicht daran, dass er Lea bestrafen würde. Ihn zu verlassen und ihn dann noch zu erpressen, war etwas, das jemand wie Ekström nicht einfach hinnahm. Er hatte sie schon des Öfteren brutal geschlagen, und Frederik wusste, dass er sie auch sexuell erniedrigte. Wie würde dieses Mal sein Urteil ausfallen? Würde Lea es überleben, geistig und körperlich? Oder würde Ekström sie endgültig brechen, sie womöglich sogar töten? Nicht mit Absicht, aber aus einer entfesselten Raserei heraus?

Der Drang, zu ihr zu eilen und sie zu beschützen, war unbezwingbar. Dabei wusste er, dass er nichts tun konnte. Er würde nicht einmal auf das Grundstück kommen. Ob er Birger anrufen und ihn bitten sollte, eine Spezialeinheit zu Ekströms Anwesen zu schicken, das sich gewaltsam Zutritt verschaffte und Lea herausholte? Aber ihnen fehlte jegliche Handhabe. Und wie sollte es anschließend weitergehen? Solange Lea ihn nicht anzeigte, hatte Ekström als ihr Ehemann jedes Recht, sie zurück nach Hause zu holen. Frederik konnte nichts dagegen ausrichten.

Es nützte nichts; er musste einfach die Füße stillhalten, so schwer es ihm auch fiel. Aber er konnte zumindest etwas für Emma tun und dafür sorgen, dass sie wohlbehalten zurück ins Heim kam. In seiner Gegenwart würde sich die Erschütterung über die häufigen Ortswechsel der letzten Tage hoffentlich in Grenzen halten. Frederik wusste, wie schlimm es für Emma war, wenn ihr gewohnter Tagesablauf durchbrochen wurde. Jede Veränderung brachte ihr labiles psychisches Gleichgewicht ins Wanken. Es würde einige Zeit dauern, bis sie ihre innere Ruhe wiedergefunden hätte.

Kurz bevor er den Stadtrand von Göteborg erreichte, meldete sich das Smartphone in seiner Tasche. Er versuchte, es zu ignorieren, doch das Gerät gab keine Ruhe. Die Vibration hörte nur kurz auf und setzte dann von Neuem ein.

»Nicht jetzt!«, knurrte Frederik zornig. Er lenkte den Roller an den Straßenrand, nahm den Helm ab und zog das Gerät aus der Tasche. Das Display zeigte ihm, dass der Anruf von Hedda kam. Sofort durchfuhr ihn eine neue Welle der Angst.

War irgendetwas mit Anna passiert? Hatte sie womöglich die Nacht nicht überstanden?

Er tippte auf den grünen Button und hielt das Gerät ans Ohr. »Hedda? Was ist los?«

»Frederik! Ein Glück, dass ich dich erreiche.« Hedda schnaufte.

»Wie geht es Anna?«

»Anna?« Hedda wirkte irritiert. »Ich weiß nicht. Das Krankenhaus hat sich noch nicht gemeldet. Hätte ich anrufen sollen?«

Da war sie wieder, diese Verunsicherung, die sie so leicht befiel. Frederik versuchte, sich zusammenzureißen. Wenn er ihr die Furcht nehmen wollte, durfte er sich nicht so ruppig verhalten.

»Nein. Alles in Ordnung.« Frederik atmete tief durch. »Warum rufst du an?«, fragte er dann so ruhig, wie er es vermochte.

»Daniela Schwaiger hat sich gemeldet«, verkündete Hedda. »Sie hat den schwarzen Mann wiedergesehen, der vom Haus der Stensteds weggelaufen ist, kurz bevor sie den Toten in der Küche entdeckt hat. Es ist Patrik Olsson.«

Frederik hatte Mühe, die Information zu verarbeiten.

»Patrik?«, wiederholte er wie betäubt, während die Gedanken in seinem Kopf rasten. Sosehr er sich einen Durchbruch in der Mordermittlung gewünscht hatte, in diesem Moment kam ihm die Entwicklung äußerst ungelegen. Er wollte zu Emma. Aber er konnte auch einen Mörder nicht frei herumlaufen lassen.

»Ja. Damit hat wohl niemand gerechnet.«

»Nein.« Frederik durchforstete sein Gedächtnis. Hatte es irgendwelche Hinweise darauf gegeben, dass Patrik bereits vor der Einquartierung der deutschen Reisegruppe bei der Familie Olsson mit den Leuten bekannt gewesen war? Gab es irgendeine Verbindung, ein Motiv? Frederik konnte sich an nichts dergleichen erinnern. Was mochte den jungen Mann also getrieben haben, ins Haus der Stensteds einzudringen und auf Julius einzustechen? Einen schlichten Raubüberfall hielt er für ausgeschlossen. Aber gab es eine andere Erklärung?

Er musste der Sache nachgehen, und zwar ohne jede Verzögerung. Sosehr es ihm auch in der Seele wehtat, er konnte sich jetzt nicht um Emma kümmern. Irgendjemand anders musste sie zurück ins Heim bringen.

»Sag Khalid Bescheid. Ich bin in einer Viertelstunde im Revier. Wir brauchen eine Spezialeinsatzgruppe. Sobald ich da bin, fahren wir nach Asperö und nehmen Olsson fest.«

»Ja. Das mache ich. Bis gleich.«

Hedda legte auf, offensichtlich froh über die klare Anweisung, deren Ausführung ihr keine Schwierigkeiten bereiten würde. Frederik blätterte in seinen Kontakten und tippte auf die Nummer von Tyra Wilhelmsson.

»Tyra?«, sagte er, als sie sich meldete. »Frederik hier. Es tut mir leid, aber ich kann Emma im Moment nicht abholen. Es gibt eine neue Entwicklung in dem Mordfall, den ich bearbeite. Wir müssen eine Verhaftung vornehmen.«

»Ach. Das ist schade.«

»Ja.« Es war weitaus mehr als das. Es zerriss Frederik fast das Herz. Aber er konnte es nicht ändern.

»Dann bringe ich sie persönlich dorthin«, erklärte Tyra. »Ich hoffe, sie vertraut mir.«

»Sag ihr, dass ich dich darum gebeten habe. Emma spricht zwar wenig, aber sie ist nicht dumm. Sie weiß, dass ich Polizist bin und manchmal etwas Dringendes zu erledigen habe.«

»Ich tue mein Bestes.«

Frederik nickte, obwohl sie es nicht sehen konnte.

»Danke«, sagte er warm. »Das werde ich dir nicht vergessen.«

Er verabschiedete sich eilig und steckte das Smartphone zurück in die Tasche. Dann fuhr er weiter in Richtung Göteborg. Erneut ignorierte er die Geschwindigkeitsbegrenzung, doch dieses Mal war es legal. Er war im Einsatz.

# 20

*Der Mann trug Jeans und ein kariertes Hemd. Er sah überhaupt nicht aus wie ein Arzt. Eher wie ein Erzieher im Kindergarten. Aber so viel anders war eine Kinder- und Jugendpsychiatrie vielleicht auch nicht.*

*Der Arzt saß ihm in einem bequemen Sessel gegenüber und schaute ihn einfach nur an.*

*Ihm war das recht.*

*Als er das Zimmer betrat, hatte er zunächst befürchtet, der Psychiater würde ihn auffordern, irgendetwas mit den Spielzeugen anzustellen, die überall verstreut lagen. Oder sich an den Tisch zu setzen und zu malen. Aber er war jetzt dreizehn. Er war kein Kind mehr. Seit Edvin tot war, fühlte er sich uralt.*

*Der Psychiater hatte das offenbar begriffen. Er strich sich über den dichten Bart. Der Blick aus seinen braunen Augen war warm.*

*»Du weißt, warum du hier bist?«, begann er.*

*Er nickte.*

*»Man sollte denken, dass jeder das Recht hat, selbst über sein Leben zu entscheiden«, sagte der Arzt. »Das ist auch so. Aber es gibt Ausnahmen. Wenn jemand Selbstmord begeht, dann hat er eine Entscheidung getroffen. Nach einem misslungenen Versuch der Selbsttötung dagegen landet man unweigerlich in der Psychiatrie. Weil wir glauben, dass derjenige nicht wirklich sterben wollte, sondern dass es in Wirklichkeit ein Hilferuf war.«*

*Wieder nickte er, sagte aber nichts. Der Psychiater hatte ja auch keine Frage gestellt.*

*»Ich habe gehört, dass dein Bruder im letzten Jahr gestorben ist. Edvin, nicht wahr? Ich kann mir vorstellen, dass du deshalb sehr traurig bist.« Er neigte den Kopf und sah ihn mitfühlend an.*

*»Kann es sein, dass du dich dafür verantwortlich fühlst? Dass du dir die Schuld an seinem Tod gibst?«*

*Es war, als würde eine Hand direkt in seine Eingeweide greifen und sie aus seinem Körper herausreißen. Ihm wurde erst heiß, dann kalt. Schweißperlen traten ihm auf die Stirn, und er hatte das Gefühl, keine Luft mehr zu bekommen.*

*Er hatte gedacht, dass Psychiater behutsam vorgingen. Sich langsam herantasteten. Vorsichtige Fragen stellten und sich Schritt für Schritt dem Kern der Dinge näherten.*

*Dieser Mann tat das nicht. Er trat einfach die Tür zu dem Raum ein, in dem er sein dunkles Geheimnis verwahrte. Und das war gut so. Jetzt konnte er endlich das Monster hinauslassen.*

*Er würgte den Kloß in seiner Kehle hinunter.*

*»Ja«, sagte er. »Es ist meine Schuld. Ich habe ihn umgebracht. Weil er mir alles weggenommen hat.«*

Daniela spähte angestrengt aus dem Fenster, doch außer dunklen Wolken, dem bleigrauen Meer und Büschen und Bäumen war nichts zu sehen. Weder der Mann im schwarzen Jogginganzug noch die Polizisten, die ihn festnehmen sollten. Sie zuckte zusammen, als sie plötzlich eine Bewegung hinter sich spürte. Alarmiert wirbelte sie herum.

»Kai.« Daniela stieß schnaufend die Luft aus. »Du hast mich erschreckt.«

Ihr Mann hatte sich angezogen, seine Anglermontur in Beige mit den zahllosen Taschen an Weste und Hose angelegt. Auf seinem Kopf saß eine Schirmmütze, mit der er ein wenig dümmlich aussah. In der Hand hielt er die Axt, mit der Kennet Olsson am Tag zuvor hinter dem Haus Brennholz gehackt hatte.

»Was, um alles in der Welt, hast du vor?«

Kai schaute grimmig. »Ich suche diesen Kerl. Er hat Julius umgebracht.«

Daniela durchlief ein Schauer. Diese Entschlossenheit hatte sie noch nie an Kai erlebt. Plötzlich sah er aus wie der Mann, den sie sich immer erträumt hatte, kompromisslos und willensstark. Eine gänzlich unerwartete Welle der Zärtlichkeit stieg in ihr auf. Sie legte ihm die Hand an die Wange und strich mit dem Daumen darüber. Kai machte ein überraschtes Gesicht.

»Was tust du, wenn du ihn gefunden hast?«, flüsterte sie.

»Ich übergebe ihn der Polizei. Was denn sonst?«

Das Gefühl ebbte wieder ab. Das war ihr Mann, wie sie ihn kannte. Der Buchstabe des Gesetzes ging ihm über alles. Sie zog die Hand zurück.

»Was hast du dann damit vor?« Sie zeigte auf die Axt.

»Mich wehren, falls er mich angreift oder nicht mitkommen will. Könnte ja sein, dass er bewaffnet ist.«

Das war ein Aspekt, den sie nicht bedacht hatte. Ihre Vernunft übernahm wieder die Führung. Kai war eben kein starker Mann. Es war besser, wenn er sich nicht in ein Abenteuer stürzte, für das er einfach nicht gemacht war.

»Solltest du das nicht lieber der Polizei überlassen? Die Beamten müssen jeden Moment hier sein.«

Kai straffte die Schultern.

»Dann ist es vielleicht zu spät. Wenn sich der Kerl absetzen will … Bis dahin ist er womöglich längst auf der Fähre oder auf dem Festland.«

Daniela strich ihm über den Arm. »Sie werden ihn trotzdem finden.«

Kai schüttelte sie ab. »Und wenn nicht? Er hat meinen besten Freund umgebracht. Ich werde nicht zulassen, dass er ungestraft davonkommt.«

Daniela versteifte sich. »Dass ich mir Sorgen mache, zählt für dich nicht? Julius ist immer noch wichtiger als ich?«

Kai schüttelte den Kopf. Es war dieser Blick, den sie im Laufe der Jahre hassen gelernt hatte. Warum nahm er sie einfach nicht ernst?

»Das ist doch kein Konkurrenzkampf«, entgegnete er und schob sie beiseite. »Ich passe schon auf mich auf.«

Daniela sah ihm nach, wie er hinaus in den Flur trat. Erst als die Tür schon hinter ihm ins Schloss gefallen war, murmelte sie: »Das wäre mal etwas ganz Neues.«

Der Bug des Polizeischiffs schnitt mühelos durch die Wellen. Es steuerte auf die Südspitze von Asperö zu und drosselte erst kurz vor dem Ufer die Fahrt. Direkt anlegen konnten sie hier nicht, dazu war das Wasser zu flach. Das Schlauchboot, das an zwei Kranarmen am Heck des Schiffs hing, wurde zu Wasser gelassen. Die Männer in den dunklen Monturen mit Schutzwesten und Helmen machten sich bereit und sprangen hinein, kaum dass es die Oberfläche berührt hatte. Frederik und Khalid folgten ihnen, und der Bootsführer startete den Außenborder.

Das Schlauchboot schoss auf die felsige Schäre zu und setzte einen Moment später auf den flachen Steinen auf. Die Männer schwangen sich hinaus, formierten sich und liefen zum Haus der Olssons.

Frederik war froh, dass er auf einem spezialisierten Einsatzteam bestanden hatte. Nach den schlimmen Erfahrungen der letzten Jahre wollte er jedes Risiko vermeiden. Auf keinen Fall wollte er seine Kollegen, die nur über eine unzureichende Schutzausrüstung verfügten, einer Gefahr aussetzen. Er hatte schon einmal sein gesamtes Team verloren. Noch einmal würde das nicht passieren.

Die Zugriffstruppe verteilte sich um das Haus herum; die Beamten verbargen sich hinter Büschen und Bäumen. Frederik und Khalid gingen zur Haustür, die im selben Moment aufgerissen wurde, als er anklopfen wollte.

Vor ihnen stand Daniela Schwaiger. Sie wirkte aufgelöst und hatte sich offenbar in aller Eile angekleidet. An ihrer Bluse stand ein Knopf offen, und der Kragen war umgeknickt. Ihre Hände zupften nervös an der Kleidung herum, und auf ihrer Stirn standen Schweißperlen.

»Guten Morgen, Frau Schwaiger«, begrüßte er sie. Gerade in solchen Situation war es wichtig, Ruhe und Kompetenz auszustrahlen. »Ist Herr Olsson schon zurückgekehrt?«

Daniela brauchte einen Moment, um zu begreifen, dass er von Patrik und nicht von dessen Vater sprach. Dann schüttelte sie den Kopf.

»Gut. Gehen Sie bitte wieder ins Haus und bleiben dort. Wir erwarten ihn hier.«

Die beiden Häfen auf Asperö waren gesperrt, der Fährbetrieb eingestellt. Auf dem Wasser zwischen der Schäre und dem Festland patrouillierte ein weiteres Polizeiboot. Patrik hatte keine Chance, die Insel unbemerkt zu verlassen. Aber Frederik ging ohnehin nicht davon aus, dass er auf der Flucht war. Wenn er sich hätte absetzen wollen, hätte er es längst getan. Nachdem er nicht sofort nach dem Mord festgenommen worden war, musste er davon ausgehen, dass Daniela ihn nicht erkannt hatte. Jetzt unterzutauchen hätte nur einen Verdacht heraufbeschworen, der bisher überhaupt nicht im Raum gestanden hatte.

Daniela zögerte. Frederik schaute sie fragend an.

»Haben Sie mittlerweile Zweifel bekommen? Sind Sie sich nicht mehr sicher, dass der Mann, den Sie gesehen haben, Patrik Olsson war?«

»Doch.« Die Krankenschwester atmete schwer. »Ich bin mir sicher.«

Frederik neigte den Kopf. »Aber irgendetwas bedrückt Sie.«

Daniela nickte. Frederik wartete. Was immer es war, es fiel ihr offenbar schwer, es auszusprechen.

»Mein Mann«, sagte sie endlich.

»Ja?«

»Er ist losgegangen, um Patrik zu suchen. Mit einer Axt bewaffnet. Bisher ist er nicht zurückgekommen.«

Frederik hob die Augenbrauen. Der Mann war Anwalt. Was brachte ihn dazu, auf eigene Faust einen Straftäter zu verfolgen? Aber Julius Reichenbach war sein bester Freund gewesen, fiel ihm ein. Anscheinend hatte er es nicht ausgehalten, die Suche nach seinem Mörder der Staatsgewalt zu überlassen.

Er legte Daniela kurz die Hand auf die Schulter.

»Wir kümmern uns darum.« Er schaute zu Khalid. »Geh bitte mit hinein und sorg dafür, dass keine weiteren Personen das Haus verlassen.«

Khalid nickte knapp. Frederik sah ihm an, dass es ihm nicht gefiel, aus dem Zentrum des Geschehens verdrängt zu werden, doch er protestierte nicht. Anscheinend hatte er sich wirklich entschieden, ein Teil des Teams zu werden. Frederik signalisierte ihm mit erhobenem Daumen seine Anerkennung.

Noch immer hatte er Mühe, sich mit der neuen Sachlage zu arrangieren. Er hatte Patrik kennengelernt, und der junge Mann hatte einen ausgeglichenen und zuverlässigen Eindruck auf ihn gemacht. Soweit er es überblicken konnte, hatte Patrik keinen Grund gehabt, einen ihm unbekannten Touristen anzugreifen. Ganz im Gegensatz zu Reichenbachs Reisebegleitern. In den letzten Tagen hatten sie eine ganze Reihe von möglichen Motiven offengelegt. Dass es am Ende keine dieser Personen war, sondern der Sohn des Supermarktbetreibers, irritierte ihn. Aber ihm blieb wohl nichts anderes übrig, als die Tatsachen zu akzeptieren. Daniela Schwaigers Aussage war eindeutig, ihre Darlegung des Hergangs stimmig. Sie war vom Pilzesuchen zurückgekommen und hatte den schwarz gekleideten Mann davonhuschen sehen, nur einen Moment ehe sie in der Küche den leblosen Körper von Julius Reichenbach entdeckt hatte. Frederik erinnerte sich an die Pilze, die auf der Schwelle gelegen hatten, und den leeren Korb.

Daniela und Khalid zogen sich ins Haus zurück. Die Tür fiel ins Schloss.

Frederik gesellte sich zum Befehlshaber der Einsatzgruppe, der sich nahe dem Eingang hinter einen Busch kauerte, und informierte ihn über die neue Situation. Der Beamte griff zu seinem Funkgerät und instruierte sein Team, sich aufzuteilen. Die Hälfte der Männer sollte vor Ort bleiben, um Patrik Olsson zu verhaften, wenn er hierher zurückkehrte. Die andere Hälfte sollte ausschwärmen und nach Kai Schwaiger Ausschau halten. Wenn sie ihn fanden, sollten sie ihn umgehend zurückbringen.

Der Kollege beendete die Durchsage, und gleich darauf löste sich ein halbes Dutzend Beamte aus dem Grün und schwärmte aus. Ein aufgeschreckter Vogel stob vor ihnen aus dem Gestrüpp und tauchte gleich darauf auf der anderen Seite in den Wald ein. Sein Schrei hallte noch eine Sekunde nach. Dann war es wieder still.

Frederik schaute in den dunklen Himmel, der wie ein Vorbote drohenden Unheils über der Schäre dräute. Wenn seine Einschätzung stimmte, würde Patrik nach seiner Joggingrunde nach Hause zurückkommen. Sie mussten ihn nur noch festnehmen.

Ein Wind kam auf, der mit einem Schlag ganze Blätterwolken von den Bäumen fegte und die Büsche niederdrückte. Der Herbst hielt mit großen Schritten Einzug und brachte Kälte und Beklemmung auf die Insel. Man spürte, dass etwas zu Ende ging.

Das Laufen war eine Qual. Bei jedem Schritt bohrten sich die spitzen Kieselsteine in seine Fußsohlen, immer an denselben

Stellen. Seine Nervenenden sandten ohne Unterbrechung Schmerzimpulse in seinen Kopf, die gegen seine Schädeldecke prallten und wie Flipperkugeln hin und her geschleudert wurden. Seinen Rhythmus hatte er längst verloren. Immer wieder zuckte er zusammen. Als er über einen Ast stolperte und sein rechter Fuß anschließend hart auf dem Boden aufkam, schrie er vor Schmerz auf.

Danach konnte er nicht mehr laufen, nur noch humpeln. Trotzdem hielt er nicht an und nahm die Steine heraus. Er wollte diese Pein. Weil er es nicht besser verdient hatte.

Durch seine Schuld war sein Bruder ums Leben gekommen. Weil er ihm nicht geholfen hatte. Und nun war er auch noch zum Mörder geworden.

Jahrelang hatten ihn die Bilder verfolgt. Und dann hatte er am Montag den Mann wiedergesehen, der es getan hatte. Zumindest hatte er das geglaubt und endlich, endlich Rache genommen. Erst später, als er auch den anderen gesehen hatte, war ihm klar geworden, dass er sich getäuscht hatte.

Patrik blieb nun doch stehen, weil er die Schmerzen einfach nicht mehr aushielt. Er hockte sich auf die Erde, zog die Schuhe aus und schüttelte die Kieselsteine heraus. Anschließend schlüpfte er wieder hinein und knotete die Schnürsenkel zu. Er war einfach ein Versager. Nichts hatte er richtig hinbekommen. Er hatte nicht gut genug auf seinen Bruder aufgepasst. Er hatte einen Mann getötet, der zwar nicht unschuldig war, aber jedenfalls nicht der, für den er ihn gehalten hatte. Und nun schaffte er es nicht einmal, die Buße zu erdulden, die er sich selbst auferlegt hatte.

Auch ohne die Steine in den Schuhen konnte er kaum noch gehen. Seine Fußsohlen brannten, und um seinen Kopf hatte jemand eine glühende Klammer gelegt. Er wollte nicht weinen, doch er konnte nicht verhindern, dass ihm Tränen aus den Augen liefen. Ungeduldig wischte er sie weg, während er den Weg zum Haus einschlug.

Er keuchte erschrocken auf, als plötzlich mehrere schwarz gekleidete Gestalten hinter den Büschen hervorsprangen, die mit dicken Schutzwesten, Helmen und Maschinengewehren ausgerüstet waren. Sie rannten auf ihn zu und warfen ihn zu Boden, drehten ihm die Arme auf den Rücken und legten ihm Handschellen an. Dann zogen sie ihn wieder hoch.

Der Kommissar trat hinter einem Baum hervor und kam auf ihn zu. An seiner Miene konnte er nichts ablesen, doch sein Blick wirkte traurig.

»Herr Patrik Olsson«, sagte er förmlich, als er ihn erreicht hatte. »Sie sind vorläufig festgenommen. Sie stehen unter dem Verdacht, Herrn Julius Reichenbach getötet zu haben.«

Patrik schloss die Augen. Vermutlich sollte er Angst empfinden vor dem, was auf ihn zukam, Scham über das, was er getan hatte, oder Wut, weil er geglaubt hatte, man würde ihn nicht fassen. Doch das Gefühl, das alles andere überwog, war Erleichterung.

Es war vorbei. Nun würde er endlich seine gerechte Strafe bekommen.

Sein Funkgerät knackte, als er mit den Männern der Spezialeinheit, die Patrik Olsson vor sich herführten, zum Polizeiboot zurückging. Er zog es aus der Tasche und meldete sich. Es rauschte, Frederik konnte den Beamten am anderen Ende kaum verstehen.

»Noch einmal, bitte.«

»Wir haben Kai Schwaiger gefunden«, ertönte die dunkle Stimme, dieses Mal klar und deutlich.

»Gut.« Frederik war erleichtert. Also konnte der Mann mit der Axt zumindest kein Unheil mehr anrichten. »Dann bringen Sie ihn her.«

»Das wird nicht möglich sein«, erwiderte der Beamte.

»Ach so? Warum nicht?«

»Kai Schwaiger ist tot.«

Frederik blieb stehen. Es war, als hätte jemand eine kalte Dusche über ihm angestellt.

»Wie bitte?«

»Jemand hat ihn erstochen. Die Tatwaffe lag neben ihm. Ein großes Küchenmesser.«

Frederik signalisierte dem Befehlshaber der Spezialeinheit, dass es mit dem Aufbruch noch eine Weile dauern würde. Er atmete einmal tief durch, um den Schock, der ihn zu lähmen drohte, abzuschütteln. Dann gewann sein professionelles Selbst wieder die Oberhand.

»Okay. Sichern Sie den Tatort. Ich informiere die Spurensicherung und die Rechtsmedizin. Wo genau befinden Sie sich?«

Der Mann in der Leitung beschrieb ihm den Ort. Er war nur einen Steinwurf vom Haus der Olssons entfernt.

»Ich bin sofort bei Ihnen.«

Frederik verstaute das Funkgerät wieder, ging zum Befehlshaber und erklärte ihm die neue Situation. Anschließend rief er erst Hedda an, damit sie die entsprechenden Einheiten nach Asperö schickte, danach Khalid, den er bat, mit der Spezialeinheit nach Göteborg überzusetzen und sich um Patrik Olsson zu kümmern, bis er selbst dazustoßen würde. Khalid nahm den Befehl mürrisch zur Kenntnis und fragte auch nicht nach. Frederik war froh darüber. Kurz überlegte er, ob er Daniela Schwaiger über den Tod ihres Mannes in Kenntnis setzen sollte. Dann beschloss er, damit zu warten, bis er sich einen Überblick verschafft hatte.

# 21

Es war ein trauriger Anblick, der große, schwere Mann in seiner beigefarbenen Outdoor-Montur, der bäuchlings auf den grauen Felsen lag, das Gesicht in den Brennnesseln. In seinem Rücken klafften mehrere große Wunden. Seine Anglerweste wies an diesen Stellen lange, glatte Schnitte auf. Das Blut war vom Stoff aufgesogen worden und hatte dunkle Ringe um die Einstiche herum gebildet. Das Messer, mit dem man ihm diese Verletzungen offenbar zugefügt hatte, lag unmittelbar neben der Leiche.

Frederik bedankte sich bei den Einsatzbeamten, die den Tatort mit einem blau-weißen Flatterband gesichert hatten, und schickte sie zu ihrer Einheit, die nach Göteborg übersetzen und Patrik Olsson in Untersuchungshaft nehmen würde. Er selbst blieb allein bei dem Toten zurück.

Vorsichtig trat er näher, darauf bedacht, sich ausschließlich auf den Steinen zu bewegen, um keine Spuren zu zerstören. Er betrachtete den Leichnam und entdeckte auch die Axt, die ein paar Meter entfernt zwischen den Büschen lag. Genützt hatte sie Kai offensichtlich nichts.

Frederik duckte sich unter dem Flatterband hindurch und ging hinunter zum Wasser. Er setzte sich auf einen flachen Felsen und dachte nach. Draußen zog das Polizeiboot mit Patrik Olsson an Bord vorbei.

War es zwischen den beiden Männern zu einer Auseinandersetzung gekommen, in deren Verlauf Patrik Kai erstochen hatte? Dagegen sprach, dass der Angriff von hinten erfolgt war. Schwaiger hatte offenbar keine Chance gehabt, sich zu verteidigen. Hatte Patrik ihn also attackiert, ehe Kai ihn überhaupt entdeckt hatte? Aber warum hatte er den Anwalt getötet? Und wenn Patrik Olsson der Täter war, weshalb war er anschließend nach Hause zurückgekehrt? Hätte er nicht stattdessen zur Fähre laufen und einen Fluchtversuch unternehmen müssen?

Frederik versuchte, sich die Situation vor Augen zu führen, doch ihm fiel keine Variante ein, die plausibel erschien. Aber es würde sich vielleicht alles klären, wenn sie Patrik befragten. Das Motiv für den Mord an Kai Schwaiger war womöglich dasselbe wie für den an Julius Reichenbach. Sie kannten es nur noch nicht.

Er musste nicht lange warten; eine knappe halbe Stunde nachdem er Hedda informiert hatte, tauchte das Polizeiboot auf, das die Spurensicherung und den Rechtsmediziner auf die Schäre brachte. Die Sonne stand mittlerweile höher, schaffte es aber nicht, die dicke Wolkendecke zu durchdringen. Das Licht blieb fahl und tauchte die Landschaft in eine unwirkliche, düstere Stimmung.

Torvald Hedlund ging als Erster an Land und untersuchte den Toten. Anschließend machten sich die Kollegen von der Spurensicherung an die Arbeit. Hedlund gesellte sich zu Frederik.

»Ein ähnliches Muster wie bei Reichenbach«, konstatierte er. »Weniger Stiche – ich habe fünf gezählt –, aber mit derselben Brutalität ausgeführt. Die Wunden sind sehr tief, das Messer wurde jeweils bis zum Heft in den Körper gerammt.«

»Wollte er sich nicht wehren, oder konnte er nicht?«

Torvald zog einen Block aus der Tasche und machte sich Notizen.

»Du weißt ja, man merkt es im ersten Moment nicht, wenn ein Messer in den Körper eindringt. Es ist eher wie ein harter Schlag. Der Schmerz kommt erst später. Ich vermute, das Opfer war zunächst überrascht und hat ein paar Sekunden gebraucht, um zu reagieren. In dieser Zeit dürfte bereits der zweite, vielleicht auch schon der dritte Stich erfolgt sein. Der Täter hat vermutlich lebenswichtige Organe verletzt. Ich vermute, das Opfer ist daraufhin zusammengebrochen. Erst auf die Knie gefallen, dann bäuchlings auf die Steine. Die beiden letzten Stiche dürfte ihm der Täter zugefügt haben, als er schon am Boden lag.«

Frederik kniff die Augen zusammen.

»Der Angreifer muss von starken Gefühlen getrieben worden sein«, überlegte er laut. »Wäre es nur um eine ungehinderte Flucht gegangen, hätte er seine Aggression einstellen können, nachdem Schwaiger außer Gefecht gesetzt war.«

Der Rechtsmediziner stimmte ihm zu.

»Du hast keine Idee, was das Motiv sein könnte?«, fragte er.

»Nein. Aber wir haben einen Verdächtigen festgenommen. Ich hoffe, nach der Vernehmung sind wir schlauer.«

Hedlund legte ihm kurz die Hand auf die Schulter. Dann verstaute er sein Notizbuch in der Arzttasche.

»Ich melde mich, sobald ich das Obduktionsergebnis habe«, versprach er und machte sich auf den Weg zur Fähre. Er wollte zurück ins Rechtsmedizinische Institut, und bis die Kollegen von der Spurensicherung fertig waren und mit dem Boot zurückfuhren, würde es noch dauern.

Einer der Kriminaltechniker winkte. Frederik ging zur Absperrung und deutete auf den Tatort.

»Darf ich da schon rein?«

»Alles okay. Mit dem Bereich um den Leichnam herum sind wir fertig.«

Frederik folgte ihm zu Kais leblosem Körper. Der Spurensicherer hob das rechte Bein des Toten hoch und deutete auf den Schuh.

»Siehst du die Schrammen auf der Oberseite?«, erkundigte er sich.

Frederik nickte. Das Leder hatte an der Schuhspitze etliche längliche Kratzer.

»Ich vermute, man hat den Leichnam über die Felsen gezerrt«, sagte der Kriminaltechniker. »So weit, bis er mit dem Gesicht in den Brennnesseln zu liegen kam. So etwas wie eine postmortale Demütigung.«

Frederik hob die Augenbrauen. Das war interessant. Der Mörder hatte also nicht nur aus Wut gehandelt, auf eine aktuelle Situation reagiert. Der Wunsch, sein Opfer zu erniedrigen, sprach für tief sitzenden Hass, der eine Geschichte hatte. Wenn Patrik der Täter war, gab es zwischen den beiden Männern eine Verbindung. Kai und Julius mussten dem jungen Mann etwas angetan haben, das dieser nicht verwunden hatte. Was das gewesen sein könnte, überstieg allerdings Frederiks Vorstellungsvermögen.

»Habt ihr noch mehr?«

»Im Augenblick nicht. Aber wir geben Bescheid, wenn wir weitere Spuren finden.«

Frederik bedankte sich und schlüpfte wieder unter dem blau-weißen Flatterband hindurch. Es gab wohl keinen Grund, das Gespräch mit der Frau des Toten länger vor sich herzuschieben.

Er war gerade auf dem Weg zum Haus, als sein Mobiltelefon klingelte. Er schaute auf das Display und nahm das Gespräch rasch entgegen.

»Tyra. Ist alles in Ordnung?« Sein Herz galoppierte.

»Ja. Alles okay. Ich habe Emma nach Lilleby gebracht. Mit meinem Elektromobil. Ich glaube, es hat ihr gefallen.«

Frederik atmete erleichtert auf.

»Im Heim hat man sich sehr gefreut, dass sie wieder da ist. Die Pflegerinnen haben sich rührend um sie gekümmert. Jetzt sitzt sie in ihrem Zimmer und ordnet ihre Legosteine nach Farben. Man merkt ihr natürlich nichts an, das ist ja bei Asperger-Autisten so, aber ich glaube, sie hat die ganze Geschichte halbwegs unbeschadet überstanden.«

»Das hoffe ich.« Sein Herzschlag beruhigte sich langsam. »Was allerdings ihre Mutter angeht …«

»Da bin ich auch in Sorge.« Tyra seufzte. »Leider gibt es nichts, was wir in dieser Sache tun können. Das ist erst dann möglich, wenn sie offiziell um Hilfe bittet oder Anzeige erstattet. Aber das weißt du selbst.«

»Das wird sie nicht tun.«

»Wir haben ja schon darüber gesprochen. Ich verstehe, wie schwer es für dich ist. Trotzdem musst du dich irgendwie damit arrangieren.«

»Wenn ich das könnte.« Frederik gab sich einen Moment dem Selbstmitleid hin. Dann rief er sich zur Ordnung. Nicht ihn galt es zu bedauern, sondern Lea.

»Du hast vollkommen recht«, sagte er zu Tyra. »Jeder ist für sich selbst verantwortlich. Und ich habe außerdem zwei Mordfälle aufzuklären.«

»Dann lass dich nicht aufhalten. Ich habe auch zu tun.«

Sie verabschiedeten sich herzlich voneinander.

Frederik steckte das Smartphone zurück und setzte sich wieder in Bewegung. Es war nie leicht, eine Todesnachricht zu überbringen, doch wenn der Empfänger eine Person war, die man bereits persönlich kannte, war es noch bitterer. Also war es wohl das Beste, wenn er die Sache so schnell wie möglich hinter sich brachte.

Die Wände des Raums schienen auf sie zuzukommen. Vor ihren Augen flimmerte es. Der Schmerz jagte in Wellen durch ihren Körper. Kein einziger Knochen schien mehr heil zu sein. So erbarmungslos hatte Arvid noch nie auf sie eingeprügelt.

Unten fiel die Haustür mit einem Knall ins Schloss. Sie hörte, wie der Schlüssel zweimal umgedreht wurde. Dabei könnte sie ohnehin nicht fliehen. Sie konnte ja nicht einmal aufstehen.

Lea stützte versuchsweise die Handflächen auf den flauschigen weißen Teppich und richtete sich in eine sitzende Position auf. Vorsichtig betastete sie ihre Arme und Beine.

Zu ihrer Überraschung schien nichts gebrochen zu sein. Ihr Körper war zwar mit Blutergüssen übersät, doch darüber hinaus war sie unversehrt. Arvid wusste, wie man jemanden schlug, um den Schmerz zu maximieren, ohne etwas nachhaltig zu zerstören. Sicherlich wollte er sie am Abend, wenn er zurückkam, ins Bett zerren und hatte keine Lust, sich auf eine Puppe mit zerbrochenen Gliedern zu legen.

Sie nahm allen Mut zusammen und ging auf die Knie, verteilte ihr Gewicht auf Hände und Füße und stemmte sich mühsam hoch. Schließlich stand sie, schwankend zwar, aber immerhin auf ihren zwei Beinen. Der Raum um sie herum drehte sich. Sie schloss die Augen und wartete, bis die tanzenden bunten Punkte auf ihrer Netzhaut verblassten. Dann öffnete sie die Lider wieder.

Jetzt sah sie, dass der weiße Teppich mit Blut befleckt war. Sie schleppte sich ins Bad und schaute in den Spiegel. Die Haut um Augen und Mund herum war an etlichen Stellen aufgeplatzt. Das Blut war getrocknet und hatte dicke Krusten gebildet. Arvid hatte wohl sichergehen wollen, dass sie kein Bedürfnis verspürte, das Haus zu verlassen.

Ihr Blick fiel wieder auf den verschmutzten Teppich. Sie musste ihn dringend reinigen. Wenn am Abend auch nur ein einziger rötlicher Fleck zu sehen war, würde Arvid sie auch dafür bestrafen.

Unter Schmerzen stieg sie die Treppe hinunter, so langsam und mühsam wie eine alte Frau. In der Küche füllte sie einen

Eimer mit kaltem Wasser und nahm Teppichschaum und Lappen aus dem Schrank. Anschließend ging sie genauso schwerfällig zurück nach oben.

Wenn sie noch einen Beweis gebraucht hätte, dass sie sich für den falschen Mann entschieden hatte, wäre er spätestens jetzt erbracht. Aber sie konnte Arvid nicht verlassen. Sie musste alles, was er ihr antat, erdulden. Anders konnte sie Emma nicht schützen.

Ihre aufgeplatzten Lippen verzogen sich zu einem kleinen Lächeln. Arvid hatte sie zwar mit seinen Fäusten traktiert, bis ihr Schädel zu platzen drohte, aber diesen kleinen Sieg hatte sie errungen. Und das war das Einzige, worauf es ankam. Er mochte mit ihr anstellen, was er wollte, es spielte keine Rolle. Hauptsache, Emma war in Sicherheit.

Daniela blinzelte. Ihre Finger krallten sich um die Armlehnen des Sessels.

»Nein.«

Kein lauter Schrei, nur ein Flüstern, doch vielleicht gerade deshalb so berührend. Frederiks Herz zog sich vor Mitgefühl zusammen. Nicht genug, dass Daniela erst zwei Tage zuvor vor Julius Reichenbachs grausam zugerichteter Leiche gekniet hatte; nun war auch noch ihr eigener Mann ermordet worden.

Sie starrte ihn an, die Augen weit aufgerissen und gerötet, aber trocken. Der Schock verhinderte wohl, dass sie in Tränen ausbrach. Die ganze Tragweite der Nachricht war vermutlich noch gar nicht in ihr Bewusstsein vorgedrungen.

Frederik blickte zu Steffen, Jessica und Pia, die ihn ebenso fassungslos ansahen wie Daniela.

»Warum?«, hauchte Jessica. »Warum hat Patrik das getan?«

Pia ballte die Fäuste.

»Es ist doch gar nicht sicher, dass er es war.«

»Aber sie hat ihn erkannt.« Jessica gestikulierte in Danielas Richtung. »Er war der schwarz gekleidete Mann, den sie nach dem Mord an Julius vor dem Haus gesehen hat.«

Pias Kiefer mahlten.

»Wieso ist er dann nach Hause zurückgekommen? Er hätte doch fliehen können.«

»Was weiß ich. Keine Ahnung, was im Kopf eines solchen Menschen vorgeht.«

»Die Tatwaffe stammt jedenfalls aus der Küche der Olssons«, erklärte Frederik. Er hatte sich dort umgesehen, ehe er Daniela die Todesnachricht überbracht hatte, und einen Messerblock entdeckt, in dem ein Messer fehlte, genau wie im Haus der Stensteds. Auch hier war es ein Messer, das leicht zuzuordnen war. Das gesamte Set hatte braune Holzgriffe, verblasst von häufigem Gebrauch und Reinigung, so wie es auch bei dem Messer am Tatort der Fall war.

»Siehst du?« Jessica schaute Pia eindringlich an. »Es tut mir ja leid für dich. Ich habe gesehen, dass du etwas für ihn empfindest. Aber er ist ein Mörder.«

Frederik hob die Hand.

»Ihre Freundin hat recht. Zurzeit steht noch nichts fest. Wir wollen niemanden vorverurteilen. Es gibt starke Indizien, aber bisher haben wir weder unwiderlegbare Beweise noch ein Geständnis.«

Pia lächelte schwach. Sie hatte wohl selbst wenig Hoffnung, dass sich alles als Irrtum herausstellen würde.

Das Smartphone in seiner Tasche vibrierte, und Frederik zog es hervor. Es war Hedda. Sofort befürchtete er wieder, es könnte etwas mit Anna sein. Er tippte auf das grüne Hörersymbol.

»Ja?«

»Frederik, hallo. Ich wollte dir nur sagen, dass die Kollegen von der Reinigungsfirma Bescheid gegeben haben. Sie haben das Haus von Stig Stensted von den Spuren des Mordes gesäubert, und die Spurensicherung hat es freigegeben. Die Reisegruppe kann wieder dort einziehen, wenn sie will.«

Frederik stieß erleichtert die Luft aus. Er konnte nur hoffen, dass die Sorge um Anna irgendwann ein Ende hatte. Es war schwierig, sich auf die Arbeit zu konzentrieren, wenn jeder Anruf von Hedda einen derartigen Adrenalinstoß verursachte.

Er bedankte sich bei ihr und beendete das Telefonat. Angesichts der neuen Entwicklung war es vielleicht gut, wenn die Deutschen bei den Olssons ausziehen konnten. Weder Jessica noch Daniela würden es als besonders angenehm empfinden, mit den Eltern des mutmaßlichen Mörders ihrer Ehemänner unter einem Dach zu leben.

Frederik teilte ihnen die Neuigkeit mit, und Jessica sprang sofort auf.

»Ich packe meine Sachen. Je eher wir hier wegkönnen, desto besser.«

Pia dagegen schien sich nur schwer losreißen zu können.

»Sie sagen uns doch Bescheid, wenn sich herausstellt, dass Patrik unschuldig ist?«

»Selbstverständlich.«

Pia nickte, ein wenig abwesend, mit den Gedanken offenbar ganz woanders. Dann folgte sie Jessica nach oben.

Steffen und Daniela blieben in ihren Sesseln sitzen.

»Wollen Sie nicht auch Ihr Gepäck holen?«, erkundigte sich Frederik.

Steffen winkte ab.

»Das hat Zeit. So viel habe ich nicht dabei. Bis die Frauen fertig sind, dauert es sicher eine Weile.« Er nahm sein Tabakpäckchen aus der Hosentasche und begann, sich eine Zigarette zu drehen.

Auch Daniela rührte sich nicht. Ihr Blick irrte durch den

Raum, auf der vergeblichen Suche nach irgendetwas, woran sie sich festhalten konnte. Dann brach sie plötzlich in Tränen aus.

»Es tut mir so leid.«

Frederik versteifte sich.

»Verzeihung?« War alles ganz anders, als er gedacht hatte, und Daniela wollte ihm jetzt mitteilen, dass sie sich getäuscht und die Polizei den Falschen verhaftet hatte?

»Wir haben uns gestritten«, schluchzte sie. »Es war das letzte Mal, dass wir uns gesehen haben, und ich habe ihm Vorwürfe gemacht. Verspottet habe ich ihn, weil er sich allein auf die Suche nach Patrik machen wollte. Habe heimlich über ihn gelacht, weil er nicht der Mann war, von dem ich immer geträumt habe.«

Frederik entspannte sich wieder. Was Daniela hier zeigte, war eine typische Reaktion auf den plötzlichen Tod eines nahestehenden Menschen. Auf einmal erschienen Konflikte, die zuvor noch bedeutsam gewesen waren, vollkommen unwichtig und überflüssig, und man bedauerte die ungenutzten Gelegenheiten, sich zu sagen, dass man sich doch eigentlich liebte. Der Schmerz und das schlechte Gewissen vermischten sich und wurden zu einer Geißel, die einen quälte. Er kannte dieses Gefühl nur zu gut, hatte es oft genug selbst erlebt.

»Dabei konnte er nichts dafür«, klagte sie weiter. »Ich weiß doch, warum er sich so an Julius gehängt hat. Weshalb er immer seine Anerkennung gesucht hat.« Sie schaute ihn Hilfe suchend an. »Seine Eltern haben ihm nie die Aufmerksamkeit geschenkt, die er sich gewünscht hat, wissen Sie? Alles hat sich immer nur um seinen Bruder gedreht.«

Steffen richtete sich unwillkürlich auf und ließ die Hand mit der unangezündeten Zigarette sinken.

»Seinen Bruder?«

Daniela wandte sich ihm zu, verblüfft, dass er Interesse an ihr zeigte.

»Matthias. Er war ein musikalisches Wunderkind.« Ihr Blick wurde versonnen. »Er spielt Geige. Hat schon als kleiner Junge Konzerte gegeben. Heute spielt er die erste Geige in einem großen Orchester irgendwo in England. So genau weiß ich es gar nicht, Kai redet nicht gern darüber. Er hat immer darunter gelitten, dass seine Eltern alles für Matthias getan haben, für seinen Musikunterricht gespart, ihm teure Instrumente gekauft, ihn zu seinen Stunden und zu Konzerten gefahren haben, obwohl sie doch gar nicht viel hatten. Für Kai ist nie etwas übrig geblieben. Er war einfach nicht wichtig. Sein Bruder hat immer die erste Geige gespielt.« Sie lachte kurz über ihren Wortwitz, der wohl unbeabsichtigt zustande gekommen war.

»Ich kenne das.« Steffen wechselte vom Sessel aufs Sofa und legte einen Arm um Daniela. »Ich habe auch einen Bruder, der immer wichtiger war als ich. Alle haben sich um ihn gekümmert, und ich durfte sehen, wo ich bleibe.«

Daniela schaute ihn verblüfft an.

»War dein Bruder auch ein Wunderkind?«

Steffen schnaubte.

»Ach was. Er war alles andere als das. Er war frech, faul und habgierig. Aber er hatte die Mitleidstour perfekt drauf. Als er acht war, ist er in unserer Schreinerei mit der Hand in die Kreissäge geraten und hat sich den linken kleinen Finger abgetrennt. Die Ärzte haben versucht, ihn wieder anzunähen, aber es hat nicht funktioniert. Das war natürlich schlimm, aber es war immerhin nur der kleine Finger, nicht die ganze Hand. Doch Robin hat daraus jeden möglichen Vorteil gezogen. Er hat sich von allen verwöhnen und verhätscheln lassen und es vermieden, erwachsen zu werden. Nach dem Tod unserer Eltern hat er die Schreinerei in den Ruin gewirtschaftet. Als ich den Laden übernommen habe, war es schon zu spät. Ich hätte eine fette Finanzspritze gebraucht, um das Geschäft zu retten …«

Daniela strich ihm über die Wange. Frederik schaute genauer hin und entdeckte, dass sie feucht von stillen Tränen war.

»Deshalb hast du den Geldtransport überfallen.«

»Ja.« Steffen nickte. »Doch damit habe ich alles nur noch schlimmer gemacht.«

»Und dann hat sich Julius auch noch das Geld unter den Nagel gerissen.«

Dass ihr Mann ebenfalls daran beteiligt gewesen war, verdrängte sie in diesem Moment wohl lieber.

»Tja.« Steffen ließ sich nach hinten gegen die Sofalehne fallen. »Shit happens.«

Frederik betrachtete ihn eindringlich. Wenn sich herausstellen sollte, dass Patrik Olsson unschuldig war, war Steffen Brandt zweifellos derjenige mit dem besten Motiv für die Morde an Julius Reichenbach und Kai Schwaiger. Doch sein Bauchgefühl sagte ihm, dass Steffen nichts damit zu tun hatte, dass er nicht Rache, sondern einen Neuanfang suchte. Normalerweise konnte er sich darauf verlassen.

Er stand auf und verabschiedete sich mit einer knappen Geste. Dann machte er sich auf den Weg, um Patrik Olsson zu vernehmen.

In der Küche, auf der anderen Seite des Flurs, weinte ebenfalls eine Frau. Kennet, der nach ihrem Anruf den Supermarkt zugesperrt hatte und herbeigeeilt war, hielt sie eng an sich gepresst, doch es gelang ihm nicht, sie zu beruhigen. Immer wieder schluchzte sie auf und zitterte am ganzen Körper.

»Sofia. Bitte«, sprach er auf sie ein. »Es ist doch noch gar nichts bewiesen. Die Polizisten haben nur einen Verdacht. Ich bin sicher, sie irren sich. Warum hätte denn Patrik diese beiden Männer töten sollen?«

»Ich … weiß … es … nicht«, presste Sofia unter Tränen hervor. »Aber er hat sich in den letzten Tagen seltsam benommen, findest du nicht?«

Kennet ließ die Woche Revue passieren. Dass sich Patrik betrunken hatte, und das gleich zweimal – einmal beim Grillabend, einmal am Tag darauf im Supermarkt –, war in der Tat ungewöhnlich. Normalerweise lebte er abstinent, schließlich hatte er stets seinen Vater als abschreckendes Beispiel vor Augen. Kennet hatte den plötzlichen Sinneswandel auf Patriks unglückliche Liebe zu der deutschen Anwältin zurückgeführt. Aber was, wenn er sich getäuscht hatte?

Unfug, sagte er sich. Patrik war ein gutmütiger und geduldiger Junge. Das war er schon als Kind gewesen. Er hatte sich immer gefügt, sich mit dem Schicksal arrangiert und sich nie dagegen aufgelehnt.

Stimmte das wirklich? Oder hatte Patrik den Hass nur heimlich genährt, ihn in sich eingeschlossen und gesammelt, bis er plötzlich hervorgebrochen war wie Eiter aus einer lange schwärenden Wunde? Doch wie kamen diese beiden Männer ins Spiel?

Nein, das ergab keinen Sinn. Die Sache damals war ein Unfall gewesen. Oder nicht? Hatte Patrik etwas damit zu tun? Oder womöglich Julius Reichenbach und Kai Schwaiger?

Kennet merkte, wie sein Kopf zu dröhnen begann. Das Blut hämmert in seinen Schläfen, und seine Kehle zog sich zusammen. Er brauchte jetzt einen Schnaps, egal, was Sofia dazu sagen würde.

Vorsichtig ließ er sie los und öffnete den Kühlschrank. Er nahm den finnischen Wodka heraus und füllte ein Glas bis zum Rand. Dann setzte er es an die Lippen und leerte es in einem Zug. Anschließend wandte er sich zu Sofia um und schaute sie provozierend an. Sollte sie ihn doch verurteilen. Er hatte heute einen guten Grund, zu trinken.

Sofia wies auf sein leeres Glas.

»Gib mir auch einen«, sagte sie.

# 22

Patrik saß aufrecht auf dem Stuhl im Vernehmungsraum, die Hände vor sich auf dem Tisch gefaltet. Er blickte Frederik und Khalid offen an.

»Ich bin froh, dass es vorbei ist«, erklärte er. »Was ich getan habe, war falsch.«

Frederik füllte die bereitstehenden Gläser mit Wasser und schob erst Patrik, dann Khalid eines hin, ehe er selbst einen Schluck trank. Er war voller gespannter Erwartung. Es geschah nicht oft, dass er einen Täter ergriff, ohne die geringste Vorstellung davon zu haben, was sein Motiv gewesen war.

»Sie haben Julius Reichenbach getötet?«

Patrik nickte.

»Ich dachte, ich hätte damit abgeschlossen. Mich mit dem Schicksal arrangiert. Die Vergangenheit kann man ohnehin nicht ändern, nicht wahr? Aber als ich den Mann gesehen habe, war plötzlich alles wieder da. Ich konnte nicht mehr klar denken. Das Einzige, was ich wollte, war Rache.«

»Rache wofür?«

»Für Edvin. Meinen kleinen Bruder. Julius Reichenbach hat ihn getötet. Jedenfalls dachte ich, dass er es war.« Patriks Gesicht verzog sich schmerzlich. »Erst als ich den anderen gesehen habe, ist mir klar geworden, dass ich mich getäuscht habe. Reichenbach war dabei, und er hat den anderen angestiftet. Aber umgebracht hat ihn Kai Schwaiger.«

Womit das Motiv klar war, doch das Ereignis, auf das sich Patrik bezog, lag noch im Dunkeln. Frederik sah ihn mitfühlend an.

»Erzählen Sie uns davon. Was ist geschehen? Und wann ist es passiert?«

Patrik vergrub das Gesicht in den Händen. Dann schaute er wieder auf.

»Es war vor dreizehn Jahren.«

*Er konnte vom Fenster aus nicht verstehen, was die beiden Männer sagten, aber er sah, dass sie Edvin herumschubsten und lachten. Einer der beiden zog etwas aus der Tasche, eine Plastiktüte aus dem Supermarkt seines Vaters, wie er erkannte. Er reichte sie dem anderen, und der hockte sich vor Edvin und hielt sie ihm hin. Anscheinend machte er ihm einen Vorschlag. Edvin schaute ihn mit großen Augen an und nickte. Er nahm die Tüte und zog sie sich über den Kopf. Dann drehte er sich um und rannte los, den Plastikbeutel mit beiden Händen fest gepackt.*

*Sein Bruder schaffte zwanzig, dreißig Meter, ehe er ins Straucheln geriet. Seine ohnehin ungelenken Bewegungen wurden noch eckiger. Es sah geradezu lächerlich aus. Er taumelte und stürzte zu Boden. Dort blieb er liegen und rührte sich nicht mehr. Die Tüte hatte er immer noch über dem Kopf.*

»Er ist erstickt.« Patriks Stimme war so leise, dass sie kaum zu verstehen war. »Die beiden haben ihm nicht geholfen. Erst haben sie nur gelacht. Dann haben sie gemerkt, dass etwas nicht stimmt. Sie haben nicht einmal nachgeschaut, sondern sind einfach abgehauen.«

Patrik fuhr sich mit der flachen Hand übers Gesicht.

»Ich habe alles vom Fenster meines Zimmers aus mit angesehen. Damals lag ich gerade mit einer schweren Lungenentzündung im Bett. Ich war aufgestanden, weil ich etwas gehört hatte, zum ersten Mal seit mehreren Wochen. Ich wollte Edvin helfen, aber ich hatte so wenig Kraft, dass ich es kaum geschafft habe, die Treppe hinunter und aus dem Haus zu laufen. Als ich endlich bei ihm war, war Edvin schon tot.«

Khalid gab ein Geräusch von sich, als hätte er Schmerzen. Frederik warf ihm einen schnellen Blick von der Seite zu und sah, dass die Augen des Syrers feucht und dunkel vor Trauer waren. Das Schicksal des behinderten Jungen ging ihm ganz offensichtlich nahe.

Frederik selbst empfand es nicht anders. Was man Edvin angetan hatte, war grauenhaft. Julius Reichenbach und Kai Schwaiger hatten sich einen Spaß daraus gemacht, ein wehrloses Kind zu quälen. Seinen Tod hatten sie sicher nicht gewollt, aber das machte die Sache nicht besser. Sie hatten ein furchtbares Unglück heraufbeschworen, und anschließend waren sie zu feige gewesen, sich zu stellen. Statt die Rettung zu rufen und für ihre Tat geradezustehen, waren sie geflohen.

»Ich wollte ihnen folgen. Aber ich war zu schwach.« Patriks Stimme brach. »Ich bin zurück in mein Bett gegangen und habe so getan, als hätte ich von alldem nichts mitbekommen.«

Frederik nickte. Auch ihm fiel das Atmen schwer. Er konnte sich kaum vorstellen, wie schwer es für Patrik gewesen sein musste, mit diesem Trauma zu leben.

»Meine Eltern haben Edvin dann gefunden«, berichtete Patrik weiter und wischte sich eine Träne aus dem Auge. »Sie glauben bis heute, dass seine Behinderung an allem schuld war.«

»Warum haben Sie ihnen nicht erzählt, was passiert war?«, erkundigte sich Frederik. Hätten Kennet und Sofia Kenntnis vom wahren Hergang gehabt, hätten sie Anzeige erstatten und eine Ermittlung in Gang setzen können. Man hätte nach den beiden Männern gefahndet. Ob man sie gefunden hätte, stand auf einem anderen Blatt, doch es hätte zumindest die Chance bestanden, sie zur Rechenschaft zu ziehen.

Patrik hob die Schultern.

»Aus heutiger Sicht verstehe ich es selbst nicht mehr. Aber damals dachte ich, es wäre leichter für meine Eltern, wenn sie glaubten, es sei einfach ein Unfall gewesen. Dass Edvin selbst die Idee hatte, sich die Tüte über den Kopf zu ziehen, weil ihm nicht klar war, dass es gefährlich ist. Er hat ständig solche Sachen gemacht, weil er es nicht besser wusste.«

Frederik versuchte, sich in die Lage des Jungen, der Patrik damals gewesen war, hineinzuversetzen.

»Sie haben geschwiegen, weil Sie Angst hatten, dass Ihre Eltern Ihnen Vorwürfe machen würden. Oder …«, er kniff die Augen zusammen und legte den Kopf schief, »… weil Sie befürchtet haben, dass sie genau das *nicht* tun?« Einen kranken Jungen konnte man kaum dafür verantwortlich machen, dass er nicht auf seinen Bruder aufgepasst hatte. Es war ja auch nicht seine Aufgabe gewesen. Aber in Patriks Wahrnehmung hatte das womöglich anders ausgesehen.

»Sie wollten nicht, dass man Sie freispricht. Aus Ihrer Sicht war es Ihre Schuld, dass Ihr Bruder gestorben ist. Weil Sie ihm nicht geholfen haben. Sie haben sich dafür geschämt.« Frederik schaute Patrik in die Augen. »Dachten Sie, es wäre Ihre gerechte Strafe, von nun an mit diesem schrecklichen Geheimnis leben zu müssen?«

Patrik legte den Kopf in den Nacken.

»Es war wohl von beidem etwas. Ich hatte Angst, auch noch das kleine bisschen Liebe zu verlieren, das meine Eltern für mich übrig hatten. Und ich wollte leiden. Weil ich versagt hatte. Ich hatte viel zu spät reagiert, erst als Edvin schon gestürzt war. Wäre ich sofort zu ihm gelaufen, als die Männer mit ihm gesprochen und ihm die Tüte hingehalten haben …«

»Aber Sie wussten nicht, was passieren würde. Und Sie waren krank. Sie hatten eine schwere Lungenentzündung. An diesem Tag waren Sie zum ersten Mal seit Wochen wieder auf den Beinen. Sie waren geschwächt. Selbst wenn Sie sofort gehandelt hätten – hätten Sie überhaupt schnell genug auf der Straße sein können, um den Tod Ihres Bruders zu verhindern?« Frederik sah Patrik ernst an. »Ich glaube das nicht. Wenn der Körper keinen Sauerstoff mehr bekommt, wird man innerhalb von zehn bis fünfzehn Sekunden bewusstlos. Bis zum Eintritt des Todes dauert es nur wenige Minuten.« Drei bis acht in etwa, aber so genau musste er es nicht beziffern, wenn er dem jungen Mann die Last von den Schultern nehmen wollte. Vielleicht hätte er seinen Bruder noch lebend erreicht, aber was hätte er dann tun sollen?

Frederik rechnete nach, Patrik war jetzt fünfundzwanzig, damals war er zwölf gewesen. Wusste ein Zwölfjähriger, wie man eine Herzdruckmassage machte, eine Mund-zu-Mund-Beatmung durchführte? Und wenn, wäre er dazu in der Lage, es erfolgreich zu tun? Vermutlich nicht. Natürlich hätte er versuchen können, Hilfe zu holen, doch das Haus der Olssons stand einsam am Südzipfel der Schäre. Bis auch nur ein Nachbar zur Stelle oder gar ein Rettungsteam auf der Insel gewesen wäre, hätte mit einiger Sicherheit niemand mehr etwas ausrichten können.

»Ich denke, Sie wären in jedem Fall zu spät gekommen.«

Patrik senkte den Blick.

»Wahrscheinlich haben Sie recht.« Er wirkte plötzlich unendlich müde. »Aber jetzt ist es zu spät, um noch etwas zu ändern. Was geschehen ist, ist geschehen.«

Khalid räusperte sich. Er griff nach seinem Glas und trank es in großen Schlucken leer. Frederik sah ihm an, dass er die Stimmung im Raum kaum aushielt.

»Erzählen Sie mir von dem Tag, an dem Sie Julius Reichenbach wieder begegnet sind«, bat er Patrik.

Der junge Mann schloss die Augen.

»Es war Zufall. Ich hatte meinem Vater im Laden geholfen. Es sind ja noch Semesterferien, und ich hatte nichts anderes zu tun. Reichenbach kam herein, um sich etwas zu trinken zu holen. Zuerst habe ich ihn gar nicht beachtet. Mich hat nur das Fahrrad interessiert. Ich bin nach draußen gegangen, um es mir näher anzusehen. Als Reichenbach wieder herauskam, hatte er eine Flasche in der Hand. Einen von den grünen Smoothies, das vergesse ich nie. Es gefiel ihm anscheinend, dass mich sein Rad beeindruckte. Er hat eine Bemerkung gemacht, irgendwas, dass ich es wohl anschauen, aber nicht anfassen dürfe. Dabei hat er mich angegrinst, und in dem Moment war die Erinnerung plötzlich da. Dieser Blick. Überheblich und verächtlich. Als wäre er etwas Besseres. Da wusste ich, dass er einer der beiden Männer war, die Edvin in den Tod getrieben haben.«

»Was ist dann geschehen?«

»Reichenbach ist auf sein Fahrrad gestiegen und davongefahren. Ich bin zurück in den Laden. Mein Herz raste dermaßen, dass ich kaum noch klar denken konnte. Ich habe meinen Vater gefragt, ob er den Radfahrer kennt. Er hat das verneint, aber er meinte, es wäre wohl einer der Deutschen, die sich im Haus von Stig Stensted eingemietet hätten. Das Fahrrad war jedenfalls am Morgen mit derselben Fähre gebracht worden, mit der mein Vater vom Einkauf auf dem Großmarkt zurückgekommen ist. Er besorgt dort immer frisches Obst und Gemüse für den Laden.«

»Sie wussten also, wo Sie nach Reichenbach suchen mussten.«

Patrik griff nach seinem Wasserglas.

»Ja.« Er trank einen Schluck und stellte das Glas wieder hin. »Ich hatte gar keinen Plan. Wollte einfach nur mit dem Mann reden. Ich bin zu Stensteds Haus gegangen. Die Haustür war offen. Reichenbach stand in der Küche, mit dem grünen Smoothie in der Hand, den er bei uns gekauft hatte. Er hat die Flasche geleert und in den Müll geworfen. Dann hat er mich entdeckt.«

Patrik stockte und schaute auf seine Hände, als könnte er nicht glauben, was sie getan hatten.

»Er war erschrocken, als ich so plötzlich in der Küche stand, aber er hat ziemlich cool reagiert. Ob ich noch einen Blick auf das Rad werfen wolle, hat er gefragt. Ich habe gesagt, dass ich mit ihm reden will, wegen Edvin.«

»Und dann?«

»Es war komisch. Er schien sofort zu wissen, was ich meinte, obwohl er doch Edvins Namen gar nicht kennen konnte. Ich hatte das Gefühl, dass er selbst die ganze Zeit an die Sache denken musste.«

»Wahrscheinlich hatte er Mühe, die Erinnerung zu verdrängen, als er wieder am Ort des Geschehens war«, sagte Frederik.

Patrik nickte.

»Das kann ich verstehen. Aber weshalb ist er dann überhaupt hergekommen?«

»Es war nicht seine Idee. Seine Frau hat die Reise organisiert und den anderen nicht verraten, wo es hingeht.«

Patrik lachte, ein leises, bitteres Lachen.

»Schicksal also?«

»Wenn Sie es so nennen wollen.« Frederik hatte Mitleid mit dem jungen Mann, aber er konnte ihm ein ausführliches Geständnis nicht ersparen. »Wie ging es dann weiter?«

»Er ist mit blöden Entschuldigungen dahergekommen. Dass sie das nicht gewollt haben. Dass sie jung gewesen sind und nicht darüber nachgedacht haben, was passieren könnte.«

»Und da bist du durchgedreht?« Khalids Stimme klang dunkel und rau und war so voller Mitgefühl, wie Frederik es noch nie an ihm erlebt hatte.

»Nein.« Patrik schaute den Syrer an. »Erst als er gesagt hat, dass es doch genau genommen das Beste gewesen wäre. Was denn aus einem Jungen wie Edvin hätte werden sollen mit seiner Behinderung. Er hätte doch ohnehin nie ein eigenständiges Leben führen können und wäre für meine Eltern ewig eine Last gewesen.«

Frederik musste schlucken. Unwillkürlich schob sich Emmas Bild vor seine Augen. Er wusste, dass er selbst ebenfalls die Beherrschung verlieren würde, wenn irgendjemand ihr Leben als unwert bezeichnete.

»Da bin ich so wütend geworden, dass mir fast schwindlig war. Ich habe den Messerblock auf der Spüle gesehen und nach einem der Messer gegriffen. Und dann habe ich zugestochen.«

*Achtzehn Mal,* dachte Frederik, sagte es aber nicht.

»Wann ist Ihnen aufgegangen, dass nicht Reichenbach, sondern Kai Schwaiger der Hauptverantwortliche für den Tod Ihres Bruders war?«

Patrik lächelte traurig.

»Gestern Abend. Ich habe ihn erst nicht erkannt, wegen des Vollbarts. Den hatte er damals noch nicht. Aber als wir zu Abend gegessen haben, saß er mir gegenüber. Ich weiß gar nicht genau, was es war, aber irgendeine Geste hat etwas in mir wachgerufen. Danach habe ich genauer hingesehen, und dann ist es mir plötzlich wie Schuppen von den Augen gefallen.«

Er lachte auf.

»Keine Ahnung, warum ich nicht früher darauf gekommen bin.« Er hob die Hände und ließ sie wieder fallen. »Ich hatte wohl nicht damit gerechnet, dass die beiden immer noch befreundet sein könnten nach diesem Vorfall damals.«

Frederik atmete kurz durch. Die ganze Angelegenheit war ihm nicht angenehm, doch der Teil, der nun kam, fiel ihm am schwersten. Der Angriff auf Reichenbach war im Affekt passiert und konnte bei wohlwollender Betrachtung durch das Gericht als Totschlag durchgehen. Kai Schwaiger dagegen war von hinten niedergestochen worden. Zusammen mit der Kenntnis des

Motivs konnte man die Tat nur als vorsätzlichen Mord einordnen. Patrik Olsson würde für viele Jahre hinter Gitter wandern.

»War es Zufall, dass sich Kai Schwaiger heute Morgen auf die Suche nach Ihnen gemacht hat, oder hatten Sie es so geplant? Hatten Sie das Messer bereits eingesteckt, als Sie zum Joggen aufgebrochen sind, in der Hoffnung, dass sich Ihnen eine günstige Gelegenheit bieten würde, oder haben Sie es erst später geholt?« Das alles würde bei der Beurteilung der Tat eine Rolle spielen. Wie viel heiße Wut, wie viel kaltblütige Planung hatte den Täter angetrieben?

Patrik runzelte die Stirn.

»Welches Messer?«

»Das Messer aus Ihrer Küche, mit dem Sie Kai Schwaiger erstochen haben.«

Patrik riss die Augen auf. »Schwaiger ist tot?«

Frederik tauschte einen kurzen Blick mit Khalid. Spielte der junge Mann Theater? Aber sein Entsetzen wirkte so echt, dass Frederik nicht umhin konnte, ihm zu glauben.

War Patrik also nicht Kais Mörder? Hatten sie es mit zwei Tätern zu tun?

Er beugte sich zu ihm vor.

»Nachdem Sie Kai Schwaiger gestern beim Abendessen wiedererkannt hatten – haben Sie mit irgendjemandem darüber gesprochen?«

Patrik nickte.

»Mit meinem Vater. Ich war so durcheinander, dass ich mich betrunken habe. Mein Vater hat mich im Garten auf der Schaukel gefunden. Er wollte wissen, was los ist, und ich habe es ihm erzählt. Die ganze Geschichte von damals.« Ein plötzliches Erschrecken zeichnete sich auf Patriks Gesicht ab. »Glauben Sie, er hat es getan?«

»Das werden wir bald wissen.«

Frederik gab Khalid ein Zeichen. Der Syrer verstand und erhob sich. Er würde mit einem Team nach Asperö fahren und Kennet Olsson zur Vernehmung hierherbringen. Frederik wandte sich wieder Patrik zu.

»Und Sie berichten mir in der Zwischenzeit, was genau Sie Ihrem Vater mitgeteilt haben.«

Im Haus der Stensteds war es eiskalt. Jessica begriff nicht, wie sie es in diesen vier Wänden einmal gemütlich und heimelig hatte finden können. Aber das lag wohl weniger an der Leere, die den bevorstehenden Umzug der Familie ankündigte, als an der Erinnerung daran, was hier mit Julius geschehen war.

Zu sehen war davon nichts mehr; die Reinigungsfirma hatte gründlich gearbeitet. Die Küche glänzte und blinkte genau wie bei ihrer Ankunft. Nirgendwo fand sich auch nur ein winziger Spritzer Blut.

War es wirklich erst drei Tage her, dass sie in Hamburg in den Flieger gestiegen waren? Zwei befreundete Ehepaare, die in der friedlichen Stille Westschwedens die Ruhe und die Muße finden wollten, ein paar drängende Probleme zu besprechen und zu klären. Stattdessen waren Daniela und sie jetzt Witwen, und der Tag ihrer Anreise schien weit in der Vergangenheit zu liegen.

Was mochte diesen Patrik Olsson angetrieben haben, die beiden zu töten? Der junge Mann machte doch einen so freundlichen und anständigen Eindruck. Pia hatte sich sogar in ihn verliebt. Wie kam jemand wie er dazu, brutal mit dem Messer auf Menschen einzustechen, die er bis vor ein paar Tagen nicht einmal gekannt hatte? Es musste irgendeine gravierende psychische Störung sein; etwas, das man ihm nicht ansah, das aber heimlich in seinem Innern wütete.

Jessica war auf einmal schrecklich müde. Sie wollte nicht hierbleiben, aber solange die Ermittlungen nicht abgeschlossen waren, würde man sie nicht zurück nach Hause lassen. Sie hätte auch gar nicht die Kraft dazu gefunden. Pia ging es offenbar nicht anders. Sie ließ ihre Tasche fallen und legte sich aufs Sofa. Jessica nahm den Sessel, der gleich daneben stand. Noch nie in ihrem Leben hatte sie sich derart erschöpft gefühlt.

Steffen drehte sich eine Zigarette und ging wieder vor die Tür, Daniela trug ihren Koffer nach oben.

Jessica schloss die Augen. So schrecklich das alles auch war, so gab es doch immerhin etwas, woran sie sich festhalten konnte. Sie musste sich nicht mehr zwischen zwei Männern entscheiden. Julius war tot. Sie würde um ihn trauern, doch irgendwann würde sie sich daran gewöhnen, dass er nicht mehr da war. Sie hatte ja Steffen, der sie liebte, und das gemeinsame Kind, das in ihrem Bauch heranwuchs. Auch wenn sie es jetzt noch nicht glauben konnte: Irgendwann würde das Leben wieder gut sein.

Sie hatten eine Pause eingelegt, und Frederik hatte Kaffee geordert. Nun saß er Patrik erneut gegenüber und ging mit ihm noch einmal Punkt für Punkt sein Geständnis durch.

Patrik nippte an seiner Tasse und blickte zur Decke.

»Ehrlich gesagt war ich verwundert, dass Sie mich nicht schon viel früher verhaftet haben«, bemerkte er.

Frederik sah ihn erstaunt an.

»Wie hätten wir das tun sollen? Wir kannten ja Ihr Motiv nicht.«

»Nein. Aber Daniela Schwaiger hat mich doch gesehen, als ich aus dem Haus kam. Ich hätte nicht gedacht, dass es so lange dauert, bis sie mich wiedererkennt.«

In Frederiks Hinterkopf rumorte etwas. Da war eine Sache, die ihn schon die ganze Zeit gestört hatte. Er war nur nicht darauf gekommen, was es war.

»Wie war es, als Sie auf Julius Reichenbach eingestochen haben? Wie hat sich das für Sie angefühlt?«, fragte er.

Patrik seufzte.

»Im ersten Moment war es gut. Dass dieses selbstzufriedene Grinsen aus seinem Gesicht verschwunden war. Als hätte man in einen Luftballon gestochen, der daraufhin im Bruchteil einer Sekunde seine Luft verliert. Er ist auch nicht gleich zu Boden gegangen. Sein Blick hatte etwas Erstauntes. Fast als hätte er gar nicht begriffen, was passiert war.«

Frederik dachte daran, was Torvald Hedlund gesagt hatte. Der Stich, der mehr wie ein harter Schlag wahrgenommen wurde. Der Schmerz, der erst später kam.

Patriks Blick schweifte in die Ferne.

»Ich habe es auch nicht kapiert. Der ganze Hass, die Wut, die Verzweiflung – alles, was sich all die Jahre in mir aufgestaut hatte, ist plötzlich herausgebrochen. Endlich gab es ein Ventil, durch das alles abfließen konnte. Es hat sich so richtig angefühlt.«

Er schüttelte den Kopf, als könnte er es schon jetzt nicht mehr glauben.

»Ich habe noch einmal zugestochen, und Reichenbach hat gebrüllt. Dieses Mal hat es ihm richtig wehgetan, und er hat begriffen, was passiert, aber er konnte nicht mehr reagieren. Er ist einfach zusammengebrochen.«

Patrik fuhr sich mit beiden Händen übers Gesicht.

»Das war der Moment, in dem der Rausch verflogen ist. All die Aggressionen, die ich verspürt hatte – von einer Sekunde auf die andere wie ausgelöscht. Ich war schockiert und vollkommen ernüchtert. Auf einmal war alles wieder klar. Ich habe gesehen, was ich angerichtet hatte. Mir war plötzlich ganz kalt, und ich habe am ganzen Körper gezittert. Reichenbach hat fürchterlich gestöhnt. Dann hat er die Augen verdreht und war weggetreten.«

Er presste sich die Hand vor den Mund, wohl um eine aufsteigende Übelkeit zurückzudrängen.

»Ich hatte einen Menschen getötet«, presste er hervor.

Frederik verspürte ein Kribbeln im Nacken.

»Und danach?«, fragte er sanft.

»Bin ich weggerannt, genauso wie die beiden Männer damals bei Edvin.« Patrik schaute Frederik verzweifelt an. »Hätte es etwas genützt, wenn ich Hilfe geholt hätte? Hätte man ihn noch retten können?«

Frederik erwiderte eindringlich seinen Blick.

»Sie haben nicht noch einmal zugestochen? Ein drittes, viertes, fünftes Mal?«

»Nein.« Patrik schaute verwirrt. »Nur diese beiden Male. Das müssen Sie doch gesehen haben.«

Das Kribbeln verstärkte sich.

»Wir«, sagte Frederik betont, »haben einen Mann vorgefunden, dessen Körper von achtzehn Messerstichen übersät war.«

»Was?« Hinter Patriks Stirn arbeitete es. »Aber … das hieße ja …«

»Dass nicht Sie Julius Reichenbach getötet haben«, vervollständigte Frederik, »sondern irgendjemand anders.«

Kennet Olsson? Aber der hatte bis zum vorigen Abend nichts von den Männern gewusst, die Edvin in den Tod getrieben hatten. Der Mord an Julius Reichenbach musste ein anderes Motiv gehabt haben. Was bedeutete, dass auch der Täter ein anderer war.

Frederik ließ noch einmal alles vor seinem geistigen Auge vorbeiziehen, was er über den Fall wusste. Ganz zart formte sich eine Idee in seinem Hinterkopf.

Konnte das wirklich sein? Oder spielte ihm seine Intuition einen Streich? Doch für gewöhnlich konnte er sich auf seine Eingebung verlassen.

Er griff zu seinem Smartphone und wählte eine Nummer.

»Khalid?«, fragte er, als sich der Kollege meldete. »Bist du schon auf Asperö?«

»Wir sind unterwegs«, erwiderte der Syrer. »Aber es gibt ein Problem mit dem Polizeiboot. Wir können nicht auslaufen. Da ist ein Lastkahn havariert und versperrt die Ausfahrt. Die Kollegen arbeiten mit Hochdruck daran.«

Frederik machte eine knappe Geste in Patriks Richtung.

»Bleiben Sie bitte hier. Eine Kollegin wird gleich bei Ihnen sein.« Er trat in den Flur und eilte zu seinem Büro.

»Es gibt eine Planänderung«, sagte er zu Khalid und erklärte ihm, was zu tun war, sobald das Boot wieder freie Fahrt hatte. Anschließend steckte er das Handy weg und bat Hedda, sich um Patrik zu kümmern. Hastig griff er nach seiner Umhängetasche und eilte aus dem Gebäude zu seinem Roller.

Er konnte nur hoffen, dass er nicht zu spät kam.

Daniela hatte gekocht. Das war wohl ihre Art, mit den schrecklichen Ereignissen fertigzuwerden. Etwas mit den Händen zu tun, um sich abzulenken.

Sie selbst hatte in den letzten Tagen kaum etwas hinuntergebracht, doch jetzt verspürte sie Appetit. Danielas Pilzgericht sah sehr appetitlich aus. Der Kochkurs an der Volkshochschule hatte sich offensichtlich gelohnt.

Jessica griff nach der Gabel und kaute, und auch Pia und Steffen griffen hungrig zu. Nur Daniela nahm sich nichts. Vermutlich war ihre Kehle wie zugeschnürt. Zwischen Kai und ihr hatte zwar auch einiges im Argen gelegen, doch Daniela war eine Frau, der es gelang, sich mit dem Unabänderlichen abzufinden. Während sich Jessica entschieden hatte, auszubrechen, hatte Daniela ihr Schicksal akzeptiert.

Als alle ihre Teller geleert hatten, räumte Daniela den Tisch ab. Jessica wollte ihr helfen, fühlte sich aber so satt und träge, dass sie es nicht schaffte, aufzustehen. Pia und Steffen schien es nicht anders zu gehen. Steffen hob mit einer matten Geste die Hand.

»Machst du uns einen Kaffee?«, fragte er und grinste Daniela frech an. Dann veränderte sich sein Gesichtsausdruck von einer Sekunde auf die andere. Seine Züge schienen erst zu zerfließen, dann verzerrten sie sich. Er griff sich an die Brust und stöhnte. Im nächsten Moment kippte er vom Stuhl und krachte auf den Boden.

Jessica schrie entsetzt auf. Sie schob ihren Stuhl zurück und fiel neben ihm auf die Knie. Steffen rührte sich nicht. Jessica rüttelte an seinen Schultern.

»Steffen! Was ist mit dir?«

Nur verschwommen nahm sie wahr, wie sich Pia auf der anderen Seite neben Steffen kniete. Doch statt ihm zu helfen, keuchte Pia plötzlich auf, verdrehte die Augen und sank dann mit einem leisen Klagelaut in sich zusammen.

Jessica begann zu zittern. Ihr Schädel dröhnte, und auf ihrer Netzhaut flackerte es bunt. Was, um alles in der Welt, war hier los? Sie wollte ihre Finger an die Stirn pressen, doch ihre Arme gehorchten ihr nicht mehr. Das Blut in ihren Adern schien zu kochen. In der nächsten Sekunde gefror es zu Eis. Sie sah, wie Daniela zu ihnen trat. Sonderbarerweise lächelte sie.

Eine Sekunde lang wunderte sich Jessica darüber. Dann wurde ihr schwarz vor Augen.

# 23

Das Haus der Stensteds lag friedlich inmitten des dichten Rings aus Bäumen, der es umgab. Ein leichter Wind rauschte in den Blättern. Von irgendwoher ertönte der Ruf eines Vogels. Ansonsten war es still.

Frederik stellte den Roller auf dem Vorplatz ab und ging zur Tür. Er sah keine Bewegung hinter den Fenstern und hörte auch keine Geräusche aus dem Inneren des Hauses. Fast schien es, als sei niemand daheim.

Hatte er sich getäuscht? Die Informationen nicht richtig zusammengesetzt und die falschen Schlüsse gezogen?

Er hob die Hand, um anzuklopfen, hielt dann aber abrupt inne, weil er den Geruch wahrnahm, der unter der Tür hervorkroch. Scharf, durchdringend und mit einer metallischen Note. Benzin!

Seine Nackenhaare stellten sich auf, und ein Schauer lief ihm über den Rücken. Eilig zog er sich zurück und hastete um das Gebäude herum. Er duckte sich unter den Fenstern und schaute vorsichtig über die Unterkanten der Rahmen. Die beiden ersten Räume waren leer, doch im dritten stieß er auf eine Szenerie, die ihm den Atem stocken ließ.

Jessica, Pia und Steffen lagen regungslos am Boden. Daniela ging zwischen ihnen hin und her, einen Kanister in der Hand, aus dem sie eine farblose Flüssigkeit über den Bewusstlosen ausgoss. Jetzt stellte sie den Behälter beiseite und zückte einen kleinen, rechteckigen Gegenstand. Frederik konnte auf die Entfernung nicht erkennen, worum es sich handelte, doch die Logik sagte ihm, dass es ein Feuerzeug sein musste.

Schnell setzte er seinen Weg fort und gelangte zur Hintertür.

Er drückte versuchsweise die Klinke hinunter, doch die Tür war abgeschlossen.

Frederik zwang sich, nicht planlos zu agieren. Sein Herz hämmerte, und Adrenalin rauschte durch seine Adern. Im ersten Impuls hatte er nach der Pistole greifen und das Schloss aufschießen wollen, doch das wäre keine gute Idee. Zum einen stand der Erfolg dieses Plans infrage, zum anderen wäre Daniela gewarnt. Wenn er sie überraschen wollte, musste er lautlos sein.

Er setzte seinen Weg um das Haus herum fort und entdeckte, dass das Küchenfenster ein Stück weit offen stand. Frederik drückte es vollständig auf, legte die Hände auf den Rahmen und stemmte sich hoch. Die Öffnung war nicht besonders groß, doch es gelang ihm, den Oberkörper hindurchzuzwängen. Er befreite seine Arme, suchte an der Arbeitsplatte Halt, die sich unter dem Fenster befand, und zog sich nach drinnen. Dann rollte er sich ab und landete auf den Füßen.

Mit ein paar Schritten durchquerte er die Küche, öffnete leise die Tür und trat in den Flur. Der Raum, in dem sich Daniela und ihre Opfer befanden, war das Esszimmer. Frederik vergegenwärtigte sich rasch die Anordnung der Räume im Haus und schlich dann auf die Tür zu, hinter der er die Deutschen vermutete. Vorsichtig drückte er die Klinke hinunter, schob die Tür einen Spalt weit auf und spähte hinein.

Daniela stand mit dem Rücken zu ihm, den Blick auf ihre wehrlosen Reisegefährten gerichtet. Frederik trat lautlos in den Raum und hob seine Waffe.

»Frau Schwaiger«, sagte er sanft. »Heben Sie bitte die Hände. Und dann drehen Sie sich ganz langsam zu mir um.«

Daniela tat nichts dergleichen. Sie wirbelte zu ihm herum, mit weit aufgerissenen Augen. Der Ausdruck darin war fern jeder Vernunft. Sie hielt das Feuerzeug hoch und ließ es aufflammen. Frederik erkannte es; es war das Benzinfeuerzeug, mit dem sich Steffen Brandt seine Zigaretten anzündete.

»Verschwinden Sie«, fauchte sie. »Diese Sache hier geht Sie nichts an.«

Frederik hob mit einer bedauernden Geste die freie Hand.

»Das kann ich nicht. Sie sind im Begriff, eine Straftat zu begehen. Außerdem haben Sie zwei Menschen getötet. Ich muss Sie festnehmen.«

Daniela lachte. Es klang vollkommen irre.

»Wenn Sie abdrücken, lasse ich das Feuerzeug fallen. Dann geht hier alles in Flammen auf.«

Frederik nahm die gesamte Szene rasch in Augenschein und befand, dass sie recht hatte. Er hatte Mühe, sich seine Furcht nicht anmerken zu lassen. Die Gedanken in seinem Kopf rasten. Was konnte er tun, um Danielas Reisegefährten zu retten? Sie plante offensichtlich einen erweiterten Suizid. Dass er sie mit der Waffe bedrohte, schien sie nicht zu bekümmern. Warum auch, wenn sie ohnehin sterben wollte. Er hatte folglich nichts in der Hand. Sie dagegen konnte mit drei Menschenleben pokern. Es war nicht einmal eine Pattsituation. Daniela hatte eindeutig die besseren Karten.

»Sie sollten verschwinden«, zischte sie. »Sonst nehme ich Sie auch mit.«

Frederik schluckte. Seine Kehle war wie ausgedörrt. Eine vollkommen normale Angstreaktion, wie er wusste. Es nützte ihm nur nichts.

Das Einzige, was er tun konnte, war, sie hinzuhalten. Sie in ein Gespräch zu verwickeln in der Hoffnung, dass er ihr in einem Moment der Unachtsamkeit das Feuerzeug entreißen könnte. Oder dass Khalid mit der Spezialeinheit eintraf, die er hierherbeordert hatte.

Er steckte die Waffe zurück ins Holster und hob die Arme.

»Ich gehe. Aber vorher möchte ich erfahren, warum Sie es getan haben. Ich verstehe, dass Sie Ihren Mann aus Wut getötet haben, weil er das Vermögen verspielt hat, mit dem Sie Ihre neue Wohnung anzahlen wollten. Er hat Ihren Lebenstraum zerstört, und das konnten Sie ihm nicht verzeihen. Doch weshalb musste Julius sterben? Als Sie ihn getötet haben, wussten Sie noch nichts davon, dass Ihr Mann das gesamte Geld verliehen und Julius es verschleudert hatte.«

»Das Geld.« Daniela spuckte das Wort förmlich aus. »Nein. Davon hatte ich keine Ahnung. Es war auch nicht der Grund. Höchstens der Tropfen, der das Fass zum Überlaufen gebracht hat.«

Er sah, dass ihr Blick flackerte. Offenbar gab es noch ein Geheimnis, das er bisher nicht aufgedeckt hatte. Daniela schwankte, ob sie es mit ins Grab nehmen oder es sich endlich von der Seele reden sollte.

Frederik neigte den Kopf und schaute sie freundlich an. Er fragte nicht nach, sondern wartete nur.

Daniela traf ihre Entscheidung.

»Julius hat Kai erpresst«, zischte sie. »Keine Ahnung, womit, aber es muss etwas wirklich Furchtbares gewesen sein. Kai hat mich auf Knien angebettelt, zu tun, was Julius will, weil er sonst unsere Existenz zerstören würde.«

Frederik kannte die Antwort, behielt sie aber für sich. Daniela hatte ihm gerade ungewollt einen neuen Trumpf zugeteilt. Er würde ihn erst ausspielen, wenn der richtige Moment gekommen war.

»Was hat Julius verlangt?«, fragte er ruhig.

»Er wollte …«, Danielas Mund verzog sich angewidert, »mit mir ins Bett.«

Frederik gelang es nicht, seine Verblüffung zu verbergen. Er hatte mit einigem gerechnet, doch auf diesen Gedanken wäre er nicht gekommen. Nach allem, was er in Erfahrung gebracht hatte, hatte Julius die Frau seines besten Freundes verachtet. Warum hatte er dennoch verlangt, dass sie ihm sexuell zu Diensten war?

»Er hat es genossen, mich zu demütigen«, lieferte ihm Daniela die Antwort. »Immer wieder …« Ihre Stimme versickerte. Frederik sah ihr an, wie sehr die Sache sie quälte.

»Es hätte nie aufgehört«, presste sie hervor.

»Und als Sie Julius dann in der Küche Ihres Ferienhauses vorgefunden haben, schwer verletzt nach den Messerstichen, die ihm Patrik Olsson beigebracht hatte, da haben Sie Ihre Chance gesehen, ihn ein für alle Mal loszuwerden.«

»Ja.« Daniela schaute ihn an, als wäre sie immer noch erstaunt, wie leicht es gewesen war. »Er lag da auf dem Boden und hat fürchterlich gestöhnt. Plötzlich war er es, der sich in einer total hilflosen Situation befand. Die Rollen hatten sich verkehrt. Das Messer lag neben ihm auf dem Boden. Ich musste nur zugreifen.«

»Und dann haben Sie zugestochen. Immer wieder, bis er sich nicht mehr gerührt hat und sich Ihr ganzer aufgestauter Hass aufgebraucht hatte.«

»Ja.« Danielas Blick schien durch ihn hindurchzugehen. »Ich war so unglaublich erleichtert. Aber dann bin ich das Blut nicht losgeworden.« Sie schaute auf ihre geröteten Hände. »Es hat an meinen Fingern geklebt, egal, wie oft ich sie geschrubbt habe.«

Wie bei Lady Macbeth, schoss es Frederik durch den Kopf, und er fragte sich, weshalb ihm dieser Gedanke nicht früher gekommen war. Aber er hatte ja geglaubt, Daniela hätte Julius wiederzubeleben versucht und litte darunter, dass sie gescheitert war.

»Dafür haben Sie Kai die Schuld gegeben«, sprach er aus, was mit einem Mal vollkommen logisch erschien. »Dass er Sie zur Mörderin gemacht hat. Und dass Sie damit nicht fertigwurden.«

Daniela nickte mechanisch.

»Ich war so unglaublich wütend. Und als dann noch die Sache mit dem Geld herauskam …«

»Da sind Sie ihm gefolgt, als er sich auf die Suche nach Patrik Olsson gemacht hat, den er für Julius' Mörder hielt.«

Daniela hob die Schultern.

»Schon wieder so eine günstige Gelegenheit. Jeder würde glauben, dass Patrik ihn getötet hat, weil Kai ihn aufhalten wollte.«

Frederik hatte Mitleid mit der Frau, obwohl er es nicht wollte.

»Sie hatten gehofft, dass Patrik tatsächlich flieht und wir ihn vielleicht nicht aufspüren. Nachdem wir ihn verhaftet hatten, haben Sie begriffen, dass wir früher oder später die Wahrheit herausfinden und Sie nicht davonkommen würden. Deshalb haben Sie beschlossen, Ihrem Leben ein Ende zu setzen.« Er deutete auf die drei Personen, die immer noch besinnungslos am Boden lagen. Was mochte Daniela ihnen eingeflößt haben, dass nicht einmal die durchdringenden Benzindämpfe sie wieder zu Bewusstsein brachten? »Aber weshalb wollen Sie Jessica, Pia und Steffen mitnehmen?«

Danielas Gesicht verzerrte sich zu einer hässlichen Fratze der Wut.

»Weil mir keiner von ihnen geholfen hat.«

»Ich dachte, sie wussten nicht, was Julius und Ihr Mann Ihnen antun?«, fragte Frederik sachlich.

Daniela wischte seinen Einwand mit einer ungeduldigen Handbewegung weg.

»Sie haben sich alle von Julius manipulieren lassen. Keiner hat sich je gegen ihn aufgelehnt. Ich hätte Verbündete gebraucht, aber sie waren alle zu feige.« Ihre Augen verengten sich. Frederik erkannte, dass die Zeit des Redens vorbei war. Er schaute rasch zum Fenster und lauschte, doch von der Einsatztruppe, auf die er wartete, war nichts zu sehen und zu hören. Er war immer noch auf sich allein gestellt. Das Feuerzeug in Danielas Hand brannte nach wie vor, und er konnte wohl nicht darauf hoffen, dass ausgerechnet in den nächsten Sekunden das Benzin zur Neige ging.

Daniela wies zur Tür.

»Gehen Sie jetzt, wenn Ihnen Ihr Leben lieb ist.«

Frederik ließ die Arme sinken. Nun war der Moment gekommen, die letzte Karte auf den Tisch zu legen.

»Ich weiß, womit Julius Ihren Mann erpresst hat.«

Daniela blinzelte. »So?« Sie schien zu glauben, dass er nur taktierte. »Womit denn?«

»Julius und Kai waren vor dreizehn Jahren schon einmal auf Asperö. Sie haben einen geistig behinderten achtjährigen Jungen in den Tod getrieben. Edvin, den kleinen Bruder von Patrik Olsson.«

Daniela riss die Augen auf und versteifte sich.

»Mein Gott. Ist das wahr?«

Die Hand mit dem Feuerzeug sank herab, die Flamme erlosch. Frederik war mit zwei Schritten bei Daniela und entwand ihr das Feuerzeug mit sanfter Gewalt. Daniela schien es überhaupt nicht zu registrieren.

Im selben Moment flog die Haustür mit einem lauten Krachen aus den Angeln. Ein Trupp schwarz gekleideter Männer stürmte herein. Daniela Schwaiger wurde zu Boden geworfen und in Handschellen gelegt, die drei Bewusstlosen wurden eilends aus dem Haus getragen. Frederik bekam so weiche Knie, dass er sich hinsetzen musste. Khalid hockte sich neben ihn.

»He«, sagte er. »Alles in Ordnung mit dir?«

Frederik wandte ihm den Kopf zu und rang sich ein Lächeln ab.

»Ja. Alles bestens.«

# 24

Der Raum war überfüllt, weil sich nicht nur der Chefarzt und eine Reihe von Assistenzärzten und Krankenschwestern, sondern auch Frederik und sein gesamtes Team darin versammelt hatten. Auch Birger war mitgekommen. Sie standen um Annas Krankenbett, die Assistenzärzte mit Klemmbrettern, Frederik und seine Kollegen mit auf dem Rücken verschränkten, vor der Brust gekreuzten oder in den Hosentaschen vergrabenen Händen.

Man hatte beschlossen, Anna aus dem künstlichen Koma zu wecken. Nun würde man sehen, ob sie den Unfall gut überstanden oder bleibende Schäden davongetragen hatte.

Frederik zitterte innerlich, und er nahm an, dass es seinen Kollegen nicht anders ging. Der Chefarzt machte einer der Schwestern ein Zeichen. Sie zog eine Spritze auf, stach sie in den Beutel des Tropfs und drückte den Kolben hinunter.

Zunächst passierte überhaupt nichts. Dann erhöhte sich die Frequenz auf dem Herzmonitor. Annas Lider flatterten, und einen Moment später schlug sie die Augen auf.

Sie blinzelte. Ihr Blick irrte durch den Raum und blieb schließlich an Frederik hängen. Ihre Lippen bewegten sich, aber es kam kein Ton heraus. Sie räusperte sich ein paarmal.

»Frederik«, krächzte sie. »Wo bin ich?«

Sie schaute auf die piependen Geräte neben sich, danach auf ihre bandagierten Hände.

»Ich habe Mist gebaut, stimmt's?« Sie stöhnte. »Ich hätte auf dich hören sollen. Auf meine Gefühle ist kein Verlass.«

Die Umstehenden brachen in erleichtertes Gelächter aus. Frederik lächelte still.

Anna richtete sich ein klein wenig auf.

»Was ist passiert? Habt ihr den Mörder von Julius Reichenbach gefasst? Ihr müsst mir alles erzählen.«

Frederik nickte. Der Chefarzt signalisierte ihnen, den Raum zu verlassen.

»Wir müssen zuerst ein paar abschließende Untersuchungen durchführen. Danach können Sie reden, so viel Sie wollen.«

Frederik und seine Kollegen gingen bereitwillig nach draußen. Hedda verschwand und kehrte mit einem Tablett mit Kaffeebechern zurück. Zehn Minuten später kamen die Ärzte aus Annas Krankenzimmer.

»Sie dürfen jetzt zu Ihrer Kollegin«, sagte der Chefarzt. »Aber nehmen Sie bitte Rücksicht. Sie ist noch sehr schwach und muss sich schonen.«

»Selbstverständlich.«

Frederik betrat als Erster das Zimmer. Die anderen folgten ihm. Sie nahmen sich Stühle und reihten sich rund um Annas Bett auf. Weil es nicht genügend Sitzgelegenheiten gab, lehnten sich Birger, Göran und Khalid an die Wand. Hedda öffnete ihre große Handtasche und holte eine Tüte mit Zimtschnecken hervor, die sie herumreichte. Alle bedienten sich, auch Khalid. Er lächelte Hedda sogar an. Dann erzählten sie. Als sie alles gründlich durchgekaut hatten, klingelte Frederiks Smartphone.

»Entschuldigt mich kurz.«

Er stand auf und trat auf den Flur. Dort nahm er das Telefon aus der Tasche. Auf dem Display erkannte er, dass es die Nummer von Leas geheimem Handy war. Sein Herz machte einen Satz.

»Lea. Wie geht es dir? Ist alles in Ordnung?«

Er hörte sie leise stöhnen.

»Ich habe es überlebt«, sagte sie.

»Hat er dich geschlagen?«

Sie erwiderte nichts, doch er kannte die Antwort auch so.

»Er ist jetzt weg«, sagte sie stattdessen. »In der Spedition, um ein paar Dinge vorzubereiten. Ab morgen ist er auf einer Geschäftsreise, für eine Woche. Ich kann morgen Abend zu dir kommen.«

Frederik wünschte sich nichts sehnlicher als das. Trotzdem protestierte er.

»Das ist viel zu riskant. Wenn Arvid es herausfindet …«

»Das ist mir gleich.« Der Trotz in ihrer Stimme war neu. Bisher hatte sie sich immer nur vor Ekström geduckt. Auf sonderbare Weise schien sie stärker zu werden, je mehr er sie in Bedrängnis brachte.

»Ich kann nicht anders. Ich muss dich sehen. Ich liebe dich.«

Wärme durchflutete ihn.

»Ich dich auch«, flüsterte er.

Eine Weile sagte keiner von ihnen ein Wort, aber sie spürten die tiefe Verbindung durch das Telefon.

»Also«, beendete Lea das Gespräch. »Dann bin ich morgen Abend gegen acht bei dir.«

Frederik steckte das Smartphone in die Tasche und ging zurück ins Krankenzimmer. Es war unrealistisch, unvernünftig und dumm. Aber er hoffte immer noch, dass am Ende alles gut werden würde.

Am Abend traf er sich mit Mats Lundgren im *Bee*. Sie bestellten wieder Burger und Leichtbier, und Frederik erzählte Mats, was seit ihrem letzten Treffen geschehen war. Die Ereignisse beschäftigten ihn, vor allem Danielas Offenbarung. Er begriff nicht, wie sie all die Jahre unter diesen Umständen hatte leben können und weshalb sich ausgerechnet jetzt ihre Aggressionen derart verselbstständigt hatten, dass sie zur Mörderin geworden war.

Mats dachte eine Weile darüber nach. Dann sagte er: »Die menschliche Psyche ist erstaunlich. Sie kann Demütigungen über einen unglaublich langen Zeitraum ertragen und verdrängen. Aber irgendwann ist eine Grenze erreicht. Dann bricht alles mit Macht heraus.«

Frederik nickte. Wahrscheinlich war die Erklärung so einfach.

»Du hast dich klug verhalten«, fügte der Psychologe hinzu. »Es war eine gefährliche Situation. Sie hätte den Rest der Reisegruppe das Leben kosten können. Und dich auch.«

Frederik wehrte ab.

»Ich bin nur meiner Eingebung gefolgt.«

Mats lächelte.

»Dann kannst du froh sein. Sie ist ein Instrument, auf das du dich verlassen kannst. Das ist nicht bei allen Menschen so.«

Frederik überlegte, ob das stimmte. Was sein Privatleben betraf, hatte er Zweifel. Und auch der Einsatz damals, bei dem Torun und sein gesamtes früheres Team ums Leben gekommen waren … Da hatte ihn seine Intuition nicht davor bewahrt, blindlings in die Katastrophe zu laufen. Aber wenn es um eine Ermittlung ging, darum, sich in die Psyche und die Beziehungen der Betroffenen hineinzuversetzen, leistete ihm sein Einfühlungsvermögen in der Tat gute Dienste. Insgesamt durfte er wohl zufrieden sein.

Sie sprachen eine Weile über Lea und Emma und über sein neues Team, das aus so vielen schwierigen Charakteren bestand.

»Es ist nicht immer leicht, mit ihnen zu arbeiten«, schloss Frederik. »Aber langsam habe ich das Gefühl, dass die Gruppe zusammenwächst.«

Er winkte dem Kellner und bezahlte die Rechnung für sie beide. Dann trat er mit Mats hinaus auf den Kungstorget.

»Kaufst du dir jetzt ein neues Boot?«, erkundigte sich Mats

und sprach damit das Thema an, das sie an diesem Abend ausgeklammert hatten. »Bei deinem Vater?«

Frederik lachte leise. Er hätte wissen müssen, dass Mats ihn nicht vom Haken lassen würde.

»Ich denke schon«, erwiderte er.

Tatsächlich war er froh, dass der erste Kontakt hergestellt war, wenn auch unter unerfreulichen Umständen. Aber er hatte die Gelegenheit gehabt, festzustellen, dass die Verbitterung, die ihn all die Jahre belastet hatte, verschwunden war. Er trug seinem Vater nichts mehr nach. Irgendwann in der nächsten Zeit wollte er die Annäherung fortsetzen und sich mit ihm aussprechen.

Mats lächelte zufrieden. »Das ist gut.«

Sie umarmten sich zum Abschied, und Mats fuhr mit seinem Rad in Richtung Stenpiren davon. Von dort würde er mit der Fähre nach Eriksberg übersetzen, wo er wohnte. Frederik sah ihm nach, bis er hinter der nächsten Straßenecke verschwunden war, und ging dann zu seinem Roller.

Aus einem Impuls heraus wählte er nicht den direkten Weg nach Hause, sondern fuhr den Umweg über Långedrag. Er stoppte vor dem Haus, das in erster Reihe am Wasser stand, mit Blick auf den Jachthafen. An den Stegen, an denen im Sommer, wenn sich die Touristenströme über die schwedischen Küsten ergossen, unzählige Boote vertäut waren, oft in Zweier-, manchmal sogar in Dreierreihen, schaukelten jetzt im Herbst nur noch wenige Boote auf den Wellen. Die meisten waren längst an Land geholt, aufgearbeitet und auf Böcke gehievt worden, wo sie unter einer Plane überwintern würden, bis man sie in der nächsten Saison wieder zu Wasser ließ.

Die Fenster des Hauses, in dem er seine Kindheit verbracht hatte, waren erleuchtet; gelbes Licht drang durch die Vorhänge nach draußen. Es sah gemütlich und heimelig aus. Frederik dachte an die Jahre, die er hier verbracht hatte, an die Freiheit und Zuversicht, die er empfunden hatte, mit der Sonne auf der Haut und dem Wind vom Meer, der ihm durch die Haare pfiff. Das war sein Rettungsanker gewesen, wenn ihn die Schwermut seiner Mutter herunterzuziehen drohte. Frederik erinnerte sich an die Hilflosigkeit, die er empfunden hatte, weil er ihre Niedergeschlagenheit selbst durch die Wände hindurch hatte spüren können, und an die Wut auf seinen Vater, der ihr nicht geholfen hatte.

Normalerweise schob er diese Gefühle immer rasch beiseite, doch heute ließ er sie zu. Er wollte nicht länger vor der Wahrheit fliehen.

Langsam ging er auf das Haus zu. Die Wärme, die er aus dem Inneren zu spüren glaubte, zog ihn an wie ein Magnet. Die drei Stufen zur Eingangstür fühlten sich unter seinen Sohlen so vertraut an, als wäre er sie nicht vor einer halben Ewigkeit das letzte Mal hochgestiegen, sondern erst gestern. Er hob die Hand zur Klingel, zögerte aber dann.

Es war schon weit nach neun. Keine sonderlich passende Uhrzeit für einen unangekündigten Besuch, auch wenn es beim eigenen Vater war. Es war ja nicht die Regel, dass er vorbeikam, sondern die erste richtige Kontaktaufnahme nach dreißig Jahren. Deshalb wollte er sich lieber zunächst versichern, dass er nicht störte.

Er ging um das Haus herum auf der Suche nach einem Spalt zwischen den Vorhängen, durch den er ins Innere sehen konnte.

Bei den ersten beiden Fenstern hatte er keinen Erfolg, doch die Vorhänge des dritten waren nicht richtig geschlossen. Dahinter lag die Küche, das wusste er auch ohne hineinzublicken. Er trat näher ans Fenster und spähte hindurch.

Die Inneneinrichtung kannte er noch; es waren dieselben alten Holzschränke wie damals, nicht lackiert, sondern mit Öl und Wachs behandelt, sodass die Struktur des Materials sichtbar blieb. Auch die Lampe über dem Tisch war noch dieselbe, eine schwere Leuchte aus blauem und gelbem Muranoglas, die seine Eltern von ihrer Hochzeitsreise nach Venedig mitgebracht hatten. Seine Mutter hatte sie geliebt, weil sie den Raum in ein so behagliches weiches Licht tauchte.

Was er weiterhin sah, hatte er nicht erwartet.

Sein Vater war nicht allein. Vier Personen saßen um den großen Küchentisch herum: Sivard und eine Frau von vielleicht Mitte fünfzig mit lockigen dunklen Haaren, die von zahlreichen grauen Strähnen durchzogen waren, außerdem ein junger Mann, den Frederik auf Anfang zwanzig schätzte, und ein ungefähr fünfzehnjähriges Mädchen. Die vier beugten sich über den Tisch, auf dem Frederik ein Spielbrett und zahlreiche bunte Steine und Karten ausmachen konnte.

Erschrocken trat er einen Schritt zurück. Sein Herz klopfte plötzlich wie wild, und er hatte Mühe zu atmen.

Weshalb war er nie auf den Gedanken gekommen, dass sein Vater eine neue Familie haben könnte? Sivard war erst dreiunddreißig gewesen, als ihn der Selbstmord von Frederiks Mutter zum Witwer gemacht hatte. Hatte er wirklich geglaubt, sein Vater wäre nie über diesen Verlust hinweggekommen?

Offenbar hatte er sich ein vollkommen falsches Bild gemacht. Sivard war kein verbitterter alter Mann, der einsam in dem viel zu großen Haus wohnte und verzweifelt darauf hoffte, dass der verlorene Sohn endlich heimkam. Im Gegenteil machte er einen glücklichen Eindruck, wie er da mit seinen Lieben am Tisch saß.

Frederik fühlte sich auf irrationale Weise gekränkt. Obwohl er selbst es gewesen war, der seinen Vater zurückgestoßen hatte, kam er sich plötzlich betrogen vor.

Er wandte sich vom Haus ab und ging zurück zu seinem Roller. Ehe er den Kontakt zu Sivard wieder aufnahm, musste er diese neuen Erkenntnisse verdauen. Vor allem durfte er ihre erste richtige Begegnung nach all den Jahren nicht mit einer Eifersucht vergiften, die, wie er begriff, vollkommen unberechtigt war.

Es war wohl besser, wenn er zunächst mit Mats darüber sprach. Der Psychologe hatte schon des Öfteren angedeutet, dass es an der alten Geschichte noch einiges zu verarbeiten gab. Frederik hatte sich bisher davor gedrückt, doch spätestens jetzt wusste er, dass Mats recht hatte.

Er musste sich endlich der Vergangenheit stellen. Und würde es auch tun. Aber nicht heute Abend.

# 25

Die beiden Plätze neben ihr im Flugzeug waren leer. Steffen und Pia fuhren mit der Fähre nach Kiel und von dort mit dem Zug nach Hamburg, wo man sich wiedertreffen wollte. Jessica war froh darüber. Sie würde jetzt eine Menge Zeit und Ruhe brauchen, um die Ereignisse der letzten Tage zu verarbeiten. Sie konnte noch immer nicht fassen, was Daniela getan hatte.

Zum Glück hatte sie vom grausamen Höhepunkt nichts mitbekommen, weil Danielas Pilzcocktail sie außer Gefecht gesetzt hatte. Dass sie nicht nur Julius und Kai ermordet hatte, sondern auch Pia, Jessica und Steffen mit in den Tod hatte nehmen wollen, schockierte sie. Sicher war sie nicht immer nett zu Daniela gewesen und hatte sich mehr als einmal hinter ihrem Rücken über sie lustig gemacht. Aber von den schrecklichen Dingen, die Julius ihr angetan hatte, hatte sie nichts gewusst, ebenso wenig wie von dem gestohlenen Geld. Dass Kai seinen Anteil an Julius verliehen und dieser ihn verprasst hatte, war wohl der Grund gewesen, dass Daniela ihren Mann erstochen hatte. Oder war es doch um die sexuellen Gefälligkeiten gegangen, die Julius von Kai erpresst hatte? Dass Kai seine Frau genötigt hatte, sich Julius zur Verfügung zu stellen, überstieg ihr Vorstellungsvermögen. Konnte seine Angst, man könnte ihn für den Tod dieses schwedischen Jungen hinter Gitter bringen und ihm die Anwaltslizenz entziehen, wirklich so groß gewesen sein?

Sie fühlte sich auch gekränkt. Was hatte Daniela zu bieten gehabt, das ihr selbst fehlte? Zwischen Julius und ihr war schon seit Jahren im Bett nicht mehr viel gelaufen. Sie hatte geglaubt, dass ihm andere Dinge wichtiger wären, dass sich alles seiner Sucht nach Geschwindigkeit unterzuordnen hatte. Stattdessen hatte er sich mit einer Frau vergnügt, die viel verlebter aussah als sie und zwanzig Kilo mehr auf die Waage brachte.

Hatte es ihm Spaß gemacht, Daniela zu demütigen? War das der Reiz gewesen? Eine Frau, die sich ihm nicht aus Lust hingab, sondern weil sie dazu gezwungen wurde? Jessica hatte plötzlich das Gefühl, Julius überhaupt nicht gekannt zu haben. Wer war dieser Mann, mit dem sie dreizehn Jahre lang verheiratet gewesen war?

Sie fragte sich, ob es ein Fehler war, sich sofort auf eine neue Beziehung einzulassen. Was wusste sie denn über Steffen? Sicher, man kannte sich seit Jahren, und er hatte offen über die Fehler gesprochen, die er in seinem Leben gemacht hatte. Aber war das alles? Oder lauerte dahinter ein ebensolcher Abgrund wie bei Julius?

Jessica schüttelte den Kopf. Sie durfte sich nicht aus Angst dem Leben verschließen. Schon allein wegen des Kindes, das sie erwartete. Sie legte die Hand auf den Bauch, der noch flach war. Bald würde er sich wölben, und ein neues Leben würde in ihm heranwachsen. Ein Wunder, das sie sich so oft gewünscht, nach dem sie sich so sehr gesehnt hatte.

Es war ein Geschenk, das das Schicksal ihr machte, genau wie Steffens Liebe zu ihr. Sie musste das Glück mit beiden Händen ergreifen, damit es nicht an ihr vorbeiflog. Alles andere würde die Zukunft weisen.

Jessica schaute aus dem Fenster in die grauen Wolken. Der Pilot kündigte an, dass sie sich Hamburg näherten und in Kürze mit dem Landeanflug beginnen würden. Der Kabinensteward bat darum, sich anzuschnallen, die Sitzlehnen gerade zu stellen und die Tische hochzuklappen. Jessica befolgte die Anweisungen. Dann schloss sie die Augen und lehnte sich zurück.

Ihre Rückkehr hatte sie sich anders vorgestellt, doch nun waren die Dinge nicht mehr zu ändern. Morgen begann ein neuer Tag. Ein neues Leben.

Seit damals war er unzählige Male hier gewesen, doch heute war alles anders. Auch wenn es dieselben grauen Pflastersteine unter seinen Füßen waren, dieselben schroffen Felsen, die sich rechts von ihm erhoben, dasselbe Grün, das sich wieder einmal herbstlich gelb und rot färbte, dieselben Statuen und die gleichen hübschen Blumen, die den Friedhof zierten. Göteborgs Västra Kyrkogården hatte sich nicht verändert. Aber *er* war nicht mehr derselbe.

Er trottete nicht mit gesenktem Kopf hinter Kennet und Sofia her, sondern ging aufrecht neben ihnen. Vor Edvins Grab blieben sie stehen, und Sofia steckte den bunten Herbststrauß, den sie mitgebracht hatte, in die Vase und füllte sie mit Wasser.

Sie hatten endlich geredet. Nach Kennet hatte auch Sofia erfahren, was damals geschehen war. Sie hatte kaum fassen können, dass Patrik dieses Geheimnis so viele Jahre fest in seinem Inneren verschlossen hatte. Nicht die Schuldzuweisungen und Vorwürfe, vor denen er sich seit damals gefürchtet hatte, hatte sie geäußert, sondern tiefe Bestürzung und Mitgefühl. Erst in diesem Moment hatte er begriffen, dass seine Eltern ihn nicht weniger geliebt hatten als Edvin. Sein Bruder hatte nur deshalb eine besondere Fürsorge erhalten, weil er bedürftiger gewesen war.

Aus der Distanz konnte er die Dinge sehen, wie sie wirklich waren.

Fast wäre er um Edvins willen zum Mörder geworden. Die Tage, in denen er geglaubt hatte, Julius Reichenbach wäre den Messerstichen erlegen, die er ihm zugefügt hatte, waren die schlimmsten seines Lebens gewesen. Dass sie zugleich auch die schönsten waren, weil er einer Frau begegnet war, die sein Herz berührt hatte, war mit dem Verstand kaum zu fassen.

Er würde sich vor Gericht wegen gefährlicher Körperverletzung verantworten müssen, doch wenn er Glück hatte, kam er mit einer Bewährungsstrafe davon. Die Rechtsmedizin würde noch feststellen, in welcher Reihenfolge die Messerstiche erfolgt waren und welche davon zum Tod des Opfers geführt hatten. Wenn sich herausstellte, dass er Reichenbach nur außer Gefecht gesetzt, aber nicht lebensgefährlich verletzt hatte, gab es durchaus Hoffnung. Er könnte nach dem Jurastudium immer noch Anwalt werden. Nicht im Staatsdienst, diese Chance hatte er verspielt, aber zumindest in einer Kanzlei. Dass er einmal Richter hatte werden wollen, schob er beiseite. Er wusste jetzt, wie schwer es war, ein Urteil zu fällen. Die Dinge waren nicht schwarz und weiß. Er hatte nichts dagegen, diese schwierigen Entscheidungen anderen zu überlassen. Aber er hatte immer noch den Wunsch, in seinem Leben für Gerechtigkeit zu sorgen.

Wie es mit Pia weitergehen würde, wusste er nicht. Sie wollten sich Zeit nehmen. Im Augenblick war sie schockiert, dass er tatsächlich auf den Mann ihrer besten Freundin eingestochen hatte, aber sie konnte auch sein Motiv verstehen. Wie sich die ganze Sache letztlich auf ihre Gefühle auswirken würde, musste man abwarten. Wenn sein Verfahren abgeschlossen war und er nicht ins Gefängnis musste, würde er sie in Hamburg besuchen. Sie würden einander besser kennenlernen, und dann sollte sich zeigen, ob es für sie eine gemeinsame Zukunft gab.

Patrik blickte auf den Grabstein, auf dem Edvins Geburts- und Sterbedatum standen. Sein Bruder war nur acht Jahre alt geworden. Immerhin, er hatte Liebe erfahren und die kurze Zeit, die ihm vergönnt gewesen war, an einem der schönsten Orte verbracht, die Patrik sich vorstellen konnte. Auf Asperö war man allem so nah, dem Meer, der Freiheit und dem Himmel.

Er kniete vor dem Grab nieder und legte die Rose, die er in der Hand hielt, auf die graue Steinplatte. Es war das erste Mal, dass er seinem Bruder eine Blume mitbrachte. Genauso wie es auch zum ersten Mal geschah, dass er nicht quälende Schuldgefühle verspürte, sondern die warme Zuneigung, die er für seinen Bruder empfunden hatte, allem Neid und aller Eifersucht zum Trotz.

Patrik richtete sich wieder auf und dachte an den letzten glücklichen Tag, den sie gemeinsam erlebt hatten, die Fahrt mit dem Boot auf dem Kattegat, als er ins eiskalte Wasser gesprungen war und Edvin so herzlich gelacht hatte.

Er konnte nicht anders, eine Träne löste sich aus seinem Augenwinkel.

Sofia lächelte ihn traurig an und strich ihm über die Wange. Kennet legte ihm die Hand auf die Schulter.

Er war nicht mehr allein.

Es war Samstag, kurz vor halb zwei wie immer. Ein strahlend blauer Himmel wölbte sich über der weißen Villa und den hellen Birken, von denen sie umstanden war. Hinter den Bäumen glitzerte der See.

Frederik parkte den Roller auf dem Platz vor der breiten Freitreppe und setzte den Helm ab. Aus dem Beiwagen nahm er ein großes, längliches Paket, das in schlichtes blaues Papier eingewickelt und mit einer farblich passenden Schleife versehen war.

Vor dem Eingang blieb er kurz stehen und strich sich über die kurzen Haare. Er fühlte sich angespannter als gewöhnlich. Der Frieden, der ihn an diesem Ort normalerweise überkam, wollte sich nicht einstellen. Zu groß war die Sorge, dass die Ereignisse der letzten Tage Emma erneut traumatisiert hatten. Mit der Zeit war es ihm gelungen, sie ein wenig aus ihrem Schneckenhaus herauszulocken. Es würde ihn schwer treffen, wenn sie sich nun erneut zurückgezogen hatte.

Er gab sich einen Ruck und lief die Stufen hinauf.

Die Halle in den warmen Pastelltönen – Gelb, Rosa, Orange – war wie meistens leer. Frederik durchquerte sie und ging durch den Flur zu Emmas Zimmer.

Das Paket klemmte er sich unter den linken Arm. Mit der rechten Hand klopfte er zart an die Tür und drückte dann sacht die Klinke hinunter. Emma reagierte immer empfindlich auf laute Geräusche, und Frederik nahm an, dass ihre Sensibilität nach den Erlebnissen mit Ekström noch gestiegen war.

Als er sah, dass sie wie sonst auch auf dem Boden saß und ihre Bauklötze nach Farben sortierte, atmete er erleichtert aus. Er hatte gar nicht bemerkt, dass er unwillkürlich die Luft angehalten hatte.

Wenn sie ihren gewohnten Routinen nachging, war die Erschütterung vielleicht nicht so groß, wie er befürchtet hatte. In dieser Situation war es womöglich ein Vorteil, dass Emma die Emotionen anderer Menschen nicht lesen konnte und in ihrer eigenen Affektivität eingeschränkt war. Auf diese Weise konnte auch der Schrecken nicht so tief in sie eindringen.

Frederik setzte sich im Schneidersitz auf den Boden, ein gutes Stück von Emma entfernt, und schwieg, bis sie fertig war und aufblickte.

»Hallo, Emma.« Er hielt ihr das Geschenk entgegen. »Ich habe dir etwas mitgebracht.«

Emmas Miene veränderte sich nicht. Sie schaute auf das Paket, dann in sein Gesicht. Schließlich nahm sie das Präsent entgegen und wickelte es aus. Die Schleife bereitete ihr Mühe; die Verkäuferin hatte sie fest geknotet, und Emma war motorisch nicht auf dem Stand anderer fünfjähriger Mädchen. Frederik hätte ihr gerne geholfen, wusste aber, dass ihr das nicht gefallen würde. Also wartete er geduldig ab.

Endlich hatte sie es geschafft, legte das Geschenkband sorgsam auf den Boden und löste die Klebestreifen vom Papier. Konzentriert schlug sie es auf und enthüllte den Karton, auf dem ein gelber Lastwagen abgebildet war. Sie lächelte nicht, natürlich nicht, aber Frederik registrierte, dass ihre Bewegungen schneller und zielstrebiger wurden. Mit einem beinahe ungeduldigen Handgriff öffnete sie den Karton und holte den Lastwagen heraus. Er war gelb wie jener auf der Abbildung, mit großen Rädern und einem Drehknopf auf dem Dach, mit dem man die Räder bewegen konnte. Dazu gab es einen passenden Anhänger.

Emma stellte das Gespann auf. Aus dem Karton und dem Papier baute sie eine komplizierte Parksituation und rangierte den Lkw in die Lücke. Schließlich nickte sie.

Frederik wurde es warm ums Herz. Wenn Emma auf diese Art nickte, entsprach das der Reaktion eines nicht autistischen Kindes, das wie ein Derwisch durchs Zimmer sprang und Jubellaute ausstieß.

»Gefällt er dir?«, fragte er, obwohl das eine Frage war, die sich für eine Autistin nicht eignete. Emma funktionierte rational. Zu

Gefühlen hatte sie keinen Zugang. Oder zumindest keinen guten. Frederik war sich sicher, dass es irgendwo in ihr Empfindungen gab. Sie mussten nur den Weg nach draußen finden.

Emma schaute ihn an, und er sah, dass sie lange und gründlich nachdachte.

»Ja«, sagte sie schließlich.

»Das freut mich.« Frederik blieb auf dieser Schiene; er war der Ansicht, dass es Emma half, wenn man ihr Gemütsbewegungen zeigte, auch wenn sie sie nicht verstand.

Emma lenkte den Lastwagen wieder aus der Parklücke und schob ihn zur Wand, an der sie ihn exakt parallel ausrichtete. Anschließend holte sie die Plastikboxen aus dem Schrank, in denen sie ihre Bauklötze aufbewahrte. Sie sortierte das Spielzeug sorgfältig ein, in jede Kiste eine Farbe. Die Klötze wurden auch nicht hineingeworfen, sodass sie durcheinanderfielen, sondern akkurat gestapelt. Als sie damit fertig war, trug sie die Boxen zum Schrank und stellte sie ordentlich hinein. Anschließend drehte sie sich zu Frederik um.

Wieder sah sie ihn mit ihren tiefblauen Augen nachdenklich an.

Frederik erwiderte den Blick und betrachtete sie; dieses zarte, schmal gebaute Mädchen mit den halblangen blonden Haaren, das so anders war als andere Kinder in ihrem Alter. Eine Welle der Zärtlichkeit erfasste ihn.

Emma öffnete den Mund, als er schon nicht mehr damit rechnete, dass sie etwas sagen würde.

»Fahren wir ans Meer?«

»Ja.« Frederik lächelte. Dorthin wollte er auch.

# Danksagung

Ich danke meiner Frau für das große Glück, Nähe und Freiheit verbinden zu können, und für die Liebe, die mit jedem Jahr weiter wächst.

Außerdem möchte ich Silvia Kuttny-Walser für das wunderbare Lektorat danken und Christine Steffen-Reimann und allen anderen Beteiligten im Verlag Droemer Knaur dafür, dass sie Frederik Forsberg ein Zuhause gegeben haben.